Nog boeke deur Francine Beaton

PAD NA GLORIE-REEKS

Jakes se Geheim

'n Kans vir Christopher

Daniel se Dilemma

'n Man soos Pierre

'n Ultimatum vir Ulrich

BLOUBERG-REEKS

Blou Somer

Stukkie Blou Hemel

Klein Bietjie Blou

GROENBOSBAAI-REEKS

Kolwyntjies vir die Liefde

Somerson Kersfees

Kinkels en Koffie

Soeter as Wyn

VERSPEELDE KANSE TRILOGIE

Net Een Kans

OP DIE KANTLYN-REEKS

Keuses van Gister

Kans vir Liefde

FRANCINE
BEATON

Posbus 2347
Pretoria
0001
E-pos: beatonfrancine@gmail.com
www.francinebeaton.com

DANIEL SE DILEMMA

'n Pad na Glorie Roman

FRANCINE BEATON

Vir Pa

© Teks: Francine Beaton
© Publikasie: Francine Beaton
Posbus 2347, Pretoria, 0001
E-pos: beatonfrancine@gmail.com
www.francinebeaton.com

Buiteblad ontwerp: German Creative
Tipografiese Versorging: Francine Beaton
Eerste Uitgawe: 2021
© Kopiereg 2021

ISBN 978-1-928534-45-7

1

Haar vingers trommel op die stuurwiel en haar bolyf wieg teen dieselfde ritme as die liedjie wat oor die radio blêr. Dis een van daardie vrolike liedjies en die ritme aansteeklik. Dit is net so lig en vrolik soos haar gemoed vandag.

'n Paar vals note sluip in wanneer Melissa lustig saamsing. Gelukkig hoor niemand anders haar nie, dus pla dit haar nie.

As sy nou 'n keuse gehad het, sou sy dalkies die klank bietjie laer gedraai het. Sy is nie meer twintig nie. Sy het egter nie 'n keuse nie. Die knoppies wat die kanaal en die volume moet verander, het lankal spoorloos verdwyn.

Die lawaai het haar al klaar 'n paar vuil kyke besorg van haar mede-padgebruikers. Melissa wou al by die eerste rooi verkeerslig haar kop onder die instrumentpaneel indruk. Met een oog op die pad het sy naarstiglik in die paneelkissie gesoek na iets waaragter sy kon wegkruip. Die sonbril wat sy wel daar uit opgediep het, is seker die lelikste wat sy nog ooit in haar lewe gesien het maar dit het haar ten minste van al die vuil kyke gered. Die ding is so groot dat dit omtrent die helfte van haar gesig toemaak.

Nee, miskien moet sy nie sê dis lelik nie, maar dit lyk darem vir haar alteveel na daardie vreemde brille wat 'n bekende Britse sanger vroeg in sy loopbaan gedra het.

Melissa krimp omtrent ineen toe die ratte knars toe sy van rat verwissel. Sy hoop net hierdie stuk rommelhoop gaan haar veilig tot by die stadion bring. Sy is dankbaar dat haar broer sy studente-skedonkie vir haar geleen het, maar sy is baie verleë dat sy op haar eerste dag by haar nuwe werk in die krok opdaag. Maar, bedelaars kan nou nie juis kieskeurig wees nie, of hoe?

Sy het regtig gehoop om haar motor terug te kry voor vandag, maar met al die vakansiedae was dit nie moontlik nie. Sy moes na haar pa geluister het en die motor met 'n vervoermaatskappy na Pretoria gestuur het, maar toe is sy mos eiewys en kies boonop om agterpaaie te ry as om die N1 te gebruik. Een slaggat te veel en haar motortjie se hele onderstel is in sy kanon, volgens haar broer. Wat dít ook al beteken. Melissa wil eerder nie vra nie. Sy weet mos, as haar broers of 'n motorwerktuigkundige so meewarig kop skud, dan is dit baie geld en ellendes wat voorlê. Gelukkig was haar pa en broer beskikbaar en het hulle haar motor gaan insleep van Virginia af, en sommer reguit na die garage geneem. Sy sal maar wag tot vanmiddag om te hoor wat al die skade gaan wees.

Nou wil sy egter nie daaraan dink nie. Sy wil tog nie 'n demper op haar gemoed plaas nie.

Vandag word 'n jarelange droom waar. Toe sy deur die hekke met die groot en herkenbare Buffels kenteken ry, voel dit omtrent asof sy tuis gekom het.

Kort voor lank moet Melissa egter haar irritasie sluk. Gits, wie sou nou kon dink dat die parkeerarea so vol sou wees op die eerste werkdag van die jaar? Soos sy van haar nuwe baas verstaan het, meld die spelers eers Woensdag aan vir die eerste oefening.

Toe sy die tweede keer weer deur die parkeerarea ry, trek 'n motor net uit. Soos blits trek sy in, sekondes voor sy die groot viertrek sien wat in die volgende ry staan en ook aangedui het dat hy daar wil intrek. Sy snork in die rigting van die blou viertrek en brom, "Wakker slaap, boeta."

Melissa kan nou wel nie die man se gesig sien nie, maar sy is nie dom nie. Sy ken daardie kwaai handgebare maar al te goed. Melissa het drie broers en weet hoe hulle gewoonlik reageer. Sy is baie seker dat daardie handgebare gepaardgaan met 'n paar woorde wat mens nie in goeie geselskap noem nie.

Sy lei ook af dat daardie ou baie spiere het, maar meneer Spiertier kan maar sy agterent wip. Sy was eerste daar.

Melissa mag dalk so effentjies jammer wees as sy iemand sommer op haar eerste dag die josie in gemaak het. Haar senuwees en opgewondenheid is egter al klaar besig om beurte te maak om die oorhand te kry. Sy is nie nog lus om skuldgevoelens ook by te sit nie en skud dit summier af.

Sy slaag daarin om die handrem van die antieke kewertjie op te trek. Sy kan egter net hoop en bid dat dit daar gaan bly. As sy volgens die radio se knoppies moet oordeel, is sy nie seker of enigiets meer werk nie. Die ding is so oud sy sweer as een van haar jonger broers nie die kanaal na die studente radiostasie verander het en dit daar vasgesteek het nie, die ding nog Springbokradio sou opvang. Sy kan nog goed onthou hoe sy in trane die kewertjie aan haar jonger broer moes oordra toe sy klaar studeer het. Voor dit was dit eers haar ma se motortjie en toe haar ouer broer Pierre s'n. Die laaste van hul vier Roux-kinders besit nou die motor maar dit loop sweerlik net op genade.

Toe sy af buk om haar hand van die vloer aan die passasierskant op te tel, glip die massiewe sonbril oor haar neus en sy giggel. Sy wil nie eens weet hoe sy lyk nie. Miskien soos 'n agent in 'n derderangse spioenasiefliek. Of dalk eerder of sy na 'n kostuumpartytjie toe gaan. Dit het egter baie gehelp om haar incognito te hou, dus gaan sy nie kla nie.

Sy beter egter wikkel voor daardie ou in die viertrek besluit hy wil haar kom konfronteer. Net om daaraan te dink maak dat sy soos blits uit die motortjie spring en dit met die outydse sleutel sluit. Sy rek haar treë na die hoofingang van die stadion maar loer rond of sy dalk nie meneer Spiere en Beneuk raakloop nie. Dis toe dat sy eers die konstruksievoertuie aan die ander kant van die stadion opmerk. Die area is gedeeltelik afgesper en dis duidelik dat groot bouwerk beplan word. Dit verduidelik dus die gebrek aan parkering.

Gelukkig haal die man haar nie in nie. As sy volgens daardie gespierde bo-arms moet oordeel, spandeer hy seker die meeste van sy tyd by die gimnasium net langs die stadion. Miskien hoef sy nie weer in hom vas te loop nie.

Melissa het al meer as genoeg te doen gehad met knorrige mans. Roan, haar eks-verloofde, het meer buie gehad as 'n vrou in haar menopouse. Melissa het nooit geweet waar sy met hom staan nie. Dit het net erger geword hoe langer hul verhouding geduur het. Sy jaloesie en aggressie het eindelik 'n einde daaraan gebring.

Miskien moet sy hom tog egter bedank.

As sy nie so desperaat was om uit die Kaap weg te kom nie, sou sy dalk nie vir dié pos aansoek gedoen het nie al was dit hoe lank haar droom om vir die Buffels te werk.

Sy kyk op na die reuse standbeeld van die buffel aan die buitekant van die gebou en blaas haar asem uit. Sy is hier. Uiteindelik. Buffels Stadion, Pretoria. Die domein van die Buffels Rugbyklub.

Dit gaan 'n lang seisoen wees aangesien die Buffels hierdie jaar in 'n nuwe kompetisie gaan speel maar Melissa kan nie wag om te begin nie.

Sy glimlag, trek haar skouers terug en stap na die

ontvangstoonbank waar sy vriendelik vir die ontvangsdame glimlag. "Goeie môre. Ek is Melissa Roux, die nuwe fisioterapeut.

D aniel frons. Sy skouers sak in frustrasie. Hy weet nie hoekom hy nog verbaas is dat die konstruksievoertuie daar is nie. Hy ken vir Nicholas Carter en Grant Willoughby lank genoeg. Een van hulle sou dit wel reggekry het om die konstruksiewerkers te oorreed om so kort na die feesseisoen in te val. Daniel sien egter probleme met die parkering as die res van die spelers Woensdag terugkeer. Daar is skaars parkeerplek vandag vir die paar wat wel op die eerste werksdag van die nuwe jaar hier is. Hy moet dit dalk in gedagte hou in die toekoms.

As hy dit geweet het sou hy sy motor by sy meenthuis gelos het en oor die pad gestap het na die stadion. Hy wil egter na die vergadering gaan inkopies doen voor hy huis toe gaan en soos hy nou voel, was hy regtig nie lus om vanoggend hierheen te stap en vanmiddag weer terug nie. Daarvoor is sy rug gans en al te seer. Nou is dit egter te laat om terug te ry na die meenthuis met al die konstruksievoertuie wat die pad telkens versper en dan weer terug te kom om betyds te wees vir sy afspraak met die spandokter. Hy is omtrent so stadig soos 'n skilpad met die spasma wat dreig om hom krom te trek. Vandag is hy omtrent soos die ou man in die span.

Hy snork. Behalwe Ryan Foster, ís hy die ou man.

Op twee-en-dertig het Daniel miskien nog genoeg energie om 'n paar jaar te speel. Hy moet egter erken dat dit jaar na jaar moeiliker word. Hy het 'n goeie loopbaan saam met die Buffels en die Springbokke gehad maar dis dae soos vandag dat hy gereed is om sy stewels op te hang. Miskien is dit as gevolg van die korter breuk wat hy gehad het. Hy kon slegs vir drie weke ontspan aangesien hy nog twee wedstryde vir die Barbarians gespeel het na afloop van die Springboktoer in die Noordelike Halfrond.

Hierdie seisoen begin ook vroeër as gewoonlik as gevolg van die nuwe internasionale kompetisie waarin hulle gaan speel. As hy gedink het verlede jaar was rof, sal hy al sy geld daarop verwed dat hierdie jaar nog rowwer gaan wees.

Daniel wil-wil sy rug strek maar hy kom nie ver nie want sy spiere vertrek weer in 'n spasma. Hy sit 'n rukkie stil en byt op sy tande tot die spiere weer effens verslap.

Hy en Matthew het vir Richie Campbell en Mark Bailey op die lughawe gaan haal soos vriende mos maar doen. Na middagete kon hy dit net nie meer hou nie en het maar vir dokter Montgomery geskakel. Gelukkig het Dok ingewillig om hom voor die vergadering te sien en dis die rede hoekom hy so vroeg hier is. Hy hoop net Dok, of een van die fisio's, sal die probleem kan uitsorteer.

Hy moes Richie gisteraand by hom op die landgoed laat bly het, maar ...

Deksels!

Daniel het nie die skedonk in die volgende ry gesien voor die Volkswagen by die parkeerplek inglip waarvoor hy wag nie. Hy swets onderlangs en gluur vir die vroumens. Nie dat hy veel kan sien behalwe 'n blonde poniestert en oorgroot sonbril wat feitlik haar hele gesig bedek nie.

"Komaan, Blondie. As jy daardie liederlike sonbril afhaal sou jy gesien het ek het my flikkerlig aan om daar in te draai," brom hy onderlangs. Sy kan hom dalk nie hoor as gevolg van die musiek wat oor die radio blêr nie, maar sy behoort sy boodskap te kry met die handgebare wat met sy gekla gepaard gaan.

Hy het egter nie nou tyd om te baklei nie al is hy lus om haar strot om te draai. Hy mor nog steeds onderlangs toe hy uiteindelik parkeerplek aan die ander kant van die Final Whistle kry. Toe hy verby die verweerde Volkswagen stap, skop hy dit sommer in frustrasie. Hy is egter onmiddellik spyt toe sy tone brand en dieselfde sensasie regdeur opskiet tot in sy rug.

Hy loer vinnig op sy horlosie. So vinnig as wat sy rug hom toelaat, haas Daniel hom na die dokter se spreekkamer. Hy maak dit met twee minute grasie.

Dok groet stuurs. Hy is seker ook nie baie lus om hier te wees so vroeg in die Nuwe Jaar nie. Daniel is egter al gewoond aan die ou man se stugheid maar vandag waardeer hy dit. Hy is ook nie lus vir ligsinnige gesprekke terwyl Dok hom ondersoek nie.

Dok maak in stilte sy notas en gluur vir Daniel toe hy die lêer oor die tafel na Daniel skiet. Daniel gryp dit net betyds voor dit oor die rand tuimel. "Michael wag vir jou. Ek het hom gisteraand al gewaarsku. 'n Massering of twee behoort jou uit te sorteer. Indien nie, kom sien my Vrydag."

"Hoekom was jy so gretig om hier aan te sluit? Jy weet dis 'n junior posisie en jy is al bietjie senior vir dit, dan nie?

"Ek weet, maar ek droom al jare daarvan om vir die Buffels te werk. Ek wou nie nog wag vir 'n senior posisie om oop te gaan nie. En, hier het ek 'n kans om te groei soos jy in die onderhoud uitgewys het."

"Dit is so ja, maar hoekom die Buffels? Daar is baie ander groot klubs wat jou sou opraap. Jou vorige werkgewer was juis nie gretig om jou te laat gaan nie."

Melissa lag. "Dit is so, maar ek is 'n gebore Pretorianer. Net soos my pa en drie broers is ek 'n groot Buffels-aanhanger. Ek het van skooldae af gedroom om hier te werk."

"Jy sal nie spyt wees nie."

"Definitief nie. Ek het boonop die kans om meer by jou te leer. Ek het seker alles gelees wat jy geskryf het en al die programme gekyk wat jy saam met Nathan Sinclair gemaak het."

"Jy sal maak dat ek bloos," grinnik die ouer man verleë.

Melissa oordryf nie. Michael Brady is 'n legende in eie reg. Hy het jare gelede vir die All Blacks gewerk voordat hy teruggekeer het Suid-Afrika toe om by die Buffels aan te sluit. Michael is verantwoordelik daarvoor dat die fisioterapeute by die Buffels heel anders betrokke is by die spelers. Hulle is nou nie net meer verantwoordelik om die spelers vir krampe en beserings te behandel nie. Hulle is deel van die span, en werk nou saam met die fiksheidsafrigters om seker te maak dat elke speler so fiks as moontlik is.

"Voor ek grootkop kry, laat ek jou net hier onder rond wys. Darius, die ander junior fisio sal jou later op 'n toer neem terwyl ek en Simon na 'n vergadering gaan. Ons moet ook een van die terapiekamers voorberei vir 'n moontlike pasiënt afhangende van Dok se bevinding."

Daniel staan op. Hy doen nie eens die moeite om sy hemp weer aan te sukkel nie en gooi dit sommer oor sy skouer. Na 'n stuurs groet stap hy in die rigting van die terapiekamers. Michael behoort óf in die kantoor te wees óf in die terapiekamers.

'n Entjie van die kantoor, hoor Daniel die sagte, melodieuse lag van 'n vrou. Hy herken egter nie die lag nie. Dis beslis nie Sandy nie. Dié het so borrelende, aansteeklike lag. Ook nie Rachel nie. Hulle sekretaresse se lag is baie meer statig. Dit klink ook nie soos Chloe, die dieetkundige, of Hannah, die kondisioneringsafrigter nie.

Dis nou ook nie asof hy genoeg vroumense ken om hul lag te onderskei nie, maar dis al vrouens wat by die Buffels werk. Wie is hierdie een dan? Hy ken beslis nie daardie laggie nie.

Nuuskierig stap Daniel nader. As hy helder kon dink sou hy dit eerder daar gelos het maar hy is nuuskierig, want hierdie vrou se lag het so vreemde tinteling langs sy ruggraat afgestuur. En dis beslis nie die spasma se skuld nie. Maar Daniel weet ook dat sy nuuskierigheid hom niks gaan baat nie. Hy het nie die tyd of die geleentheid om enigsins aan 'n vroumens te dink nie. Beslis nie hierdie jaar nie.

Hy moet 'n voorbeeld vir sy span stel. Net soos die res van die span het hy aan die einde van die vorige jaar 'n eed onderteken en 'n Cooper is 'n man wat sy woord gestand doen.

Sy waarskuwende praatjie met homself help nie veel nie want hy is bly maar nog nuuskierig.

Hy is nie seker of hy moet dankbaar of teleurgesteld voel toe Michael uit die kantoor stap nog voor Daniel dit bereik nie. Hy sal maar nou sy nuuskierigheid moet beteuel aangesien die vroumens nie vir Michael volg nie.

Hy loer-loer in die kantoor maar sien niemand nie.

"Jis, ou. Kan jy nie bietjie wag dat man sy voete vind na die vakansie nie?" korswel Michael toe hy vir Daniel sien. Hy gee Daniel egter nie kans om te antwoord nie voor hy vra, "Wat het jy gedoen? Moenie vir my sê jy het geoefen nie?"

Daniel skud sy kop, "Ek wens ek weet. Ek het Saterdagoggend vir Damian gehelp om die laaste paar kalwers in te ent. Ek dink dis toe ek die een halsstarrige kalf in die hok probeer kry het dat iets fout gegaan het. Sedertdien veroorsaak elke skielike beweging hierdie ondraaglike spasma."

"Het jy iets gebruik?"

"Ja, die gewone voorgeskrewe spierverslappers maar dit help net 'n rukkie. Gistermiddag het dit net te ondraaglik geword dat ek maar vir Dok gebel het."

"Hoekom het jy nie sommer vir Sandy gevra nie?"

Daniel het dit oorweeg. Sandy is immers die masseuse vir die Buffels en sy en haar man Carl, die hulpafrigter, bly net so huis weg van Daniel op die eko-landgoed net voor die snelweg.

"Ek sou, maar ek het gisteraand in die meenthuis geslaap. Ek en Matthew het vir Mark en Richie Campbell op die lughawe gaan haal. Richie gaan sommer in die meenthuis bly hierdie seisoen. Aangesien ek in elk geval vroeg hier moes wees, het ek gedink dis beter om daar te slaap. Ek wou darem ook nie vir Richie alleen los sy heel eerste aand in Suid-Afrika nie."

Daniel gebruik die meenthuis deesdae net as hy 'n laat funksie in die stad het of vroeg by die stadion moet wees vir oefening, dus was dit nie 'n moeilike besluit om die plek vir Richie aan te bied nie. Dis heel gerieflik reg oorkant die pad van die Buffels se stadion en Richie hoef nie nog te sukkel in 'n vreemde omgewing nie.

"En asof dit nie genoeg is nie, het my nuwe bure besluit om gisteraand 'n daknatmaak partytjie te hou. Dit het aangehou tot die vroeë oggendure. Niemand kon 'n oog toemaak nie. Behalwe Richie, nou. Ek sweer die man kan deur alles slaap. Hy het nie eens een keer deur die nag beweeg nie en toe ek weg is was hy nog vas aan die slaap."

"Wie hou 'n daknatmaak op 'n Sondagaand?"

"Die nuwe groep," mor Daniel. "Ek hoop dit was 'n eenmalige gebeurtenis."

Michael lag. "Dan sal jy maar 'n gesprekkie met die jong manne moet voer. Ek glo nie hulle is bewus daarvan dat hul buurman die klubkaptein is nie. Net een gesprek sal nodig wees om hulle op hul tone te hou."

"Ek hoop so."

Teen daardie tyd het hulle die terapiekamer bereik wat Michael reeds voorberei het. Daniel wag nie vir instruksies nie. Hy weet mos al teen die tyd wat om te verwag. Hoeveel masserings het hy nie al in sy loopbaan gehad nie? Gits, hy sal nie eens kan tel nie.

Hy hang sy hemp oor 'n stoel en skop sy skoene uit. Die masseerbed is reeds voorberei en Daniel gaan lê sommer op sy maag terwyl Michael Dok se notas bestudeer. "Ek is nou terug."

Voor Daniel kan reageer hoor hy Michael se voetstappe in die gang wegsterf. Hy skuif gemakliker terwyl hy rustig wag.

2

Toe Melissa die tweede keer daardie oggend by die terapiekamer instap, stap Michael voor haar en verberg eers haar uitsig. Toe Michael egter weg tree, sien sy hom waar hy op sy maag op die terapiebed lê. Die man is groot en hy dra net jeans en sokkies. Die ligblou denims span styf oor sy stewige agterstewe en bobene. Gits, selfs van hier af kan Melissa sien dat die man spiere het op plekke waar ander mans nie eens plekke het nie.

Dis nogal 'n baie aanloklike uitsig.

Die blootgestelde dele van sy liggaam is sonbruin gebrand, asof hy lang ure in die son spandeer het. Hy het bes moontlik. Melissa weet teen die tyd dat die spelers die lang somervakansie gebruik om te ontspan en hy het seker dieselfde gedoen.

Sy hare is donker en krul tot in sy nek. Dit lyk sysag en haar vingers jeuk om deur die krulle te woel. Dan oor die gladde vel van sy rug te streel, af ...

Melissa bloos skoon toe sy besef waar haar gedagtes heen gaan. Hopelik kan niemand gedagtes lees nie.

En toe kom die skok. Melissa besef eers wie die man is oor wie sy kwyl toe Michael hulle voorstel.

Daniel Cooper, kaptein van die Buffels – en die spilpunt van al haar tiener fantasieë.

Sy blaas haar asem stadig uit. Die man wat so goed lyk van agter af, lyk net so goed van voor. Sy weet mos. Sy het hom baie dopgehou. Sy het elke foto wat sy van hom kon kry onder haar bed gebêre. Sy het hom egter net van ver bewonder in die tyd toe hy saam met haar broer Pierre vir die universiteitspan uitgedraf het.

Melissa onthou dus presies hoe hy lyk. Manlik en skoon-geskeerde gesig. Vreemde bruin oë met lagplooitjies langs sy oë. Destyds was sy bruin krulhare korter maar nou krul dit oor sy ore en nek.

Jis, dis nou ongemaklik. Sy het nou nooit sou kon dink dat die onderwerp van haar fantasieë uitgestrek op die bank voor haar sou lê met die wete dat sy binnekort hom moet aanraak nie. Sy moes eintlik want sy het tog geweet hy speel nog vir die Buffels maar sy het wraggies nie eens daaroor gedroom toe sy 'n tiener was nie. Sy lag amper. Sy sou hom seker sopnat gekwyl het en soos 'n totale idioot gelyk het.

Gelukkig het sy daardie fase van haar lewe ontgroei. Sy is 'n volwasse, professionele vrou en iemand soos Daniel Cooper affekteer haar lankal nie meer nie. Sy het al honderde masserings uitgevoer op ouens soos hy. Party was dalk nog aantrekliker as die Buffels se spankaptein.

Gelukkig klink sy nie soos 'n idioot toe sy Michael se vrae beantwoord nie aangesien Michael saamstem met haar diagnose en behandeling.

Weer lag sy amper. Michael móés saamstem want Melissa het sy eie metode haarfyn beskryf. Hy besef seker nou dat sy nie hom net heuning om die mond wou smeer nie.

Michael druk die ekstra handdoek oor Daniel se jeans en

vou dit in terwyl Melissa die olie in haar hande warm maak. Sy
tree nader aan die tafel en lê haar hande op sy lae rug om met die
massering te begin. Dit voel asof 'n tinteling deur haar hande
skiet en sy ruk dit verskrik terug.

Goeie genade! Wat was dit?

Sy loer benoud na Michael. Hy bestudeer haar fronsend en
sy besef sy moet haar vinnig regruk.

Sy trek haar asem diep in en plaas haar hande weer op
Daniel se rug maar sukkel om die bewing te beheer. Nog 'n diep
asemteug help haar om te fokus en kan sy die massering begin.

Melissa is ongelooflik bewus van die ferm vel onder haar
hande. Al konsentreer sy hoe hard op haar taak, probeer haar
brein nog uitwerk wat so pas gebeur het. Nie een van die
antwoorde maak egter sin nie. Sy het al hoeveel rugbyspelers
gemasseer oor die jare heen en sy het nog nooit so 'n reaksie
ervaar nie.

Gelukkig begin Michael met Daniel praat en verbreek die
vreemde stilte in die vertrek. Daniel klink eers half onwillig om
die eerste vraag te beantwoord. Melissa voel hoe hy sy asem diep
intrek en uitblaas voor hy antwoord.

Melissa raak skoon meegesleur deur sy stem. Sy sou nou nie
omgee om heeldag na daardie stem te luister nie. Dis diep en ryk
wat haar laat dink aan warm sjokolade op 'n koue wintersdag en
kaggelvure en ...

Sy trek haar asem vererg in toe sy besef waarheen haar
gedagtes neig. Sy moet op haar werk konsentreer en nie Daniel
Cooper nie. Sy moes al jare gelede oor haar bakvissie-
verliefdheid op Daniel Cooper wees. Of was sy nie? Nee gits, dis
sommer simpelheid.

.   .   .

Toe Michael 'n paar minute later terug keer, is hy nie alleen nie. Daniel besef dit onmiddellik toe hy die sagte, blomgeur van 'n vrou se parfuum inasem. Miskien is dit die vrou wat hy vroeër gehoor lag het. Hoe lyk sy? Daniel kan hy nie help om daaroor te wonder nie. Hy lig sy kop en trek sy skouers op om om te draai, maar Michael gee hom nie 'n kans om sy nuuskierigheid te bevredig nie. Hy druk sy hand op Daniel se skouer en beveel, "Lê stil."

Gelate sug Daniel onderlangs. Hy is so teleurgesteld dat hy nie eens agter kom dat Michael die vrou aan hom voorstel nie. Hy mis heeltemal die deel waar Michael haar naam noem. Teen die tyd dat hy bykom, is al wat hy hoor, " ... ons nuwe fisioterapeut. Sy gaan vanoggend jou massering doen. Die week vorentoe gaan rof wees en ek wil graag self haar tegnieke bestudeer. Gee jy om?"

"Nee," mompel Daniel, vies vir homself. 'n Massering is in elk geval net 'n massering. Hy gee nie om wie dit doen nie, so lank hy van die spasma ontslae kan raak.

Michael en die vrou begin praat oor die behandeling. Of eerder, Michael vra vrae, en die vrou antwoord. Daniel hoor hul stemme, maar dis asof die woorde nie registreer nie. Hy kan hom verluister aan die melodieuse stem wat hom amper hipnotiseer.

Hy wip omtrent toe Michael op sy skouer druk om sy aandag te trek. "Lig jou voete."

Daniel gehoorsaam gedwee. Hy lig sy voete en wat tot Michael 'n handdoek onder sy enkels indruk voor hy weer ontspan. Michael druk nog 'n handdoek oor Daniel se jeans om dit teen die olie te beskerm voor hy beveel, "Goed, jy kan voortgaan."

Daniel dwing homself om te ontspan. Hy hoor duidelik haar bewegings toe sy die olie in haar hand gooi en die swiesj-

swiesj-geluid toe sy dit warm vryf tussen haar palms. Haar parfuum ruik sterker toe sy nader aan die tafel tree wat maak dat hy net meer bewus is van die vrou.

Die oomblik toe sy haar hande op sy lae rug lê, voel dit behoorlik asof sy vel spring. Hy trek sy asem skerp in toe 'n weerligstraal deur hom skiet, van die plek op sy rug waar haar hande sekondes tevore gelê het, reg tot in sy bekken.

Gelukkig lê hy op sy maag want sy liggaam reageer totaal onvanpas. Hy druk sy kop dieper in die gat om sy verleentheid weg te steek.

Nee gits man. Hy is twee-en-dertig. Hy weet al teen die tyd hoe hy lyk as hy verleë is en hy is baie beslis nou verleë. Nogal erg. Hy het nie eens 'n spieël nodig om te weet dat hy rooier as 'n tamatie is nie. Die hitte sprei van sy wange na sy nek.

Wat de hel het nou net gebeur? En wat dit ook al was, hoekom nou?

Het sy dit ook gevoel?

Hy haal 'n paar keer diep asem om sy vervlakste libido onder beheer te kry. Gits, dit het hy nou beslis nie verwag nie. Hy het al so lank sy behoeftes onderdruk. Hoe kry die vroumens dit reg om dit binne sekondes op te diep?

Hy verstyf toe sy haar hande 'n tweede keer op sy rug lê. Hy konsentreer so op sy asemhaling dat hy dit net-net regkry om nie weer soos die eerste keer te reageer nie. Gelukkig begin Michael met hom praat en kan hy op die gesprek fokus. Enigiets, solank dit nie die vroumens se aanraking is en hoe sy hom affekteer nie.

"Hoekom was jy so knorrig toe jy hier aangekom het? Jy het erger gelyk as 'n buffel op steroïede."

Melissa word tot nugterheid geskok toe Daniel grom, "Simpel parkeerarea. As ek geweet het die konstruksie sou vandag al begin, sou ek my motor by die meenthuis gelos het en oorgestap het. Hulle lewer egter vandag Richie se geborgde motor af en hulle gaan die ekstra parkeerspasie nodig hê. My rug het my boonop opgekeil. Ek wens egter nou ek het maar my kar daar gelos of terug gery soos ek wou. Net voor ek dit doen sien ek mos die oop spasie. Ek sit nogal my flikkerlig aan om te wys dat ek daar wil indraai maar voor ek kon, glip hierdie blonde leëkoppie met 'n poniestert in 'n ou Volla in en steel die spasie reg voor my oë. Ek twyfel of sy my sou kon sien van agter daardie lelike, groot sonbril wat sy gedra het. Sy sou my nog minder kon hoor deur daardie aaklige musiek wat oor haar radio geblêr het. As ek tyd gehad het sou ek haar gekonfronteer het, maar jy ken Dok. Een sekonde laat vir jou afspraak en jy moet self sien kom klaar."

Teen die tyd dat Daniel klaar gal af gegaan het, is Melissa nog meer die joos in as hy. Wie dink hy miskien is hy? Daar is nie 'n naam op daardie parkeerplek nie! En hoe kan hy so veralgemeen? Hy ken die vroumens van geen kant af nie. Sy mag dalk blond wees, maar sy is baie beslis nie 'n leëkoppie nie. Daniel Cooper sal baie vinnig sy fout agterkom.

Melissa besef dis skielik stil. Toe sy opkyk, draai Michael sy kop skoon skeef soos hy haar bestudeer. Hy is duidelik geamuseerd. Melissa weet sommer dat Michael twee en twee bymekaar getel het en by die regte antwoord uitgekom het. Sy kan nie eens stry nie. Sy het blonde hare en dis vasgemaak in 'n poniestert. Sy twyfel of daar nog baie vrouens met daardie beskrywing so vroeg op 'n Maandagoggend by die stadion sal wees. Al dra sy nie eens die lelike sonbril nie, en al was daar baie vrouens, sou haar verraderlike blos haar egter weggegee het.

Sy kyk af en staar stip na haar hande. Sy moet so 'n paar keer diep asemhaal voordat sy iets onverantwoordeliks doen soos om Daniel Cooper te knyp of iets erger. Sy is egter baie lus maar tog doen sy dit nie. Dis seker net die klomp kere wat sy tot tien tel wat help. Nee wat, laat sy hierdie net oorkry dus konsentreer sy eerder om so gou moontlik van die spasma ontslae te raak.

Sy moet hom toegee. Dit moes seker ongemaklik gewees het maar dit gee hom nie die reg om so neerhalend te wees nie. Dan verdien hy sommer die kramp en nog 'n paar ander.

Sy frons. Dis nie soos sy is nie. Sy wens niemand ooit pyn toe nie, maar hierdie is nou nie normale omstandighede nie. Miskien is dit omdat sy so verward voel oor haar reaksie.

Sy is kwaad maar hoekom? Omdat sy teleurgesteld is? Dis dalk nader aan die waarheid. Sy het Daniel nog altyd bewonder. Dit is eintlik teleurstellend om uit te vind hy is so vol van homself en dan boonop nog 'n chauvinis.

Sy slaak 'n sug van verligting toe Daniel kreun toe die spanning eindelik skiet gee. Sy kyk terug na Michael wat haar behandeling intens bestudeer het. Melissa het nie eens besef na Daniel se tirade dat die vertrek weer stil is nie.

Michael knik tevrede as 'n teken dat Melissa kan stop. Sy haal een van die handdoeke uit die verwarmer en lê dit oor Daniel skouers en rug. Miskien is dit nie net om hom gemaklik te hou nie maar ook om daardie verleidelikheid te bedek. Wat die oog nie sien nie maak die hart nie seer nie.

Ha! Simpel gedagte. Hart het niks hiermee te doen nie. Daniel Cooper mag dalk 'n versoeking op twee bene wees, maar sy wat Melissa is sal sorg dat sy so ver moontlik van hom af wegbly.

"Hoe sal jy die behandeling voortsit?"

Melissa ruk amper soos sy skrik toe Michael so skielik die vraag vra. Sy sal baie beter doen om op haar werk te fokus wat sy verbasend regkry. Sy ken die antwoord uit haar kop en rammel dit amper soos 'n rympie af.

Weer knik Michael, "Dis goed. Jy het jou goed van jou taak gekwyt. Ek sal hom verbind. Sien jou in die kantoor."

Melissa vlug uit die vertrek sonder om eers te groet. Ongeskikte chauviniste verdien nie die hoflikheid nie.

In plaas van reguit kantoor toe stap, gaan sy eers badkamer toe. Sy is nog vies vir haarself omdat sy so teleurgesteld voel. Dit wys jou nou net hoe maklik kan mens geflous word deur 'n aantreklike bakkies.

Sy kan net nie verstaan hoekom die man so felle reaksie in haar veroorsaak nie. Sy onthou daardie tinteling toe sy haar hande op hom gesit het en hoe bewus sy van hom was. Baie meer as wat sy behoort te wees.

Die man is 'n pasiënt en hy is arrogant. En sy haat mans met groot ego's met 'n passie.

Toe sy na die kantoor toe terugkeer, blyk dit dat Daniel reeds weg is en sy slaak behoorlik 'n sug van verligting.

Sy hoop nie sy het baie met Daniel Cooper te doen in die toekoms nie. Sy sal hom ignoreer so ver as sy kan. Die stadion is groot en daar is baie spelers. Dit behoort seker nie so moeilik te wees nie, of hoe?

D aniel se eerste vergadering eindig net voor middagete. Dit blyk dat die massering suksesvol was want sy rug pla hom nie te veel nie.

Tydens middagete deel Daniel 'n tafel met Matthew, Michael en Simon, die senior fisioterapeut. Hulle het skaars hul sitplekke ingeneem toe Matthew vra, "Hoe voel jou rug?"

Nee gits. Hy moet nie eens aan daardie massering dink nie. As hy net daaraan dink dan dink hy aan die terapeut en die effek wat sy op hom gehad het. As slegs die aanraking van haar hande op sy rug hom so laat reageer het, wat sal gebeur as haar hande oor sy hele lyf streel? Daniel kreun sommer.

Eers toe Matthew frons, duidelik bekommerd, besef Daniel dat hy hardop gekreun het. Michael bestudeer hom ook met 'n vreemde uitdrukking wat Daniel nie kan peil nie. Hy ignoreer eerder die kyke en strek sy rug. Laat hulle maar dink dit is sy rug wat hom nog opkeil. Hy antwoord kortaf, "Nog stywerig, maar gelukkig nie so seer soos vanoggend en gister nie."

Michael los dit egter nie daar nie. Hy smaal en verduidelik vir Matthew se onthalwe, "Ons het 'n nuwe fisio, Melissa. Sy het vandag begin. Ek het haar sommer dadelik aan die werk laat spring deur dat sy vir Daniel moes masseer." Daniel kon sweer die glimlag wat Michael vir hom gee is spottend toe hy vra, "En hoe was dit, Daniel? Het sy 'n ferm aanraking?

Gits, hoekom wil Michael dit nou weet? Het hy iets agter gekom? Miskien het hy, wat maak dat Daniel sommer bloos as hy onthou waar sy gedagtes heen gegaan het.

En nou weet hy haar naam is Melissa.

Hoe lyk sy? Is sy so mooi soos haar stem en haar lag? Want dis een ding wat Daniel nog steeds nie weet nie. Hy kon nie een keer haar gesig sien nie en toe hy klaar aangetrek het was sy ook nie in die kantoor sodat hy haar kon bedank nie.

Skielik besef Daniel dis baie stil om die tafel. Toe hy opkyk, bestudeer al drie mans hom. Sy gedagtes het alweer gedwaal en hy het niks van die gesprek gehoor nie. "Ekskuus, ouens. Het julle iets gesê?"

Hy is nie verkeerd nie. Hierdie keer lag Michael openlik vir hom. Hy kon blykbaar nie sy reaksie so goed weg gesteek het soos hy gedink het nie.

Gelukkig los Michael die gesprek daar en vertel hulle oor sy besoek aan Denver, en die vordering met Jakes du Plessis se terapie vir die dyspierbesering wat Jakes tydens die Springboktoer opgedoen het. Dit neem die res van hul middagete in beslag en dis met verligting dat Daniel na ete saam met Matthew stap om die volgende vergadering saam met die afrigters by te woon. Dit was amper spitstyd toe hulle uiteindelik na hul motors stap.

"Ek gaan by Richie 'n draai maak om te sien hoe hy vorder. Kom jy saam?"

"Nee, jammer. Ek moet nog gaan inkopies doen. Ek dink nie ek het eers meer langlewemelk in die huis nie."

Dit is nie 'n leuen nie, maar Daniel het regtig nou net nodig om by die huis te kom en vergeet dat vandag ooit gebeur het.

Voor Matthew egter kon wegstap, keer Daniel hom, "Matt, jy is die naaste aan Richie. Ek is bekommerd oor môreoggend se perskonferensie. Kan jy hom bietjie help om voor te berei vanaand? Jy weet hoe dit gaan met perskonferensies. Ek is bevrees dat die pers op Richie gaan fokus. As hy gal afgaan, gaan die pers hom nooit verstaan nie. Ons kan nie altyd sy hand vashou nie maar ten minste kan ons hom môre bystaan. Richie is ons eerste internasionale speler en 'n dekselse goeie een maar ek en jy weet hoe hy oor die pers voel."

Matthew lag. "Ja, jy is reg. Maar jy hoef nie bekommerd te wees nie. Chris het ook vir my die lys van onderhoude aangestuur."

Daniel draai verlig weg. Gelukkig kan hy op Matt staatmaak. Die ou is een van die mees stabiele invloede in die span. Daniel kon nie vir 'n beter onder-kaptein gevra het nie. Nee, hy moet dit eerder so stel: hy is gelukkig om 'n kerngroep senior spelers te hê waar op hy kan staatmaak. Deesdae het 'n kaptein daardie senior spelers nodig om sy oë en ore te wees wanneer hy nie daar kan wees nie.

Hierdie jaar gaan hy nog meer op hulle moet staatmaak. Dit is 'n hele nuwe speelveld met die Internasionale Klubkompetisie. Dit is groter as die vorige kompetisie toe hulle teen junior klubs van Australië en Nieu-Seeland gespeel het. Hierdie kompetisie strek oor al die kontinente waarby spanne van die Amerika's, Oseanië, Europa en die Suid-Afrikaanse spanne val.

Daniel het hom so ver moontlik probeer voorberei. Hy het

selfs van die velde gaan besoek waar hulle gaan speel toe hy in Brittanje was vir die Springboktoer.

Hy weet wat gaan kom. Hierdie jaar gaan 'n uitdaging wees. Hy kan regtig nie nou aan vroumense dink nie.

M et Melissa se terugkeer van die badkamer af, het nog twee mans by Michael aangesluit. Michael stel hulle sommer dadelik voor. Melissa is half teleurgestel toe sy uitvind dat sy saam met Simon Keller, die senior fisioterapeut gaan werk met die tweede groep spelers wat in die Welwillendheidsbeker gaan speel.

Darius Lategan, die ander junior terapeut gaan saam met Michael werk. Melissa sou bitter graag met hom wil rolle ruil maar sy het nie 'n keuse nie. Miskien sal sy tog in die toekoms haar kans kry.

Voor Michael en Simon na 'n vergadering gaan, gee hy Darius instruksies om Melissa te help om haar voete te vind. Melissa besef vinnig dat Darius die perfekte een is vir die rol aangesien hy haar heeltyd vermaak. Alhoewel sy moet afkyk na hom, beweeg daardie kort lyfie met 'n spoed deur die stadion wat Melissa skoon uitasem laat. Darius neem haar eers na die personeelkantoor sodat hulle die papierwerk kan afhandel. Daarna moet sy gaan foto's neem vir haar sekuriteitskaart en mates neem vir haar spanklere.

Teen die tyd dat hulle klaar is by die personeelafdeling, neem Darius haar vir 'n toer deur die stadion. Hulle geniet middagete by die eetkamer wat spesiaal ingerig is vir die spelers en die personeel. Hulle is skaars klaar met ete, toe is dit terug na die personeelkantoor om Melissa se sekuriteitskaart te kry en die uniforms wat die fisioterapeute moet dra.

Melissa is verras oor die groot verskeidenheid uniforms. Behalwe vir die sweetpakke, wat sy verwag het, kry sy ook 'n swart rompie en twee langbroeke en 'n stapel Bermuda kortbroeke. Die romp en langbroeke kan sy kombineer met 'n wit bloesie en swart baadjie vir meer formele geleenthede. Daarbenewens kry sy 'n klomp gholfhemde in wit, swart en grys, wat natuurlik die spankleure is.

Michael en Simon volg kort op hul hakke toe hulle net voor twee na die kantoor terugkeer vir die vergadering wat Michael belê het. Simon het 'n kartondoos in sy hande. Toe Melissa en Darius dit vraend beskou, lag Michael, "Ons bring geskenke met die komplimente van die bestuur."

Hulle verskuif na die konferensietafel. Michael lig hul eerste in oor sy onlangse besoek aan Denver waar hy meer ondervinding gaan opdoen het in hoë lugdruk terapie. Daarna is dit die vordering met die Buffels se eie hoë lugdruk terapiesentrum wat tans aan die gang is.

Eers toe grawe Michael in die kartondoos en haal vir elkeen 'n tablet uit en oorhandig dit aan hulle. Voor op is 'n wagwoord geplak. Melissa, Darius en Simon gaan staan agter Michael toe hy dit vinnig demonstreer.

Melissa raak al hoe meer opgewonde hoe meer Michael verduidelik. Nicholas Carter, die eienaar en besturende direkteur van die Buffels is 'n rekenaarprogrammeerder. Hy en sy span het 'n toepassing ontwikkel wat elke klein detail van 'n speler bevat. Dit gaan hul werk soveel makliker maak. Sy hoef nou nie deur lêers en lêers te delf om 'n speler se geskiedenis te bestudeer nie. Alles is sommer op haar vingerpunte.

Na Michael se demonstrasie, besluit hy dis genoeg vir een dag. Hulle kan die tablet verder op hul eie tyd by die huis gaan uitpluis. Hulle gaan die volgende dag begin om seker te maak dat die data in hul lêers met die wat die rekenaarspan ingevoeg het, korreleer.

Toe hulle as 'n groep die kantoor verlaat, het Melissa nooit eens daaraan gedink nie. Dis eers toe hulle die gehawende kewertjie bereik, dat Melissa sommer weer wil bloos. En natuurlik sal Michael homself verkneukel. Hy moes Daniel se opmerking onthou het.

Melissa is sommer weer geïrriteerd met die chauvinis, soos sy hom reeds in haar gedagtes gedoop het. Sy mompel verleë, "Dis my broer se studente motor. Aangesien ons vroeg klaar is kan ek myne gaan haal. Ek het 'n probleem gehad met die wiel balansering of iets. Ek het 'n slaggat getref op pad terug van die Kaap af.

Sy babbel en sy weet dit en dit irriteer haar net nog meer.

Melissa babbel nie. Wel, nie gewoonlik nie.

Maar, ten minste kan sy nou haar motor gaan haal. Daniel Cooper hoef nooit weer hierdie stuk skedonk te sien en dit met haar vereenselwig nie.

3

Op pad huis toe stop Daniel eers by die winkelpromenade naby die stadion. Eers toe hy klaar sy inkopies gedoen het en in die ry staan om te betaal, besef hy dat hy dalk eerder na die kompleks naby sy huis moes gaan. Dit sou nie so besig wees soos hierdie een nie. Vir een oomblik oorweeg hy om sy inkopies terug te pak en tog soontoe te gaan maar besluit dan daarteen. Hy is nou hier. Hy kan nou net so wel maar wag en klaarkry.

Hy loer na die ry voor hom om te kyk hoe lank dit is en sug. Dis lank. Hy is nou maar by die eerste punt en voor hom staan omtrent ses mense voor die ry omkrul langs die rakke van verleiding tot hulle omtrent reg voor hom weer draai na die betaalpunte. As al die betaalpunte oop is, gaan dit darem nie te stadig nie. Toe sy oë wegdwaal van die ry na die betaalpunte om te sien hoeveel is oop, sien hy haar.

Hy trek sy asem skerp in.

Sy is mooi. Baie, baie mooi. Lang, blonde hare hang oor haar skouers en blink in die elektriese lig. Dit lyk so sysag en sy vingers jeuk om daaroor te streel. Is dit so sag soos dit lyk?

Sy oë dwaal verder oor haar liggaam. Sy is lank en slank maar atleties gebou. Net soos hy van vrouens hou.

Hy snork. Dit is hoe hy van vrouens gehou het toe hy nog tyd gehad het. Hy kan egter nie onthou hoe lank gelede dit was nie. In die laaste vyf jaar het hy ernstige verhoudings vermy. Rugby en die besigheid wat hy saam met twee van sy beste vriende begin het slurp al sy tyd op. Vrouens is baie laag op sy prioriteitslys. Hierdie jaar sal vroumense dalk nie eens die top 100 maak nie.

Dit beteken egter nie dat hy nie 'n mooi vrou kan waardeer as hy haar sien nie. Hierdie vrou gee hom genoeg geleentheid. Sy blik streel terug oor die bruingebrande arms, die ferm borsies, slanke nek, tot by haar mond, waar hy 'n rukkie vashaak. Haar lippe is dun, maar tog sensueel. 'n Glimlag speel om haar mondhoeke. Wat vind sy so snaaks?

Gretig om meer te sien trek hy sy oë weg van haar mond, oor die reguit neusie en hoë wangbene, die sonbruin vel en dan haar oë. Haar wenkbroue en wimpers is donkerder as haar hare. Hoe kleur sou haar oë wees?

Sy voel seker iemand staar vir haar want sy kyk skielik op, reg in Daniel se oë.

Blou. Soos 'n blom wat se naam hy nie nou kan onthou nie. Nie vergeet-my-nietjies nie want hy ken hulle aangesien dit sy ma se gunsteling blom is. Die blom waaraan hy dink is donkerder blou of eintlik 'n amper-pers.

Die vrou se oë rek skielik en sy trek haar asem verskrik in. Vir 'n oomblik of twee staar sy net na hom. Dit voel byna asof die intensiteit van haar blik hom reg op die krop van sy maag tref. Maar dan frons sy skielik. Die kyk wat sy hom gee is so vuil dat die see hom nie sal kan afwas nie.

Hy staar verslae na haar. Wat is dit nou? Wat het daardie kyk veroorsaak?

Maar selfs nie daardie vuil kyk keer die hoop dat sy weer na hom sal kyk nie. Sy doen dit wel, en al gee Daniel vir haar een van sy mooiste glimlagte, reageer sy nie soos hy gehoop het nie. Haar gesig is onleesbaar maar dan doen sy presies dieselfde as die vorige keer.

Sy glimlag verstar maar nog steeds, soos 'n imbesiel, kan hy nie sy oë van haar afhou nie. Miskien sal sy weer terugkyk maar dan is dit haar beurt en sy beweeg weg na die betaalpunt.

Miskien is sy haastig want sy pak soos blits haar inkopies uit die mandjie en die volgepakte sakkies terug in die waentjie. Vir een oomblik vestig sy daardie penetrerende blik weer op Daniel. Net een kort oomblik, dan trek sy haar skouers terug en vlug behoorlik uit die winkel.

Half-gehipnotiseer staar Daniel haar agterna. Vir 'n oomblik oorweeg hy dit om sy inkopies net daar te los en haar te volg.

Hoekom? Dis gekkigheid.

Tog, ten spyte van daardie vuil kyke moet Daniel die intense begeerte onderdruk om haar te volg. Waarheen weet hy nie.

Miskien het sy hom gehipnotiseer met daardie besonderse blou oë want dit voel wraggies of sy 'n towerspreuk op hom geplaas het.

Hy snork. Sy verbeelding werk oortyd. Miskien is dit tyd dat hy by die huis kom sodat hy kan werk en oefen en die dag se gebeure agter hom sit.

Daniel keer terug aarde toe toe iemand aan sy arm raak. Hy kyk rond en dan af. 'n Jong seun staar na hom met groot oë en 'n skaam glimlag. Daniel ruk homself reg en sak af op sy hurke. Hy glimlag gerusstellend vir die seun en sê, "Hallo. Ek is Daniel. Wat is jou naam?"

Die seun stotter, "P-P-Pete. M-Mag ek ass-sseblief jou ha-handtekening kry?"

Daniel neem die pen en notaboekie wat die seun na hom

uithou en glimlag. "Dit sal 'n plesier wees, Pete. Hoe oud is jy? Tien? Elf?"

"Elf," antwoord Pete met meer selfvertroue.

"Speel jy rugby?"

Toe Pete knik, por Daniel hom aan, "Watter posisie speel jy?"

"Losskakel," antwoord hy trots terwyl Daniel sy boekie teken. Daniel vra hom nog 'n paar vrae totdat die seun se ma hom roep. Sy het reeds betaal en wag net vir Pete om klaar te maak. Daniel hou die seun dop toe hy sy pad deur die ry vleg en uiteindelik by sy ma aansluit. Sy bedank Daniel met 'n glimlag en 'n wuif voordat hulle die winkel verlaat.

Daniel wag geduldig vir sy beurt. Toe hy uiteindelik klaar betaal het en buite kom, kan hy homself omtrent skop toe hy rondloer in die hoop om die blondekop te sien. Daar is egter geen teken van haar nie. Nie dat dit hom sou baat nie. Daardie frons beteken dat sy in elk geval nie geïnteresseerd is nie.

Op pad huis toe dink hy aan die drie vroue wat sy dag so op sy kop omgekeer het. Eerste was dit die vrou in die kewertjie, toe was dit die fisio en die vreemde uitwerking wat sy op hom gehad het en nou dié vrou.

Die vrou in die parkeerarea het hom net vies gemaak maar die ander twee vroue? Hulle het 'n reaksie ontlok wat Daniel so ver as moontlik vermy het. Miskien was hy te lank selibaat. Dis hoekom twee vroue in een dag dit kon regkry om sulke vreemde reaksies te veroorsaak.

M elissa se eerste opdrag was om te gaan muffins koop die volgende oggend. Dit is nogal vreemd om weer in 'n junior posisie te wees maar sy gee nie eintlik om nie. Dit gee haar 'n kans om haar voete te vind en seker te maak sy verdwaal nie in die stadion nie.

Sy is diep in gedagte en bots byna teen 'n ander vrou reg by die kafeteria se ingang.

Melissa frons toe sy die vrou beskou. Nie omdat sy vies is nie, maar die vrou se sprankelende haselneut oë lyk baie bekend. Melissa kan haar egter nie plaas nie. Het hulle al ontmoet?

Die vrou trek terug toe sy Melissa net so nuuskierig beskou. Sy glimlag skielik breed. "Melissa? Melissa Roux? Dit *is* jy! Sjoe. Ek het jou jare laas gesien."

Die meisie met die elfie-haarstyl sien seker hoe verward Melissa is. Sy giggel ondeund, "O gits. Jy herken my seker nie maar ek blameer jou nie. Partymaal herken ek myself nie in die spieël nie. Chloe Marshall? Ons het so 'n paar klasse saamgeloop in ons eerste jaar op universiteit."

Melissa se mond val oop. "Chloe? Ek het jou regtig nie herken nie. Jy lyk pragtig ... Ek is jammer. Ek mag dalk ongeskik klink maar jy lyk regtig wonderlik. Wat het jy gedoen en wat maak jy hier? Ek het gedink dat ek, behalwe die masseuse, die enigste ander vroulike terapeut hier is."

Sy stop en mompel, "Ek is jammer. Ek het nie bedoel om jou so te ondervra nie."

"Dis als reg," lag Chloe. "Jy is reg. Jy is die enigste vroulike fisio, behalwe Sandy, die masseuse. Ek het in ons eerste jaar besef dat fisioterapie nie die rigting vir my is nie. Ek het sommer na die eerste semester opgeskop. Ek het die res van die jaar en die volgende jaar saam met 'n vriendin reg oor die wêreld rond getoer. Dis toe dat ek geïnteresseerd geraak het in kos. Ek bedoel nou nie net om dit te eet nie maar ook die effek wat dit op jou liggaam het. Ek het voedings- en kook werkswinkels bygewoon waar ons ook al was. Ek moet erken, ek het baie gewig verloor. Toe ons moeg word vir al die reis, is ek Potchefstroom toe om my B.Sc. in Dieetkunde te verwerf. Ek het verlede jaar by die Buffels aangesluit as hulle dieetkundige en is mal daaroor. Ons is 'n wonderlike span.

Melissa glimlag. Dit blyk sy is nie die enigste een wat kan babbel nie. "Dis wonderlik! Ek het eers gister begin dus is dit lekker om iemand anders te ken. Ek weet ons vrouens is in die minderheid, so ek is baie bly om jou hier te kry."

"Ja, maar al is ons net 'n paar, kom ons gereeld bymekaar om stoom af te blaas. Almal is nog nie vandag hier nie en dis stil. Hoekom kry jy my nie hier vir middagete nie dan kan ons verder opvang?"

"Dit sal baie lekker wees. Sien jou hier so teen ... ?"

"Twaalfuur sal my pas. Jammer, ek moet wikkel. Ek het 'n vergadering met die afrigtingspan en dan met die spyseniers. Sien jou later."

Chloe verlaat die kafeteria soos 'n warrelwind terwyl sy nog vir almal wuif wat sy teëkom. Melissa lag. Sy kan nog steeds nie glo dis dieselfde skaam meisie wat saam het haar in die Anatomie-klas was nie. Hierdie Chloe is pragtig, vol selfvertroue met 'n borrelende persoonlikheid. Sy blyk baie gewild te wees as Melissa moet oordeel volgens die gegroet van die personeel wat daar werk.

Dit is regtig wonderlik om iemand wat sy reeds ken by die franchise te kry. Dis met 'n ligter tred wat Melissa terugstap na die kantoor met die muffins wat hulle versoek het. Dit gaan 'n opwindende jaar wees. Sy voel dit sommer aan haar bas.

Of, dit sal wees, as sy 'n sekere spankaptein kan vermy. Daardie man is moeilikheid met 'n hoofletter M.

Daniel strek sy skouers en wag vir die perskonferensie om te begin. Christopher Brooks, die media beampte, sit aan sy regterkant en die res van die paneel vul die sitplekke aan sy linkerkant.

Christopher se skielike beweging trek Daniel se aandag. Christopher het weggedraai van die pers en sit met sy kop tussen sy bene. Hy haal 'n paar keer diep asem, asof hy homself probeer kalmeer. Daniel draai bekommerd na hom. Is dit senuwees wat so knaag? Dit is tog nie Christopher se eerste perskonferensie nie, alhoewel dit die eerste een is wat hy lei in sy nuwe posisie as die hoof van media.

Daniel gryp 'n bottel water van die tafel en stamp Christopher se arm. Toe hy opkyk, druk Daniel die water in sy hand. "Wat is fout? Moenie my vertel jy is senuweeagtig nie? Jy het mos al perskonferensies gedoen. Ek weet hierdie is miskien die eerste een in jou nuwe posisie, maar jy kan dit doen, my vriend. Ontspan, haal diep asem en blaas uit. En onthou, ek is langs jou."

Christopher antwoord nie dadelik nie. Hy neem eers 'n groot sluk water en sluk dit af voordat hy knik, "Dankie. Ek weet nie waar dit nou vandaan kom nie. Jy is egter reg. Ek behoort al gewoond te wees hieraan."

Daniel beskou hom bekommerd. Christopher lyk nog te ongemaklik na sy sin.

Toe Christopher nie op die aangewese tyd met die verrigtinge begin nie, stamp Daniel aan Christopher. Hy wys na sy horlosie en frons. Hy is skoon verlig toe Christopher sy asem diep intrek en uitblaas voordat hy op die mikrofoon tik en homself voorstel.

Die res van die perskonferensie is nie sonder probleme nie. Matthew het nou wel gister met Richie gepraat maar hy het gisteraand erken dat hy nog bekommerd is oor Richie. Beide Daniel en Matthew het weer vanoggend met Richie gepraat en hom probeer voorberei. Die Skot is egter hardkoppig en is nie gewillig om die joernaliste se vrae te antwoord nie. Ulrich Fölscher, die ander nuwe speler in die groep, vaar darem heelwat beter.

Daniel sug onderlangs. Hy het 'n suspisie dat hierdie 'n groter probleem kan word. Alhoewel dit Chris se afdeling is, is die spelers nog steeds Daniel se verantwoordelikheid. Op sy ewig-groeiende lysie van take voeg hy by: hou 'n oog op die nuwe spelers.

Dit voel asof die verrigtinge vandag vir ewig aanhou maar uiteindelik is hulle klaar. Mark het intussen saam met Richie na die meenthuis gestap om Richie se nuwe uitrusting te gaan bêre. Daniel en Matthew verklee sommer by die stadion in gemakliker klere.

D it is broeiend warm en toe die twee mans 'n rukkie later by Daniel en Matthew aansluit, is hulle sopnat gesweet.

Mark sak met 'n sug in die bank oorkant Daniel en strek sy ellelange bene uit. Hy gryp sommer dadelik een van die koue biere wat Daniel solank bestel het en neem 'n groot sluk. Toe hy die bottel op die tafel neersit, glimlag hy van oor tot oor. "Gits, *dude*, dit was nou lekker. Dankie man."

"Hoekom noem jy almal *dude?* Het jy weer een te veel swak Amerikaanse flieks gekyk oor die vakansie?" vra Daniel, geamuseerd.

"Ek het dalk. Wees net bly ek noem jou nie *'bitch'* nie. Omtrent al die flieks wat ek gesien het, het of 'n *'dude'* of 'n *'bitch'* gehad," spot Mark lustig saam.

Matthew skud sy kop, "Jislaaik, Mark. Jy moet iets beters kry om in die somervakansie te doen. Elke jaar leer jy nog 'n slengwoord by."

Mark lag. "Wees net bly ek het nie Koreaanse sepies gekyk nie. Ek het probeer, maar ek kon nie kop of stert uitmaak van wat hulle sê nie."

Matthew rol sy oë en lag. Hulle ken Mark en sy geheime voorliefde vir sepies en swak flieks al teen die tyd. Matthew en Daniel het al genoeg hotelkamers oor die jare met die groot slot gedeel om dit te weet.

Daniel bestudeer sy vriende met 'n glimlag. Hulle is so verskillend maar hulle is baie meer as net blote spanmaats. Mark is al die afgelope tien jaar Daniel se beste vriend. Sedert Matthew vyf jaar gelede by die span aangesluit het, het hy ook 'n goeie vriend en vertroueling geword. Hy is Daniel se regterhand. Die span se sukses het baie te doen met die stil losskakel.

Mark spot Daniel gereeld dat hy die 'lang, donker en aantreklike' een is onder hulle vriende. Daniel is 'n sterk leier wat die span bymekaar hou met sy stille selfvertroue. Alhoewel Daniel 'n groot man is, het sy vriende hom lankal die bynaam gegee van die sagte reus.

Ten minste het hy 'n goeie sin vir humor. Daniel is nie seker hoe hy in hierdie omgewing sou uitgehou het met al die gespot en geterg sonder 'n humorsin nie.

Mark se ligbruin hare is soos gewoonlik 'n kraaines, soos Daniel se ma gereeld sê. Ten minste het hy dit gesny en sy baard afgeskeer sedert hulle hom Sondag by die lughawe gaan haal het. As dit nie vir Mark se grootte was en sy oë wat altyd ondeund vonkel nie, sou Daniel hom dalk nie eens Sondag herken het nie.

Mark neem sy rol as die grapmaker in die span baie ernstig op. Hy is ook die langste in die span op oor die twee meter en vier sentimeter. Hy maak seker dat niemand dit vergeet nie.

Richie is die nuutste lid van hul span, maar hulle het al vyf jaar gelede vriende geword. Dan Mackay, een van Daniel se ou vriende, speel deesdae saam met Richie vir die Skotse nasionale span. Hy het Richie aan hulle voorgestel na 'n toetswedstryd. Twee weke later het hy en Matthew saam met Dan en Richie vir die Barbarians gespeel. Sedertdien het hulle in kontak gebly en selfs by Richie gaan kuier. Richie het ook al twee keer by Matt kom kuier.

Van die ander ouens in die span kan Daniel Christopher,

Jakes du Plessis, André Botha en Rick Walters onder sy vriende tel. Daniel is self verbaas oor sy vriendskap met Rick en hy is seker hy het ander ook verbaas. Rick is presies die teenoorgestelde van Daniel. Hy is grootmond, sosiaal en die grootste hartebreker wat Daniel nog ooit teëgekom het. Daniel is egter oortuig dat Rick 'n front voorhou. Hy hoop regtig die man kan binnekort sy nonsens uitsorteer en rustig raak. Hy dink egter nie dat dit binnekort gaan gebeur nie.

Vandag is dit egter net die vier van hulle.

Daniel lag toe Richie in sy swaar Skotse aksent mor, "Ons kon gewen het as dit nie vir Matt was nie."

Richie was reg. Matthew het 'n skepskop sekuur deur die pale gestuur reg op die einde van die wedstryd. Dit het aan die Springbokke hul enigste wen besorg in 'n toer wat van die begin af 'n ramp was. Richie stamp Matthew se arm en lag. "Gelukkig speel ek nou saam met jou en nie teen jou nie. Ten minste sal ek in 'n wenspan speel."

Daniel leun terug teen die sitplek se leuning en strek sy rug. Die beweging maak dat Matthew bekommerd vra, "Hoe voel jou rug vandag?"

Daniel kreun. Hy wou nie vandag aan sy rug dink nie. Elke keer as hy dit doen, dan dink hy aan die nuwe fisio en die effek wat sy op hom gehad het. Hy het daardie gedagtes al die hele dag onderdruk maar nou het Matthew hom net weer herinner. Hy antwoord nie, maar hy is baie seker dat sy rooi gesig hom weggee. Hy voel mos hoe brand sy wange.

En hy is nie verkeerd nie want Mark druk behoorlik sy gesig teen Daniel s'n soos hy hom bestudeer. "Kom aan, my ou. Is daar iets wat jy ons nie vertel nie?"

Daniel skud sy kop maar Mark gee nie bes nie, "Kom aan. Spoeg dit uit."

Daniel lig sy bierbottel om 'n slukkie te neem in die hoop dat dit hom die moed gaan gee om dit uit te spoeg soos Mark sê.

Hy is onwillig maar tog, miskien kan hulle hom help om sin te maak uit alles. Miskien het een van hulle die nuwe fisio gesien en kan hulle hom vertel dat sy skreeulelik is. Hy mag dan dalk van daardie effek vergeet.

Hy neem egter nie daardie slukkie nie. Dit gaan tog nie help nie en hy laat sak die bottel terug op die tafel. Sy blik verskuif van een vriend na die ander. Hy waarsku ferm, "Ek sal julle vertel maar julle durf nie lag nie. As julle gaan, gaan ek julle môre laat deurloop. Is dit duidelik?"

Miskien was dit nou nie die beste idee nie, want hy het hulle nou net meer nuuskierig gemaak. Hy het egter nou nie 'n keuse nie, het hy?

Daniel sug en vertel hulle wat die vorige dag gebeur het. Hy begin by die vroumens in die kewertjie wat sy parkering gesteel het en van sy ondervinding met die nuwe fisio. Hulle lag. Hy het mos geweet hulle sal.

Hy lag meewarig saam en skud sy kop, "Dit was die mees ongemaklike ervarings in my lewe, ek sweer. Hel, ek weet nie eens hoe sy lyk nie. Miskien is sy skreeulelik."

"Of stokoud," lag Mark.

"Miskien. Gits, ek weet nie."

"Miskien moet jy vir 'n opvolg massering gaan," stel Mark behulpsaam voor

Daniel skud sy kop verwoed, "Daar's geen manier nie! Jis, ouens. Kan julle dink as so iets gebeur gedurende oefening of 'n wedstryd?"

Richie lag. "Ek kan my voorstel dat dit so effens ... uhm, ongemaklik sal wees, *Cappie*. Ek is net bly ek is nie Jakes wat jou dan moet vasgryp in die skrum nie. Of die stutte as hulle jou moet lig in die lynstane nie."

Dis nie 'n beeld wat Daniel hom eers wil indink nie maar die ander twee stem saam met Richie. Daniel hoop net dat dit gaan nooit gebeur nie.

Aangesien hulle nou al lekker spot met sy ondervinding met die fisio, gaan hy maar eerder niks noem van die vrou in die supermark nie.

Dis egter later, toe hy saam met Mark terugstap na hul motors, dat Mark vra, "Dit was nie al nie, was dit?"

Mark Bailey ken hom al te goed. Daniel moes geweet het. Hy skud sy kop, "Nee, ek het gedink jy gaan iets agterkom. Ek het egter genoeg spot verduur vir een dag."

Teen daardie tyd het hulle Mark se motor bereik. In plaas van in te klim, leun Mark gemaklik teen sy motor en lig sy wenkbrou.

Daniel het die hele ding probeer uitpluis sedert gistermiddag. Hy kan nie verstaan hoekom die vrou hom sulke vuil kyke gegee het nie.

Mark wag steeds geduldig met sy arms oor sy bors gevou.

Daniel sug weer en neem dieselfde posisie as Mark in voor hy begin praat. Toe hy klaar is, frons hy nog steeds verward, "Ek kan nie haar reaksie verstaan nie. Dit het gelyk asof sy my herken het, maar toe gee sy my so 'n vuil kyk. Ek is baie seker ek het haar nog nie vantevore ontmoet nie. Miskien kan jy onthou of ek 'n vrou so kwaad gemaak het maar ek kan glad nie."

Mark skud sy kop, "Nee, ek kan nie onthou nie."

Daniel draai sy kop en kyk reguit na Mark. "Jy weet wat die ergste ding is?"

Toe Mark weer sy kop skud, erken Daniel verleë, "Ek het nog nooit 'n visie gehad van hoe my droomvrou moet lyk nie. Ek het nog nie eens daaraan gedink nie. Ek het nog altyd geglo dat as jy die regte vrou ontmoet, dan weet jy dit net. Jy ken mos die Cooper-kruis. Net een kyk en ons val soos 'n ton bakstene. Maar gister, toe daardie vrou by die winkel uitloop, het ek die gevoel gehad dat dit sy was. *Sy* is my droomvrou en ek het my kans gemis om haar te ontmoet. Toe ek buite kom was daar geen teken van haar nie."

Mark se mond hang behoorlik oop. "Gits, Daniel. Jy is ernstig," kry hy uiteindelik uit.

Daniel knik ongemaklik, "Ek is."

Mark staan skielik regop. Hy waarsku ernstig, "Jy weet dis nie 'n goeie idee om nou vir 'n vroumens te val nie, veral nie een met wie jy nog nooit gepraat het nie. Jy moet jouself regruk. Jy kan nie nou bekostig om jou konsentrasie te verloor en dit was gevolg van 'n vrou nie. Dit gaan 'n klipharde seisoen wees. Onthou vyf jaar gelede toe ons die kampioenskap verloor het? Jy het jouself kasty vir maande. Jy het toe jouself voorgeneem dat jy van toe af gaan fokus op jou spel en die span en 'n voorbeeld stel. Onthou dit."

"Ek weet."

"En, nou het ons nog die eed ook. Moenie dit vergeet nie."

Daniel sug, "Jy hoef my nie eens te herinner nie. Ek weet wat om te doen." Nou moet hy net daarby hou en ophou tob oor die vroumens. Hy verander eerder die onderwerp. Hy het nou al genoeg bekentenisse gemaak maar hierdie een is iets wat hy in elk geval met sy beste vriend sou bespreek het. "Ek het baie tyd gehad om te dink. Dis tyd om my stewels op te hang. Miskien nie hierdie jaar nie, maar definitief einde van volgende seisoen. Ek raak nou te oud vir al hierdie nonsens."

"Ek is nie ver agter jou nie," beaam Mark.

4

Nie eens die klipharde oefening kon Daniel help om van sy frustrasies ontslae te raak nie. Die gesprekke in die kleedkamer het dit net erger gemaak het. Die spelers wat in die Welwillendheidsbeker speel is blykbaar almal mal oor die nuwe fisio. Sy is blykbaar baie goed, en Daniel kan dit nie ontken nie. Hy het dit mos eerstehands ervaar.

Elke keer as iemand net haar naam noem, frons hy sommer. Hy kan dit nie meer van sy vriende wegsteek nie, en natuurlik vind hulle dit net meer amusant.

Hoe lyk sy? Teen Vrydag het hy nog steeds nie die kans gehad om haar van aangesig tot aangesig te ontmoet nie. Hy brand al om uit te vind of daardie reaksie wat hy die eerste dag ervaar het nie net sy verbeelding was nie.

Toe Matthew dus Vrydag voorstel dat hulle na die Final Whistle toe moet gaan, gryp Daniel die kans aan. Hy is nou al moeg vir sy eie geselskap by die huis.

Hy stort sommer by die meenthuis na oefening. Dit neem Daniel en Richie nie lank nie voor hulle weer oor die straat en oor die oefenveld stap na die Final Whistle toe. Vyf minute later stap hulle deur die sydeur in. Mark en Matthew is reeds daar en hou vir hulle plek by hulle gunsteling tafel.

Die Final Whistle is besig op 'n Vrydagmiddag. Meeste van die werknemers in die omgewing gebruik die restaurant om die einde van die week af te sluit en te ontspan. Daniel probeer soos gewoonlik oogkontak vermy met almal tot hy gaan sit het. Hy neem eers die yskoue bier by Mark en ignoreer die man se ondeunde grinnik. Waterdruppeltjies rol teen die kant van die verkoelde glas, wat Daniel herinner hoe dors hy is. Hy konsentreer eerder op die bottel maar hy wonder tog wat Mark nou weer in die mou voer. Mark het óf iets gedoen óf hy is van plan om iets te doen. Daniel ken hom al te goed en lees dus al die tekens.

Hy lig die bottel na sy mond en gooi sy kop terug om 'n slukkie te neem.

Sy hand verstil toe hy die vrou opmerk wat by die tafel reg oorkant die gangetjie sit.

Dis sy. Die vrou van die supermark.

Daniel is totaal onbewus dat hy na die vrou staar. Waar de hel het hy haar ontmoet? Sy draai haar kop en ontmoet sy oë. Haar oë rek en die glimlag wat om haar lippe speel, verdwyn. Wéér!

Dit voel asof hul oë mekaar s'n vir 'n ewigheid gevange hou. Dan lyk dit asof sy haarself regruk. Weer kry hy daardie vuil kyk voor sy wegkyk.

Wat de hel? Hoekom doen sy dit elke keer?

"Aarde na Daniel. Aarde na Daniel. Daniel!"

Mark skree behoorlik. Daniel draai terug na hom, nog steeds geskok. "Wat? Jy het nie nodig om te skree nie!"

"Wel, ons praat al die afgelope vyf minute met jou maar jy hoor nie 'n woord nie! Wat gaan aan met jou?"

Daniel loer weer na die vrou. Gits, hy het darem al gehoor dat hy nie te onaardig is vir vroue nie. Hy verwag beslis nie dat

vrouens voor sy voete val nie maar het nog nooit ervaar wat
hierdie vrou doen nie.

Daniel trek sy blik weg van haar en mompel onderlangs vir
Mark, "Dis sy. Die blonde vrou van die supermark waarvan ek
jou vertel het?"

Mark se oë rek. Sy blik gly tussen Daniel en die vrou en
terug na Daniel. Daar is skielik 'n nuwe glinstering in sy oë wat
Daniel nie kan miskyk nie. Mark grinnik vir Matthew maar sê
vir Daniel, "A, jou droomvrou. Is jy seker jy het haar nog nooit
vantevore ontmoet nie? Sy gee jou darem vreeslike vuil kyke."

"Gits, Mark! Ek sou onthou het. Kyk net na haar. Dink jy
ek sou daardie oë kan vergeet? Ek het jou gesê: ek het haar nog
nooit ontmoet nie. Ek kan nie haar houding verstaan nie.

"Is jy seker? Het jy enige van die ander vrouens by haar tafel
herken?"

Daniel skud sy kop verward. Hy het nie eens die ander
vrouens raakgesien nie. Hy draai terug en bestudeer die res van
haar tafelgenote. Dit maak hom egter net meer verward. Sy was
saam met Chloe Marshall, die dieetkundige en Rachel Dunn,
hul persoonlike assistent. Aan die ander kant, langs die
supermark vrou, sit Hannah Blake, die sportwetenskaplike.

Hoe ken hulle die vrou?

Die vrou draai haar kop en vang Daniel se oë vas. Dit is asof
daardie oë 'n vreemde magnetisme bevat want hy kan net nie
wegkyk nie. Eers toe sy weer oogkontak verbreek, draai hy terug
na Mark.

"Ek is baie seker ek het haar nog nooit ontmoet nie."

Tot sy ergernis bars Mark en Matthew uit van die lag. Na 'n
ruk lug Mark hom uiteindelik in, "O, jy het haar ontmoet. Jy
het egter die bekendstelling gemis."

"Waarvan praat jy?"

Mark lag net harder. "Daardie, my liewe vriend, is ons nuwe
fisioterapeut, Melissa Roux."

Daniel, wat so pas 'n broodnodige slukkie van sy bier geneem het, spoeg dit behoorlik uit. Hy gryp 'n servet van die houer en vee sy mond en hemp af. Sy gedagtes is 'n warboel. Gits, dit was besig om hom stapelgek te maak.

"Die vrou wat so 'n effek op my gehad het met haar aanraking en die vrou in die supermark is dieselfde persoon."

Daniel het nie besef dat hy die woorde hardop uitgespreek het nie tot Mark grinnik, "Dis 'n bestiering, my ou. Ten minste weet jy nou wie sy is en jy weet waar om haar te kry. Nou moet jy dit net uit jou sisteem kry."

Daniel se blik gly tussen sy vriende en dan weer na Melissa sonder om te antwoord. Hy kan nie die aantrekkingskrag ontken nie, maar hy kan nie haar houding teenoor hom verstaan nie.

Hy wonder egter nog steeds hoekom sy hom sulke vuil kyke gee. Dit is nou nie asof hy klubs toe gaan, dronk word en vreemde vroumense optel en die volgende dag niks kan onthou nie. Nie dat sy lyk soos iemand wat in nagklubs rondhang nie, maar tog.

Daniel is nie seker of hy bly of vies is toe nog 'n paar spelers met hulle kom gesels nie. Hy is bly want dit help om sy gedagtes in toom te hou. Hy is egter ook gefrustreerd want nou kan hy nie Melissa se tafel sien nie. Hy sou graag met haar wou gaan gesels en uitvind wat is die rede vir haar vuil kyke.

Toe die ander spelers wegloop, sug Daniel teleurgesteld. Die vrouens se tafel is nou leeg.

M elissa het nie Chloe se onderlangse kyke gemis toe hulle die restaurant verlaat om verder by Melissa se woonstel te gaan kuier nie. Melissa is oortuig dat Chloe daardie kyke tussen Melissa en Daniel Cooper opgemerk het.

Chloe bevestig Melissa se vermoedens die oomblik toe hulle

elkeen met 'n glasie wyn op die bank ontspan. "Wat gaan aan tussen jou en ons aantreklike klubkaptein? Ek het daardie kyke tussen julle twee al die hele aand opgemerk. Sjoe, dit was nou smeulend, as jy my vra!"

"Smeulend se dinges! Hy is 'n arrogante chauvinis en moet eerder uit my pad uit bly."

Chloe se mond val behoorlik oop. Sy staar geskok na Melissa en kry eers na 'n lang ruk uit, "Daniel Cooper? Praat ons van dieselfde Daniel Cooper?"

Melissa mompel, "Ja, die ... uitvaagsel."

Chloe skud haar kop, nog steeds onkant gevang. "Ek weet nie hoekom jy so dink nie, maar ek belowe jou, dis glad nie hoe ek hom sou beskryf het nie. Daniel was nog altyd 'n ware heer teenoor my en al die ander vrouens by die Buffels. Sy bynaam is nie verniet die 'sagte reus' nie."

"Dit mag dalk wees omdat nie een van julle blond is nie," snork Melissa, nog steeds vies.

Chloe draai haar kop sommer skeef soos sy Melissa beskou. "Hoekom sê jy so, Melissa? Jy lyk nie na die tipe persoon wat sulke aantygings sal maak sonder 'n rede nie. Wat het Daniel gedoen om jou onder daardie indruk te bring?

Melissa bloos. Chloe is reg. Sy maak nie vinnig gevolgtrekkings nie maar sy kan egter nie Daniel se gesprek met Michael vergeet nie. Aangesien Chloe Daniel so verdedig sou sy graag Chloe se opinie wou hoor. "Nou goed, ek sal jou vertel maar moet asseblief dit nie oorvertel nie. Veral nie vir Daniel nie."

"Ek belowe," stem Chloe vinnig in. "Ek hoop ons kan vriende wees en ek sal nie iets doen om die kans op 'n vriendskap te ondermyn nie. Dis net ... Ek kon nie die onderlangse kyke en gebloos mis nie maar nou klink jy asof jy kwaad is vir Daniel. Vertel my, asseblief. Daar mag dalk 'n logiese rede wees."

Melissa neem 'n slukkie wyn voor sy Chloe vertel wat Maandag gebeur het. Wel, byna alles. Sy los egter eerder uit oor hoe sy gevoel het toe sy die eerste keer aan Daniel geraak het. Daarvoor was haar gedagtes en gevoelens gans en al te onprofessioneel. Dis beter om dit nie te noem nie. Maar, net om daaraan te dink laat haar gesig weer warm word. Sy hoop nie sy gee iets weg nie.

Chloe lyk baie geamuseerd oor die hele storie maar dan, sy was nie aan die ontvangkant van Daniel se blonde leëkoppie-opmerking nie.

"Ek weet dit klink nie erg nie," sug Melissa. "Dis net ... Ek het onlangs uit 'n slegte verhouding gekom. Ek was ses maande verloof maar dit was die grootste fout van my lewe. Roan, my eks, is bes moontlik die rede hoekom ek so kwaad is. Of meer as wat nodig is. Hy het altyd hierdie snedige opmerkings oor blonde vrouens gemaak. Nee, ek moet eintlik eerder sê dat hy snedige opmerkings oor alle vroue gemaak het, maar dit was altyd op my gemik. Hy wou die hele tyd in beheer van my lewe wees. Dit het net te veel geraak en ek het die verlowing beëindig. Dit keer Roan egter nie. Hy het my lewe so versuur dat ek dit nie meer kon uithou nie en moes Kaapstad verlaat maar sy boodskappe en oproepe hou net nie op nie. En die eerste man wat ek hier ontmoet, maak toe presies net so snedige aanmerking."

Chloe laat haar egter nie so maklik flous nie. Sy lyk nog gans en al te geamuseerd, al simpatiseer sy, "Ek glo dit was nie 'n lekker ervaring nie, maar dis nie al nie, is dit?"

Melissa kreun sommer. Sy was reg. Sy het nie vir Chloe geflous nie en sy kan nog minder haarself probeer oortuig. "Nou goed. Ek is seker meer teleurgesteld. Ek was op skool smoorverlief op Daniel. Dit is nogal 'n teleurstelling dat die man wat ek so op 'n troontjie geplaas het, eintlik voete van klei het."

Chloe lag. "Regtig?"

Melissa knik, "Ja, hy en my broer, Pierre, het saam vir die universiteitspan gespeel. Ek twyfel egter of Daniel ooit bewus was van my bestaan. Ek het hom van so ver af bewonder want ek was te skaam om met hom te praat. Dit het my egter nie gekeer om elke liewe foto en artikel van hom bymekaar te maak wat ek kon kry nie. Elke aand het ek in die geheim oor hom gedroom," lag Melissa nou saam en rol haar oë.

"Wel, as ek volgens daardie hittige kyke van vanaand moet oordeel, het hy jou beslis nou raak gesien."

Melissa skud vinnig haar kop, "Moet asseblief nie dit sê nie. Ek het al die hele week uit sy pad probeer bly. Ek is so bang hy vind uit ek is die blonde leëkoppie wat sy parkering gesteel het. Michael het al tot die regte gevolgtrekking gekom maar ek is beslis nie gereed om Daniel te konfronteer nie. Ek is bang ek sal hom sommer bykom as ek hom sien."

"Hoe het jy dit reg gekry?" vra Chloe, verbaas. "Moes jy dan nie saam met die span werk nie?"

"Nee, gelukkig nie. Ek werk onder Simon by die Braves. Ek weet egter nie vir hoe lank ek nog vir Daniel kan vermy nie. Wanneer ons op die veld of in die gimnasium is hou ek my hare onder my pet vasgesteek. Ek vat eerder 'n Kaapse draai sodat ek nie naby kom waar hulle oefen nie. Ek vat selfs my middagete wanneer hulle 'n spanvergadering het."

Sy mymer 'n oomblik, "Miskien moet ek my hare kort sny. En kleur."

Chloe keer dadelik, "Moenie dit durf waag nie."

Melissa sug. Sy weet Chloe is reg. Dit gaan nie help nie.

Maar hoekom moet dit nou juis Daniel Cooper wees?

"Jy het gesê hy sou nie jou gesig kan beskryf na die insident in die parkeerarea nie?"

Toe Melissa haar kop skud, sit Chloe haar ondervraging voort, "Hy het ook nie jou gesig gesien toe jy hom masseer het nie. Hy het jou egter in die supermark gesien. Hy mag dalk die vrou in die supermark met die fisio bymekaar bring, veral na vanaand. Hy weet nou wie jy is."

Melissa kreun. "Jy is reg."

Chloe het Melissa aan Mark Bailey en Matthew Kemp voorgestel toe hulle by die Final Whistle aangekom het. Beide daardie spelers het by Daniel aan tafel gesit.

Sy knibbel aan haar onderlip maar dan erken sy, "Ek ken myself. Ek is bekommerd dat ek ongeskik met hom gaan wees. Hy is die spankaptein en ek wil beslis nie in sy of die span se slegte boekies kom nie. Hierdie is my droom werk en ek wil dit nie in gevaar stel nie."

Melissa weet dat Chloe haar net probeer gerusstel en sy waardeer dit. "Hy het die meisie in die parkeerarea 'n blonde leëkoppie genoem, nie die fisioterapeut nie. Al wat jy hoef te doen is om vir Daniel te wys jy is nie 'n leëkoppie nie deur jou werk te doen en professioneel op te tree. Jy mag hom in elk geval nie eens baie sien nie. Jy hoef nie veel met die senior spelers te doen te hê as jy met die tweede span werk nie."

Melissa se gesig helder sommer op. "Jy is reg! Ek het dit hierdie week reg gekry. Ek is baie seker ek kan dit nog 'n ruk regkry. As ek hom nie sien nie, gaan ek nie die kans kry om ongeskik te wees met hom nie. Jy is briljant, Chloe!"

Chloe lag. "Nou as ek so briljant is, is dit tyd vir my om te gaan sodat ek 'n goeie nagrus kan inkry." Sy haal haar foon uit en bestel sommer dadelik 'n huurmotor voor Melissa kan protesteer. Chloe wag vir die bevestiging dat die motor op pad is, voordat sy Melissa vra, "Daar is 'n voedselmark nie so ver van hier af nie. Ek hou daarvan om Saterdagoggende soontoe te gaan. Wil jy dalk môre saam met my gaan? Dis nie baie pret om alleen te gaan nie en ek het geselskap nodig. Ons kan dalk middagete gaan eet by een van die restaurante naby die mark. Daar is 'n hele paar."

Melissa aanvaar die uitnodiging gretig. Sy was bekommerd t
indien sy alleen gaan wees, sy of na haar ouerhuis gaan vlug of
gaan tob. Of dink aan die effek wat Daniel Cooper op haar het.
Nee wat, dis baie beter om saam met Chloe te gaan.

Melissa het al gewonder hoe sy vriende gaan maak. Meeste
van haar vriende van skool en universiteit is vort. Party is selfs
landuit. Nou voel sy egter dat sy in Chloe 'n vriendin gekry het.

Mark wag gelukkig tot die ander spelers en Christopher
weg is voor hy lag. "Gits, broer. Jy het dit erg. Hoekom
doen jy nie iets nie?"

Daniel frons vies, "Soos wat? Sy gee my sulke vuil kyke en
dan ignoreer sy my daarna."

"Wel, jy kan jou verknies daaroor of jy kan iets daaraan
doen. Dis jou keuse. Konfronteer haar en vind uit wat die
probleem is en kry dit net oor. Jy kan nie nou bekostig om
verstrooid te wees nie. Dit sal jou spel affekteer. Jy weet dit tog,
Daniel."

Daniel dink oor Mark se advies en sug, "Jy is reg. Ek kan nie
bekostig dat dit my spel beïnvloed nie. Ek moet haar sover
moontlik ignoreer. Miskien pla dit my net dat sy duidelik nie
van my hou nie. Ons gaan moet saamwerk in die toekoms en as
sy dit elke keer gaan doen, gaan dit dalk ongemaklik raak."

Mark bestudeer Daniel lank. Sy raad verras Daniel eintlik,
want dis so teenstrydig met sy vorige waarskuwing, "Jy weet,
Daniel. Ek ken jou meer as tien jaar maar ek moet jou sê: Dis die
eerste keer wat 'n vrou jou so oorhoops het. Dis te laat om haar
te ignoreer. As ek jou kan raad gee, vat die kans, solank dit nie
jou spel of jou rol as kaptein beïnvloed nie. Wie weet. Sy kan
dalk net die beste in jou na vore bring."

Daniel, Matthew en Richie staar geskok na Mark.

"*Wat*?! Wie is jy en wat het jy met ons vriend gemaak? Gits, jy is die grootste vrouejagter en vrygesel wat ek ken en jy sê vir hom hy moet 'n kans vat met daardie vroumens? Ek sou nooit dit geglo het as ek dit nie self gehoor het nie," merk Richie in sy sterk Skotse aksent op.

"Ja, maar," grinnik Mark. "Dis nie oor my wat ons praat nie, ou. Dis hy," en beduie met sy bierbottel na Daniel. "Ek dink hy het sy pasmaat gekry."

Daniel skud sy kop, "Nee, sy mag dalk my droomvrou wees, maar dit gaan nie gebeur nie. Ek ken haar nie en ek het nog nie eens met haar gepraat nie. Sy hou nie eens van my as ek volgens daardie vuil kyke moet oordeel nie. Plus, sy werk vir die franchise dus is 'n verhouding met haar buite die kwessie. Ek dink nie die bestuur sal daarvan hou as die spelers by die fisio's betrokke raak nie."

"Jy hoef jou nie dáároor te bekommer nie, Dan. Sy het jou wel raak gesien. Sy het die hele aand vir jou geloer. Konfronteer haar en kry dit uit jou gestel. Hoe gouer jy dit doen, hoe beter."

Mark staan op en voeg by, "En met daardie wyse raad, my vriende, is dit tyd om huis toe te gaan. Is julle ouens lus vir pizza en pool môreaand by my huis? Ons kan selfs 'n potjie gholf Sondagoggend inpas voor ons na Carl en Sandy toe gaan."

Toe al drie instem, knik Mark, "Nou goed. Ek sal die ander ouens ook nooi. Sien julle môre," voeg hy by voor hy by die deur wat na die veranda lei, verdwyn.

5

Daniel arriveer lank voor die ander by Mark se huis aangesien hy 'n paar dinge met Mark wil bespreek. Mark bly in 'n gholflandgoed aan die onderpunt van die heuwel van die eko-landgoed waar Daniel bly. Dit neem Daniel dus net 'n paar minute om soontoe te ry. Nie dat die kort afstand vanaand saak maak nie. Hulle gaan in elk geval almal daar oorslaap.

Daniel was al hoeveel keer by Mark se huis. Die sekuriteitswag by die hek ken hom al en maak sommer vir Daniel oop sonder om Mark te kontak. Daniel klop aan die voordeur maar hy weet die voordeur gaan nie gesluit wees nie en stap sommer in.

Hy kry Mark in die kombuis met sy skootrekenaar oop. Toe Daniel instap, klap Mark die rekenaar blitsvinnig toe. Hy lyk skoon skuldig maar Daniel ignoreer daardie gedagte toe Mark soos gewoonlik grinnik en opstaan, "Broer, jy is vroeg. Ek het jou nie eens hoor inkom nie."

"Ek is jammer as ek so vroeg pla. Ek het gehoop om besigheid te praat gaan help dat ek nie so baie dink nie. Ek het al alles probeer. Ek het selfs Jay se woonstel gaan uitverf maar dit het nie eens gehelp nie."

Teen daardie tyd het hulle die veranda bereik en hul eerste biere oopgemaak. Mark verstik skielik. Hy vee sy mond sommer met sy hand af, sy gesig bloedrooi. Daniel beskou hom bekommerd toe hy 'n paar keer hoes. Dit lyk darem of Mark herstel voor Daniel die Heimlich maneuver moet toepas want hy staan op en grawe onder die toonbank vir 'n lap. Hy kug nog 'n keer of wat voor hy mompel, "Jammer, dit het die verkeerde keelgat af gegaan."

"Is jy seker als is reg?" vra Daniel bekommerd aangesien Mark se gesig nog gans en al te rooi na sy sin is.

Mark hang die lap oor die reëling na hy die gemors opgevee het voor hy Daniel verseker, "Ek's reg, dankie." Hy tel weer sy bier op en gaan sit-lê op die bank oorkant Daniel, "Wat het jy gesê?"

"Ek het Jay se woonstel gaan uitverf. Ek weet Grant en die span sou dit in een dag kon doen. Ek het tien teen een 'n groter gemors gemaak as iets anders, maar ek moes iets doen voor ek van my kop af raak."

"Jay se woonstel? Watse woonstel? Hoekom het sy 'n woonstel nodig?" Mark se vrae volg so vinnig opmekaar dat Daniel skaars kans kry om te antwoord. Hy lag. "Jis, ja, dit het so vinnig gebeur dat ek nie eens kans gekry het om jou te vertel nie. Jy onthou Dan se suster, Sarah? Sy en Jay is mos beste vriende."

"Ja, ek onthou haar. So rooikop."

"Dis reg. Nou Jay en Sarah is op pad terug Suid-Afrika toe om hul eie besigheid te begin."

"Nou hoekom so skielik?"

Daniel lag. "Jaylin was mos Kersfees hier by die huis. Sy is egter net daarna Skotland toe om by Sarah te gaan kuier. Miskien was dit omdat die weer so mislik in Europa was verlede jaar. Ek weet net dat die twee hul droom onthou het om hul eie besigheid te begin en sommer op die ingewing van die oomblik besluit het. My ouers is natuurlik baie in hul noppies dat Jay uiteindelik huis toe kom. Sy is baie gelukkig ek het nie daardie woonstel verhuur nie. Die vorige huurders het baie skade aangerig en ek wou dit eers regmaak. Grant het my egter verseker dit sal reg wees voor sy intrek."

"Ek kan glo dat jou ouers bly is." Daniel frons. Mark klink so half stywerig, asof hy nie baie seker is oor die toedrag van sake nie. Mark gee hom egter nie kans om daaroor te tob nie aangesien hy vra, "Jy wou besigheid praat?"

"Ja, Jaylin het my gevra om haar te help om kantoorspasie te soek wat hulle nie 'n plaas se prys sal kos nie. Dit het my laat dink. Dink jy nie dis tyd dat ons ons eie kantore kry nie? Ons kan nie vir altyd aanhou om die besigheid uit ons tuiskantore te bestuur nie."

Mark sit lank stil, diep in gedagte. Daniel onderbreek hom nie. Hy weet teen die tyd dat Mark se brein besig is om die inligting te verwerk voordat hy 'n besluit neem. Dit is een aspek van sy vriend wat hy die afgelope jare leer ken het. Mark steek dit weg van die meeste mense, maar hy het die beste analitiese brein wat Daniel nog ooit teëgekom het. Mark gaan 'n paar mense tot in hul tone skok eendag wanneer hulle uitvind wat hy regtig doen. Daniel waardeer dit dat Mark daardie deel van homself aan hom ontbloot het. Daniel het al baie voordeel daaruit getrek in die verlede en hy is seker dit gaan nog baie gebeur in die toekoms.

Mark sit skielik vorentoe. Hy swaai die bierbottel tussen sy vingers voordat hy knik. "Dis 'n goeie idee. Ek het egter een voorwaarde. Ek wil nie huur aan iemand anders betaal nie. Soek vir my 'n gebou nie te ver van die stadion af nie wat al ons besighede kan akkommodeer. Ek is nie lus om heen en weer te ry om by alles te kom wanneer ek my stewels ophang en op my besighede fokus nie."

Hy grinnik en voeg by, "Dan kan julle vir my huur betaal."

Daniel skud sy kop laggend. Hy moet egter met Mark saamstem. Dit sal goeie besigheidsin maak om eerder te koop as om kantoorspasie te huur. Hy hoop dat die proses om die regte gebou te kry hom besig genoeg gaan hou as hy nie besig is met rugby nie, sodat hy nie te veel tyd kry om te dink nie.

Toe die ander gaste arriveer, bring dit 'n einde aan hul gesprek.

V ir die eerste keer daardie week kan Daniel ontspan. Die tyd saam met sy vriende is net wat hy nodig gehad het om uit sy eie kop te klim. Wel, hy probeer maar hy maak eintlik 'n groot gemors van als. Hy moes hul gespot verduur toe hy die potspel verloor. Hulle ken hom. Hulle weet hy haat dit om te verloor, al is dit nou potspel. Hy is kompeterend maar vanaand is hy regtig swak.

Dit bekommer Daniel. Hy sal moet introspeksie doen voor die seisoen begin. Mark was reg. Hy kan nie bekostig om konsentrasie te verloor nie, en beslis nie oor 'n vroumens nie.

Lank nadat hulle Daniel in nog 'n spel verpletter het, kom hulle op die veranda bymekaar vir hul laaste biere van die aand. Sy blik wissel van een vriend na die ander terwyl hy hul geterg verduur.

Mark, Matthew en Richie weet al hoekom hy so verstrooid is, maar toe Rick hom weer terg, erken hy ongeduldig, "Goed, ek erken. Ek het 'n vrou ontmoet. Sy hou nie van my nie. Einde van die storie."

Rick grinnik, "Komaan, *Cappie*. Ek het nog nooit 'n vrou ontmoet wat nie van jou hou nie."

Daniel frons, "Wel, hierdie een doen nie. Nie dat dit saak maak nie. Ek sou in elk geval niks daaraan gedoen het nie."

"Kom nou, *Cappie*. Vertel bietjie vir hulle wie is die vrou wat jou so oorhoops het," spot Mark, tong in die kies.

Daniel gluur in sy rigting. Mark moet nou nie hom snaaks hou nie. Hy is nie seker of hy moet antwoord of nie, maar Rick hou aan, "Nou is ek nuuskierig. Is dit iemand wat ons ken?"

Daniel blaas sy asem uit voordat hy erken, "Melissa Roux, die nuwe fisioterapeut."

Verbasing flits oor hul gesigte. Wel, oor almal s'n behalwe Jakes du Plessis. Die man is diep in gedagte. Daniel ken daardie uitdrukking. Gits, hy loop dalk rond met dieselfde uitdrukking vir al wat hy weet. As Daniel reg is, het Jakes sy eie vroumens-probleme. Daniel hoop egter nie dat Jakes weer vir sy voormalige verloofde geval het nie. Daniel is nie seker of die sagte agsteman weer oor dit sal kom nie. Hy kon dit nie voorheen regkry nie en dra nou nog die gevolge.

Dit is egter nie nou die regte plek om Jakes se probleme te ontleed nie aangesien Rick nog steeds nuuskierig vra, "Hoekom hou sy nie van jou nie? Wat het jy gedoen?"

Daniel frons, "Hoe de hel moet ek weet? Maar dit maak nie juis saak nie. Ek het die eed geteken net soos julle ouens. Ek is van plan om daarby te hou. Dit sal julle baat om dit te onthou."

Richie frons, "Watse eed?"

Al die oë draai na die Skot. Daniel se gedagtes werk egter oortyd. Richie se vraag is 'n duidelike bevestiging dat hy sy kop moet regkry. Hy moet op sy rol in die span konsentreer en moet sommer nou begin. Hy gluur na Richie toe hy 'n belofte van hom eis. Die Skot lyk egter meer verward toe Daniel vra, "Belowe dat wat ons jou nou gaan vertel tussen die span en ons bly."

Richie lag. Sy Skotse bry is opvallend toe hy vra, "Jy maak 'n grap, nè?"

Daniel skud sy kop. "Hierdie is nie 'n grap nie. Dis baie ernstig."

Richie se uitdrukkings is eintlik baie snaaks. Hy loer van een na die ander maar soos Daniel, is hulle almal nou ernstig. Richie besef seker dat dit regtig ernstig is want hy mompel, "Ek hou nie hiervan nie maar ek belowe om te doen wat ek veronderstel is om te doen."

Die res van die groep lyk net so verlig soos Daniel voel. Hulle draai almal na Daniel en hou hom afwagtend dop. Hy sal moet verduidelik. Dit moes eintlik Mark se plig gewees het want dit was sy simpel idee van die begin af. Daniel het egter sedert daardie aand toe Mark dit die eerste keer genoem het, soveel artikels gelees oor die onderwerp dat hy die meeste al woord vir woord kan aanhaal.

Hy beduie met sy kop na Mark en grynslag. "Mark het 'n artikel gelees oor voetbalspelers wat hulself weerhou het van seks voor die Wêreldbeker. Volgens Mark het die studie gesê dat as jy nie seks het nie, dit 'n groot deel van jou brein en emosionele spasie bevry wat ons sekslewens gewoonlik vul. Dis daardie spasie wat mense gewoonlik gebruik om oor seks te dink en hul te bekommer of beplan. As mens jou dus nie so daaroor hoef te bekommer nie, kan hulle op dinge fokus wat hulle beter sou baat en dus hul lewens meer betekenisvol en produktief maak."

Daniel lag. "Ek moet erken, ons het daardie gesprek gehad nadat ons in die finaal van die interprovinsiale beker verloor het. Ons het gekla omdat die spelers so traag op die veld was dat hulle nie eens daar hoef te gewees het nie. Ons het natuurlik vir Rick hierso blameer, nè Rick?"

Rick lag en trek sy skouers op.

"Hoekom?" vra Richie verward.

Daniel grynslag. "Want as Rick minder seks het kan hy op sy spel fokus."

Mark voeg by, "Ek dink dis die biere wat gepraat het, maar iemand," en beduie met sy kop na Daniel, "het die blink gedagte gehad dat as ons ons weerhou van seks tydens die nuwe kompetisie, ons dalk die eerste span kan wees wat ons naam op die beker kan sit."

"En 'n ander slim persoon," gaan Daniel voort as hy na Jakes beduie, "het besluit om sy regskennis ten toon te stel en 'n kontrak sommer agter op een van Christopher se persverklarings geskryf. Meer as die helfte van die span het dit geteken teen die tyd wat ons na ons kamers gestrompel het. Die volgende oggend kon ons nie veel onthou nie, behalwe Ryan Foster. Hy drink nie juis nie en het sonder ons wete die kontrak gehou."

Daniel raak weer ernstig. "Die Maandag na die finaal het ons die laaste spanoefening bygewoon aangesien party van ons die volgende dag by die Springbok kamp moes aanmeld. Toe Nicholas en die res van die bestuurspan daar opdaag, het ons geweet daar is probleme. Nicholas het ons uitgetrap van 'n kant af. Hy het ons ingelig dat die bestuur en die res van die direksie ongelukkig is oor die manier waarop ons die finaal verloor het. Nicholas het dit duidelik gemaak dat ons verantwoordelikheid moet neem vir ons toekoms. As ons ooit weer 'n trofee wil wen moet ons ons kouse optrek en beheer neem van wat ons wil bereik. Ons het net so groot gevoel," beduie Daniel as hy sy duim en wysvinger teen mekaar druk.

"Nicholas was nog nie klaar nie. Hy het ons ingelig dat die direksie besluit het dat hulle die beeld van die franchise en van rugby wil verander. Hulle verwag van ons as spelers om met 'n plan vorendag te kom. Ons het tot die einde van daardie dag gehad om dit te doen. Al die senior spelers het toe in die eetkamer bymekaar gekom. Ryan het die kontrak wat ons die Saterdagaand geteken het, uitgehaal. Ons het dit weer gelees, verander en nog goed bygevoeg. Teen laatmiddag het ons iets

gehad wat ons kon gebruik. Rachel het die basiese riglyne getik
wat ons vir die direksie voorgelê het maar ons het 'n ander,
geheime dokument, opgestel. Sy het genoeg kopieë gemaak en
ons het almal dit geteken."

Richie frons, "Ye guys did that?"

Hulle almal knik. Daniel sê nadenkend, "Dit was vreemd.
Hoe meer ons daaraan gedink het, hoe meer het ons in dit geglo.
Dit was miskien kinderagtig, maar ons het dit nie net in ink
geteken nie, maar ook in bloed."

Richie skud sy kop, "Yer fucking serious!" en vra dan, "Wat
het die eed gesê?"

Daniel skud sy kop, "Jy moet dit self lees en ons verwag dat
jy, Ulrich en die ander nuwelinge dit ook teken. Die essensie is
egter dat ons professioneel moet optree. Ons moet die bestuur
se instruksies aanvaar al hou ons nie daarvan nie. Dit sluit ook
Chloe se reëls in. Ons as spelers moet verantwoordelikheid
neem vir die span. Die van ons wat alleenlopend is, moet wegbly
van seks en 'n nuwe verhouding tot na die finaal. Die wat in 'n
vaste verhouding is moet hulle weerhou van seks ten minste die
dag voor 'n wedstryd."

Richie vloek sommer toe hy besef dat dit nie 'n grap is nie,
maar Daniel stop hom sonder omhaal van woorde, "Jammer,
Skotsman," wat duidelik Richie se bynaam is om te bly en
waarsku, "Vloek is ook uit. Ons het ook belowe om ons gevloek
te verminder in 'n poging om ons beeld te verbeter. Ons het
flesse in die kleedkamer waarin jy as straf vir elke vloekwoord 'n
vyf rand muntstuk moet ingooi." Hy erken met 'n laggie, "Ons
het hierdie week al drie flesse volgemaak."

Richie lyk verslae. "Het iemand al die eed verbreek?"

Toe niemand iets sê nie, maak Jakes sy keel skoon. Hy moes
verwag het dat almal na hom sou kyk, party meer verbaas as
ander en hy vra huiwerig. "Tel soen ook?"

In die jaar sedert Jakes weer by die span aangesluit het na sy betrokkenheid by die Blitsbokke, het hy nie veel gepraat nie. Hy kry gereeld paniekaanvalle. Almal het al gewoond geraak aan die rekkie om Jakes se pols wat hom help om te fokus. Jakes dra nog steeds die rekkie maar vanaand streel sy vingers oor die rekkie. Gewoonlik het hy dit so gepluk-pluk wanneer die aandag op hom was.

Daniel ignoreer die res van die groep toe hy vir Jakes vra, "Is daar iets wat jy vir ons wil vertel?"

Jakes loer na André wat bemoedigend knik. Dit is toe so ernstig as wat Daniel vermoed het, maar hy is net verlig dat Jakes nie weer vir daardie manipulerende wyfiespinnekop geval het nie.

Almal is stil terwyl hulle luister toe Jakes vertel van wat voorheen gebeur het met Moira, sy eks, tot hy vir Angie Summers in Denver ontmoet het en wat tussen hulle gebeur het. Almal het geweet dat daar 'n rede agter Jakes se paniekaanvalle is, maar niemand het eers 'n vae vermoede gehad waardeur Jakes regtig saam met Moira is nie. Niemand onderbreek sy relaas nie. Voor Daniel die regte woorde kan vind om vir Jakes te sê, vra Mark, "Is jy lief vir haar?" bedoelende Angie.

Jakes knik, "Ek is. Ek het nooit gedink ek sou so vinnig lief kon word vir iemand nie. Hel, ek het nie gedink ek sou eens weer naby 'n vrou kom nie, maar Angie... Miskien sou ek dalk my eed verbreek het as Angie 'n vrou was wat... Sy is nie 'n vrou met wie 'n mens net 'n flirtasie het nie. Sy is 'n altyd-vrou."

"Het jy haar vertel hoe jy voel?" vis Mark weer.

Jakes skud sy kop, "Ek wou. Ek was letterlik sekondes weg van om dit te doen toe ek Daniel se boodskap gekry het om ons te herinner aan die eed."

Matthew, die hopelose romantikus wat hy is, sug teleurgesteld, "Gaan jy haar nie weer sien nie?"

"Ek dink nie so nie," erken Jakes.

Daniel is nie die enigste een wat diep in gedagte is na Jakes klaar gepraat het nie. Hy was dus reg oor Jakes. Sy hart gaan uit na die man. Hy is alreeds deur so baie en nou het hy sy kans op geluk opgeoffer vir die span. Daniel neem hom voor: hy sal Jakes ondersteun en dieselfde doen. Dit beteken dus dat hy so ver moontlik van Melissa Roux af moet bly as wat hy kan. Ten minste hou sy nie van hom nie dus kan dit net help.

Hy mag dalk sterk en vasberade lyk, maar Daniel is nie so seker of hy daardie koringblomblou oë gaan kan weerstaan nie.

Hy sit regop en swets onderlangs. Ja, hy kan nou maar erken. Hy is stapelgek. Hy het die helfte van die nag op die internet spandeer op soek na blou blomme. Dit het hom 'n rukkie gevat om die spesifieke blom te kry wat hom herinner aan Melissa se oë. Hoe simpel is dit nou?

Mark onderbreek Daniel se gedagtes. Hy klink skoon afgehaal toe hy met Jakes praat. Dit is nogal vreemd vir Mark wat maak dat Daniel hom noukeuriger beskou. As Mark Daniel se oë op hom gevoel het, ignoreer hy dit. Daniel herken egter dieselfde uitdrukking op Mark se gesig as die een wat hy vroeër in die kombuis gesien het. Dit is 'n mengsel van 'n skuldige uitdrukking en hartseer en verskil nie veel van Jakes s'n nie. Daar is ook geen teken van Mark se gewone humor toe hy vir Jakes raad gee nie, "Broer, laat ek jou nou iets vertel. Moenie te lank wag voordat jy daarop reageer nie. Moenie bang wees om iets te sê of doen nie. As jy te lank wag kan jy dalk jou kans verbeur. Dan, voordat jy jouself kom kry, is vyf, of selfs tien jaar verby en die een wat jy lief het, het weggekom."

Christopher snork. "Jy hoop. Partymaal is nie eens sewe jaar genoeg om te vergeet nie, maak nie saak hoe hard jy probeer nie."

Wat de hel gaan aan?

Daniel se blik gly van Mark na Christopher, die bekende vrouehater. Daar moet 'n storie agter beide Christopher en

Mark se opmerkings steek. Nie een van die twee mans het egter ooit genoem dat 'n vrou hul harte gebreek het nie dus is Daniel net so in die duister as die ander mans. Hy kan verstaan hoekom hy nie Christopher se storie ken nie maar Mark? Hy het gedink hy ken al sy vriend se stories teen die tyd maar dit blyk nie so nie. Dit maak hom nogal nuuskierig.

Toe Richie met Christopher saamstem, kan Daniel amper verlig glimlag. Dit is darem 'n storie wat hy ken. Die einde van Richie se verhouding het in die openbaar gebeur. Richie moes by 'n joernalis uitvind dat sy vriendin hom verneuk met een van sy spanmaats. Die Britse pers teister hom sedertdien. Niemand kan dus vir Richie kwalik neem dat hy die pers met 'n passie haat nie.

Daniel verskuif sy blik van Richie na Rick. Nee, Rick het geen geheime van 'n gebroke hart nie. Net die teenoorgestelde is dalk waar. Rick los dalk gebroke harte agter, ja want hy is die Casanova in die span. Hy het soveel vroumense op die kantlyn. Hoe hy hulle almal gelukkig hou kon Daniel nog nooit verstaan nie. Nee, Rick se hart is nie betrokke nie. Dis 'n ander deel van sy anatomie wat al die aksie kry.

Matthew sit langs Rick. Daniel swets byna weer toe hy die hartseer glimlag sien. Is hulle almal stapelgek. Wat is Matt se storie?

Hy sal sy vriende noukeuriger moet dophou. Miskien as hy homself oor hulle bekommer, hoef hy nie aan sy eie probleme te dink nie.

André, wat langs Matthew sit, is die enigste wat nog nie aan die gesprek deelgeneem het nie. André is soos gewoonlik die rustigheid vanself. Hy sit in die hoekie en beskou sy vriende een vir een. Daniel grinnik vir hom "Jy geniet jou seker self gate uit met ons. Wat van jou? En jy Rick? Julle het nie een nog veel gesê nie."

André glimlag rustig, "Ek luister na julle en ek neem in en

ek wag. Een dag sal ek *Die Een* ontmoet maar ek is nie haastig nie."

"Hel nee," roep Rick uit. "Daar is gans en al te veel mooi vrouens in die wêreld om jou aan net een te bind. Nee wat, ek gaan nie sommer rustig raak nie."

"Broer, ek wag vir die dag wat jy gaan val," waarsku Jakes vir Rick. "Ek hoop ek gaan hier wees om dit te aanskou."

Rick skud sy kop. "Nee wat, jy gaan baie lank wag."

6

Daniel is vroeg die volgende oggend al wakker en staan dus maar op. Hy is egter nie die eerste een nie. Hy kry Mark alreeds in die kombuis waar hy stuurs na die beker koffie in sy hand staar. Toe Daniel instap kyk hy op en mor iets wat klink soos goeie môre, maar Daniel is nie seker nie. Die stemtoon weerspreek egter dat dit wel 'n goeie môre is. Daniel frons. Hy onthou nog steeds Mark se opmerking gisteraand en wonder wat sy vriend so pla. Dit gaan egter nie help om te probeer uitvis nie. Hy ken al vir Mark. Hy gaan dit net met 'n grap afmaak.

Daniel ken Mark se huis so goed soos sy eie. Hy weet waar alles is. Hy vra dus nie eers nie en haal sommer 'n beker uit die kas en vul dit uit die reeds half-vol kraffie. Hoe laat het Mark opgestaan?

Dit is duidelik dat iets Mark pla, en Daniel wens hy weet wat dit is.

Die oomblik toe hy egter oorkant sy vriend gaan sit, kyk Mark op en vra, "Het jy al besluit wat jy oor Melissa gaan doen?"

Daniel skud sy kop en neem 'n slukkie van die koffie. Hy sit die beker op die tafel en sug, "Behalwe vir die mees ooglopende rede hoekom ek moet wegbly van haar af, moet ek ook 'n voorbeeld vir die span stel. Ek het alreeds hierdie week belangrike aspekte gemis oor wat in die span aangaan. Kyk vir Jakes, byvoorbeeld. En dan is daar nog Richie en die ander nuwe spanlede. Ek kan dit nie bekostig nie."

Mark vra dringend, "Kan ek jou herinner aan iets?"

Daniel knik.

"Jy onthou Damian en Lynn en hoe Damian volgehou het hy het nie tyd om by Lynn betrokke te raak nie?"

Daniel sug, "Ja, ek onthou en dit maak my eintlik bang. Ons situasies is egter anders. Met Damian en Lynn was die aangetrokkenheid van beide kante, en hy het nie die bykomende druk van die eed gehad nie."

"Dis waar, maar jy onthou seker dat Damian deur dieselfde frustrasies gegaan het. Al wat ek jou vra is, onthou hoe gelukkig Damian daardie laaste jaar was met Lynne in sy lewe. Ek dink nog steeds dit was Damian se beste seisoen. Dink net daaraan, Dan."

Daniel peins vir 'n rukkie oor Mark se woorde. Sy vriend was reg. Daniel se ouer broer het die beste rugby van sy lewe gespeel in sy laaste seisoen.

Mark verras hom weer toe hy voorstel, "Konfronteer Melissa. Probeer uitvind wat haar probleem met jou is. Jy mag dalk uitvind dat jy nie so aangetrokke tot haar is as jy met haar gepraat het nie. Ek is nie die beste persoon om jou advies te gee nie, Dan. Dit mag dalk nie die beste raad wees nie, maar jy sal baie gou iets daaraan moet doen."

Daniel knik maar hy hoef nie te antwoord nie aangesien eers Matt en Richie by hulle aansluit en 'n paar minute later die ander vier. Na hulle tweede koppie koffie en hulle almal bietjie wakkerder is, is nie een te entoesiasties oor die potjie gholf nie.

Op die ou einde het hulle net ontbyt by die klubhuis gaan eet en 'n paar balle by die oefenbof gaan afslaan. Gelukkig help dit Daniel om sy frustrasie op die gholfballetjies uit te haal. En hy was nie die enigste een nie.

Teen die tyd dat hulle by Sandy en Carl se huis aankom, voel dit kompleet asof gisteraand se gesprek 'n leeftyd gelede gebeur het. Almal is vrolik en hulle terg mekaar soos gewoonlik. Arme Sandy is die een wat die meeste deurloop.

Dit was eers Sondagaand toe hy alleen by die huis is dat Daniel weer terugdink aan sy gesprek met Mark daardie oggend. Alhoewel daar niks tussen hom en Melissa kan en gaan gebeur nie, sal hulle tog moet saamwerk. Dit is beter dat hulle die wrywing uit die weg ruim voor die atmosfeer tussen hulle te ondraaglik word.

Daniel weet egter nog steeds nie hoe om die situasie te benader teen die tyd toe hy gaan slaap nie. Miskien moet hy dit maar vat soos dit kom.

Toe Daniel Maandagoggend saam met Michael by die stadion arriveer, sien hy dit as 'n teken. Hy moet nog met Sandy praat oor Carl se verjaarsdag en hulle het nie gister kans gekry nie. Die hulpafrigter is baie gewild onder die spelers. Elke jaar samel hulle geld in om vir hom 'n geskenk te koop. Hy kan hierdie verskoning nou maar net sowel gebruik om te kyk of hy met Melissa kan praat. Hy noem dit vir Michael toe hy Daniel vreemd aankyk toe hy saam met hom na hul kantoor stap in plaas van die kleedkamers.

Daniel is 'n tree agter Michael toe hulle instap. En die eerste persoon wat hy raaksien is Melissa.

Haar oë, haar glimlag, die klank van haar lag. Alles tref hom met een slag. Dit voel asof al die lug uit sy longe gepers word.

Sjoe, sy is mooi!

Daniel is gedoem. Hy besef dit onmiddellik.

Sy oë draal oor haar wat maak dat hy die gekompliseerde vlegsel opmerk waarin sy haar hare vasgemaak het. Sy dra dieselfde standaard-uniform as haar kollegas maar nie een lyk vir hom so mooi soos sy nie. Daniel snork onderlangs. Dit is seker verstaanbaar aangesien sy die enigste vrou is wat dit dra. Sandy en haar swanger lyfie weier volstrek.

Daniel kan nie sy oë van haar afhou nie en is onbewus van die ander.

En toe kyk sy op en vang sy oë vas. Vir hoe lank staar sy net na hom en toe byt sy skielik haar onderlip vas en kyk weg.

'n Behoefte so sterk skiet deur sy liggaam dat Daniel sommer kreun.

Goeie genade! Hy sal hom vinnig moet regruk.

Hy tel tot tien maar dit help nie veel nie. Hy probeer aan iets aakligs dink maar sy brein is te verward om dit reg te kry. Desperaat tel hy weer tot tien voor hy diep asemhaal en uitblaas. Sy hartklop bedaar effens.

Melissa leun nog steeds teen haar tafel, in dieselfde posisie as wat sy was toe hy ingestap het. Nou is sy kans. Daniel stap in haar rigting en stop reg voor haar, onbewus dat die vertrek skielik stil is en dat die almal hom geïnteresseerd dophou.

Daniel wag gespanne dat Melissa na hom kyk. Dit neem 'n ruk maar uiteindelik draai sy haar kop na hom. Sy maak egter nie oogkontak nie. Daniel voel die spanning weer opbou maar dit is nou of nooit. Melissa Roux gaan vandag met hom praat, of sy nou wil of nie. Hy steek sy hand uit na haar, "Ek verstaan dit was jy wat my nou die dag verlos het van die spasma. Ek het nog nie kans gehad om jou te bedank nie. En laat ek myself sommer voorstel. Ek is Daniel Cooper."

Sy frons en dit lyk asof sy nie baie entoesiasties is om sy hand te neem nie. Daniel weier egter om bes te gee. Hy voel sommer hoe sy glimlag verflou maar hy trek nie sy hand terug nie.

Miskien het sy besef dat hy nie gaan bes gee nie, want sy lig haar hand en lê haar palm teen syne. Daniel se vingers vou outomaties om hare.

Feitlik oombliklik besef hy dat dit nie sy beste idee was nie. Net soos die eerste keer toe sy hom masseer het, veroorsaak haar aanraking 'n reaksie wat eerder kon gebly het. Hitte skiet van hul hande reguit na 'n deel van sy anatomie wat fel reageer.

Nee, asseblief nie nou nie. Daniel pleit byna met homself, maar gelukkig veroorsaak Melissa se reaksie dat hy homself vinniger kan regruk as wat hy gedink het.

Sy ruk haar hand so vinnig terug en gluur na hom.

Miskien het sy besef dat sy ongeskik is, want sy mompel haar naam sonder om na hom te kyk. Soos blits is sy om die tafel en gaan sit agter haar lessenaar asof sy soveel afstand tussen hulle wil plaas as moontlik. Sy trek 'n notaboek en pen nader en begin doodluiters notas maak asof Daniel nie eens bestaan nie.

Daniel frons en draai weg. Hy is siek en sat vir Melissa Roux en haar afsydige houding. Sy is die mees frustrerende vroumens wat hy nog ooit teëgekom het. Nee wat, hy gaan haar baie beslis in die toekoms vermy.

Daniel is nou behoorlik geïrriteerd. Hy grom 'n groet en storm by die kantoor uit. Hy vergeet skoon dat hy met Sandy wou praat.

Die Maandag het mooi goed begin. Sy het lekker saam met Chloe gekuier die naweek en heerlik ontspan. Die son skyn en verkeer was lig. So ja, Melissa dink dis 'n goeie Maandag. Of dit was. Sy het nog lekker met haar kollegas geginnegaap toe die onderwerp van haar frustrasies die kantoor instap.

Sommer net so verander dit in 'n blou Maandag, net soos die vorige een toe sy met haar broer se skedonk moes ry. En net soos verlede Maandag is dit Daniel Cooper wat sommer haar dag versuur. Net een kyk in sy rigting is genoeg om haar die hele week in 'n slegte bui te plaas.

Hoekom moet die man nou so aantreklik wees? En sjarmant?

Wel, daardie sjarme gaan beslis nie op haar werk nie.

Melissa voel soos daardie simpel skooldogter wat tot oor haar ore op hierdie man verlief was. Selfs haar bene voel lam toe hy net vir haar glimlag. Nee gits, sy kan nie weer so onnosel wees nie. Sy ignoreer hom dus tot hy reguit na haar toe stap en sy hand na haar toe uithou.

Melissa staar na sy hand maar sy hoor nie 'n woord wat hy sê nie.

Durf sy waag om aan sy hand te raak? Sy onthou wat het die vorige keer gebeur en sy is nie seker of sy daardie risiko kan vat nie.

Dit is egter nie maklik om 'n man soos Daniel Cooper te ignoreer nie. Sy is baie seker haar kollegas hou hulle dop en sy het dus nie 'n keuse om sy hand te vat toe dit net daar in die lug bly hang nie. Melissa wil beslis nie dat hulle uitvind van hierdie vreemde antagonisme tussen haar en die spankaptein nie.

Melissa vat dus sy hand. En ja, daar is dit weer, net soos sy vermoed het.

Melissa weet nie hoe sy dit reggekry het om haar hand uit syne te trek, haar naam te mompel en om die tafel te glip en die veiligheid van haar stoel opsoek nie. Haar een funksionele breinsel moes gelukkig nog gewerk het, want die res is gereed om iets simpel te doen en in 'n poeletjie voor hom te smelt. Dit is baie moontlik met die hitte van sy hand teen hare wat soos 'n vuur oor haar hele lyf versprei het.

Daardie fladdering in haar lyf verbaas haar eintlik maar tog is sy verlig dat dit net iewers diep weggebêre was en tog nog bestaan. Sy het al hierdie laaste jaar gedink dat Roan dit reg gekry het om dit te vernietig.

Dis net jammer dat dit hierdie man is wat dit ontwaak het.

Half desperaat om nie oogkontak met Daniel of haar kollegas te maak nie, soek sy iets om haar besig te hou. Simpel tegnologie. Nou is daar nie eens 'n lêer op die tafel wat sy kan oopmaak en bestudeer nie. Al wat dalk gaan help is haar persoonlike notaboek. Desperaat trek Melissa dit nader, maak dit oop op die eerste bladsy.

Sy begin sommer dadelik haar weeklikse inkopielys maak asof haar lewe daarvan afhang. Sy stop na 'n rukkie en lees dit terug. *Melk. Brood. Wyn. Toiletpapier. Sanitêre doekies. Kaas.*

Melissa bloos bloedrooi toe sy registreer wat sy lees.

En skielik besef sy dat die vertrek darem baie stil is. Sy kyk op en loer rond. Daar is geen teken van Daniel Cooper nie. Gelukkig nie. Al vier haar kollegas staar na die deur, verbasing oor hul gesigte geskryf.

En dan draai al vier paar oë na Melissa. Verbasing verander in nuuskierigheid. Daar is geen manier wat sy hulle nuuskierigheid gaan bevredig nie. Sy kan egter nie hul oë ontmoet nie en bestudeer weer haar lysie met dieselfde intensiteit as vroeër en voeg nog 'n paar onbenullige items by.

Toe sy nie meer die stilte kan verduur nie, klap sy die notaboek toe en staan op. Sy gee haar kollegas wat sy hoop haar mooiste glimlag is en vra, "Muffins, iemand? Dis my beurt."

Toe hulle knik, gryp Melissa haar sak en vlug uit die kantoor uit. Sy weet hulle is nuuskierig oor wat tussen haar en Daniel gebeur het maar Melissa wil nie eens daaraan dink nie. Haar reaksie elke keer as die man in die nabyheid is, is 'n duidelike teken dat sy sover as moontlik van hom af moet wegbly.

. . .

Daniel stap ... Nee, hy stap nie. Hy storm behoorlik na die kleedkamers. Hy is nie nou in die bui om met iemand te praat nie. Hy is nog net so verward. Hy is kwaad en seer gemaak.

Hy stop en frons. Wat? Seer gemaak? Dis nou belaglik.

Gits, ja. Die vroumens is beeldskoon en hy is aangetrokke tot haar. Hy ken haar egter nie. Hoe kan sy hom so laat voel? Hy kan nie dit toelaat nie. Hy het dit beslis ook nie nodig nie. Of miskien moet hy eerder sê. Hy het Melissa Roux beslis nie in sy lewe nodig nie.

Daniel kan nog steeds nie verstaan hoekom hy so aangetrokke tot haar voel nie. Hulle het skaars tien woorde met mekaar gepraat sedert Michael hulle verlede Maandag aan mekaar voorgestel het. Hy verstaan nog steeds nie haar vyandigheid jeens hom nie. Hy was nog elke keer baie gaaf. Hy is altyd gaaf maar nie meer nie. Nou is hy kwaad.

Daniel sien skaars die ander spelers in die kleedkamer raak toe hy instorm en na sy sluitkas stap. Sy frustrasie bou elke sekonde op. Hy trek sy sweetpakbroek uit en gooi dit met die res van sy goed in die sluitkas en slaan die deur met meer geweld as wat nodig is toe.

Mark en Richie sluit op daardie oomblik by hom aan.

"*Dude*? Is als reg? Wie het jou so kwaad gemaak?" vra Mark, duidelik bekommerd.

Daniel gluur na hom. "Daardie vroumens," kry hy uiteindelik uit.

Mark frons eers verward, "Watter vroumens?" maar dan registreer dit by hom en hy grynslag. "Jy bedoel jou droomvrou?"

"Droomvrou?" Daniel snork. "Ek sou eerder sê nagmerrie."

"Wag, het jy haar weer gesien?"

"Ja, ek het jou raad gevolg. Ek is vanoggend na die fisio's se kantoor om myself voor te stel en haar te bedank vir die massering verlede week. Baie vriendelik want dis hoe ek is. En wat doen sy?"

Daniel gee nie eens Mark kans om te antwoord nie, want hy tier voort, "Sy het nie eens na my gekyk nie! Sy het skaars haar naam gemompel, toe trek sy haar hand so vinnig uit myne asof 'n slang dit gepik het. Toe ignoreer sy my soos 'n stopstraat. Hoekom behandel sy my asof ek iets verkeerd gedoen het? Jy ken my. Ek is nie 'n nydige persoon nie, maar dis dit. Ek sal haar voorbeeld volg. Ek sal maak asof sy nie bestaan nie."

Vir Daniel klink dit na 'n baie goeie idee en hy belowe sommer plegtig, meer vir homself as vir Mark, "Dis wat ek sal doen. Ek sal haar ignoreer."

Hy draai summier om en storm na die deur en skree oor sy skouer, "Kry jul gatte in rat en kom op die veld as julle nie laat wil wees vir oefening nie."

Stilte heers in die kleedkamers toe die spelers soos een man verstom na die deur staan waardeur Daniel verdwyn het. Hy is egter onbewus daarvan want hy is al lankal reeds in die gang af op pad na die gimnasium.

Die spelers ken Daniel al goed en hy is nie gewoonlik so iesegrimmig nie. Hy is nou wel 'n streng kaptein maar hy is eerder 'n ou wat motiveer as op jou skree.

Verward draai hulle na Mark en Richie asof die twee moet verduidelik. Sy vriende sal egter nooit Daniel se geheime verklap nie. Beide trek net hul skouers op. "Julle het gehoor wat *Cappie* gesê het. Kry julle gatte in rat," voeg Mark by. Beide hy en Richie bêre hul sakke en volg Daniel vinnig na die gimnasium.

Vir die volgende twee dae bly die spelers eerder uit Daniel se pad. Hulle doen wat hy vra so vinnig dat selfs *Coach* Brady breed glimlag.

Dit beteken egter nie dat Tom nie opgemerk het dat Daniel in 'n slegte bui is nie want Daniel mis nie die ondersoekende kyke nie. Daniel is dus nie verbaas toe hy Woensdagoggend 'n boodskap van Tom kry om hom te gaan sien nie. Hy het dit tog verwag.

Hy wag alreeds vir Tom toe die afrigter net voor sewe arriveer. Tom knik net en sluit sy deur oop. Daniel volg hom maar hy gaan sit nie op die oop stoel voor Tom se lessenaar nie. Hy ken mos al vir Tom. Jy kan eers sit wanneer Tom jou toestemming gee.

Tom neem sy tyd om sy skootrekenaar uit te haal voor hy terug sit en oor sy bril vir Daniel gluur, "Gaan jy my vertel wat het jou gebyt, *Cappie*?"

"Niks, *Coach*."

Die kyk wat hy kry is so skepties dat Daniel weet hy het nie die *Coach* geflous nie. Hy gaan egter nie erken wat fout is nie, dus bly hy liewer stil. Tom frons vies, "Dan is dit seker daardie lang hare wat jou pla. Dink jy nie dis tyd vir 'n haarsny nie?"

"Ons het al hierdie gesprek gehad, *Coach*. My hare het niks te doen met hoe ek speel of die span lei nie. As *Coach* 'n probleem het met my hare, kry dan 'n ander kaptein."

"Hmm," is al wat Tom brom voor hy sy skootrekenaar oopmaak. Daniel ken al die tekens teen die tyd en hy loop sonder dat *Coach* nodig het om iets te sê.

Daniel moet op pad terug kleedkamer toe erken dat sy gedrag onvanpas is. Hy voel al klaar so sleg oor sy gedrag en Tom het nou net bevestig dat hy homself moet regruk. Daniel het die laaste paar dae egter gesukkel om sy bui af te skud. Hy blameer dit op Melissa, wat weer eens 'n bevestiging is dat hy gedurende die seisoen moet wegbly van vroumense.

Daniel werk dus hard die volgende twee dae om nie sy frustrasies op die spelers uit te haal nie. Toe hy Donderdagmiddag na 'n koue stort in die kleedkamer instap, wag sy vriende vir hom. Alhoewel hy nog nie gereed voel om te praat nie, het hy nie meer 'n keuse nie. Daniel trek dus aan en wag tot die ander spelers die kleedkamer verlaat het, voor hy op die bankie neersak met sy kop in sy hande.

Mark klap Daniel op die skouer en bied aan, "As jy wil praat, weet jy ons is hier vir jou. Nie dat dit jou veel gaan baat nie. Jammer, broer. Ons weet nie een eintlik watse raad om vir jou te gee nie."

Daniel glimlag. Dis waar. Al vier van hulle is nog alleenlopers. En dis seker waar hy gaan opeindig. Die alewige alleenloper. Hy gaan nie meer homself oor vroumense verknies nie.

Hy kyk op en sug, "Ek is jammer, ouens. Ek weet ek was in 'n slegte bui, en ek waardeer dat julle by my staan en selfs opgekom het vir my. Ek belowe ek sal myself in die toekoms gedra. Ek moet introspeksie doen, maar die onus is op my."

Hy staan op, gooi sy sak oor sy skouer en mompel, "Sien julle môre."

7

Melissa breek 'n stukkie van die muffin af en knibbel daaraan. Haar eetlus is skoon weg en vies gooi sy die stukkie weer terug in die sak.

Die oomblik toe sy in Chloe se kantoor ingestap het, het Chloe seker aan haar uitdrukking gesien dat sy eers nie moet vrae vra nie en net koffie aanbied want sy het sonder 'n woord opgestaan en vir Melissa koffie ingegooi. Sedertdien het nog nie een van hulle die stilte verbreek nie.

Toe Melissa opkyk, sien sy dat Chloe haar beker tussen haar hande vashou en Melissa met daardie nou al bekende skewe kop bestudeer.

Chloe hoef niks te sê nie. Melissa het al gou agterkom dat haar nuwe vriendin dinge noukeuriger oplet as wat Melissa sou wou gehad het. Maar die uitdrukking op Chloe se gesig maak dat sy sommer uitblaker, "Jinne, Chloe. Die man is besig om my tot raserny te dryf."

Chloe lag. "Ek neem aan ons praat nog steeds van Daniel. Wat het hy hierdie keer gedoen?"

"Niks. Wel, nie niks nie, maar dis net ... Dit irriteer my sommer grensloos."

"Wat? Of eerder wie? Hy of jyself?"

Vir 'n oomblik kan Melissa haar net aanstaar voor sy sug, "Hy. Ek. Alles. Gits, al wat hy hoef te doen is net daar wees dan is ek sommer vies."

"Vertel my."

"Gisteroggend stap hy so ewe in die kantoor in om hom voor te stel en my kwansuis te bedank vir die massering verlede week. Ek sweer hy onthou nie eens sy simpel opmerking nie want hy maak asof niks gebeur het nie. En die ergste is dat hy so sjarmant was oor alles."

Chloe sukkel duidelik om haar glimlag te onderdruk toe sy vra, "En wat het jy gedoen?"

Melissa rol haar oë. "Soos 'n bakvissie gereageer?" mor sy nog steeds vies. Sy bloos sommer weer van voor af. "Kyk, ek is nog vies vir hom oor sy onsensitiewe opmerking maar die oomblik toe ek in sy oë kyk, vergeet ek van alles. En toe hou hy sy hand uit om te skud en ek het nie 'n keuse gehad om dit te neem nie. Ek wou nie. Ek weet mos wat gebeur het die vorige keer ..."

En weer bloos sy bloedrooi. En natuurlik mis Chloe dit ook nie want sy sit vorentoe en vra nuuskierig, "Wat? Wanneer?"

Melissa gaan nie hieruit kom nie en erken met 'n frons, "Die oomblik wat ek aan hom raak is dit asof 'n elektriese stroom deur my vloei."

"Jy het dit die vorige keer uitgelaat."

"Ek weet! Dis simpel. Weet jy hoe ongemaklik dit was?"

"En toe gebeur dit weer," lag Chloe. "Wat het jy toe gedoen?"

"My hand so vinnig uit syne getrek as wat ek kon, voor ek iets simpel aanvang. Ek kon hom nie eens in die oë kyk nie en weet nie eens wanneer hy geloop het nie. Toe ek weer tot verhaal kom was hy weg en die kantoor tjoepstil. Almal het na my gestaar asof hulle weet daar het iets gebeur. Ek het maar eerder gevlug."

Chloe staan op en kom staan langs Melissa. Haar arm gly om Melissa se skouers en sy gee haar 'n drukkie, "Ai, Melissa. Ek wens jy wil vir Daniel 'n kans gee. Hy is regtig nie 'n slegte ou nie."

Melissa weet dat dit nie 'n goeie idee is om Daniel te na aan haar laat kom nie. Sy het dit gister weer eens besef. Dit sou baie maklik wees om verlore te raak in sy sielvolle bruin oë en te val vir daardie mooi glimlag. Sy kan dit nie bekostig nie en skud eerder haar kop vasbeslote. "Dit maak nie saak nie, Chloe. Dis beter so. Ek raak nie by kollegas betrokke nie, en die spelers is nog 'n groter taboe. Ek het te hard hiervoor gewerk. In elk geval klink hy te goed om waar te wees. Ek hoor mos hoe almal sy lof besing. Nee wat, dis beter om my eie instinkte te vertrou."

D insdae en Donderdae is die dae wat die spelers die hardste werk, dus gaan dit 'n lang dag vir Melissa ook wees. Hulle moet al agtuur by die stadion wees om met hul krag en kondisioneringsoefeninge te begin. Daarna het hulle net 'n kort breuk voor hul nog 'n harde skrum- en lynstaansessie inpas. Teen die tyd dat hulle laat-oggend klaarmaak, is die meeste van hulle gereed vir hul ysbaddens en masserings wat Melissa-hulle goed gaan besig hou.

Daarna is dit 'n videosessie voor sommige van die spelers soos Daniel en Matthew die weeklikse perskonferensie bywoon.

Melissa gebruik haar kans tydens die perskonferensie om haar breuk te neem aangesien dit die stilste tyd in die kafeteria is. As Melissa eerlik wou wees het sy eerder daardie tyd gekies omdat sy die grootste kans het om Daniel te vermy.

Vandag is Melissa se gewone roetine effens omver gegooi.

Die hitte het veroorsaak dat heelwat meer spelers van die ysbaddens en masserings gebruik gemaak het. Die perskonferensie is seker al verby toe sy uiteindelik kafeteria toe haas. Eers het sy egter die badkamer broodnodig. Sy sweer sy was vanoggend voor sy by die huis weg is badkamer toe en sy is teen die tyd redelik benoud.

Sy bars sommer by die naaste badkamer in, maar loop reguit vas in 'n vrou wat by die wasbak staan. Melissa is nie dom nie. Sy het gesien die vrou is ontsteld al probeer sy haastig die traanspore afvee. Die aanvallige blondekop kyk vinnig weg toe Melissa haar vraend aankyk en buk af om haar gesig af te spoel. Melissa sit haar hand op die vrou se arm en vra saggies, "Is als reg? Kan ek help??"

Die vrou knik, maar toe sy opkyk lê die trane maar nog vlak. Alhoewel haar nood hoog is, voel dit nie reg om die vrou net so te los nie. Impulsief steek sy haar hand uit en glimlag. "Ek is Melissa Roux."

Die vrou se blik gly oor Melissa, haak vir 'n oomblik vas op haar uniform voor sy weer opkyk na Melissa. Sy lyk onseker, maar sy kom seker agter Melissa gaan nie sommer weggaan nie en miskien lyk sy skadeloos, want sy neem Melissa se hand. Haar stem klink nog bewerig toe sy mompel, "Ek is Riley Adams."

Melissa weet presies wat sy nodig het want soos Riley op die oomblik lyk, is sy in geen toestand om te bestuur nie. Miskien is sy impulsief toe sy Riley nooi, "Wil jy nie saam met my kom koffie drink nie?"

"Ek weet nie ... Ek dink nie dis 'n goeie idee nie," skram Riley weg.

Melissa smeek vinnig, "Ek is jammer. Ek is nuut hier. Ek het eers verlede week hier begin werk en het nog nie baie vriende nie. Jy kan amper sê ek is nuut in die stad ook aangesien ek die afgelope paar jaar in Kaapstad gewerk het."

Riley verras Melissa met 'n flou glimlag. "Ek weet hoe jy voel. Ek het ook eers onlangs van Johannesburg af hierheen verhuis en verlede week met my nuwe werk begin. Meeste van my kollegas is mans so ek het ook nog nie veel geleentheid gehad om vriendinne te maak nie."

"Ja, dis presies dieselfde hier. Ons is net 'n paar vrouens en die meeste van die tyd val ons middagetes nie oor dieselfde tyd nie. Dis nie lekker om elke dag alleen koffie te drink nie."

Riley knik, "In daardie geval neem ek met graagte jou aanbod aan."

Melissa lag. "Dis afgespreek, maar nie voor ek 'n draai geloop het nie. Wag net gou vir my."

Dis net 'n kort rukkie later voor hulle die badkamer verlaat en Melissa Riley na die kafeteria toe lei. Sy los Riley by die tafel terwyl sy gou vir hulle koffie en muffins gaan kry. Sy het eers gewik en weeg oor die muffins. Sy sweer sy is al verslaaf aan die heerlike muffins maar gelukkig is hulle gesond en haar vroeë oggend sessies in die gimnasium maak seker dat sy die kalorieë verbrand.

Dit is eintlik verbasend hoeveel sy en Riley in gemeen het. Die geselskap vloei dus makliker as wat sy gedink het. Eerstens is hulle albei mal oor sport, en veral rugby. Hulle is albei in 'n nuwe werksomgewing, in 'n nuwe stad. Dit maak nie saak of Melissa in Pretoria groot geword het nie, sy het nie hier gewoon die laaste paar jaar nie. Die meeste van haar skool- en universiteitsvriende is vort om nuwe weivelde te soek. Dit is amper asof sy van voor af begin.

Riley is 'n sportjoernalis wat in Desember van Johannesburg na Pretoria verhuis het. Melissa is baie geïnteresseerd om uit te vind sy werk by 'n nuwe internet gebaseerde sportkanaal, Sport100.

Toe hulle meer as 'n uur later groet, is dit asof hulle al jarelange vriende is. Hulle het sommer gou nommers uitgeruil en gereël om weer die volgende week saam te gaan koffie drink.

Toe Riley wegry, voel Melissa heel tevrede met haarself aangesien die jong vrou nie meer so ontsteld lyk soos vroeër nie.

D is nou al hoe lank tradisie dat hul groep vriende mekaar Dinsdagaande na oefening by die Final Whistle kry vir 'n maaltyd en 'n bier of twee. Dinsdae is gewoonlik een van hul strafste oefendae en mag hulle bietjie afwyk van Chloe se streng reëls. Dis een van die min tye binne seisoen wat hulle regtig kans kry om met mekaar se nuus op te vang en dus een van Daniel se gunsteling tye van die week. Vandag sien hy nog meer uit na hul kuier aangesien die oefening vandag ekstra straf was voor hul eerste opwarmingswedstryd die naweek.

Daniel gaan sommer vanaand by die meenthuis oorslaap en het sommer vanoggend al sy motor daar gelos. Hy en Richie het by die meenthuis gaan verklee. Toe hulle terugkeer na die stadion staan Mark en Matthew nog en ginnegaap met van die jong spelers in die parkeerarea.

Toe Daniel en Richie egter by hulle aansluit, laat spaander die jong spelers. Daniel grinnik onderlangs. Hy was vanoggend so bietjie harder op hulle toe hy uitvind dat die viertal die skuldiges was wat die daknatmaak-partytjie gehou het die aand van Richie se aankoms. Hy blameer hulle dus nie dat hulle eerder vlug nie.

Geselsend stap die vier vriende verby die eerste ry motors in die rigting van die Final Whistle.

Daniel sien haar eerste raak. Dit begin nogal 'n irriterende gewoonte word. Hy loop sommer stadiger in die hoop dat Melissa in haar motor gaan klim en wegry voor hulle naby is maar die geluk is nie aan sy kant nie. Sy leun oor om haar sak in die bagasiebak van haar motor te sit toe hulle nader stap. Daniel het dus genoeg tyd om haar lyf se kurwes in die noupassende denims en 'n sagte, wit bloesie te bewonder.

Melissa kyk op en glimlag vriendelik in 'n groet vir sy vriende. Dit voel vir Daniel asof sy al sy asem steel met daardie glimlag. Hy kan skaars beweeg. Dit maak nie saak dat sy nie vir hom glimlag nie. Dit is steeds een van die mooiste glimlagte wat hy nog gesien het.

Wel, tot haar blik op hom val waar hy agter sy vriende huiwer. Soos elke liewe keer verdamp haar glimlag oombliklik.

Sy draai weg sonder om Daniel te groet soos sy met die ander gedoen het. Hy voel sommer hoe sy gesig warm word. Hy moet sy hande vasklem sodat hy daarop kan konsentreer en nie die emosies wat skielik wipplank ry nie.

Hy kan nie besluit of hy kwaad is of verleë nie. Dit is nie eens meer snaaks nie.

Wat is dit met die vroumens? Wat het sy teen hom?

Stadig volg hy sy vriende. In die restaurant maak hy dadelik verskoning om badkamer toe te gaan. Hy voel Mark se ondersoekende blik maar vir eens hou Mark sy tergende opmerkings vir homself. Daniel waardeer dit.

Hy spandeer heelwat langer in die badkamer as wat nodig is maar hy moet in privaatheid probeer om sy emosies te beheer.

Die asemhalingsoefeninge om sy humeur te beteuel is nie van veel waarde nie. Hy moet later sy gesig met koue water afspoel. Hy neem sy tyd om sy gesig af te droog. Dit kos nog 'n paar futiele asemhalingsoefeninge voor hy gereed voel om by sy vriende aan te sluit.

Hy pluk die mans se badkamerdeur harder oop as wat nodig is. Dit moes vir hom 'n aanduiding gewees het dat sy woede nog nie bedaar het nie. Daniel reik na die deur wat die gangetjie en die badkamers skei toe iemand dit van die buitekant af oopstoot.

Dit voel asof al die lug uit sy longe gedruk word toe 'n klein tornado sy borskas tref.

Daniel probeer homself nog balanseer met sy een arm teen die muur sodat hy en sy aanvaller nie grond toe tuimel nie. Sy ander gly om die ander persoon se middel en hy trek sy asem in om net weer lug in sy longe te kry.

Hy kry dit egter nie reg nie. Hy wens hy het nie eens probeer om dit te doen nie want hy adem 'n parfuum in wat hy gans en al te goed onthou.

Sy verraderlike liggaam reageer soos elke keer tevore.

Verskrik kyk sy op, haar koringblomblou oë wyd gesper. 'n Blos sprei oor haar wangbene. Daniel se vingers jeuk om sy hand te lig en oor haar vel te streel.

Nie een van hulle kyk weg of maak 'n poging om uit hul onverwagse omhelsing te kom nie.

Sy voel so reg, so perfek in sy arms. Sy is nogal lank vir 'n vrou maar selfs dan moet Daniel nog steeds afkyk na haar. Al wat hy hoef te doen is om sy kop effens te laat sak om besit van haar mond te neem. Daniel se kop sak stadig maar dan is dit asof hy skielik tot besinning kom.

Daar is geen manier wat hy 'n vrou kan soen wat hom nie kan verdra nie.

Hulle monde is slegs 'n milibreedte van mekaar s'n af toe Daniel dit regkry om sy kop weg te ruk.

Sy hand wat nog op haar heup rus stoot haar weg. Sonder om in haar rigting te kyk tree hy om haar en stamp die buitedeur oop. Buite moet hy eers diep asemhaal voor hy terugstap na die tafel.

D it kan nie gebeur nie. Is hul vriende besig om saam te sweer? Daniel sal nie verbaas wees nie, veral nie as hy Chloe en Mark se smalende glimlagte sien nie.

Dis al waaraan Daniel kan dink. Hoe de hel het dit gebeur dat hul gewone Dinsdagaand kuier deur 'n spul vroumense geïnfiltreer word? Chloe het hy dalk nog verwag en miskien Hannah en Sandy ook, maar nou met Melissa? Hy is nie seker of dit 'n goeie idee is nie. Maar hy gaan eerder niks sê nie. Hy kan seker 'n uur of wat in die vroumens se geselskap deurbring sonder om 'n gek van homself te maak?

Hy snork. Miskien, as dit nie was dat daar net twee sitplekke oop was nie. Langs mekaar. En die enigste twee wat sitplekke kort is Daniel en Melissa.

Al probeer hy ook hoe hard konsentreer om haar te ignoreer kry Daniel dit nie juis reg nie. Hy is bewus van haar elke beweging. Hy ruik haar parfuum elke nou en dan.

So hard konsentreer hy dat hy amper skrik toe Jakes skielik opstaan. Daniel kyk op na die groot man maar sy oë is stip gevestig op iemand agter Daniel. Sonder 'n woord skuif Jakes om André se stoel sonder dat hy sy blik verskuif.

Daniel is net so verbaas soos die res van die spelers wat in die restaurant bymekaar gekom het. Hy kan nie langer sy nuuskierigheid bedwing nie en draai om sodat hy Jakes kan dophou. Daniel hoef nie eens te wonder wie dit is toe hy die meisie in die vrolike sonrok sien wat in die middel van die restaurant staan nie, haar oë vasgenael op Jakes. Dit kan net Jakes se Angie wees. Met haar donker krulhare en helderblou oë vorm sy 'n pragtige prentjie. Sy is heeltemal die teenoorgestelde van Jakes se eks.

Nie dat dit help nie.

Daniel swets onderlangs. Sy taak het nou net nog moeiliker geword. Daaraan twyfel hy nie eens nie. Jakes bewys dit toe hy die vrou in sy arms optel en sy kop in haar hare druk.

'n Vlaag jaloesie tref hom skielik toe hy die paartjie se duidelike emosionele herontmoeting betrag. Daniel kan nie eens wegkyk nie. Hy kyk weg sodat hy dit nie verder kan sien nie, maar sy blik val dadelik op Melissa wat die toneel net so geïnteresseerd as die res beskou.

Dit was eintlik simpel en dit frustreer Daniel net meer want weer kry hy een van daardie vuil kyke.

Miskien is dit sy eie frustrasies en woede wat veroorsaak dat Daniel 'n oomblik tussen Jakes en Angie 'n kort rukkie later opbreek.

Daniel haat dit wat die eed aan hulle doen. Hierdie Angie lyk na die perfekte vrou vir Jakes. Die feit dat sy in Suid-Afrika is laat Daniel wonder of sy nie Jakes se gevoelens beantwoord nie. Die manier wat hulle na mekaar kyk bevestig Daniel se suspisie.

Daniel ken egter vir Jakes sedert hul hoërskooljare. Hulle het gereeld saam vir die provinsiale spanne gespeel. Jakes du Plessis is 'n man van sy woord. Jakes is so gefokus op die eed dat hy gaan weier om by Angie betrokke te raak. Hy mag dalk die beste ding verloor wat met hom kon gebeur het. Daniel is bekommerd daaroor want as daar nou een man is wat geluk verdien is dit Jakes.

Dit is egter nie lank daarna dat die aand tot 'n einde kom nie, tot Daniel se verligting. Die aand het alreeds genoeg drama gebring maar nog is dit het einde niet. Dit is Daniel se geluk dat hy en Richie agter Melissa en Chloe beland toe dié terugstap na hul motors. Hy kan nie help om te sien hoe haar heupe swaai in daardie stywe jeans nie. Natuurlik reageer sy liggaam. Hy is 'n man en hy is so waaragtig nie bestand teen haar nie.

Dit gaan 'n baie lang seisoen wees as hy volgens vanaand moet oordeel. Hoe lank gaan hy by sy voorneme kan hou om nie weer Melissa te konfronteer as hulle week na week by hulle aansluit nie?

Moenie aan haar dink nie. Moenie aan haar dink nie. Moenie aan haar dink nie.

Daniel herhaal die mantra in sy kop teen dieselfde ritme as

sy voetstappe. Die hele tyd hou hy sy oë vasgepen op sy voete sodat hy haar nie per ongeluk raak sien nie.

Hy hoor vaagweg hoe Richie vir die vrouens groet en hulle stemme toe hulle Richie se groet beantwoord. Eers toe hulle 'n entjie weg is kyk hy op en mompel 'n groet. Hulle hoor hom seker nie eens nie.

8

Wat 'n verligting! Melissa sug sommer toe die busse Donderdagoggend die stadion verlaat.

Ten minste het sy twee dae waarin sy nie nodig het om Daniel Cooper deur die dag te probeer vermy nie. Dit raak uitputtend om elke keer in 'n leë deuropening te glip wanneer sy hom sien aankom. Dit is belaglik. Maar, na wat gisteraand in die gangetjie wat na die badkamers lei gebeur het, is sy oortuig dat dit die beste besluit is. Net om daaraan te dink laat haar hartklop versnel. Die hitte wat deur haar liggaam gevloei het toe hy net aan haar geraak het was skrikwekkend.

Sy het hom dalk nog net die een keer behandel, maar dit kan weer in die toekoms gebeur en sy kan dus nie die kans waag dat hy agterkom watse effek hy op haar het nie.

Daar is nie veel te doen by die stadion nie. Melissa het vanoggend met drie van die spelers wat langtermyn beserings het gewerk, maar dis ook al. Daar is nie eens een terapie vir die volgende dag geskeduleer nie. Melissa voel dus nie skuldig toe sy 'n langer middagete neem nie. Chloe, Hannah en Rachel wag alreeds vir haar toe Melissa uiteindelik by die Final Whistle aankom.

Melissa hou baie van Rachel, die persoonlike assistent vir die senior spelers. Sy huiwer nie om raad te gee of voorstelle te maak oor dinge wat hulle moet probeer nie. Vandag het sy egter 'n ander verrassing vir hulle. Terwyl hulle vir hulle koeldranke wag, stoot Rachel vier kaartjies na die middel van die tafel. Melissa loer nuuskierig oor watter verrassing Rachel vandag vir hulle het, toe die ouer vrou lag. "Dames, mag ek julle interesseer om 'n produk vrystelling môreaand by te woon? Ek het vier kaartjies maar kan ongelukkig nie gaan nie. Die model is een van ons manne."

Melissa tel een van die kaartjies op en lees sommer hardop vir Chloe en Hannah se onthalwe, "Hm, 'n nuwe advertensie vir 'n stortseep vir mans. Dit kan nogal interessant wees. Dit sluit sjampanje en kos in en ek sê nooit nee vir gratis sjampanje nie. Wat dink julle dames?"

Chloe is altyd entoesiasties wanneer 'n nuwe avontuur wink en stem dadelik in, "Dit kan pret wees. Ek is in."

"Hannah?"

Melissa bestudeer die ander vrou terwyl sy vir haar antwoord wag. Melissa kan nou maar net sowel erken: sy voel effens geïntimideerd deur die pragtige Brit. Alhoewel Hannah nie 'n meewarige houding het nie, staan sy uit tussen ander vrouens, en nie net as gevolg van haar lengte nie. Sy is 'n super-intelligente klassieke skoonheid met die mooiste oë. Melissa beny haar haar grasie.

Hannah se oë vonkel wanneer sy met daardie hees stem van haar antwoord, "As dit sjampanje insluit, is ek in. Ons mag dalk gelukkig wees om 'n paar aantreklike mans met kaal bolywe te sien."

Die ander lag toe Melissa kreun, "Dankie, maar nee dankie. Ek sien genoeg van daardie. Ten minste sal hierdie een nie sweterig wees nie aangesien dit 'n advertensie vir 'n stortseep is. Wie is die model, Rachel?"

Rachel lag ondeund. "Dit gaan julle verras maar dis Jakes du Plessis."

Melissa en Hannah se monde val sommer oop. Melissa hoef nie eens na Chloe te kyk om te weet dat sy dieselfde reaksie het nie. Melissa sou gedink het dis dalk Rick Walters of miskien Mark Bailey, maar beslis nie die stilste man in die span nie.

Chloe tel 'n kaartjie op en bestudeer dit vir 'n rukkie voor sy Melissa se arm sameswerend stamp. "Ons het nog een kaartjie. Vir wie dink julle moet ons dit gee?"

Melissa en Hannah sê gelyktydig, "Angie," wat maak dat Rachel verward vra, "Wie is Angie?"

Chloe lig Rachel in oor wat die vorige aand gebeur het. Melissa het baie van die donkerkop kunstenares gehou en nog voor die einde van die aand nommers uitgeruil. Chloe was so voorbarig om vir Angie te vertel dat hulle haar graag weer wil sien terwyl sy in Suid-Afrika is. Melissa het op pad na hul motors aan Chloe erken dat sy die Amerikaner jammer gekry het. Sy het so teleurgesteld en ontsteld gelyk toe sy uit die restaurant storm dat hulle haar nie so wou laat gaan nie. Hulle het haar buite op die oefenveld ingehaal en bietjie met haar gesels om haar aandag af te lei van wat tussen haar en Jakes moes gebeur het die kort rukkie wat hulle alleen in die privaat eetvertrek was.

Dit was eintlik so mooi om Jakes en Angie se herontmoeting te sien gisteraand. Hulle het regtig bly gelyk om mekaar te sien. Melissa was sommer vies vir Jakes omdat hy iets moes gedoen het om Angie so te ontstel maar toe sy hom 'n rukkie later sien, het die man so ongelukkig gelyk dat sy hom sommer jammer gekry het.

Almal loer na die ander kant van die restaurant waar Jakes saam met Jesse, Angie se tweelingbroer, en sy vriend, Rayno, sit.

Jakes lyk nie veel beter as gisteraand nie. Hy lyk nog steeds ongelukkig.

Rachel kyk terug na hulle en knik, "Dan dink ek hierdie Angie mag die kaartjie nodig hê."

"Maar ons kan nie vir Angie sê Jakes is die model nie. As ek van haar kon aflei gisteraand sal sy weier om te gaan as sy weet dat dit Jakes gaan wees," merk Melissa in gedagte op.

"Jy's reg," beaam Chloe. "Dink jy ons moet dit maar uitlaat?"

"Ek dink so," beaam Hannah.

Melissa hoop dis die regte ding om te doen. "Ek wens ek weet hoekom Jakes so stry teen sy gevoelens. Ek bedoel … Julle het gisteraand gesien hoe hy reageer het toe hy Angie gesien het. In my opinie is hy gek oor Angie maar volgens Angie trek hy elke keer terug. Weet jy hoekom, Rachel? Jy ken hom seker beter."

Melissa is seker Rachel weet iets, maar die ouer vrou laat niks blyk toe sy haar kop skud en kripties antwoord, "Ander mense se boeke is duister om te lees."

Melissa weet sommer hulle gaan niks verder uit haar kry nie. Sy loer vinnig na Jakes en toe Chloe vra, "Moet ek vir Angie 'n boodskap stuur?" besluit sy vinnig, "Nee, ek dink jy moet haar eerder bel maar voor jy dit doen, het ek 'n ander idee. Kom ons maak sommer 'n hele uitstappie hiervan. Nie een van ons werk môremiddag nie. Kom ons nooi Angie vir ete dan gaan doen ons inkopies en gaan haarkapper toe. Dit sal pret wees veral aangesien ons vir eens iets mooier kan aantrek as uniforms of jeans."

Hannah en Chloe is dadelik entoesiasties. Melissa voeg egter vinnig by, "Maar een van julle sal oor die haarkapper moet besluit. Ek het nog nie een hier gekry nie."

Chloe en Hannah bestudeer mekaar dan lag Chloe, "Ek dink Hannah moet."

Miskien voel Chloe net so oor Hannah soos Melissa.

Hannah stem darem in en staan sommer op om die oproep te maak terwyl Rachel verder probeer uitvis. Sy bly egter stil toe die drie mans verbystap. Melissa volg Jakes toe hulle by die trappies afstap en hoop weer dat hulle die regte ding doen.

D ie volgende aand dink Melissa egter dit was die moeite werd. Angie se oë rek groot toe sy Jakes sien. Dit lyk eers asof sy wou vlug maar toe trek sy daardie klein skouertjies styf en bly waar sy is. Jakes op sy beurt kon weer nie sy oë van Angie afhou nie, al hang daar 'n pragtige vrou aan sy arm. Melissa het later uitgevind dat die vrou Jakes se publisiteitsbeampte is. Sy moes Jakes se belangstelling in Angie opgemerk het, want Melissa het gesien hoe sy Angie nuuskierig bestudeer die hele aand.

Melissa sou graag wou gehad het dinge moes anders uitgewerk het maar eintlik was sy trots op Angie toe sy opgestaan het teen Jakes. Angie mag dalk sag lyk, maar tog is sy onverskrokke. Sy gaan nie dat Jakes oor haar loop of dinge net gelate aanvaar nie.

In die huurmotor op pad huis toe noem niemand Jakes se naam nie, so asof hulle daaroor afgespreek het. Hulle reël eerder nog 'n kuier die volgende aand. Toe Hannah vra of sy haar twee susters mag saamnooi, sak Melisa se moed sommer in haar skoene. As Hannah se susters so slim en mooi is soos sy, gaan geen man ooit in hul rigting kyk nie.

Dis nou nie dat Melissa aktief op soek is na 'n kêrel nie, maar sy sou nie omgee het om 'n metgesel te hê vir die dinee wat binnekort vir die borge gehou gaan word.

'n Klein stemmetjie fluister in haar ore of sy nie net 'n metgesel soek om vir Daniel jaloers te maak nie? Dit is belaglik. Melissa het sommer 'n ernstige gesprek met die stemmetjie. Dis nié hoekom sy 'n metgesel soek nie. Sy kan egter nie stry met die stemmetjie toe dit haar vertel dat sy jok nie. Nie oor die jaloesie nie want dis nie hoekom nie maar die stemmetjie het dalk 'n punt beet dat sy bang is dat sy in die versoeking gestel gaan word.

Sy weet mos hoe teleurgesteld sy was toe Daniel Dinsdagaand teruggetrek het. Dit was so naby of hy het haar gesoen. En Melissa wou gehad het hy moet haar soen. Dis asof sy weer een van haar tienerdrome beleef het ... Tot hy terug getrek het. Sy moes eintlik verlig gewees het maar sy was nie.

Sy was so teleurgesteld. En dis wat haar die bangste maak.

T een die tyd dat Daniel in die kamer wat hy met Mark deel kom, is hy doodmoeg. Sy Vrydag het vroeg begin met 'n ligte opwarming in die hotel se gimnasium, gevolg deur 'n spanvergadering en videosessie. En dit was nog voor ontbyt. Na nog 'n video-sessie en 'n vroeë middagete is hulle na die plaaslike winkelsentrum waar hulle handtekeninge uitgedeel het. Daniel is vroeër weg as die res van die span. Hy het sommer saam met Christopher gery vir 'n onderhoud met die plaaslike radiostasie. Christopher het hom by die stadion gaan aflaai waar hy vinnig verklee het in sy oefenklere voor sy onderhoud met 'n joernalis van die gemeenskapskoerant. Toe die res van die span arriveer het hulle die onderhoud afgesluit.

Gelukkig het die kapteinsoefening sonder voorval verloop. Die span was ontspanne tydens die spanpraatjie. Hulle is gereed vir hul heel eerste wedstryd van die seisoen.

Daniel en Matthew het na aandete nog 'n vergadering met die bestuurspan gehad. Toe hy in die kamer instap, is dit duidelik dat Mark nie in die bui is vir gesels nie wat Daniel pas. Hy is te moeg om te praat. Hy maak gereed vir bed, en toe hy terugkom uit die badkamer het Mark nie eens opgekyk nie.

Daniel sit sy oorfone op en luister 'n rukkie na musiek om te ontspan. Toe hy sy foon neersit en sy oorfone uithaal, merk hy dat Mark vas aan die slaap is. Sy vriend het nou wel sy oorfone uitgehaal, maar hy hou nog die tablet in sy hand. Daniel staan op en trek die tablet uit Mark se ontspanne vingers voor dit uit sy hand gly en op die grond val.

Toe Daniel aan die tablet raak, helder die skerm op. Daniel staar verras na die foto. Hy het dít beslis nie verwag nie.

Diep in gedagte sit hy die tablet af en op Mark se bedkassie voor hy weer in die bed klim en die lig afsit.

Dinge maak skielik sin. Nie heeltemal nie maar hy het nou 'n vae suspisie wat Mark pla. Hy hoop Mark sal binnekort met hom praat want hy gaan nie eerste die onderwerp aanraak nie.

M elissa bestudeer Chloe en Angie. Sy moet net iets doen want altwee lyk baie ongelukkig. Sy blameer dit op die borge se dinee. Hulle het daaroor gepraat en toe is dit asof die atmosfeer sommer verander het en niemand weet hoekom nie. Sy wonder of Angie nie tog gehoop het dat Jakes haar sou vra om sy metgesel te wees nie, maar blykbaar het hy nie. Oor Chloe wonder sy maar nog.

Die ander vrouens, insluitende Hannah en haar susters, het so 'n kort rukkie gelede verskoning gemaak. Dit is nou net die drie van hulle. Met haar ken op haar hand, mymer sy, "Ek wonder nou. Miskien as ons 'n metgesel het vir die aand, sal party mense se oë dalk oopgaan."

Chloe trek haar neus op 'n plooi. Sy klink net so skepties as wat sy lyk, "Ek is nie seker dat eers dit sal werk nie, Melissa."

"Hoe weet jy as jy nie probeer nie? Het jy al ooit op 'n afspraak gegaan sedert jy in Pretoria is?"

"Nee, nie 'n afspraak as sulks nie. Jy weet tog ons lewens

wentel om die stadion en die span. Waar sou ek nou iemand ontmoet?"

"Ja," stem Melissa saam. "Maar daar is iemand wat jy graag sou wou vergesel en hy het jou nie gevra nie?"

Chloe se oë rek verskrik. "Hoe weet jy? Weet iemand anders?"

Chloe het nog nooit iets genoem nie, maar Melissa het nou al 'n vae suspisie waar Chloe se gevoelens lê.

"Dis nie dat ek verseker weet nie," stel sy Chloe gerus. "Ek het egter my vermoedens maar nee, ek dink nie iemand het dit al agter gekom nie."

Angie lyk heeltemal verward dus glo Melissa nie iemand het al agter gekom van wie Melissa praat nie. Miskien het sy dit net opgemerk omdat sy meer tyd met Chloe spandeer as die ander. "Maar, dink jy nie dis tyd dat jy hom bietjie laat wakker skrik nie?"

Chloe sug. "Ek het al daaraan gedink maar waar gaan ek iemand ontmoet?"

Melissa moet ongelukkig met haar saamstem. As haar ouer broer, Pierre, hier was, sou hy hulle dalk met hul dilemma kon help maar hy is in Dubai waar hy aan een of ander projek werk.

Angie maak keel skoon wat maak dat Chloe en Melissa na haar kyk. "Ek kan dalk my broer Jesse en sy vriend Rayno vra of hulle dalk saam met julle sal gaan? Daar is nou nie regtig kans vir 'n toekomstige verhouding nie aangesien hulle nie lank hier gaan wees nie maar vir een aand?"

Beide mans is baie aantreklik en steek nie af teen enige van die ouens by die stadion nie. Aangesien sy nie belangstel in 'n verhouding nie, kan dit perfek wees. Enige een van die twee kan 'n goeie afleier wees vir Daniel Cooper.

Chloe se oë blink sommer, maar Melissa weet dat Chloe dieselfde dilemma het. Sy het haar hart op een man gesit en Melissa twyfel of sy enigiemand anders sal raaksien. Maar dalk kan 'n metgesel help dat die persoon wat Chloe se hart besit net dalk besef dat Chloe nie altyd beskikbaar gaan wees nie.

Chloe ontmoet Melissa se oë en knik wat maak dat Melissa vir Angie glimlag. "Jy is briljant."

"Nou goed, ek sal hulle vra en julle môreoggend laat weet."

Melissa tob nog so bietjie. As Angie hulle 'n guns doen, kan hulle ook een vir haar doen. "Miskien moet iemand anders ook bietjie wakker skrik. Ons moet vir jou ook 'n afspraak reël."

Chloe hoef blykbaar nie eens verder te dink oor 'n geskikte kandidaat nie, want sy roep dadelik uit, "Ek weet wie!"

Melissa en Angie kyk verbaas na haar. Chloe grinnik, "Rick Walters! Ek het Jakes se reaksie gesien toe Rick so na jou gestaar het, Angie. Rick sal perfek wees."

Angie frons, "Is Rick die ou met die punt hare en tatoes?"

Chloe knik, maar waarsku egter vinnig, "Maar ons moet jou waarsku: Rick is 'n vrouejagter. Moenie vir sy sjarme val nie."

Angie lag. "Julle hoef my nie te waarsku nie. Ek het dit al agtergekom."

Melissa wens sy weet wat is Angie en Jakes se storie maar sy wil nie uitvis nie. Chloe het egter nie dieselfde probleem nie want sy vra sommer reguit, "Wat gaan aan met jou en Jakes?"

"Niks. Daar was 'n tyd wat ek gedink het ... Nee, eerder gehoop het maar Jakes het reguit vir my gesê dat hy nie 'n verhouding met my kan aanknoop nie. Hy het iets gepraat van 'n belofte. Ek weet nie aan wie hy die belofte gemaak het en wat dit behels nie, maar wie sê dis nie 'n ander vrou nie?"

Chloe skud haar kop, "Nee, ek twyfel. Ek het Jakes nog nooit saam met 'n ander vrou gesien nie maar dan, ek ken hom ook nie baie goed nie. Hy is baie teruggetrokke en praat net wanneer jy hom reguit iets vra."

Melissa ken nie die agsteman nie aangesien sy nie met hulle werk nie. Sy moes hom nou wel Donderdagoggend masseer, maar die man het nie 'n dooie woord gesê nie behalwe die dankie wat hy gemompel het.

Sy wonder tog of Angie nie 'n ander sy van Jakes ken nie.

Op pad terug na Pretoria in die bus, reflekteer Daniel oor sy eie spel. Dit was beslis nie sy beste vertoning nie. Hy weet dit en dit voel asof hy sy span gefaal het. Vir die eerste keer in sy lewe was sy hart nie in die spel nie. Hy het met sy konsentrasie gesukkel. Dit het hom so gefrustreer dat hy onnodige foute gemaak het.

Hy kan dit nie bekostig nie. Sy spanmaats kyk op na hom. Hulle volg sy leiding al is dit nie altyd die beste voorbeeld nie. Hy kan nie verwag dat hulle hul beste moet lewer en hy doen dit nie self nie. Die pers het hom al klaar 'n harde tyd gegee na die wedstryd. Daniel weet dus wat om te doen.

Ten minste was daar geen beserings nie. Maandag is hulle terug op die oefenveld. Teen daardie tyd moet hy weer gefokus wees.

Hy grawe in sy hempsak en haal 'n klein, voos-gevatte notaboekie uit. Daniel het hierdie notaboekie sedert die eerste jaar wat hy kaptein van die senior span geword het net na Damian se uittrede.

Nog voor sy ouer broer uitgetree het, het Daniel al geweet dat hy die rol as kaptein by sy broer gaan oorneem. Die afrigters het dit al voor Damian se laaste seisoen met hom bespreek. Hy het daardie hele seisoen kans gehad om by sy broer te leer en alles te absorbeer. Tog, in daardie twee maande van die afseisoen het die nuwe verantwoordelikheid swaar op sy gemoed gerus.

Daniel was bekommerd dat hy nie mans genoeg was vir die taak nie. Damian, so oplettend as wat hy is, het dit geweet en Daniel een dag genooi om saam met hom te gaan stap. Op 'n heuwel wat oor die familieplaas, Nyathi, uitkyk, het hulle op 'n rots gaan sit. Vir 'n lang ruk het hulle net die natuur geniet, voor Damian die stilte verbreek het.

Hy het hierdie einste notaboekie en 'n pen in Daniel se hand gedruk. Toe Daniel verbaas na hom gekyk het, het Damian gelag. "Ek neem aan ek is nie verkeerd dat jy in jou vermoëns om die span te lei, twyfel nie?"

Toe Daniel geknik het, het Damian hom verseker, "Weet jy hoeveel keer het ek getwyfel of ek die regte man vir die taak was? Dit is menslik maar dit hou jou nederig. Ek kan jou nou al sê dat jy nooit die kuns van kapteinskap heeltemal bemeester nie. Jy moet die hele tyd groei. Jy kan my vertrou op daardie punt."

"Wat bedoel jy?"

"Elke span waarin jy speel verskil. Elke speler met wie jy te doen kry, is anders. Jy kan nie terugsit na een fantastiese seisoen en dink jy gaan die volgende jaar dieselfde doen nie. Dit werk nie so nie."

"Dit maak sin," het Daniel saamgestem terwyl hy die pen om en om in sy hand draai. Hy het toe die pen op die notaboekie getik en gevra, "Nou waarvoor is hierdie dan?"

"Daardie gaan jou Bybel word en jou bloudruk vir jou rol as kaptein," het Damian gelag maar vinnig versober. "Dan, niemand gaan jou kan vertel wat jy moet doen om 'n beter kaptein te wees nie. Jy ken jouself die beste. Jy ken jou sterk punte en ook jou swak punte. Jy weet wat jy wil bereik. Jy weet wat is jou drome en tot watter uiterstes jy sal gaan vir jou span. Dink daaroor. Skryf dit neer. En elke nou en dan wanneer dinge nie reg verloop nie, lees deur jou notas. Herinner jouself aan wat jy wil hê. Jy mag dalk elke jaar nuwe drome en nuwe ideale by jou lysie voeg.

Daniel het geweet dat Damian reg was. Hy kon Damian se voorbeeld volg, maar hy het 'n heeltemal ander persoonlikheid as sy ouer broer. Hy moes sy eie sterk punte vind om die span te lei.

Vir die volgende paar dae voordat hulle 'n oefenkamp moes bywoon, het Daniel die notaboekie tot barstens toe gevul. Ja, hy het dit dalk aangepas oor die jare, maar die kern van die beginsels het tog dieselfde gebly.

Damian het ook 'n ander stukkie raad gehad en dit was daardie advies wat Daniel oor die jare slaafs gevolg het. Hy kon nie verwag dat die spelers iets moet doen wat hy nie self doen nie. Daniel het op die veld en van die veld af, daardie filosofie gevolg. As kaptein het hy geweet hy moet 'n voorbeeld stel en sy span van die voorpunt af lei.

Hy moet homself net daaraan herinner.

9

Daniel is Dinsdagoggend vroeër by die stadion as gewoonlik. Net toe hy in die parkeerarea indraai, sien hy Melissa uit die stadion kom met 'n sak oor haar skouer. Hy is baie seker dat sy hom moes gesien het, maar sy gee voor dat hy nie eens daar is nie, al staan haar motor reg langs syne.

Daniel klim uit en gaan staan langs die motor, so asof hy haar wil dwing om na hom te kyk. Sy maak egter ongesteurd haar kattebak oop en sit haar sak in sonder om eens een keer in sy rigting te kyk.

Daniel se irritasie borrel sommer weer op. Wat de hel is dit met die vroumens? Hy pluk sy sak van die agtersitplek en klap die deur toe. Hy begin in die rigting van die stadion stap maar stop skielik.

Hy wil weet hoekom sy so suur is met hom en nou is net so goeie tyd as enige ander om haar te konfronteer. Hy swaai om en storm terug. Hy stop reg voor haar.

Nog een keer. Nog een keer wat hy gaan probeer om vriendelik te wees dan kan sy vergeet.

"Goeie môre."

Sy erken nie eens sy groet nie. Daniel ontplof. Hy is nou gatvol vir haar houding. "Wat de hel is jou probleem met my? Wat het ek aan jou gedoen dat jy so kwaad is? Ek het jou nog nooit vantevore ontmoet nie en ek is baie seker ek het niks onvanpas gesê of gedoen toe jy my masseer het nie. Van die eerste keer wat ek jou gesien het gee jy my hierdie vuil kyke en ignoreer my."

Daniel se mond val byna oop van skok toe sy bitsig antwoord, "Ek hou nie van arrogante en chauvinistiese mans nie. Omdat jy aantreklik is dink jy vroue moet voor jou voete val."

Sy eerste reaksie is woede. Hoe kan sy hom so beoordeel? Voordat hy haar egter konfronteer, registreer hy die res van haar verklaring. Sy woede verdwyn toe hy sin maak uit haar aantyging. Hy skud sy kop en antwoord baie kalmer as wat hy voel, "Ek weet nie wat gee jou die idee dat ek arrogant en chauvinisties is nie."

Hy hou daardie hipnotiese blou oë vasgevang in syne en weier om weg te kyk. Daniel gee 'n treetjie nader aan haar en voeg saggies by, "Maar ek hou van die idee dat jy dink ek is aantreklik."

Gits, hy klink dalk arrogant maar hy gee nie juis meer om nie. Hy fluister, "Jy is ook aantreklik. Beeldskoon eintlik. Dit is regtig jammer dat ek nie dieselfde van jou humeur kan sê nie."

Sy trek haar skouers terug en gluur vir hom.

Jis, hy sal kan verdrink in haar oë.

Wel, hy sou kon as haar oë nie gifpyle in sy rigting stuur nie maar sjoe, sy is mooi. Vurig ook. Daniel is mal daaroor.

Hy wil byna lag. Die vrou is woedend. Daaraan twyfel hy nie eens nie. Dit is egter snaaks toe sy nog daaroor stry, "Ek het nie 'n humeur nie. Miskien is dit jy. Miskien het ek net 'n humeur wanneer jy naby is. Miskien is ek ..."

Gits, daardie dinge doen dinge aan sy libido wat Daniel nie eens aan moet dink nie maar hy kan dit nie help nie. Hy dink nie. Of miskien doen hy maar met sy lyf en nie met sy brein nie. Iewers sing 'n rympie in sy agterkop, 'Moenie dit doen nie, Daniel. Moenie aan haar raak nie', maar sy verraderlike lyf ignoreer dit. Sy oë bly stip op haar gevestig toe hy nog 'n tree nader aan haar gee. Hy kan die hele dag na haar kyk en nooit moeg word daarvoor nie.

Nog 'n gedagte verrys. Hy sou baie beter gevaar het as hy dit geïgnoreer het en eerder na die deuntjie geluister het wat hom smeek om nie aan haar te raak nie. Dis egter te laat. Hy wil meer doen as net na haar kyk. Hy wil haar aanraak, haar vashou en haar soen ...

Net soos hy gedink het. Sy brein het heeltemal gevries want skielik staan hy so naby aan haar dat hy haar hitte kan voel. Sy stem klink hees toe hy fluister, "Miskien is jy wat, Blondie? Wat wil jy sê? Wou jy erken dat jy ook die aantrekkingskrag tussen ons kan voel soos ek?"

Hy probeer nog een keer met homself argumenteer. Melissa se hipnotiese blik maak dat Daniel die argument verloor nog voor hy dit behoorlik formuleer het. Die sagte aroma van haar parfuum vul sy neusgate. Dis soos opium. Dit bedwelm jou nog voor jy 'n gedagte kan vorm. En hy moes dalk eers daaroor gedink het want hy weet hy moet dit nie doen nie. Dis nie reg nie.

Dit moet nie gebeur nie.

Maar jis, hy weet dit is onvermydelik.

Sy moes dadelik omgedraai het en terug gevlug het in die stadion in toe sy die blou viertrek in die parkeerplek langs hare sien intrek. Melissa het onmiddellik geweet wie die eienaar van daardie motor is. Sy het egter besef dat hy haar gesien het en dat dit dus reeds te laat is. Haar beste opsie sou wees om hom te ignoreer. Sy het gedink sy het dit reg gekry toe sy Daniel se deur hoor toeslaan. Sy het egter eers op gekyk toe sy Daniel se voetstappe hoor wegsterf.

Haar oë volg die lang, gespierde liggaam. Miskien het sy so bietjie gekwyl. Wie sou nie? Veral nie as hulle so 'n toneel moet aanskou nie. Ferm agterstewe en gespierde bene wat uitsteek onder die los oefenbroek.

Daar is geen twyfel daaraan nie. Daniel Cooper is 'n spesie op sy eie al is hy hoe arrogant. En baie beslis kwylwaardig.

Melissa snak na haar asem toe hy skielik stop. Voor sy nog haar asem kan terugkry het hy alreeds omgeswaai en stap nou reguit na haar.

O nee, o nee, o nee. Dit kan nie gebeur nie. Nie nou nie en beslis nie hier nie.

Melissa raak skoon paniekbevange en al haar breinselle verskroei toe hy groet. Gits, net 'n goeie môre. Dit is tog nie so moeilik nie maar nee, daar kom absoluut niks uit haar mond uit nie. Die een keer wat sy nodig het, verdwyn haar gewone spitsvondigheid soos mis voor die son.

Sy hoor die woorde, maar Melissa raak verlore toe sy opkyk in sy oë. Dis die heel eerste keer wat sy haarself toelaat om dit te doen en sy weet sy moes nie. Definitief nie. Sy voel skoon beneweld toe sy verlore raak in die warmte in sy oë. Dis egter te verstane. Sy oë is dan dieselfde kleur as Old Brown sjerrie. Ryk en warm. En Melissa was nog altyd mal oor sjerrie.

'n Klein deeltjie van haar brein pleit by haar om hom te antwoord voordat hy regtig dink sy is 'n dom blondine. Gelukkig help daardie gedagte om haar terug te skok. Of dit sou, as sy nie nog steeds vasgevang is in sy oë nie. Sy hakkel skoon soos sy probeer om 'n argument te formuleer. Nee wat, sy is seker dommer as wat syself gedink het. Sy weet mos. Sy moes nie na hom gekyk het nie en sy moes nie eens probeer het om met hom te argumenteer nie. Sy moes veral weg gekyk het. Daardie twee sekondes wat sy gewag het, het haar haar voordeel gekos. En Daniel het sy kans soos die professionele atleet wat hy is, goed uitgebuit.

Hoe hy dit gedoen het is Melissa nog nie seker nie, maar voor sy haar kon kry is hy so naby dat sy die hitte van sy liggaam teen hare kan voel. Sy stem sak 'n oktaaf of twee wat maak dat Melissa se binnegoed sommer bollemakiesie slaan. Sy hoor skaars wat hy sê want sy stem klink so verleidelik. Al wat sy hoor is dat sy 'n humeur het.

Haar een aktiewe breinsel probeer nog argumenteer. En nog steeds kyk sy op in sy oë wat sy sommer weet onnosel is want Daniel se stem en oë hou haar vasgevang net waar sy staan, "Miskien is jy wat, Blondie? Wat wil jy sê? Wou jy erken dat jy ook die aantrekkingskrag tussen ons kan voel soos ek?"

Aantrekkingskrag? Ja, beslis! Maar nee, dit kan nie gebeur nie. Sy laaste fluistering beteken egter die einde van Melissa se wilskrag. "Miskien wil jy my soen so graag soos ek jou wil soen."

Soen? O ja! Slegs die noem van soen en Melissa is verlore. Is dit nie wat sy altyd van gedroom het nie? En nog steeds kan sy nie wegkyk nie.

Sy sien sy kop afsak en sy ruik die vars peperment geur van sy tandepasta maar sy doen absoluut niks nie. Haar brein en liggaam wil glad nie saamwerk nie. Sy moes hom gestop het. En al was dit seker net 'n paar sekondes, voel dit soos 'n ewigheid voor sy mond op hare neerkom.

Haar brein voel skoon pap. Enige greintjie van wilskrag en so ook die gedagte dat sy hom moet wegstoot verdwyn toe Melissa haar oorgee aan die soen. Sy vergeet hoekom sy kwaad was vir hom. Sy vergeet alles en almal behalwe van die aanraking van sy lippe en die hitte van sy hand wat om haar nek vou.

Wanneer het hy sy hand daar geplaas? Miskien was dit

dieselfde tyd dat die soen sagter, byna verteer het en Daniel haar kop effens gedraai het sodat hy haar nader kon trek.

Hy hoef egter nie bekommerd wees dat Melissa hom sou wegstoot nie. Sy het probeer, maar die oomblik toe sy haar hand op sy bors lê met die gedagte om hom weg te stoot, het haar liggaam haar brein se bevel geïgnoreer. Sy hart klop dawerend teen haar palm teen dieselfde spoed as Melissa s'n.

Melissa verloor al haar sinne net daar aangesien sy hom terug soen vir wie weet hoe lank.

Ongelukkig moet alle goeie dinge op 'n einde kom en dus ook die soen. Daniel lig stadig sy kop, en verlig die drukking van sy mond op hare bietjie vir bietjie.

Melissa maak stadig haar oë oop en kyk reguit in Daniel se oë. Hy moet, net soos sy, diep asemteue neem terwyl hulle net na mekaar staar.

Skielik knipper hy sy oë en tree terug.

Melissa probeer normaal asemhaal maar sy is nie seker of enigiets weer hierna normaal gaan wees nie. Vaagweg hoor sy hom brom, "Nou het jy rede om vir my kwaad te wees," voordat hy vinnig omdraai en by die stadion instorm.

Kwaad? Wie is kwaad?

En dan tref dit haar. Daniel Cooper het haar gesoen. Regtig gesoen.

Haar vingerpunte streel oor haar lippe en vir lang oomblikke staan sy net daar geskok tot Daniel verdwyn.

Daniel Cooper het haar gesoen. In die parkeerarea voor die hoofingang.

En sy het hom terug gesoen.

"En nou? Het iets gebeur?"

Melissa neem Chloe nie kwalik nie. Sy lyk seker nog so geskok en verward soos sy voel.

Melissa val sommer in die stoel en voor sy haarself kan keer, erken sy, "Hy het my gesoen."

Chloe frons verward, "Wie?"

Melissa sug toe sy besef dat sy maar net sowel nou met die hele sak patats vorendag moet kom. Haar vingers streel weer oor haar lippe toe sy net aan die soen dink."

"Daniel."

Chloe se oë rek, "Is jy ernstig? Wanneer? Hoe?"

Melissa probeer vir tyd speel en maak 'n flou grappie, "Hoe? Weet jy nie hoe om te soen nie?"

Chloe lag. "O nee, ek weet wat jy probeer doen maar jy gaan nie daarmee wegkom nie."

Melissa sug. Chloe is reg maar tog, is sy gereed om alles uit te blaker. "Nie voor ek 'n koppie sterk koffie het nie. Miskien sal dit my regruk."

Chloe draai om, vul 'n beker en stoot dit oor die tafel na Melissa. Sy wag tot Melissa 'n slukkie of twee geneem het voor sy aanpor, "Nou kom, vertel alles."

Melissa sit die beker terug op die tafel voor sy erken, "Dit was ongelooflik? Fantasties? Dit was ..." Melissa swymel sommer weer van voor af as sy die soen onthou. "Dit was seker die beste soen van my lewe. Ek sweer my eierstokke het amper ontplof. Dis soos daardie soene waarvan jy in die Engelse liefdesverhale lees dat jou onderklere sommer smelt."

Teen daardie tyd lag Chloe so hard dat Melissa dink almal gaan daar instorm om te kom uitvind wat aangaan. En miskien klink dit snaaks vir iemand anders maar nie vir haar nie. Sy het op pad na Chloe se kantoor haarself weer goed opgewerk hier oor. "Dit was ook die grootste fout," erken sy wat maak dat Chloe se lag verdwyn. "Dit moes nie gebeur het nie. Wat van iemand ons gesien het?"

"Wat maak dit saak as iemand julle gesien het?"

"Komaan, Chloe. Ek weet jy het opgeskop maar kan jy nie ons eerstejaars-etiekklas onthou nie?"

Chloe se oë rek toe sy ook die reperkussies besef. "Ek het heeltemal vergeet daarvan. Maar hierdie is tog anders. Daniel is tog nie jou pasiënt nie, of hoe?"

"Jy vergeet dat ek Daniel alreeds behandel het en ek mag dalk weer in die toekoms. Ek kan nie die risiko neem nie. Ek het baie hard gewerk om te kom waar ek is. Nie dat dit juis saak maak nie. Ek dink nog steeds hy is arrogant en hy dink ek is humeurig en miskien is dit die beste so."

Vir 'n rukkie bly Chloe stil maar dan kry haar nuuskierigheid die oorhand. "Hoe het dit gebeur? Ek bedoel, laas wat ons gesels het, het jy en Daniel nie eens met mekaar gepraat nie en nou soen julle sommer."

Melissa vertel maar want sy het al lankal die vermoede dat Chloe gaan aanhou soos 'n foksterriër tot sy gaan ingee. Hoe verder Melissa vertel, hoe meer sukkel Chloe om haar lag te hou. Toe sy klaar is, knik Chloe, "Jy weet Daniel is reg, nè. Daar is definitief 'n aantrekkingskrag tussen julle. Ek het dit self gesien. Ek kan egter nog nie verstaan hoekom jy dink Daniel is arrogant nie en ja, ek weet jy is nog kwaad oor sy blonde leëkoppie opmerking, maar ek dink tog jy moet hom 'n kans gee. Leer hom ken dan sal jy besef hy is nie 'n chauvinis nie."

"Ek dink nie hy sal my beter wil leer ken nie. Hy sê ek is humeurig. Miskien was ek ... Is ek. Ek weet nie. Ek weet nie eens of ek hom ooit weer in die oë sal kan kyk nie. En dit maak nie saak nie. Hy is nog steeds die spankaptein en ek 'n fisio en ons sal in die toekoms moet saamwerk. Maar vir nou? Nee wat, dis beter dat ek ver weg bly van hom."

Dit lyk nie of Chloe haar glo nie, maar ten minste torring sy nie verder nie. Sy skink vir hulle elkeen nog 'n koppie koffie en verander die onderwerp.

Op pad terug na die terapiekamers poog Melissa om die

soen op die agtergrond te skuif. Sy besef weer: sy sal Daniel
Cooper op 'n afstand moet hou. Die reaksie wat hy elke keer net
met sy nabyheid ontlok, maak haar skoon bang. Nog nooit het
'n man sulke sterk gevoelens in haar ontlok nie. Dit maak nie
saak of dit woede of passie is nie, Daniel kry dit elke keer reg.

Sy vermoed dat sy Daniel Cooper nie so maklik op die
agtergrond sal kan skuif soos ander mans nie en dit maak haar
selfs nog banger. Sy kan nie ingee nie. Dit mag dalk meer
nagevolge hê as waaraan sy kan dink.

D aniel se instinkte rondom Richie was in die kol. Richie se
hantering van die pers raak 'n bekommernis. En nou het
Nicholas 'n ultimatum gestel: of Richie werk saam met die pers,
of hy is op die eerste vlug terug Skotland toe. Beide Daniel en
Tom Brady het by Nicholas gepleit om Richie nog 'n kans te
gee. Richie gaan hierdie jaar hul geheime wapen wees, veral in
die eerste paar wedstryde. Hy het maklik by hul spelpatroon
aangepas en gaan chaos saai met sy spoed.

Daniel moes al sy oorredingsvermoë inspan om Sarah
Mackay te oorreed om Richie met sy onderhoudstegnieke te
help. Die twee Skotte is egter albei so steeks soos muile. Teen
Dinsdagaand het Daniel nie 'n keuse as om die twee bymekaar
te kry om te kyk of hulle iets kan uitwerk nie en reël 'n
ontmoeting saam met Christopher en Matthew na oefening in
die vergadersaal, soos die spelers die klein private eetkamer in
die Final Whistle gedoop het. Dit was nie maklik nie. Richie het
in 'n stadium uitgestorm, maar hy het gelukkig het hy nie ver
gekom nie. Hy het reguit in Sarah vasgeloop, wat Daniel toe die
kans gee om hom te oortuig om terug te kom en te luister.
Richie het, maar die geveg was nog lank nie oor nie. Daarvoor is
daar nog te veel veglus in Richie se oë en houding te bespeur.
Daniel was skoon verlig toe Richie eindelik instem en hulle die

twee alleen kon los om 'n program uit te werk. Ten minste kan hy nog iets van sy al-groeiende lys afmerk.

Sy moed sak egter in sy skoene toe hy om die hoek stap en sien dat hy reg was. Dit blyk dat die vrouens nou gaan aanhou om hul Dinsdagaand-kuiers te infiltreer. Hulle is almal daar vanaand, selfs sy suster.

Na die gesprek by Mark se huis en wat Daniel op Mark se tablet gesien het, het hy homself voorgeneem om seker te maak dat sy spelers gelukkig is. As dit gaan beteken dat hy bemiddelaar moet speel, dan sal hy dit ook doen. So lank hy nie self betrokke is nie, gee hy nie om om sy spelers gelukkig te hou nie.

Is hulle gelukkig?

Miskien nie almal nie, maar Daniel hoop dat dit ten goede gaan uitwerk.

10

U iteindelik het hy tyd om aandag te gee aan sy persoonlike agenda. Dit is tyd om sy toekomsplanne te oorweeg en daarom het Daniel gereël om sy agent Woensdagaand te ontmoet. Sy loopbaan staan einde se kant toe en hy is nie lus om nog 'n driejaar-kontrak te teken nie. Hy sal dan reeds vyf-en-dertig wees. Is hy regtig lus om so lank nog te speel?

"Komaan, Daniel. Jy is nog fiks," por James Doubell hom aan. "Ek is seker jy kan nog vir drie jaar speel."

"Miskien, maar ek wil nie, James. Ek dink ek is nou daar waar Damian was. Ek is gereed vir 'n lewe na rugby. Ek wil vestig en met 'n gesin begin. Terwyl ek rugby speel gaan dit nie gebeur nie. Ek wil nie 'n gesin hê en hul byna nooit sien nie. Maar, ek sal 'n kontrak teken vir agtien maande. Dit is tot na die Interprovinsiale Kompetisie volgende jaar wanneer my kontrak met SARU ook eindig. Ek gaan ook nie nog 'n kontrak met SARU teken nie. As ons die finaal van die Interprovinsiale Kompetisie bereik, sal dit my laaste wedstryd wees. En dit is my finale besluit."

"Nou goed, ek sal die kontrak opstel. Wat gaan jy daarna doen? Afrig?"

Daniel skud sy kop, "Nee, ek dink nie so nie. Ek sal so hier en daar dalk aan paneelbesprekings deelneem, solank dit nie 'n voltydse werk is nie. Ons wil ons besigheid uitbrei en meer ontwikkelings doen. So ja, ek het 'n paar idees vir die toekoms. Grant is ook gretig om uit te brei en ek kan nie dat hy al die werk doen nie. Ek wil meer betrokke raak."

"Ten minste het jy 'n plan vir die toekoms. Ek wens ek kan dit in van hierdie jong spelers se koppe kry dat hulle moet dink aan hulle lewe na rugby. Hulle beplan nie," mor James. "Hulle dink hulle gaan vir ewig speel. Wat as hulle loopbaan môre beëindig word? Nee, hulle dink net aan die geld wat hulle nou maak en nie aan die toekoms nie. Dis blink motors, oorsese reise en wat nog alles. Hulle spaar nie. Wanneer hulle hul stewels ophang, het hulle niks want hulle leer nie om iets anders te doen nie."

Daniel lag. "Jy is nog uit die ou skool, James, maar jy is reg. Ek en Mark het darem al vir Nicholas oorreed om met 'n program te begin om die jonger spelers voor te berei. Moet dus nie verbaas wees as jy binnekort 'n oproep kry om met hulle te kom praat nie."

"Ek kan raad gee, maar dis ook al. Is dit al wat jy met my wou bespreek?"

"Ja, dis al."

James staan sommer op, "Kom ons gaan soek iets om te eet. My vrou is uitstedig en ek is nie lus om vir myself kos te maak nie."

Daniel dink net aan die leë huis en stem sommer in. Hy het genoeg kos in die huis maar hy weet ook hy gaan dit nie vanaand maak nie. Dit help ook nie eens hy gaan meenthuis toe om geselskap te soek nie want Richie is by Matthew.

Daar is nog 'n paar spelers en hul agente in van die ander

lokale toe Daniel en James uitstap. Hulle stap sommer oor die oefenveld na die Final Whistle.

M elissa ruk soos sy skrik toe 'n hand skielik oor haar skouer vou. Pyn skiet deur haar arm en sy probeer instinktief terug ruk, maar die persoon wat haar skouer beet het, laat los nie sy greep nie.

Haar oë vlieg op, reguit in die oë van haar eks. Hy grynslag toe hy in die stoel langs hare neersak sonder om sy greep te verslap. "Wat maak jy hier?" sis sy saggies om onnodig aandag op haar te vestig nie.

"Vir my verloofde kom kuier, natuurlik. Het jy na my verlang?"

"Beslis nie! En ek is nie jou verloofde nie. Lankal nie meer nie."

"Ek het jou lank terug gewaarsku. Wat myne is, bly myne."

Goeie genade, gaan die man dit net nooit in sy kop kry nie? Wat moet sy nog doen om hom te oortuig?

"Ek behoort nie aan jou nie en sal nooit nie. Los my net uit."

Hy lag. maar dis beslis nie 'n vreugdevolle lag nie. Hy sis net een woord en verstewig sy greep nog verder, "Nooit!"

Melissa worstel verniet, maar sonder om 'n bohaai te maak, gaan sy dit nie maklik regkry nie. Benoud loer sy rond of Pierre nie al op pad is nie. Die een keer wat sy haar broer se beskerming nodig het, is hy laat.

Sy ruk-ruk weer terug, maar nog steeds kry sy nie reg om uit sy greep te ontsnap nie. Melissa haat dit dat sy nou effens benoud klink toe sy weer pleit, "Roan, los my asseblief. Jy maak my seer. En los my alleen. Ek het 'n nuwe lewe hier en daar is iemand anders."

Sy hoop nie hy gaan vra wie nie, want sy het geen idee wat

om vir hom te sê nie maar sy het ook nie nodig nie. Die volgende oomblik kry sy hulp uit 'n onverwagte oord. Hierdie keer wend sy nie eens 'n poging aan om te ontsnap of weg te skram van die soen wat haar redder opeis nie. Daarvoor kry hy dit reg wat hy elke keer vantevore kon doen en dis om haar skoon lam te soen.

Hoekom moes dit nou juis hy wees?

D ie oomblik toe hulle by die trappies opstap, gaan staan Daniel doodstil en swets onderlangs.

Die eerste persoon wat hy raaksien is Melissa. Hy sal haar hare enige plek herken. Sy is egter nie alleen nie. Daar is 'n man saam met haar met sy hand om haar skouers.

Daniel draai byna weg maar toe registreer iets. Dit was nog voor hy Melissa se stem deur die oop deur hoor. Melissa praat gewoonlik sag met almal, behalwe met hom. Daniel hoor dus duidelik dat haar stem verhoog.

Hy kyk weer. Hierdie keer merk hy op hoe styf die man se hand om haar skouers span. Sy kneukels is skoon wit.

Ai, genade tog. Sy mag dalk nie van hom hou nie, maar daar is geen manier wat Daniel gaan terug staan en kyk hoe iemand 'n vrou mishandel nie, al is dit ook die mees hardkoppigste vrou wat hy al ooit ontmoet het.

Onwillekeurig gee hy 'n tree of twee nader.

"Roan, los my asseblief. Jy maak my seer. En los my alleen. Ek het 'n nuwe lewe hier en daar is iemand anders."

Sy pleit maar Daniel hoor duidelik die vrees wat in haar stem deurslaan.

Daniel hoor nie eens die man se antwoord nie want al wat hy sien is dat Melissa harder spook om uit die man se greep te kom. Hy loer rond maar daar is niemand anders naby nie.

Hy sug. Dit lyk vir hom of Daniel moet maar gaan red. Hy

is nou hier en hy het nie 'n keuse nie. Hy mompel, "Verskoon my," maar voor James kan reageer, is hy reeds op pad na Melissa se tafel.

Hoe moet hy dit aanpak? Hy ken Melissa nie goed nie, maar die manier wat sy uit die man se greep probeer ontsnap, is 'n teken dat sy nie 'n spektakel wil maak nie.

Daniel se instink neem oor. Of was dit dalk omdat hy net weer aan haar wil raak of wil soen en enige verskoning sal gebruik? Dit mag dalk nader aan die waarheid wees. Hoekom anders sal hy dan sy hand oor haar hare streel soos hy van daardie eerste dag af wou doen?

Toe sy opkyk, rek haar oë toe sy Daniel herken.

Daniel loer weer vinnig rond maar behalwe vir hom en James is daar nie iemand anders naby nie. Voor Melissa kan reageer en voor hy homself daaruit kan praat, buk hy af en soen haar.

Dit is veronderstel om net 'n ligte soentjie te wees om die boodskap aan die ander man oor te dra maar Daniel moes geweet het. Die oomblik wanneer hy aan Melissa gaan raak, gaan dit nie by 'n ligte soentjie bly nie. Die soen hou veel langer aan en is beslis nie so lig as wat hy beoog het nie, maar Daniel kan dit nie help nie.

Dit neem hom 'n hele ruk voordat hy sy mond van hare kan trek en fluister, "Hallo, my skat. Ek is jammer ek is laat."

My *skat*? Goeie genade! Kan hy nie minder soetsappig gewees het nie? Of aan iets anders gedink het nie. Nee, natuurlik nie. Want hy het nie gedink nie. As hy gedink het, sou hy haar nie eens gesoen het nie.

Melissa se wyd gesperde oë herinner Daniel hoekom hy eintlik daar is. Hy ruk homself met moeite reg en draai na die Roan-ou. "Ek weet nie wie jy is nie, ou maat, maar ek sal dit waardeer as jy jou arm van my meisie se skouers sal verwyder. Sy hou nie van jou aandag nie en nog minder hou ek daarvan."

Die man se oë rek. Miskien herken hy Daniel of dit kan dalk net Daniel se grootte wees wat hom intimideer. Of dit is dalk Daniel se stemtoon en stuurs uitdrukking. Hy is egter dom want hy weier om sy arm te verwyder en mor, "Bly hieruit. Melissa is my verloofde en sy moet saam met my terug gaan Kaapstad toe waar sy hoort."

Melissa skud haar kop en lig Daniel in, "Roan is my eks. Ek het al meer as 'n jaar gelede ons verhouding verbreek en hy wil dit net nie aanvaar nie."

Daniel knik. Hy leun oor en sit sy hande plat op die tafel voor Roan. "Jy het Melissa gehoor. Ek gaan jou nog een keer vra om jou arm te verwyder en maak dat jy wegkom. Sy het jou gesê sy het iemand anders hier in Pretoria en dis ek."

Daniel kyk nie na Melissa nie. As hy het sou hy gesien hoe sy bloedrooi bloos. Hy hou sy stem laag toe hy beveel, "Ek gaan nie toelaat dat jy my meisie so mishandel nie. Verwyder jou arm of ek doen dit vir jou."

Jis, die man is onnosel of hy hallusineer. Soos 'n kapokhaantjie kraai hy, "Melissa behoort aan my."

Daniel het genoeg gehad. Soos blits laat sak hy sy hand oor Roan s'n wat nog steeds Melissa se skouer vasklem. Hy hoef net twee van Roan se vingers vas te gryp en hul agtertoe te buig voor Roan Melissa laat gaan. Hy spring op en kreun in pyn, "Wat de hel?"

Voor Roan nog iets kon sê of iets anders probeer, gryp Daniel hom aan die voorkant van sy hemp en lig hom op. Roan is nou wel nie 'n klein mannetjie nie maar Daniel is nog steeds 'n paar sentimeters langer as hy en baie frisser. Gits, hy kan vir Mark in die lynstane lig dus voel hierdie ou soos 'n veertjie.

Die ander man besef seker dat Daniel nie gaan terugstaan nie. Of dalk is dit omdat Daniel hom nog steeds in die lug hou. 'n Paar ander spelers het ingestap en seker besef iets is fout want hulle staan sommer nader. Ryan Foster, die frisgeboude stut vra, "*Cappie*, wat gaan aan?"

"Die man wil Melissa nie uitlos nie."

Daniel het nie nodig om iets verder te sê nie want soos een man staan die groep nader. Daniel byt 'n glimlag terug. Melissa besef dit seker nog nie, maar die hele span sal haar beskerm as dit moet. Roan besef dit darem nou aangesien hy die aftog blaas. Hy loer rond en gee toe, "Nou goed, ek sal gaan. Los my net."

"Laat ek dit duidelik maak. Jy gaan Melissa nie weer kontak nie. Jy gaan nie eens naby haar kom nie. Ek belowe jou, as ek jou naby haar vang gaan ek dalk nie so toegeeflik wees nie. Ek sal saam met Melissa gaan om 'n beskermingsbevel teen jou te kry. Verstaan jy my?"

Roan knik toe hy die ernstigheid van die situasie besef.

Daniel hoop maar so en stamp hom terug. Roan verloor sy balans toe hy oor die poot van 'n stoel struikel. Voor Daniel kon nader staan om die man op te pluk, tree Ryan nader en grynslag. Hy gryp summier Roan se arm en trek hom op, "Ons sal dit verder hanteer, *Cappie* en seker maak dat hy gaan. Kyk eerder na Melissa."

Daniel onderdruk sy glimlag. Ryan lyk dalk soos 'n grotman met sy lang hare en bosbaard, maar eintlik is Ryan 'n teddiebeer. Roan, en die meeste van die spelers wat Ryan op die veld beetkry, weet dit egter nie. Hy wag tot Ryan en 'n groep van die jonger spelers Roan uit die restaurant boender voor hy omdraai na Melissa. Hy sit sy hande op haar skouers en vra, "Is alles reg, Melissa? Het hy jou seergemaak?"

Sy skud haar kop maar sy bewe behoorlik. Daniel dink nie eens twee keer nie. Hy trek haar kop teen sy bors en vou sy arms om haar. Hy rus sy wang teen haar hare en vryf haar rug tot hy voel die bewing bedaar. Hy voel, eerder as wat hy dit hoor, dat sy haar asem diep intrek.

Daniel besef dat hy dinge dalk nou nog net moeiliker vir homself gemaak het. Hoe gaan hy dit nou regkry om van haar af weg te bly? Gits, nog nooit in sy lewe het hy so 'n intense drang gehad om 'n vrou te beskerm nie, al weet hy ook hoe goed dat sy sterk genoeg is om dit self te doen.

Hy laat val sy hande en tree terug, "Jy nou reg? Moet ek iemand bel?"

Melissa skud haar kop maar sy ontmoet nie sy blik nie, "Nee, ek is nou reg, dankie."

Daniel sug en tree nog 'n stappie terug. Toe hy opkyk merk hy dat James hulle dophou met 'n vreemde uitdrukking. Daniel bloos sommer. James is nie onnosel nie. Gelukkig draai James na Melissa en vra, "Voel jy nou beter?"

Toe Melissa knik, stap James nader en hou sy hand uit. "Ons het al ontmoet by die produk vrystelling, dan nie?"

Melissa ignoreer nog steeds vir Daniel. Hy moet 'n skielike vlaag van jaloesie onderdruk toe Melissa vir James glimlag. "Ek onthou. Ek is bly om jou weer te sien."

James glimlag vir haar, dan beweeg sy blik van Melissa na Daniel en weer terug na Melissa, "Nou, dit is interessant."

Melissa bloos bloedrooi. Selfs haar ore word rooi. Is dit nou nie oulik nie?

Ag nee, hel man. Hy is hopeloos.

Melissa het dit mos duidelik gemaak sy stel nie belang nie. Voor hy 'n groter gek van homself maak beter hy eerder so ver moontlik van haar af wegkom.

Sy gesig verstrak en hy is sommer kortaf, "As als reg is, verskoon ons." Voor sy nog kan reageer het Daniel reeds weggedraai. James frons vlugtig vir hom voor hy Melissa vra, "Wil jy nie by ons aansluit nie?"

Gelukkig skud sy haar kop dadelik. Nie dat Daniel anders verwag het nie. Hy weet mos nou al teen die tyd hoe sy hom vermy, "Baie dankie maar nee. Ek wag vir iemand."

Daniel en James kies 'n tafel nie te ver van Melissa s'n nie. En die gek wat hy is, maak hy seker hy het 'n uitsig van Melissa.

Hulle het reeds hul kos bestel toe 'n lang, blonde man na Melissa se tafel stap en haar liggies op die wang soen. Daniel snork. Hy hoop tog nie dis die man na wie Melissa verwys het nie want dis darem 'n baie droë soentjie as hy veronderstel is om haar kêrel te wees. Kyk nou net hoe het hy Melissa gesoen. Dis mos hoe 'n man sy meisie moet soen.

Daniel kan egter gelukkig wees die man het nie opgedaag toe hy Melissa gesoen het nie. Daniel sou dalk dieselfde paadjie gevolg het as Roan.

Toe die man regop staan, herken Daniel hom. Pierre, wat saam met hom vir die universiteitspan gespeel het. Melissa spring skielik op en gooi haar arms om Pierre se nek.

Daniel maak sy oë toe en byt op sy tande. Dis wraggies nie iets wat hy wou aanskou het nie. Hy sukkel om sy jaloesie af te sluk. Vir 'n paar sekondes sit hy met toe oë tot James skalks opmerk, "Is dit nie Pierre Roux saam met jou vriendin Melissa nie?"

Daniel maak sy oë oop en gee James 'n vuil kyk. "Ja, dis Pierre maar sy is nie my vriendin nie."

James lag. "Komaan, Daniel. Jy kan my lank nie meer flous nie. Toe jy soos 'n wafferse held inspring om haar te red. En daardie soen? Man, dit was nou sissend!"

Daniel bloos, "Daar is niks tussen ons nie. Ons is net albei betrokke by die Buffels, dis al."

"As jy so sê, my vriend." James bly so rukkie stil voor hy vra, "Het jy nie gesê haar van is Roux nie?"

Daniel loer na waar Melissa en Pierre sit. Hulle gesels land en sand en Melissa se hande beduie soos sy entoesiasties iets vir Pierre beduie.

Gits, hulle is familie.

Daniel hoef nie eens hul gelaatstrekke te vergelyk nie. Dis tog duidelik met dieselfde blonde hare en blou oë. En Pierre het 'n klein sussie gehad, alhoewel Daniel haar nooit ontmoet het nie.

Sy is beslis nie meer klein nie. Dis verseker.

Hy trek sy oë weg van die twee en sug, "Ja, dit is maar daar is nog steeds niks tussen ons nie, James. Hel, sy hou nie eens van my nie."

James knik oordrewe en weer kom die enigmatiese, "As jy so sê, my vriend."

Gelukkig los James dit daar al glo hy duidelik nie Daniel se ontkenning nie. Daniel kan hom egter nie blameer nie. Enigiemand wat daardie soen gesien het vroeër sou dit nie geglo het nie.

Hulle het skaars klaar geëet toe raak James haastig en hul staan op nog voor die kelner die rekening gebring het. Daniel het gehoop om ongesiens te vertrek maar aangesien die restaurant stil is en Daniel nou nie die kleinste man is nie, trek die beweging seker Pierre se aandag want hy kyk in hulle rigting.

Pierre staan sommer dadelik op en roep verras, "Daniel!" en wink hom sommer nader.

Daniel sug toe hy besef dat sy plan gefnuik is. James lag. "Dit lyk my jou vriend wil hê dat jy by hulle aansluit. Gaan maar. Ek gaan die rekening betaal. Ek kontak jou wanneer die kontrakte gereed is."

James laat ook nie twee keer op hom wag nie en stap sommer reguit na die kroegtoonbank waar die kelner staan.

Pierre staan nog steeds en dis duidelik dat hy vir Daniel wag. Hy het dus nie 'n keuse nie. Hy sal maar net sy ou vriend moet gaan groet. Hy gaan dit egter kort hou.

Weer eens fnuik Pierre sy planne. Na die groetery beveel hy byna, "Drink gou iets saam met ons Ek het vroeg vanoggend van Singapoer af geland en het al die hele dag vergaderings gehad. Ek gaan nie veel langer kan uithou nie, maar sal vinnig met jou wil opvang. Ek neem aan dat jy my suster, Melissa, ken aangesien julle beide by die Buffels is?"

Daniel knik. Hy wil nog protesteer dat hy nie iets wil drink nie maar Pierre het klaar die kelner nader gewink en 'n stoel vir Daniel uitgetrek. Hy het dus nie 'n keuse as om te sit nie.

Daniel wil nou nie ongeskik wees voor haar broer nie, dus knik hy styf vir Melissa. Miskien moes hy nie, want dadelik merk hy op hoe sy aan haar onderlip knibbel. Daniel skuif ongemaklik rond toe hy weer die soen onthou.

Die kelner bring darem effens verligting toe hy hul bestellings kom neem. Melissa bestel eers voordat Daniel 'n koeldrank bestel. Terwyl Pierre bestel, heers daar 'n ongemaklike stilte tot Daniel dit nie langer kan uithou nie en vra, "Voel jy nou beter?"

Pierre het pas sy bestelling klaar geplaas en frons, "Hoekom vra jy Melissa dit? Wat was fout?"

Melissa gluur vir Daniel voordat sy mompel, "Roan."

"Wat van Roan?"

Met nog 'n vuil kyk na Daniel, vertel sy kortliks vir haar broer wat gebeur het. Gelukkig sê sy niks van die soen nie. Dit sou nou ongemaklik gewees het.

Pierre bedank Daniel vlugtig, "Dankie dat jy Lissa gehelp het. Ek skuld jou. Maar, Lissa, ek stem saam met Daniel. Jy sal moet 'n beskermingsbevel teen Roan kry."

Melissa bloos, "Ek weet. Ek sal daaroor dink. Los dit nou net."

Hy moet seker al gewoond wees aan die vuil kyke wat sy hom gee. Hy kan nie eens meer tel hoeveel sy al in sy rigting gestuur het nie. Hierdie is egter belaglik. Ja, sy kon dalk vies wees oor die soen die ander dag en nou weer, maar hy het net probeer om haar te help.

Stank vir dank. Dis wat dit is.

Daniel konsentreer op Pierre maar hy is oorbewus van Melissa aan die oorkant van die tafel. Sy neem glad nie deel aan die gesprek nie wat Daniel nog meer ongemaklik maak.

Hy het skaars sy drankie klaar gedrink voor hy opstaan en verskoning maak. Dis duidelik Melissa is nie gelukkig met sy teenwoordigheid nie en hy wil ook nou nie vir Pierre monopoliseer nie.

Hy ruil net nommers uit met Pierre met die belofte om kontak te hou, voor hy net in Melissa se rigting knik en behoorlik na sy motor vlug.

Buite blaas hy sy asem verlig uit.

Die vroumens is besig om hom gek te maak.

En hy moet ophou om haar te soen.

11

"Wat is fout?"

"Ek is moeg. Ek het nie veel geslaap nie."

"Nou wat ry jou bloots? Of moet ek vra wie?" glimlag Chloe ondeund. "Maar wag, het jy nie gisteraand saam met jou broer gaan eet nie? Ek het gedink julle gaan net rustig eet en vroeg slaap. Dis wat jy altans beoog het."

"Dit was, ja. Ek het egter nie rekening gehou met Pierre wat laat is en my eks wat my lastig val nie."

Chloe se oë rek groot, "Is jy ernstig? Waar?"

"By die Final Whistle," mompel Melissa.

"Vertel my," beveel Chloe toe sy vir Melissa 'n beker koffie inskink en dit oor die tafel na haar skuif.

Melissa vertel vir haar hoe Roan haar in 'n hoek vasgekeer het die vorige aand toe sy vir Pierre gewag het.

"Kon Pierre darem van hom ontslae raak?" vra Chloe nuuskierig.

Melissa bloos bloedrooi. Chloe draai skoon haar kop skeef toe sy Melissa beskou. Melissa probeer dit ignoreer maar sy weet sy gaan nie die klein foksterriër flous nie, al probeer sy ook hoe hard. "Nee, Roan was klaar weg toe Pierre daar opdaag. Ryan en 'n paar van die spelers het hom uitgegooi."

"En dis al?" vra Chloe slinks.

Melissa sug. Sy het dit geweet en erken dus maar, "Nee, Daniel het eerste tot my redding gekom. Hy het al klaar Roan se hand van my skouer verwyder toe Ryan-hulle daar aankom. Hoekom dit nou juis hy moet wees, weet nugter."

"Maar dis nog nie al nie. Jy kan maar probeer systap soveel jy lus het, Melissa. Ek ken jou al teen daardie tyd. Daardie blos beteken dat Daniel nie bloot net Roan se hand van jou skouer verwyder het nie."

Melissa sug. Sy wou nie daaraan dink nie, want sy wou nie weer daardie soen herleef nie, maar nou het sy nie 'n keuse nie. "Jy is reg," erken sy gelate en vertel Chloe van die soen en hoe beskermd Daniel teenoor haar was. "Maar toe moes hy vir Pierre vertel en nou stem Pierre boonop saam met Daniel en dring Pierre aan ek moet 'n beskermingsbevel teen Roan kry."

"En hulle is nie verkeerd nie. Jy het my alreeds vertel van die boodskappe, maar hierdie neem dinge te ver, Melissa. Jy sal moet stappe neem."

"Ek weet en ek sal. Dis hoekom ek hier is. Sal jy asseblief saam met my gaan vanmiddag? Ek sien nie kans om dit alleen te doen nie."

"Enige iets wat ek kan doen om jou te ondersteun. Jy weet mos."

"Dankie, Chloe. Ek waardeer dit regtig."

"En nou sal jy miskien verstaan hoekom ek so opkom vir Daniel. Miskien is dit tyd dat julle praat."

Melissa skud net haar kop. Daarvoor sien sy beslis nog nie kans nie.

. . .

Wie sou nou dit kon dink? Melissa wil sommer lag toe sy die groep vrouens beskou. Almal gesels lustig soos ou vriende terwyl hulle die pizzas verslind en wyn drink, sommer op die mat.

Nie een ken mekaar juis goed nie, behalwe Jaylin Cooper en Sarah Mackay wat van laerskooldae al vriende is. Melissa werk nou wel saam met Chloe en Hannah by die Buffels en het mekaar al bietjie beter leer ken maar van die ander het mekaar vanaand eers ontmoet. Hulle kom egter almal goed oor die weg al is hulle hoe verskillend. Neem nou maar vir Angie. Sy is 'n regte babbelbek en 'n kunstenares. Hannah is weer die teenoorgestelde. Sy is 'n wetenskaplike en super-slim. Sy sal net iets sê wanneer sy dink dis nodig. Sarah is 'n vurige rooikop wat, alhoewel sy in Skotland gebore is, in Pretoria skool gegaan het. Dis waar sy en Jaylin, Daniel Cooper se suster, mekaar ontmoet het toe hul broers vriende geword het. Jaylin is rustiger met dieselfde bruin oë as haar broer. Sy praat iets soos ses tale en het die laaste tien jaar in Parys gebly. Dis nou Parys, Frankryk en nie Parys langs die Vaalrivier nie.

Selfs Riley het die uitnodiging aanvaar en Melissa is baie bly daaroor. En dan is daar Melissa en Chloe. Sewe vroue. Sewe persoonlikhede. Sewe verskillende agtergronde maar soos hulle nou daar op haar mat sit en 'n hond uit 'n bos kuier, is hulle maar tog dieselfde. Sewe vroue wat 'n behoefte het om stoom af te blaas saam met ander vroue. Niemand beoordeel of veroordeel die ander nie.

Soos vrouens maar is, fladder hulle van een onderwerp na die ander. Hulle vergelyk ervarings en plekke wat hulle besoek het en kom agter dat hulle meer in gemeen het met mekaar as wat hulle eers gedink het.

Toe dit lyk asof die pizzas nie meer aftrek kry nie, staan Melissa op en maak die oorskiet bymekaar en sit dit op die toonbank. Toe sy weer by die ander aansluit, stamp sy aan Chloe se arm en fluister, "Moet ek hulle vra?"

Toe Chloe knik, verhef Melissa haar stem sodat sy bo-oor die ander stemme gehoor kan word, "Ek en Chloe het besluit om spoed-afsprake te probeer. Die eerste een is Dinsdagaand. Wie wil saamkom?"

Die ander bly so rukkie stil voor Hannah haar kop skud, ""Nee dankie, al is hy nie hier nie, het ek nog 'n kêrel."

Haar antwoord verras Melissa want Hannah het nog niks voorheen genoem nie, maar dan, sy is nie sommer 'n persoon wat haar persoonlike lewe aan elke Jan Rap en sy maat uitblaker nie.

Jaylin en Sarah kyk na mekaar. Hulle het daardie woordelose tipe gesprek wat slegs ou vriende kan voer voor hulle knik, "Dis reg. Ons sal saamgaan."

"Angie?"

Angie skud ook haar kop, "Nee, ek gaan nie hier wees nie. Ek en Jesse gaan Sondag na Sun City en Pilanesberg."

Melissa kyk vriend na Riley. "Wat van jou? Jy is ook mos nuut hier in Pretoria."

Riley huiwer vir 'n oomblik voor sy antwoord, "Ek kan nie. Ek is 'n enkelma en het nie die luuksheid van 'n voltydse kinderoppasser nie. My buurvrou sal na my seun kyk wanneer ek moet werk maar ek wil nou nie misbruik maak van haar goedheid nie."

Sy kon Melissa met 'n veertjie omslaan. Sy het dit nie verwag nie maar dis geen wonder dat die arme vrou soms so gespanne lyk nie, veral toe Melissa haar die eerste dag by die stadion ontmoet het.

Chloe roep verras, "Jy het 'n seun? Jy lyk dan nog so jonk. Hoe oud is hy?"

Melissa skud net haar kop oor Chloe se voorbarigheid.

Riley trek egter net haar skouers op, "Hy is hierdie jaar sewe, en ja, hy is gebore toe ek skaars negentien was."

"En sy pa? Is hy nie betrokke nie? Hoekom kan hy nie na hom kyk nie? Of jou familie nie?"

Riley frons, "Nee, sy pa is nie betrokke nie. Ek kon hom nie vertel voor hy verdwyn het nie en ek het ook nie familie nie. Ek het net my tannie gehad tot sy oorlede is."

Miskien is sy impulsief. Sy het maar bitter min ondervinding met kinders maar tog bied Melissa aan, "As jy ooit 'n kinderoppasser nodig het is ek beskikbaar."

"Ja, ek ook," beaam die ander byna in 'n koor. Riley is baie verbaas oor die aanbod. Dit lyk amper asof sy in trane wil uitbars toe sy uitkry, "Baie dankie. Ek is nou wel nie geïnteresseerd in verhoudings nie, maar ek sal dit in gedagte hou indien ek ooit 'n oppasser nodig het ..."

Sarah verander die onderwerp vinnig, "Wat behels die spa-behandeling môre? Wat gaan ons alles doen?"

Melissa los dit vir Hannah om te antwoord, aangesien dit haar reëlings is. Natuurlik lei hierdie gesprek tot die verrigtinge die volgende aand.

Melissa voel maar nog steeds jammer vir Angie aangesien dit blyk dat sy en Jakes dinge nog nie kon uitwerk nie. Melissa neem Riley ook nie kwalik dat sy bietjie verward is oor die reëlings nie, want vroeër het hulle genoem dat Angie Jakes ken. "Het jy dan nie vir Jakes du Plessis kom kuier nie? Ek het gedink ... Ek is jammer. Dit het seker niks met my te doen nie," bloos sy verleë.

Angie skud haar kop, "Nee, dis in die haak. Dis waar, ek het vir Jakes kom kuier maar ek het ook gekom omdat my broer my nodig gehad het. Ek het gehoop dat Jakes van plan sou verander maar hy wil nog steeds net vriende wees. Ek wil nie net vriende wees nie en het besluit dit is beter om dan afstand tussen ons te hou."

"Jy kan my niks daarvan vertel nie," simpatiseer Chloe.

Dit is so rukkie stil voordat Hannah peinsend opmerk, "Dit is die eerste keer wat Nicholas so 'n dinee reël. Die funksies was voorheen baie informeel. Ek wonder egter hoekom al die mans alleen gaan, behalwe nou die wat saam met julle gaan. Gits, daar is darem 'n paar baie aantreklike ouens en ek sou gedink het hulle sou almal metgeselle hê. Jakes sou ek nog kon verstaan maar nie almal nie."

Miskien moes sy eerder stil gebly het oor die dinee en die feit dat die ouens alleen gaan aangesien Hannah slinks glimlag terwyl sy reguit na Melissa kyk, "En dan is daar iets anders wat ek ook nie verstaan nie. As ek volgens die gerugte wat die stadion rondvlieg moet oordeel, sou ek gedink het ons klubkaptein sou nou al 'n kans gevat het."

Melissa voel sommer hoe haar gesig warm word. Wat insinueer Hannah? Of het Hannah iets gesien of gehoor?

Sy beter eerder nie antwoord nie en beslis nie spekuleer oor wat Hannah bedoel nie.

Sy was reg. Sy moet so ver moontlik van Daniel Cooper af wegbly. Nou waardeer sy soveel meer dat Jesse ingestem het om haar môreaand te vergesel. Sy kort 'n buffer tussen haar en Daniel, en Angie se aantreklike tweelingbroer is die perfekte keuse.

Hy probeer sy frustrasies afsluk maar kry dit nie reg nie. Sy hande is al so styf in vuiste geklem dat dit seermaak.

Daniel het nog nooit so hulpeloos gevoel in 'n situasie nie. Hy was ook nog nooit so gefrustreerd nie, veral nie omdat hy weet daar is absoluut niks wat hy daaraan kan doen nie. En alles help net dat hy net kwater word vir homself omdat hy toelaat dat die situasie hom soveel affekteer.

Hy het tog homself voorberei daarop om haar vanaand te sien.

Of, hy het gedink hy is voorbereid.

Hy gluur na die tafel reg langs hulle. Hy haat die jaloesie wat soos 'n veldbrand deur hom woed. Hy wil haar nie saam met 'n ander man sien nie. Hy wil nie sien hoe sy vir iemand anders lag. en met hom gesels en net haarself wees nie. Haar beeldskone en vol selfvertroue self. Hoekom kan dit nie hy wees nie? Hoekom moes Jesse Summers haar vergesel?

Vir een asemrowende oomblik vang Daniel Melissa se oë vas, dan kyk sy weg en gesels verder met Jesse.

Daniel het lankal opgehou om sy glas vas te hou. Hy kan dit nie waag met al die frustrasies wat binne hom woel nie. Hy is bang hy gaan dit so styf vasklem dat dit breek.

Vanaand drink hy net vrugtesap. Alkohol gaan dalk net daardie ekstra vonk verskaf wat die kruitvat kan laat ontplof. Hy gaan beslis nie daardie kans waag nie.

Matthew stamp Daniel se arm en waarsku saggies, "Ontspan, *Cappie*. Almal het al agter gekom dat jy in 'n vieslike bui is. Kalmeer so bietjie."

Daniel trek sy blik weg van die naburige tafel en kyk na Matthew. Sy onder-kaptein lyk bekommerd. Matthew is reg maar Daniel het al sy beproefde metodes gebruik om beheer te kry. Hy sukkel, maar hy moet net harder probeer.

"Ek is jammer."

Vir die eerste keer merk Daniel die gespanne lyne op sy vriend se gesig op. Matthew lyk nie veel beter as hy nie. Elke keer as sy blik ook soos Daniel s'n na die naburige tafel flits, frons Matthew net dieper. Daniel hoef nie eens te wonder hoekom nie, want hy is baie seker dat Matthew met dieselfde emosies sukkel as wat hy doen.

Sy blik skuif na die res van sy tafelgenote. Almal is

enkellopendes. Die enigste vrouens aan hul tafel is Hannah en die leëkoppie wat hier is saam met Christopher.

André praat dringend met Jakes, wat nie veel beter lyk as Daniel en Matthew nie. Die enigste manier hoe Daniel Jakes se uitdrukking kan beskryf is soos Mark gereeld sê: *hy lyk soos 'n donderstorm wat plek soek om uit te sak.* Daniel kan hom egter nie kwalik neem nie. Gits, wat het Angie besiel om saam met Rick Walters te kom? Rick is die grootste vrouejagter in die land. En hoekom het Rick Angie genooi? Hy weet tog hoe Jakes oor die vrou voel?

Daniel se blik verskuif na Rick en hy bestudeer hom met meer aandag. Daniel besef dan skielik: Rick speel 'n rol. Hy probeer Jakes uitlok sodat hy reageer. Daniel sug. Hy ken Jakes te goed en Jakes gaan nie daarvoor val nie. Sy deursettingsvermoë is uitsonderlik, veral in ag genome waardeur hy met sy eks gegaan het. Daniel is bevrees dat Rick se plan nie gaan werk nie.

Hy kyk terug na Jakes wat nog steeds met die bandjie om sy arm speel. Ten minste luister Jakes na André se rustige instruksies. Jakes is in goeie hande, maar Daniel twyfel of hy dieselfde kan sê van die man langs hom. Christopher lyk ooglopend verveeld met sy metgesel se sieldodende gekekkel. Dis egter nie al nie. As Daniel volgens die fronse en die vuil kyke moet oordeel, kan Christopher aansluit by die klub. Hulle het al klaar drie lede waar onder Daniel, Matthew en Jakes tel. Christopher blyk die volgende kandidaat te wees.

Hannah sit tussen Christopher en Ryan Foster. Sy lyk meer verveeld as iets anders. Sy speel met haar foon en ignoreer die leëkop-model se eindelose gebabbel soos die res van hulle. Daniel wens eintlik hy kan so afskakel soos Hannah en niks rondom inneem nie.

Van sy sitplek op die punt van die tafel het Daniel 'n goeie uitsig op die laaste twee aanwesiges van die tafel. Adrian

Malherbe is stil, maar dan, hy is altyd. Adrian is 'n skaam boerseun van Thabazimbi en praat net as iemand met hom in Afrikaans praat. Daniel het al opgelet hoe verwarring oor Adrian se gesig flits as Hannah haar mond oopmaak en dit is eintlik snaaks om sy uitdrukkings dop te hou.

Toe sy blik op die laaste man val, voel Daniel sommer van voor af weer bekommerd. Ulrich is so gespanne soos die res van die lede in die 'frustrasieklub'. Daniel kan net spekuleer oor wat Ulrich se spanning veroorsaak. Dit sal hom egter nie verbaas as Ulrich nie dieselfde probleme as hulle het nie.

Daniel besef skielik. Hy het nog nie veel met Ulrich gesels nie, behalwe die keer toe Ulrich toestemming gevra het om vir 'n universiteitskursus te gaan inskryf en dit sou bots met oefening. Dit is 'n verdere bewys dat hy besig is om sy pligte te versuim. Dit is hoog tyd dat hy 'n man-tot-man gesprek met Ulrich reël. Dit sal egter moet wag tot volgende week. Vanaand is beslis nie die regte plek en tyd daarvoor nie.

Daniel vang Ryan se blik en beduie met sy kop na Ulrich. Ryan draai sy kop en bestudeer die jong man vir 'n paar oomblikke dan kyk hy terug na Daniel en knik. Daniel kan nou wel nie nou iets doen omtrent Ulrich nie, maar ten minste hoef hy hom nie vanaand verder te bekommer nie. As die mees senior speler in die span, is Ryan 'n mentor vir die jonger spelers en van nou af sal Ryan spesiaal op die uitkyk wees vir die nuutste speler in die groep.

Daniel kyk terug na die naburige tafel maar vermy dit om na Melissa te kyk. Mark en Jaylin sit met hul rûe na hom maar selfs van waar hy sit kan hy die duidelike spanning tussen die twee opmerk. Beide praat met die ander aansittendes aan hul tafel maar hul liggaamshouding is styf. Dit lyk nie asof sy plan gewerk het nie. Miskien moet hy eerder nie probeer om bemiddelaar in sy vriende se liefdeslewens te speel nie. Hy maak net 'n groot gemors daarvan as hy volgens sy eerste poging moet oordeel.

Sy tweede poging vaar nie veel beter nie. Sarah gluur nog steeds na Richie. Tog, Richie kry wel 'n paar keer reg om Sarah te laat lag. Miskien is daar tog nog hoop vir hulle.

Tot Daniel se groot verligting verskoon Christopher homself. Dit is die teken dat die amptelike funksie gaan begin. Hoe gouer dit begin, hoe gouer kan hy wegkom van al die spanning wat vanaand hooggety vier.

Hy luister met een oor na die toesprake wat tussen die verskillende gange plaasvind. Party joernaliste het onderhoude aangevra en Daniel staan sommer dadelik op om syne af te handel die oomblik toe die dansbaan open. Ten minste hoef hy nie te sien hoe Melissa haarself gate uit op die dansbaan geniet saam met Jesse nie. Hy bly besig en mis baie van die gebeure wat plaasvind agter hom.

Matthew is nog steeds besig met 'n onderhoud toe Daniel uiteindelik terugkeer na hul tafel. Hannah het na die tafel langsaan verskuif en gesels nou met Melissa en Chloe. Ulrich en Ryan het verdwyn en Adrian het by 'n tafel aangesluit wat merendeels uit die jong Afrikaanse spelers bestaan. Adrian voel duidelik meer gemaklik in hul geselskap.

Daniel is net betyds om te sien hoe Christopher uitstap. Jakes en Angie is op die dansvloer, wat dalk 'n goeie ding is. Wel, dit was, tot Angie stop, na Jakes gluur en hom net daar op die dansvloer los. Toe Jakes omdraai is sy gesig wasbleek. Daniel wou net opstaan om met Jakes te gaan praat toe André hom voorspring. André het Jakes nog nie eens bereik nie toe storm Jakes uit die vertrek met André op sy hakke.

Daniel se moed sak in sy skoene.

Hy kry egter nie kans om verder daaroor te tob nie aangesien Christopher terugkeer. Christopher lyk egter of hy 'n spook gesien het. Hy storm reguit na die kontantkroeg en bestel 'n drankie. Toe die kroegman dit voor hom neersit, tel hy die drankie op, bring dit na sy mond maar dit lyk nie of hy eens 'n sluk neem nie. Hy staan vir 'n ruk met dit in sy hand en sit dit terug op die toonbank. Hy draai om, soek in die vertrek rond en stap dan na Rick wat besig is om met Christopher se metgesel te dans. Hulle het 'n kort gesprek voor Christopher uitstap sonder om te groet.

Nog is dit het einde niet, soos sy ma sou sê.

Ryan keer terug na die tafel sonder Ulrich. Toe Daniel vraend na hom kyk, trek Ryan net sy skouers op.

Mark en Jaylin se dans eindig byna dieselfde as Jakes en Angie s'n. Hul gesprek is kort maar duidelik nie liefdevol nie. Ten minste vergesel Mark Jaylin tot by die tafel waar hy kortliks met Richie praat en uitstap sonder om een keer terug te kyk.

Daniel se blik keer terug na sy suster en sy hart klem sommer saam tot hy haar verwese gesiggie sien. Jaylin probeer nog 'n front voorhou, maar Daniel is nie baie seker vir hoe lank nie.

Dit is dan dit. Hy moet eerder nie probeer Cupido speel nie. Ten minste kan hy die rol van ouer broer vertolk. Hy het niks gehad om te drink nie en kan dus sy suster huis toe vat. Miskien kan sy hom die antwoorde gee waaroor hy so wonder. Toe Matthew terug keer, staan Daniel op, "Ek gaan Jay huis toe neem. Sien jou môre."

Hy wag nie vir Matthew se groet nie maar stap na Jaylin. Hy leun oor en fluister in haar oor, "Is jy nie lus om jou ouer broer te red van 'n vreeslike vervelige aand nie? Ek het 'n heerlike bottel rooi wyn by die huis wat my roep. Ons kan stop en jou oornagtas kry en dan slaap jy sommer vanaand oor."

Verligting spoel oor Jaylin se gesig. Sy knik dadelik en tel sommer haar handsakkie op terwyl sy opstaan. Daniel groet die res van die tafel sonder om een keer na die groep vrouens op die ander punt te kyk. Hy hoef nie te wonder oor die mans nie, aangesien hy opgemerk het dat Jesse en Rayno vroeër reeds vir Angie huis toe geneem het.

Niks het vanaand blykbaar uitgewerk soos dit moes nie. As Daniel verlede week 'n spul ongelukkige spelers gehad het, het dinge vanaand net vererger. Hy sal 'n manier moet vind om die gees in die span te verander en hy beter dit vinnig doen.

Nie een van hulle praat veel tot by Daniel se huis nie. Hulle het in gemakliker klere verklee en 'n rukkie later sit hulle elkeen met 'n glasie wyn, uitgestrek op gemakstoele langs die swembad. Jaylin verbreek skielik die stilte, "Wat gaan aan tussen jou en Melissa?"

Daniel kyk geskok na haar, "Wat bedoel jy? Daar is niks nie."

Gits, was dit dan so ooglopend dat selfs Jaylin dit al raak gesien het? Matt het hom vroeër tog gewaarsku.

Daniel het nie besef dat hy die vraag hardop gevra het tot Jaylin lag nie, "Daniel, ek ken jou darem te goed. Ek het nog nooit gesien dat jy so mal is oor 'n vroumens in jare nie. Gelukkig hou ek hierdie keer van jou keuse."

Daniel sug, "Dit gaan nie gebeur nie, Jay. Die vroumens kan my om een of ander rede nie verdra nie. Ek kon nog nie uitvind hoekom nie maar sy sê ek is chauvinisties en arrogant."

Jaylin frons. "Miskien moet jy my vertel. Miskien kan ek jou help om uit te werk hoekom."

Daniel skud sy kop, "Ek dink nie so nie. Los dit eerder. Ek sal daaroor kom."

Sy lyk skepties, maar gelukkig dring sy nie daarop aan nie. Daniel stuur die gesprek na veiliger onderwerpe tot hul beide meer ontspanne is as vroeër.

Môre gaan dalk meer vrae bring as antwoorde, maar Daniel wil nie vanaand daaraan dink nie.

12

Wie probeer sy flous? Vir hom of vir haarself? Daniel sukkel om sy woede te beheer. Ja, miskien klink hy arrogant maar hy was nie. Jay het gisteraand dit bevestig net voor hulle gaan slaap het. Almal kan die bykans chemiese aantrekkingskrag tussen hulle opmerk. Daniel voel dit elke keer as hy aan haar raak of hul oë ontmoet. En dit gebeur nogal gereeld.

Hy het nou al ophou tel die aantal kere wat hulle na mekaar gekyk het en sy na hom gluur. Hy het ook al opgehou om te wonder hoekom sy dit doen, net soos nou.

Hy gooi sy handdoek oor die stoel en trek die tenktop oor sy kop. Die weerburo het al die hele week 'n hittegolf voorspel en dit blyk dat dit nou gearriveer het. Daar is geen manier wat hy meer klere gaan dra as wat nodig is nie, veral nie nou na die swem hom afgekoel het nie.

Alhoewel Daniel haar nie kan sien nie, hoor hy Melissa se stem en haar lag toe sy met Sandy en Chloe gesels. Hy kies eerder 'n sitplek aan dieselfde kant van die tafel en sover weg as moontlik van Melissa. Hy weet teen die tyd, as hy haar in sy visie het gaan hy na haar staar.

Hy leun terug in die stoel met 'n bier in die hand en luister na die gesprekke rondom hom. Die geterg is nie so uitbundig vandag as gewoonlik nie. Veral Mark en Jakes is baie stil. Daniel het ook gesien dat Mark en Jaylin mekaar openlik vermy.

'n Skielike geskraap van stoele onderbreek sy mymering en Daniel kyk op. Hy is net betyds om Chloe en Melissa by die trappies te sien afstap. Sy oë volg hulle tot hulle hul skoene uitskop. Daniel sluk amper sy tong in toe Melissa haar ligte toppie oor haar kop trek en hy die rooi halternek kostuum sien. Sy trek egter nie haar kortbroek uit nie en gaan sit sommer dadelik op die kant van die swembad met haar voete in die water. Chloe het dieselfde gedoen maar Daniel het dit nie eens opgemerk nie. Sy oë bly vasgenael op Melissa en sy verbeelding werk oortyd oor daardie rooi strikkies wat haar kostuum bymekaar hou.

Daniel kan nie hoor wat hul sê nie maar hy luister na hul stemme wat selfs die veranda bereik. Hy wag vir die klank van haar lag. wat nogal gereeld opklink. Elke keer as dit gebeur, kramp sy hart sommer saam. Hoekom kan sy nie so lag wanneer hy by is nie? Hy het al agter gekom dat sy 'n goeie humorsin het, maar hy wonder nog steeds wat laat haar lag? Wat maak haar hartseer en bly en ...

Nee gits. Hy is behep met die vroumens.

Daniel kyk rond op soek na sy broer. Hy het dringend sy broer se advies nodig. Damian gesels egter met Nicholas Carter, sy baba dogtertjie vas aan die slaap teen sy bors. Nee, hy sal eerder nie nou vir Damian pla nie.

Mark is ook nie beskikbaar nie. Hy het 'n ernstige gesprek met Nicholas se vrou, Emma. Miskien kan Emma uitvind wat fout is met hul vriend.

Sy oë dwaal vir die hoeveelste keer na die vrouens by die swembad. Jaylin het ook intussen by hul aangesluit.

Nee, gits. Hy moet iets doen om sy aandag af te lei.

Chloe spring skielik op en verdwyn in die huis. Melissa en Jaylin bly egter by die swembad agter.

Daniel staan op, sy leë glas in sy hand. "Soek iemand iets?"

'n Paar beduie 'n ja en wys na hul leë glase. Richie staan ook op en brom, "Ek sal die aflewerings doen."

In die groot onthaalvertrek met sy ingeboude kroeg, hou Daniel hom besig om die vrouens se wynglase te vul terwyl Richie solank die biere gaan aflewer. Hy was nog besig met die laaste bestellings toe Chloe uit die kombuis kom. Sy gaan staan sommer by die deur en roep na Melissa.

Daniel verstyf toe hy besef dat Melissa binne sekondes hier gaan instap. Hy probeer sy uitdrukking neutraal hou toe sy dit wel doen maar hy dink nie hy het daarin geslaag nie. Hy vergeet skoon hy is nog besig om wyn in te gooi en gooi die glas heeltemal mis. Gits, niemand kan hom kwalik neem nie. Sy mond voel skielik droog toe sy blik oor haar gly. Van voor lyk daardie rooi halternek kostuum net meer aanloklik waar dit teen haar sonbruin vel kontrasteer. Op een of ander manier lyk haar oë net blouer met die kleurekombinasie en soos gewoonlik raak Daniel vasgevang in haar oë.

Toe sy in die kombuis instap, laat sak hy sy blik. Toe eers sien hy die gemors wat hy aangevang het. Daniel soek vervaard na 'n lap om die wyn op te vee. Toe hy opkyk, merk hy die ondeundheid in Richie se oë op toe hy Daniel aandagtig beskou.

Daniel ignoreer hom eerder en konsentreer op sy taak terwyl hy probeer om sy libido onder beheer te kry.

· · ·

Melissa leun terug en trek haar asem in. Die son is warm maar sy geniet dit, veral met die koue water wat om haar voete spoel. Uiteindelik kry sy kans om te ontspan, weg van Daniel en sy warm blik wat telkens op haar rus.

"Hoekom hou jy nie van Daniel nie?"

Melissa ruk regop en staar na Jaylin. 'n Blos kruip teen haar wange op en sy hoop maar Jaylin dink dis van die son.

Sy het regtig nie gedink Daniel se suster is so reguit nie, maar sy ken haar nie juis nie. Sy het egter al sedert Vrydagaand Jaylin se ondersoekende blikke opgemerk. Sy probeer egter skerm, "Dis nie dat ek nie van hom hou nie. Dis net ... Ek hou nie van arrogante mans nie, veral nie dié wat my 'n leëkoppie noem net omdat ek blonde hare het nie."

Jaylin se mond val sommer oop toe sy verbaas na Melissa staar. Sy trek haar voete summier uit die water en draai na Melissa. "Wag, wag, wag so bietjie. Ek is nou heeltemal verward. Praat jy van my broer, Daniel? Het *hy* jou so genoem?"

Toe Melissa knik, skud Jaylin haar kop beslis, "Hy is nie arrogant nie. Party van sy vriende ja, maar beslis nie Daniel nie."

Melissa gee haar 'n skeptiese kyk wat Jaylin seker genoodsaak om haar broer te verdedig, "Ek weet regtig nie wat jou daardie idee gegee het nie, maar ek verstaan dit nie. Wanneer het hy jou 'n leëkoppie genoem?"

Melissa frons, "Hy het dit dalk nie reguit vir my in my gesig genoem nie, maar hy het daarop gesinspeel, al het hy nie geweet dis ek nie. Dit maak egter nie saak nie. Hy kan nie sommer so veralgemeen nie."

Jaylin lag skielik, "Ek vermoed daar is 'n storie hieragter. Hoekom vertel jy my nie?"

Melissa sit haar hande oor haar wange asof dit nou sal help om die blos wat sy nog steeds op haar wange voel brand te keer.

Sy blaas haar asem uit voordat sy mompel, "Gits, ek kan nie glo dat ek dit eens oorweeg om jou te vertel nie."

Maar, haar twyfel ten spyt, vertel Melissa tog die storie van haar eerste dag en hoe sy die parkering voor Daniel gesteel het."

"Sy opmerking oor die 'blonde leëkoppie' het my woedend gemaak. Vir hoeveel jare baklei ek al teen die dom blondine stigma. Weet jy hoe voel dit as jy nie 'n internskap kry omdat jy 'n vrou is met blonde hare nie? Aan die begin het selfs van die spelers my nie ernstig opgeneem nie en gereeld seksistiese aanmerkings gemaak. Ek het naderhand oorweeg om my hare te kleur tot een van my dosente een dag saam met my by 'n wedstryd was. Hy het die spelers deeglik die leviete voorgelees. Daarna het hulle my met meer respek behandel en ek kon stadigaan 'n reputasie opbou as 'n sport fisioterapeut. Om dinge nog erger te maak het ek verloof geraak aan 'n man wat presies dieselfde gedoen het. Hoe dom kan mens nou wees? Ten minste was ek slim genoeg om die verlowing te verbreek. Mans wat vrouens dom blondines of leëkoppies noem is chauvinisties en arrogant. Hoe sal hulle voel as ek hulle almal dom noem omdat daar wel 'n paar dom rugbyspelers is? Moet my nie verkeerd verstaan nie. Ek is nie 'n feminis nie. Om aan die ontvangkant van dom blondine grappies te wees bring egter die ergste in my na vore. Ek is jammer, ek weet hy is jou broer, maar ..."

Jaylin lag. "Nee, dis reg. Ek het dit al vantevore gehoor. Ek ken hierdie fyn, blonde meisie. Niemand sal dink sy is 'n wêreldbekende fisikus nie en sy hoor dit ook gereeld. Hoekom ek jou so reguit daaroor gevra het? Daniel is baie ontsteld omdat jy duidelik nie van hom hou nie. Ek het net daaroor gewonder. Ek moet egter tot my broer se verdediging kom. Hy het my vertel van die insident in die parkeerterrein maar ek het regtig nie gedink dis jy nie. Hoekom konfronteer jy hom nie daaroor nie?"

Melissa skud vinnig haar kop, "O nee, ek kan nie. Ek is gans en al te verleë daaroor."

"Melissa?"

Toe Jaylin skielik ernstiger klink, kyk Melissa vraend na haar.

"Ek het gesien hoe loer julle twee vir mekaar wanneer julle dink die ander een sien dit nie. As julle die misverstand kan opklaar kan julle mos vriende wees, of selfs meer as vriende?"

Melissa skud weer haar kop, "Op die meeste miskien vriende, maar niks meer nie. Ek gaan nie met mense uit by my werk nie."

Jaylin frons maar gelukkig roep Chloe na Melissa. Sy spring vinnig op en droog haar voete haastig af met 'n handdoek wat oor een van die tuinstoele hang. Sy pluk haar skoene aan al is haar voete nog effens klam en vlug na die veiligheid van die huis.

Wel, dit sou wees as die onderwerp van bespreking nie agter die kroeg toonbank staan en drankies skink nie. Vir 'n oomblik raak Melissa verlore in sy oë maar dan ruk sy haarself reg en vlug kombuis toe.

Chloe gee Melissa se rooi gesig net een kyk voor sy raas, "Was jy te lank in die son sonder sonskerm?"

Melissa gryp die verskoning aan, "Ja, Ma. Jammer, Ma."

Chloe trek 'n skewe gesig en gooi 'n vadoek na Melissa. Sy gee Melissa 'n paar laaste instruksies oor die dis. Melissa moet eintlik skuldig, of eerder, verleë voel dat Chloe nog steeds voorgee dat Melissa die disse gemaak het. Toe sy klaar instruksies uitgedeel het, vra Chloe, "Jy het nie netnou jou wyn klaar gedrink nie en dis seker nou vuurwarm. Soek jy 'n ander glas?"

Melissa knik vinnig, "Ja, asseblief," en soos blits is Chloe weg.

Melissa draai na die oond maar dan sak haar moed sommer tot in haar skoene. Sy haat hierdie goed wat twee deure het en so baie liggies en knoppies dat dit soos 'n ruimteskip lyk. Kan hulle nie meer eenvoudiger goed maak wat mense soos sy kan verstaan nie? Sy draai haar kop skuins en bestudeer die oond noukeuriger. Sy sweer mens het 'n graad nodig om dit te kan gebruik.

Gelukkig hoor sy Chloe se voetstappe terugkeer en vra, "Ek verstaan niks van hierdie knoppies nie. Help my, asseblief."

D aniel verstyf toe Chloe reg voor hom kom staan. "Wat kan ek vir jou inskink, Chloe?"

Sy glimlag vir hom so mooi en vra, "Kan jy asseblief vir Melissa 'n glasie droë wit wyn neem?"

Daniel trek sy asem in. Hy haal gedwee nog 'n glas van die rak en haal die bottel uit die yskas. Toe hy klaar geskink het, stoot hy die glasie oor na Richie en vra, "Sal jy dit gaan aflewer?"

Chloe skud haar kop dadelik, "Nee, Daniel. Ek het jóú gevra."

Sy is soos 'n klein foksterriër. As sy eers iets beet het, laat los sy nie.

Gits, die vroumens kom nie eens by sy borskas by nie, maar dis duidelik dat as Chloe 'n opdrag gegee het, verwag sy jy moet luister. As hy nie so ongemaklik was nie, sou Daniel nogal gedink het dis snaaks. Hy skud egter net sy kop, "Ek dink nie dis 'n goeie idee nie, Chloe."

Chloe glimlag ondeund, "Ek dink dis 'n uitstekende idee, Daniel. Melissa wag vir jou."

Sy draai sommer om na Richie en beveel, "Komaan, Skotsman. Kom ons gaan lewer die ander bestellings af," nog voor Daniel weer kan protesteer.

Richie probeer nie eens sy glimlag onderdruk toe hy Chloe se bevel gehoorsaam nie. Net voordat hy by die deur uitstap, draai hy om en wikkel sy wenkbroue. Toe Daniel hom 'n vuil kyk gee, lag Richie en volg Chloe.

Daniel het nou nie 'n keuse nie. Hy twyfel egter sterk aan Chloe se stelling dat Melissa vir hom wag. Miskien vir haar wyn maar beslis nie vir hom nie. Hy trek sy asem in, tel die glas op en stap kombuis toe.

Melissa staan voor die oond. Haar kop is skoon skeef gedraai toe sy dit aandagtig beskou. Sy moes sy voetstappe gehoor het want sy vra vir hulp sonder om om te kyk. Daniel het dus nie 'n keuse nie. Hy sit die glas op die toonbank neer en gaan staan sommer agter Melissa. Hy sluk toe hy die sagte blomgeur van haar parfuum inasem vermeng met 'n suurlemoen varsheid van haar sjampoe.

Daniel is nie seker watter van die twee geure hy die meeste van hou nie aangesien al sy sintuie oortyd werk. Hy trek sy asem in voordat hy om haar reik en die nodige verstellings aanbring sonder om 'n woord sê. Daarvoor is sy mond heeltemal te droog.

Die oomblik toe sy arm teen hare skuur, skiet die nou reeds bekende tinteling deur sy lyf. Sy moes dit ook gevoel het want sy trek ook haar asem skerp in.

Alhoewel sy brein by hom pleit om weg te beweeg, voel dit behoorlik asof sy liggaam nie die boodskap kry nie want hy doen dit nie.

En toe draai Melissa om.

Dit voel vir Daniel asof al die suurstof uit sy longe gesuig word. Hulle is so naby aan mekaar dat die rooi halternek kostuum teen sy borskas skuur. Melissa se oë is groot en stip op hom gerig.

Haar reuk, haar oë, haar hitte, alles trek Daniel soos 'n magneet. Al waaraan hy kan dink aan is dat nou dat hy haar voel teen hom, hy weer haar lippe onder syne wil voel. Voor hy homself kan oortuig dat dit 'n slegte idee is, het sy mond reeds afgesak na hare. Die oomblik toe hul lippe ontmoet, hoor Daniel 'n kreun. Dalk was dit hy of dalk selfs Melissa. Hy gee nie juis om nie.

Hy weet nie eens hoe lank die soen geduur het nie voor sy brein vaagweg iets anders registreer en hy bewus word van stemme wat nader kom. Daniel trek onwillig sy mond weg van Melissa. Hy weet nie hoe dit gebeur het nie, maar sy vingers het in haar hare gewoel en hy maak dit versigtig los.

Hy het skaars weg getree van Melissa af en omgedraai om te vlug, toe hy byna teen Chloe en Jaylin bots. Hy maak nie oogkontak nie en kies koers na die gaste badkamer op die grondvloer.

Hy spoel sy gesig met koue water af voor hy opkyk in die spieël. Hy lyk so verdwaas soos hy voel.

Gits, dit was nou 'n simpel idee. Hy was veronderstel om weg te bly van die vroumens. Hy moes nie haar weer soen nie.

Dis nou al die derde keer. Vandag is hy egter oortuig daarvan dat Melissa hom terug gesoen het.

Hoe gaan hy dan nou by sy voorneme kan hou?

Melissa draai vinnig terug na die oond toe Daniel wegstorm. Sy weet haar gesig is bloedrooi. Sy ruk vinnig die oond oop en druk haar kop behoorlik binne-in die oond. Sy bestudeer die aartappels asof haar lewe daarvan afhang, maar sy sien niks raak nie. Eers toe Chloe vra, "Is die aartappels reg, Melissa?" kom sy terug aarde toe.

Verward bestudeer sy die aartappels. Die kaas lyk bruinerig bo-op maar sy is nie seker nie. Sy staan terug en beduie vir Chloe, "Dit lyk so maar wil jy nie seker maak nie, asseblief?"

Chloe lyk asof sy sukkel om haar glimlag te onderdruk toe sy die mes optel en die vadoek by Melissa neem om ook in die oond te loer. Sy sny deur die aartappels en glimlag ingenome,

"Alles lyk perfek. Die vleis is amper reg, maar ek dink ons kan nou net die oond afsit en die aartappels weer bedek met die foelie."

Melissa draai verlig om en tel haar vergete wynglas op. Sy neem 'n groot sluk voor sy opkyk, reg in Jaylin se oë. Jaylin het 'n soortgelyke uitdrukking as Chloe en Melissa wonder benoud of hulle enigiets gesien het. Sy hoop regtig nie so nie! Sy sukkel al klaar om die hele gedoente te vergeet. Sy sal nie nog hulle spot ook kan verduur nie.

"Daniel?"

Daniel buk af toe Jaylin die venster afdraai.

"Wil jy nie nog een keer probeer om die lug met Melissa te suiwer nie? Hierdie is dalk net een groot misverstand."

Daniel het daaraan gedink, veral na die soen vandag in die kombuis. Hy is egter nie seker of hy nou al gereed is vir nog 'n afjak nie. Hy skud sy kop sonder om te antwoord. Hy dink nie dis 'n goeie idee nie.

Jaylin grawe iets uit haar sak en hou dit uit na Daniel. Hy neem die papiertjie maar voor hy kan kyk wat daarop staan, het Jaylin reeds die venster toegedraai en trek die huurmotor weg. Daniel staar die motor agterna tot dit om die draai verdwyn voor hy afkyk en lees wat daarop staan.

Wat de hel moet hy nou met hierdie inligting maak?

Sy brein waarsku hom om nie eens daaraan te dink nie. Sy hart pleit by hom om die kans te neem.

Daniel ken die adres. Daar was so paar maande gelede 'n woonstel in daardie blok in die mark en hy het dit oorweeg om dit te koop. Hy was egter nie beïndruk met die sekuriteit en ander aspekte van die gebou nie en het daarteen besluit. Hy hoop regtig nie Melissa het die plek gekoop nie en dat sy net huur.

Hy kan hom egter nie daaroor verknies nie. Hy moet eerder homself uit die idee uit praat om haar te gaan sien en wegbly van haar af.

D aniel se voorneme word sommer vroeg die volgende oggend getoets. Vir voorsorgmaatreëls het Dok besluit om nie kanse te waag met sy rug nie. Daniel het dus gereeld aangemeld vir sy massering en verbinding voor oefening. Sandy het so pas klaar gemaak en het 'n fisio gaan roep om hom te kom verbind. Hy hoop regtig Michael arriveer binnekort.

Daniel sit solank regop en gaap in sy hand. Hy gaan nie maklik kan wegsteek dat hy nie 'n goeie nagrus gehad het nie.

En toe is sy daar. Hy hoef nie eens om te kyk om te weet dis Melissa nie. Hy herken haar parfuum en hy voel sommer 'n rilling langs sy ruggraat afgly toe hy bewus word van haar teenwoordigheid. Hy wil nog omdraai en pleit dat sy nie aan hom raak nie maar sy klap haar hand oor sy skouer en druk harder as wat seker nodig is, "Sit stil."

En Daniel sit stil. Dis baie beter dat hy dit doen. Hy maak sy oë toe en smeek sy verraderlike liggaam om nie te reageer nie. Hy probeer sy gedagtes hokslaan deur te fokus op hul eerste ligawedstryd Vrydagaand in Bloemfontein.

Dit help natuurlik nie. Hy het nie gedink dit sou nie.

Selfs al voel dit asof Melissa doelbewus probeer om nie aan hom te raak nie, is hy bewus van elke aanraking. Elke keer wat haar vingers net liggies aan sy vel raak, voel hy dit. Elke keer voel hy die hitte deur hom spoel. Hy kan dit nie eens beheer nie. Al probeer hy hoe hard om nie te reageer op die aanraking nie, reageer sy liggaam op die felste en mees ongemaklike manier moontlik. Hy skuif rond, hy sluk die oormatige speeksel af, dink aan aaklige goed, maar niks help nie.

Toe sy mompel, "Ek is klaar," blaas hy sy asem byna hardop van verligting uit. Hy wou haar nog bedank toe is sy al weg.

Daniel kyk verleë af na die bult wat baie duidelik sigbaar is onder sy oefenbroek en sug. Hy trek sy oefentrui nader, gooi dit oor sy kop en laat dit sommer los oor sy kortbroek hang.

Op pad na die oefenveld vermy hy oogkontak. Hy moet egter eers by die kleedkamer stop om sy gesig met koue water af te spoel. Een keer se spoel is nie genoeg nie. Dit is eers na die derde keer wat hy gereed voel om by sy spanmaats aan te sluit.

Dit het nie baie gehelp nie. Sy konsentrasie is skoonveld.

Mark en Jay is dalk reg. Hy moet dalk probeer om die lug te suiwer sodat hy sy kop in die spel kan kry.

As hy sy oë toemaak, sien hy die adres en telefoonnommer wat Jaylin vir hom gegee het, duidelik voor hom. Dit is dus nie eens 'n verrassing dat hy sy motor daardie middag na oefening in die rigting van Melissa se woonstelkompleks stuur nie. Hy het homself egter voorgeneem: as daar nie parkeerplek is nie, is dit 'n teken om nie voort te gaan nie.

Natuurlik kry hy 'n parkeerplek. Reg voor die ingang nogal.

Daniel klim nie dadelik uit nie. Hy haal 'n paar keer diep asem, vryf met sy hande oor sy gesig voor hy eindelik die deur oopmaak.

Hy is sommer weer geïrriteerd met die gebrek aan sekuriteit toe hy die twee stelle trappe op hardloop. Toe hy voor Melissa se woonsteldeur tot stilstand kom, klop sy hart vinnig maar dis nie as gevolg van die oefening nie. Daniel is seker die fiksste speler in die groep. Hierdie bietjie oefening laat gewoonlik nie sy hart so klop nie en hy blameer dit op die spanning.

Hy vee sy hande aan sy broek af en druk die deurklokkie. Hy hoor haar voetstappe maar dan is dit stil. Hy is baie seker dat sy hom deur die loergaatjie dophou.

Daniel wag in spanning. Gaan sy die deur oopmaak of nie?

13

Melissa se bene voel skoon lam en haar hartklop versnel so vinnig dat sy dink dit gaan uit haar keel spring.

Sy knyp haar een oog toe en loer weer deur die gaatjie. Dit is hy. Daniel. Wat maak hy hier?

Die belangrikste vraag is egter: moet sy vir hom oopmaak?

Sy is al sat gedink oor alles, veral na haar gesprek met Jaylin gister en toe ook nog met Chloe toe hulle huis toe gery het. Net soos Jaylin het Chloe behoorlik gepleit dat Melissa Daniel net 'n kans moet gee.

Maar Chloe weet nie van gister se soen nie. Of dalk weet sy. Melissa het egter 'n spesmaas het dat Chloe en Jaylin weet dat daar iets in die kombuis gebeur het. Melissa het geweier om oogkontak te maak maar sy het die twee se onderlangse kyke opgemerk.

Gits, dis hoekom sy nie alleen met hom wil wees nie. Een kyk in sy oë en Melissa vergeet skoon wie sy is.

Sy loer nog een keer deur die gaatjie maar Daniel staan nog steeds daar.

Sy word skielik tegelykertyd bewus van twee dinge. Een, as Daniel nog steeds daar staan is hy baie vasbeslote en gaan hy nie sommer loop nie. Nie voor hulle dinge uitsorteer het nie. Die tweede gewaarwording is die gespanne trek om Daniel se mond. Miskien is die man nie so selfversekerd as wat sy gedink het nie.

Dis hierdie tweede rede wat maak dat Melissa terugstaan en die deur vir hom oopmaak, al weet sy voor haar heilige siel dis nie 'n goeie idee nie.

Verligting spoel oor sy gesig maar Melissa wil hom nie te vinnig bly maak nie en eis kortaf, "Wat maak jy hier?"

Daniel sug hardop. "Moet my asseblief nie uitsluit nie. Ons moet praat en vir eens en vir altyd die lug tussen ons suiwer."

Dit klink amper woordeliks soos sy suster se woorde. Melissa sal nie verbaas wees nie. Hy is egter reg. Hulle is betrokke by dieselfde maatskappy en as hulle elke keer wat hulle in dieselfde geselskap is, op hete kole gaan wees, gaan dit erg ongemaklik raak. Dinge is alreeds ongemaklik en al hoe meer mense begin dit agter kom. Miskien is dit tyd dat sy hom inlig oor hoe sy voel oor sy ongevoelige opmerking.

"Nou goed."

Sy beantwoord nie sy vinnige glimlag nie en trek die sleutel uit die houtdeur om die sekuriteitshek oop te sluit. Sy maak haar klein teen die muur toe sy opsy staan dat hy kan instap sodat sy nie per ongeluk aan hom raak nie. Sy druk die sekuriteitshek op knip en volg hom na die sitkamer waar hy botstil in die middel gaan staan en dan stadig omdraai. Melissa beduie vir hom om te sit maar nie een van hulle doen dit nie.

D aniel voel skoon gehipnotiseer deur haar oë dat hy skoon vergeet waarom hy daar is. Hy besef dan egter skielik dat die stilte tussen hulle uitrek en maak sy keel skoon voor hy kan uitkry, "Ek het jou al voorheen gevra hoekom jy so kwaad is vir my. Jy het toe vir my gesê dat ek 'n arrogante chauvinis is."

Melissa se oë rek. Sy het duidelik nie verwag dat hy sommer dadelik by die punt sal uitkom nie. Sy bloos en kyk weg sonder om te antwoord.

Daniel pleit byna, "Kyk asseblief vir my?"

Sy draai darem haar kop na hom. "Wat het ek gedoen dat jy daardie indruk van my het?"

Skielik is die verleë uitdrukking weg want sy kap bitsig terug, "Sou jy daarvan gehou het as iemand jou 'n dom rugbyspeler noem?"

Waar de hel kom dit nou vandaan? Daniel skud sy kop, heeltemal verward.

Hy hoef egter nie bekommerd te wees nie. Melissa is duidelik van plan om hom in te lig. "Nou ja, dan sal jy verstaan hoekom ek nie daarvan hou as iemand my 'n dom blondine of 'n leëkoppie noem nie. Dit is chauvinisties en boonop nog seksisties ook."

"Wanneer het ek jou 'n dom blondine of iets genoem? Gits, ons het skaars nog met mekaar gepraat."

'n Blos sprei oor haar wange, maar dit moet hard baklei om 'n oorhand te kry oor die irritasie wat nog duidelik op haar gesig te skryf staan. "My eerste dag."

Daniel dink terug aan daardie eerste dag wat hy haar ontmoet het. Hy kan egter nie dink aan ...

Die besef tref hom skielik. Dit was sy! Hy leun af om in haar oë te kan kyk aangesien sy nog sy blik vermy. "Dit was jy. In die kewertjie. Met die harde musiek. Jy het my parkering gesteel."

Gits, hy kan nie eens in volsinne praat nie!

Melissa knik. Daniel wil nie eens daaroor stry nie want dis nou onbelangrik. Hy het belangriker dinge wat hy moet aanspreek. Melissa is egter nog nie klaar nie. "Ek haat dit wanneer mense my 'n dom blondine of 'n leëkop flossie noem net omdat ek blonde hare het. Ek het baie hard gewerk om myself te bewys en so wraggies, op my heel eerste dag, noem jy my dit. Dit het nie so goed afgegaan nie. Ek is jammer ..."

Vreet grond, Cooper. Jy weet sy is reg.

Hy kan duidelik onthou hoe hy gal af gegaan het teenoor Michael toe Melissa hom masseer het. Hy kan egter nie eens alles onthou nie want hy het meer gepraat as normaalweg sodat hy nie so bewus van haar moes wees nie. Dit het nie juis gehelp nie.

Daniel vryf verleë deur sy hare. Ten minste weet hy nou hoekom sy dink hy is arrogant en 'n chauvinis. Sy is nie ver verkeerd nie. Hy sou homself dalk baie ander name toegesnou het maar dis nie nou die punt nie. Die ergste is dat Melissa nou vir hom om verskoning vra.

Voordat sy nog iets kan byvoeg stop hy haar. "Nee, moet asseblief nie verskoning vra nie. Jy het die volste reg om kwaad te wees. Gits, ek is ... Ek is jammer, Melissa. Ek vra groot om verskoning."

Om die atmosfeer te verlig, probeer hy terg, "Miskien was ek net ongelukkig omdat jy my parkering gesteel het."

Sy glimlag egter nie eens nie en blits vinnig terug, "Daar was nie 'n naam om daardie parkering nie so jy kan nie sê dis joune nie."

Nee Cooper, hierdie meisie gaan jou nie so maklik laat wegkom nie. Jy beter maar kruip.

Sy glimlag verdwyn en onwillekeurig tree hy nader aan haar. "Ek is baie jammer. Jy is reg. My opmerkings was chauvinisties en seksisties en ja, dit was nie my parkering nie. As dit jou beter sal laat voel sou my ma my goed die leviete voorgelees het as sy weet wat ek gesê het. Ek belowe jou, dis nie gewoonlik hoe ek van vrouens praat nie. Ek het die grootste agting en respek vir jou geslag. Daardie dag ... Dit is seker nie 'n verskoning vir my gedrag nie, maar ek het my pyn en frustrasies op jou uitgehaal. Ek weet jy is nie dom of 'n leëkop nie. Inteendeel. As ek na jou kyk sien ek net 'n beeldskone, intelligente en bekwame vrou."

Melissa bloos weer van voor af wanneer sy laaste opmerking registreer. Daniel skep sommer weer van voor af moed. Hy pleit byna by haar, "Kan jy my asseblief vergewe? Ek belowe ek sal dit nooit weer doen nie. As ek wel so 'n fout maak gee ek jou toestemming om my net hier te slaan," en beduie na sy ken.

Melissa se oë volg sy hand na sy ken en hou dit 'n rukkie daar. Sy lig dan haar oë stadig om syne te ontmoet. Daniel voel asof hy nie kan asemhaal nie toe 'n glimlaggie om haar mondhoeke krul. Vir die heel eerste keer glimlag sy. Vir hom. En soos 'n imbesiel kan hy net vir haar staar met 'n glimlag wat feitlik reg om sy kop strek.

Op 'n manier kry hy dit reg om sy hand na hare uit te steek en te vra, "Vriende?"

Sy knik en lê haar hand teen syne.

Nie so 'n goeie idee nie, Cooper.

Daniel besef dit feitlik onmiddellik toe die hitte van haar handpalm deur hom skiet. Hy probeer egter nie daaraan dink nie en terg weer, haar hand nog steeds in syne, "Aangesien ons darem nou vriende is, kan jy seker dalk met my praat ook, dan nie? Dis mos wat vriende doen."

Melissa lag. "Seker."

Sy het egter so pas die woord geuiter toe haar glimlag verdwyn en sy weg kyk.

Daniel frons. Wat het nou weer gebeur? Hy het dan gedink hulle het vrede gemaak.

"Wat …?" begin hy maar Melissa sê gelyktydig, "Dit is my beurt om jou om verskoning te vra."

"Waarvoor?"

"In plaas daarvan dat ek jou bedank omdat jy my gehelp het met Roan, was ek ongeskik. Ek is jammer."

Sy knibbel aan haar onderlip voor sy erken, "Ek dink ek was meer verleë, en toe jy nog boonop vir Pierre vertel ... Ek is jammer."

"Ek is ook jammer. Ek het nie besef jy wou nie dat Pierre weet nie. Ek het net probeer help."

En hóé het hy nie gehelp nie?! Miskien het sy ook aan die soen van daardie aand gedink, want soos Daniel, bloos sy net so kwaai soos hy.

"Ek weet jy wou net help. Ek weet egter hoe Pierre oor Roan voel en hoe beskermd hy kan wees. En ek aanvaar nie maklik hulp van enigiemand nie en toe moes dit jy wees ..."

Daniel se hart krimp sommer saam. "Wat bedoel jy ... toe moes dit ek wees?"

Melissa trek haar skouers ongemaklik op, "Jou dom blondine opmerking het nog gepla en toe is dit juis jy wat my moes help met Roan. Ek was alreeds so verleë dat die man my so 'n rat voor die oë kon draai en toe ... Ek het gedink jy dink ek is 'n hulpelose blondine wat nie myself kan verdedig nie."

Daniel sug, heeltemal gefrustreerd. "Gits, Melissa. Ek het nog nooit gedink jy is hulpeloos nie. Ek weet jy sou dinge op jou eie kon hanteer het. Ek is seker jy moes dit in die verlede doen maar dis wie ek is. Dis die persoon wie ek is. Ek is 'n beskermer en 'n vredemaker. Ek sal nooit toelaat dat 'n man 'n ander persoon, hetsy dit 'n man, vrou of kind is, benadeel nie."

Hy frons skielik. "Mag ek jou iets vra?"

Sy knik, alhoewel haar blik behoedsaam is.

"Is daar enigiets anders wat ek doen of gedoen het, wat jou omkrap?"

Melissa skud haar kop, "Nee, ek dink dis al."

Hy lag verlig. "Dankie tog. Ek weet ek is maar hulpeloos met vrouens. Ek mors gewoonlik dinge op, veral as ek van iemand hou. En ek hou regtig baie van jou, Melissa."

Haar oë rek maar Daniel gee haar nie 'n kans nie, te bang sy gaan hom wegstoot en neem die laaste treetjie tot by haar. Hy lig sy hand en lê dit teen haar wang. "Om die waarheid te sê: dis baie meer as net hou van jou. Daar is iets tussen ons, 'n soort chemiese aantrekkingskrag. Al wat ek weet is dat wanneer ek naby jou is wil ek net aan jou raak, jou vashou, jou soen … Ek het nog nooit vantevore so gevoel nie. Jy maak dat ek kop verloor en … Deksels, ek wil jou nou soen. Bitter graag."

Daniel se laaste fluistering is teen haar lippe, en hy voel haar asemhaling teen sy mond. Haar pupille is groter en haar oë 'n diep-pers. 'n Blos lê oor haar wangbene versprei en haar lippe … O deksels, haar lippe is effens oop en Daniel is baie seker, nog voordat hulle soen, dat sy net so voel soos hy.

Hy wag nie verder nie. Hy sou graag haar reaksie wou sien wanneer hy haar weer soen maar die oomblik toe sy mond oor hare vee, gaan sy oë toe. Hul monde beweeg op instink. Dis asof hulle mekaar eers toets, proe. Tot haar lippe onder syne oopgaan en sy tong in haar mond inglip. Daniel klou verbete aan sy laaste tikkie wilskrag.

Alles verander. Daniel kan nie eens dink hoe dit gebeur het nie.

Wanneer het sy hand 'n ontdekkingsreis begin? Oor haar rug. Haar heupe. Oor elke ronding en duintjie wat hy kan kry?

En wanneer het haar hand onder sy hemp ingeglip om haar eie ontdekkingstog te begin? Hy ril van genot wanneer haar naels oor sy vel gly vir 'n sekonde voor dit liggies dan fermer streel en elke onverwagse oomblik weer verander tot hy voel asof hy gek gaan word as hy haar nie nou syne maak nie. Dis asof sy behoefte aan haar hom wil verteer.

Maar net so skielik kom dit tot 'n einde. Melissa trek weg. Nie net haar mond nie maar heeltemal en blus die vuur toe realiteit intree. Voor Daniel se brein nog kon opvang, staan sy reeds 'n paar treë weg van hom, en haal sy net so hard en hortend asem soos hy.

"Melissa, wat ...?"

"Ek kan nie. Ek kan nie. Ons moes nie." Sy klink skoon verskrik.

"Hoekom nie? Moenie my vertel dat jy nie ook hierdie iets tussen ons voel nie. Dis meer as ..."

Daniel probeer argumenteer maar Melissa wil niks weet nie. "Dit maak nie saak wat dit is nie. Ons kan nie. Ons moes nie eers gesoen het nie. Nooit nie."

Vrees dreig om hom te oorweldig. Dit kan nie gebeur nie. Dit moet nie gebeur nie, nie wanneer dit so reg voel nie. Hy het egter nie behoorlik daaraan gedink nie. Wat as daar iemand anders in haar lewe is?

"Is daar iemand anders?" eis hy onmiddellik.

Sy skud haar kop wat maak dat Daniel ongeduldig vra, "Wat dan? Hoekom kan ons nie iets doen omtrent ons gevoelens nie?"

Sy draai haar rug op hom. Hy kan egter haar spanning aanvoel. Haar arms glip om haar lyf, so asof sy haarself 'n drukkie gee. "Ek het geweet ek moes wegbly van jou af. Ek het geweet dit kan gebeur. En dit kan nie."

Daniel tree om haar en gaan staan weer voor haar. "Hoekom nie? Vertel my asseblief?"

"Verstaan jy nie? Ons kan nie ... Ons kan nie soen en ... Jy is 'n pasiënt, Daniel. Ek kan dit nie doen nie."

Die vrees maak hom lam. Gaan hy haar verloor nog voor hulle eers begin het?

"Ek het hard gewerk om te kom waar ek is. Ek kan nie sommer nou opgee nie ..."

"Maar jy is bereid om óns sommer net so op te gee? Is ek reg?" vra Daniel, geskok. "Is daar nie 'n manier wat ons dinge kan uitwerk nie?"

"Daar is nie 'n manier nie. Jy is 'n pasiënt. Ek het jou al behandel en mag dalk weer in die toekoms. Ons kan nie ...

Hierdie ... Dit kan nie weer gebeur nie." Sy lyk baie bekommerd.

"Voor jy nog eers daaroor nagedink het, voor jy ons nog 'n kans gegee het, kies jy eerder jou beroep as ons. Wil jy vir my vertel dat daardie soen, wat so pas tussen ons gebeur het, beteken niks vir jou nie?"

Daniel probeer pleit maar hy het seker, onnosel soos hy is, weer die verkeerde opsie gekies. Vir 'n oomblik flits teleurstelling oor haar gesig maar dit was seker sy verbeelding want die volgende oomblik blits haar oë woedend. Sy sis behoorlik die woorde uit, "Ek het agt jaar gewerk om te kom waar ek is. Dit is my droom werk. Ek ken jou nie, Daniel Cooper. Ons het skaars 'n paar woorde voor vanaand gepraat. Ek weet nie of dit ... wat ook al tussen ons is, ooit gaan uitwerk nie en nou verwag jy van my om al my harde werk en drome sommer net so op te gee vir iets wat dalk nie eens lank gaan hou nie?"

"Jy wil ons nie eens 'n kans gee nie," beskuldig Daniel.

"*Ek* wil nie?! Wat van *jou*? Hoekom tree jy nie uit nie? Of hoekom gaan jy nie na 'n ander franchise toe nie?" daag sy hom uit.

"Ek kan nie net gaan nie! Ek kan nie my span of die franchise net so in die steek laat nie!" antwoord Daniel, geskok dat sy net so iets kan voorstel."

"Maar jy verwag ek moet dit doen. Jy *is* 'n chauvinis en seksis, Daniel Cooper, net soos ek gedink het."

Daniel se brein probeer nog 'n antwoord formuleer. Wat beteken dit vir hulle?

Melissa het egter haar besluit gemaak. Sy marsjeer sommer reguit na die voordeur en pluk dit oop. Sonder 'n woord beduie sy vir hom hy moet uitstap.

Die besef dring tot hom deur. Dit was dit. Daar is nie 'n

'ons' nie. Daar is nie drome en 'n toekoms vir hulle nie. Melissa het klaar besluit.

Emosies vloei soos 'n vloed deur hom. Teleurstelling. Seer. Vrees. Daar is nog baie ander maar Daniel kan nie eers almal analiseer nie.

Hy volg haar deur toe en mompel, meer teleurgesteld as wat hy bereid is om te erken, "Dis goed om te weet dat ek, en ons, so min vir jou beteken. Ek hoop nie jy gaan spyt wees oor jou besluit nie, Melissa."

Sonder om terug te kyk, storm hy by die trappies af, vinniger as wat hy dit vroeër op gedraf het.

M elissa leun teen die deurkosyn. Sy moet hard veg teen die trane tot Daniel uit haar gesigsveld verdwyn. Sy maak die deur toe en sak sommer net daar op die vloer neer en laat die trane vrylik vloei.

Hoekom moet dit nou juis Daniel Cooper wees wat hierdie gevoelens in haar wakker maak? En hoekom moet dit juis hy wees wat dit regkry om haar so teleur te stel? Net wanneer sy dink sy het hom verkeerd opgesom, bewys hy dat sy reg was daardie eerste keer toe hulle ontmoet het. Hy is chauvinisties. Hoe kan hy verwag dat sy sommer net so haar werk opgee vir hom?

En dit maak nie eens saak hoe graag sy dit wou doen nie. Sy kan nie.

Nee, dis beter om hom te vermy. Miskien is die toe-oog-afspraak ding nie so slegte idee nie.

Al het sy nie regtig 'n begeerte om enige man in hierdie stadium in haar lewe toe te laat nie.

. . .

'N Slapelose nag gee hom genoeg geleentheid om weer oor hul gesprek na te dink. Melissa is nie verkeerd nie. Hy is 'n chauvinis en 'n dommer een as wat hy ooit gedink het. Hy het van haar verwag om haar drome en beroep op te gee sonder om twee keer te dink, maar sou hy dit gedoen het? Nee, Daniel het gedoen wat hy altyd doen en dis om rugby en sy loopbaan bo 'n vrou te stel.

Hierdie keer is dit egter anders. Hierdie keer het hy bes moontlik die beste ding wat hy ooit in sy lewe kon gehad het, verloor.

Kan hy dit regmaak?

Daniel het die res van die nag spandeer op die internet om navorsing te doen en artikels te lees. Melissa is reg. Hy weet nie of dit in hulle omgewing dieselfde is as in 'n ander fisioterapie-praktyk nie, maar hy kan nie toelaat dat haar reputasie of haar loopbaan skade ly nie.

Daniel het dus nie 'n ander keuse as om terug te staan nie. Dit maak nie saak hoe seer dit maak nie. Hy sal dit doen om Melissa gelukkig te maak.

Hy het sewentien maande voor hy sy stewels ophang. Dit is 'n lang tyd, maar hy kan net hoop en bid dat Melissa nie iemand anders in daardie tydperk sal ontmoet nie. Hy sal aan haar bewys dat hy 'n man is op wie sy kan staatmaak. Hy sal die man wees wat haar sal ondersteun en haar liefhê vir wie sy is. Al is dit van 'n afstand.

Dit mag dalk die grootste uitdaging van sy lewe wees, maar Daniel het nie 'n ander keuse nie.

14

Dis skaars agtuur die oggend en Daniel kan die sweet al voel afrol. Die weerburo was nie verkeerd nie. Die tweede hittegolf in skaars twee weke het die stad getref. Selfs al het hulle die oefenwedstryd teen die Braves vroeër geskuif, help dit nie eens nie.

Daniel is nie die enigste een wat swaarkry nie maar hy is seker sy slapelose nag help nie veel nie. Die fisio's werk hulle oorhoops met al die spelers wat ontwater en dan gevolglik met krampe sukkel. Vroeg in die wedstryd het die fisio's net met hul eie span se spelers gewerk maar nou behandel hulle sommer die eerste en naaste speler.

Toe Daniel se kuitspier die eerste keer saamtrek, het hy dit geïgnoreer. Die tweede kramp in sy regter kuit is egter baie seerder. Hy gee op en onttrek aan die agterlynbeweging. Hy staan stil en probeer die spier ontspan maar dit help nie. Hy trek die punt van sy regtervoet op sodat hy die spier makliker kan strek, maar selfs dit bring nie verligting nie. Hy gaan sit sommer net daar op die gras en strek sy regterbeen reguit en reik na sy tone. Hy maak sy oë toe, en probeer ontspan.

Sy hartklop versnel onmiddellik toe hy Melissa se parfuum ruik voor hy nog bewus is dat daar iemand langs hom is.

Hoekom kan dit nie een van die ander fisio's wees nie?

Die skielike koue plastiek teen sy arm maak dat sy oë oop vlieg. Hy staar verdwaas na die bottel energiedrankie wat Melissa teen sy hand druk. Hy het dit skaars vasgevat toe is haar hand al op sy kuit. Hy weet nie eens hoekom hy verbaas is toe die nou bekende hitte deur hom spoel nie.

Melissa kyk egter nie na hom nie. Sy byt op haar onderlip terwyl sy konsentreer om die spier te laat ontspan wat natuurlik Daniel se oog vang. Hy kan nie wegkyk nie en onmiddellik is die herinnering van gisteraand se soen terug. Hy sou nou glad nie omgee om self aan daardie lip te knibbel nie ...

Hy kreun toe die behoefte hom beetpak.

Sy kyk verskrik op, "Het ek jou seer gemaak? Is alles reg?"

Daniel skud sy kop en dan knik hy. Hy neem haar dus nie kwalik toe sy verward vra nie, "Watter een is dit dan?"

Daniel bloos, "Ek is reg. Jy het my nie seer gemaak nie."

Sy kyk sommer dadelik weer af na sy been. "Melissa, ek ..."

"Hoe voel dit? Kort jy ys?"

"Nee, ek kort nie ys nie. Dis beter, dankie. Oor gisteraand. Ek is ..."

Sy gee hom net 'n vuil kyk en gee Daniel nie eens 'n kans om sy sin klaar te maak nie toe is sy al vort na die volgende speler wat 'n entjie verder op die gras sit. Daniel sug. Hy weet dis nie die tyd en plek om verskoning te vra nie, maar sy sal een of ander tyd na hom moet luister, al moet hy kruip.

Hy prewel 'n dankie en staan op, al hoor sy hom nie eens nie.

Sy kop is al saf gedink oor hoe hy die situasie moet hanteer. Al sy navorsing deur die nag het hom nie antwoorde gebring nie, behalwe dat hy wel van haar af moet wegbly. Hoe gaan hy dit regkry? Gister het sy hom alreeds verbind en vanoggend gemasseer. Hoe lank gaan hy dit kan wegsteek van ander dat sy liggaam op die mees onbehoorlike maniere reageer as Melissa net aan hom raak?

Daniel gaan deur die laaste tien minute van spel sonder enige verdere voorvalle, maar dit is ook maar net geluk. Sy aandag is nie by die spel nie, ook nie by Tom se kort toesprakie nie. Sy brein werk oortyd oor hoe hy dit kan wegsteek.

Sy enigste gevolgtrekking is dat Melissa hom eerder nie moet behandel nie. Dit is die eenvoudigste en maklikste oplossing. Dit sal ook 'n ander voordeel hê, tref dit hom skielik. As sy hom nie behandel nie, is hy mos nie haar pasiënt nie? Gaan dit beteken dat hy 'n verhouding met haar kan aanknoop?

Daniel wil nie te vinnig opgewonde raak nie. Dis iets wat eers kan gebeur as sy hom ten minste vir drie maande nie behandel het nie. Hy dink dis 'n veilige tydperk maar hy sal dit eers met Melissa moet bespreek. Hy kan egter solank die bal aan die rol sit.

Toe die spelers begin terug drentel na die gimnasium, loer Daniel vinnig rond. Michael staan nog op die kantlyn en gesels met Jakes. Terwyl Daniel in hul rigting stap, probeer hy die gesprek in sy kop formuleer. Een ding is seker: hy gaan aan niemand, veral nie Michael nie, erken wat Melissa se aanraking aan hom doen nie. Gits nee, daaroor is hy nog gans en al te verleë.

Toe Michael omdraai in die rigting van die gimnasium, roep Daniel hom vinnig terug, "Michael!"

Die ouer man stop en draai om, "What's up?"

Deksels. Moes Michael nou daardie Engelse term gebruik? Dit is beslis nie die beste keuse vir wat alreeds 'n ongemaklike gesprek gaan wees nie, alhoewel dit baie beskrywend is.

Daniel stop voor Michael, sy gesig bloedrooi. "Ek wil jou vra ... Kan jy seker maak dat Melissa my nie weer behandel nie?"

Michael se glimlag verdwyn en 'n frons keep in sy voorkop. "Het sy iets verkeerd gedoen?

Daniel durf hom nie eens in die oë kyk nie en staar na sy voete, "Nee, maar ek wil net nie dat sy my weer behandel nie."

"Daniel, as Melissa iets verkeerd gedoen het, moet jy my sê."

"Nee, asseblief. Moenie my vra nie. Al wat ek vra is dat sy my nie behandel nie."

Daniel wag nie eens vir Michael se antwoord nie en vlug. Hoe kan hy dan verduidelik dat elke keer as Melissa aan hom raak, word sy libido wakker?

Daniel neem sy tyd in die stort – 'n koue een.

Dis eers na hul oefening laatmiddag en sy derde koue stort van die dag, dat Daniel vir Jaylin 'n teksboodskap stuur. Miskien kan sy hom raad gee voordat hy weer by Melissa gaan kruip.

"Is jy vanaand by die huis?"

"Nee, jammer. Spoed-afspraak."

Wat? Jaylin en spoedafsprake? Gits, Daniel het al van die konsep gehoor maar hy ken niemand wat nog op een was nie. Watse storie is dit dan nou met haar?

"Saam met wie?"

Sy boodskap klink sommer kortaf maar gelukkig hoef hy nie lank te wag vir Jaylin se antwoord nie. Dit voel asof iemand 'n beker koue water in sy gesig gooi en hy trek sy asem diep in toe hy haar antwoord lees. *"Kalmeer Ouboet. Gaan saam met Melissa, Chloe en Sarah."*

Daniel staar nog na die foon terwyl hy terugsak op die bankie.

Wat beteken dit? Was hy dan reg gisteraand? Beteken daardie aantrekkingskrag wat hy gedink het tussen hulle is dan nie dieselfde vir haar nie?

En het hy nou sy naam krater gemaak deur vir Michael te vra dat sy hom nie behandel nie? Dis hoe dit vir Daniel voel.

Melissa wil hul duidelik nie 'n kans gee nie. Sy het nie eens probeer nie. In plaas van 'n oplossing soek, verkies sy eerder om op spoedafsprake te gaan saam met totale vreemdelinge. Nee wat, dit lyk vir Daniel of hy dit nou maar moet aanvaar.

Hy trek sy asem in en blaas dit uit voordat hy die foon sommer in sy sak gooi.

Toe hy opkyk, staan sy vriende rondom hom. Bekommernis is duidelik oor hul gesigte geskryf. "Wat is fout, Daniel?

"Niks," mompel Daniel. Hy is ontsteld, ja, maar hy weet mos nou wat om te doen. "Is julle ouens lus om iewers te gaan eet of iets?"

Matthew frons, "Het jy nie vroeër gesê jy wil na Jaylin toe gaan nie?"

"Ek het," brom Daniel, toe hy sy skoene nadertrek en dit begin aantrek. "Sy is egter nie by die huis nie. Sy gaan saam met Melissa, Chloe en Sarah op daardie spoedafspraak-ding." Hy trek sy seilskoen se riem vas met meer aggressie as wat nodig is toe hy snork. "Voorspoed vir hulle."

Daniel konsentreer so op sy skoene dat hy nie sy vriende se reaksies opmerk nie. Teen die tyd dat hy regop kom, het almal behalwe Mark en Matthew verdwyn.

Sy moes nie dalk eerder nie saam gekom het nie, maar Melissa kon Chloe en die ander nie in die steek laat nie. Miskien is sy egter nie die enigste wat twyfel hieroor nie, want dis stil in die huurmotor op pad Centurion toe. Sarah is egter die eerste een wat erken, "Ek is nie meer so seker hieroor nie."

Chloe giggel senuweeagtig, "Ek ook nie, maar ons is nou amper hier."

Melissa besef vinnig dat as een van hulle gaan uitdraai, gaan hulle almal die geleentheid aangryp en summier terug keer huis toe. Sy probeer meer selfversekerd klink as wat sy regtig voel, "Ons is nou hier. Kom ons probeer pret hê. Indien dit nie werk nie, werk dit nie."

Toe die huurmotor hulle voor die restaurant aflaai, merk Melissa op dat hulle nog nie een heeltemal oortuig voel nie. Sy trek haar skouers terug en beveel, "Dit help nie om dit uit te stel nie. Komaan."

Melissa volg saam met haar vriendinne die gasvrou se instruksies en 'n kort rukkie later draai Melissa die skemerkelk-konkoksie wat Chloe vir hulle bestel het, om en om in haar vingers terwyl sy die ander vrouens beskou wat nou ook gearriveer het. Daar is nog nie enige mans nie, maar miskien kom hulle op 'n ander plek bymekaar. Toe die gasvrou aankondig hulle kan hul naamkaartjies en sitpleknommers gaan afhaal, bied Melissa aan om almal s'n te kry. Dis meer om haarself besig te hou en keer dat sy self nie koue voete te kry as om 'n ander rede.

Soos Melissa vermoed het, was die aand 'n groot fiasko. Dit het egter een ding aan haar bewys en dit is dat sy beslis nie gereed is vir 'n verhouding nie. Nie een van die mans het haar eens effens geïnteresseer nie. Sy het probeer deelneem maar haar 'afsprake' het binne 'n paar sekondes belangstelling verloor. Melissa kon hulle egter nie blameer nie. Sy was nie entoesiasties nie en het soos 'n houtpop op hul vrae gereageer.

Toe hulle later die aand huis toe ry, draai Melissa in haar sitplek om en vra, "Wat dink julle? Het julle iemand interessants ontmoet?"

Almal skud hul koppe. Melissa het dit eintlik verwag. Miskien was Sarah die enigste een wat 'n interessante aand gehad het, maar nie om die redes waarvoor hulle oorspronklik gegaan het nie. Dit het egter aan Melissa een ding bewys. Sy sal haarself nie sommer weer in so iets begewe nie.

Het Daniel se besoek haar benadering verander? Bes moontlik maar sy kan nie weer die kans waag nie. Hy het Maandagaand vir haar gewys daar is net een mens wat belangrik is vir Daniel Cooper en dit is hyself. Hoe durf hy?

En tog, daardie oomblik toe sy hom moes behandel en hy met bykans 'n smekende uitdrukking na haar gekyk het? Melissa se hart het so byna versag. Sy moes haar egter staal om weg te stap sonder om weer na hom te luister.

S y was in ekstase toe Michael haar vra om die eerste wedstryd saam Bloemfontein toe te gaan aangesien Darius se vrou enige dag kan kraam en hy nie graag dit wil mis nie. Natuurlik het Melissa nie nee gesê nie al sou dit beteken dat sy bykans drie dae in Daniel Cooper moet vaskyk.

Melissa vra nie baie nie. Of altans sy dink nie so nie. Sy hoop egter van harte dat nou dat sy die eerste keer kans kry om werklik saam met Michael te werk, sy nie Daniel hoef te behandel nie. Net een kans. Dis al wat sy vra.

Melissa is so opgewonde oor die vooruitsig dat sy sommer vroeg Woensdagoggend by die stadion is, twee aande se min slaap ten spyt. Sy het al klaar die koffie gereed toe die ander daar aankom vir hul kort vergadering voor die ligte spanoefening net voor die span Bloemfontein toe vertrek.

Na die vergadering keer Michael Melissa voor toe sy Sandy na die terapiekamer wil volg. "Melissa, kan jy asseblief wag? Ek moet met jou praat."

Melissa voel skielik ongemaklik oor die stywe formaliteit in Michael se stem. Toe hy nog boonop wag dat die ander die vertrek verlaat en die deur toemaak, het sy 'n voorgevoel dat sy nie gaan hou van wat Michael met haar wil bespreek nie. Toe hy na die konferensietafel beduie, draai Melissa gedwee om maar haar hartklop onreëlmatig.

Michael gaan sit oorkant Melissa. Sy gesig is strak, maar vir Melissa lyk hy meer ongemaklik as kwaai. "Melissa, ek is baie jammer om jou mee te deel. Ek het gister 'n klag gekry oor jou."

Melissa het dit nie verwag nie. Haar mond val sommer oop van skok. Sy maak haar mond oop maar niks kom uit nie. Haar brein probeer Michael se beskuldiging verwerk. Wie? Wat? Hoekom? Waaroor? Wat het sy gedoen? Die vrae tuimel sommer oormekaar en deurmekaar maar daar is nie 'n antwoord nie. Melissa weet sy het almal hier nog professioneel behandel. Wat het dan verkeerd geloop? Haar stem klink skoon skril toe sy haar kop skud, "Ek verstaan nie, Michael? Wie het gekla? Wat het ek verkeerd gedoen?"

Michael skud sy kop, "Hy het nie gesê wat jy gedoen het nie. Hy het egter gevra dat jy hom nie weer behandel nie."

"Ek verstaan nog nie. Kan ek die klagte sien?"

Weer skud Michael sy kop, "Hy het nie 'n formele klagte gelê nie, dus is daar niks op jou rekord nie. Ek moes jou egter inlig."

Melissa kry skielik so koue gevoel om haar hart. "Wie was dit?"

"Daniel Cooper."

Naarheid stoot op in haar keel. Melissa draai skuins en druk haar kop tussen haar bene terwyl sy diep asemhaal.

Dit kan nie gebeur nie. Michael moes verkeerd verstaan het.

Melissa kyk op toe Michael 'n bottel koue water in haar hand druk. Hy gaan sit weer oorkant haar en bestudeer haar intens terwyl Melissa die water gulsig afsluk. Toe sy die bottel weer op die tafel sit, skud Melissa haar kop, "Ek verstaan nie hoekom Daniel oor my gekla het nie. Ek het hom slegs drie maal behandel sedert ek hier begin het. Die eerste keer was jy daar. Ek het hom Maandagoggend net verbind na Sandy hom masseer het en gisteroggend het ek hom op die veld vir 'n kramp behandel. Dis al. Ek kan nie dink wat ek verkeerd gedoen het nie."

Haar brein wil nie sin maak oor wat verkeerd kon gegaan het dat Daniel dit nodig voel om oor haar werk te kla. Maar dan onthou sy iets. Sy wil dit eers ignoreer want sy kan nie glo dat Daniel so nydig sal wees nie. Tog herinner 'n stemmetjie haar aan Daniel se laaste woorde Maandagaand. *'Ek hoop nie jy gaan spyt weer oor jou besluit nie, Melissa.'*

Melissa trek haar asem diep in. Sy sal nie dat Michael sien hoe seer dit haar maak nie. Maar Daniel het bereik wat hy wou. Hy het sy wraak geneem.

"Ek het nie woorde nie, Michael. Dit maak seker nie saak wat ek sê nie want dis my woord teen Daniel s'n. Hy is die spankaptein en ek net die junior terapeut. As ek geweet het waaroor hy kla sou ek dalk myself kan verdedig, maar daar is niks wat ek daaraan kan doen nie."

Sy staan op en stap na haar sluitkas en haal haar sak en ander snuisterye wat sy sommer daar los uit en gooi dit in die sak. Met haar sak in haar hande draai sy om na Michael. Sy byt haar lip vas want sy voel sommer hoe bewe dit voor sy met 'n klein stemmetjie uitkry, "Ek is jammer, Michael."

Sy sal nie voor Michael huil nie. Sy draai sommer dadelik om en stap deur toe, maar Michael roep haar terug, "Wag, Melissa. Jy verstaan verkeerd. Ons moet nog klaar praat."

Melissa draai met 'n frons terug, "Ek verstaan nie. Ek het gedink ... Ek is nog op proef. Ek weet dat 'n ernstige klagte soos dié onmiddellike afdanking beteken."

"Hel nee, Melissa. Jy is een van die beste terapeute met wie ek nog ooit gewerk het. Die spelers is mal oor jou." Hy huiwer vir 'n oomblik voor hy byvoeg, "Soos ek genoem het, het Daniel nie 'n amptelike klagte gelê nie. Hierdie gesprek bly tussen jou, my en Daniel. Ek belowe."

Melissa staar verbaas na hom. Voor sy egter kan reageer,

gaan Michael voort, "Ek het gisteraand daaroor gedink. Hierdie situasie is eintlik 'n bedekte seën."

"Wat bedoel jy?"

"Jono, die senior terapeut verbonde aan ons studentespan het Maandag bedank. Hy het 'n werk in Amerika gekry en wil so gou moontlik vertrek. Ek het sedertdien onverpoos gesoek na iemand wat hom kan vervang. Albert is nog te onervare en sal nie op sy eie kan werk nie. Jy het egter ondervinding in daardie kompetisie en kan op jou eie werk. Jy moet tog erken, Melissa. Jy het net hierdie posisie aanvaar omdat daar niks anders beskikbaar was nie en jy gretig was om vir die Buffels te werk."

Melissa knik, nog steeds verdwaas. "Ek dink dit sal in die beste belang wees van die span en die franchise dat jy Jono se posisie oorneem. Ons kan na afloop van die kompetisie weer daaroor besluit. Jy sal egter nog by die Braves se wedstryde moet uithelp. Sal jy bereid wees om dit te doen?"

Melissa is skoon stomgeslaan. Sy het alreeds gesien hoe spoel haar hele loopbaan in die drein af en nou gooi Michael vir haar hierdie reddingsboei. Sy sal dom wees om dit nie met albei hande aan te gryp nie.

Michael lyk maar nog effe ongemaklik oor die hele situasie. Melissa stel hom dus gerus, "Ja, as jy seker is, dink ek dit sal die beste opsie wees."

"Ek is seker, Melissa. Ek het die volste vertroue in jou."

"Is daar iets wat ek moet weet?"

"Ja, jammer. Jy moet ongelukkig so gou moontlik by LC de Villiers aanmeld. Hulle vertrek oor twee ure Potchefstroom toe vir hul wedstryd vanaand. Julle gaan nie oorslaap nie, maar dit maak seker nie saak nie. Ek neem aan jy is voorbereid aangesien jy Bloemfontein toe sou gaan. Jono is daar en sal jou verder inlig oor wat jy nodig het om te weet. In elk geval is die spelers se inligting op jou tablet."

Melissa knik, "Ek sal gereed wees. Dankie, Michael. Ek wens

nog steeds ek het geweet wat ek verkeerd gedoen het, maar miskien is dit beter dat ek nie binnekort vir Daniel Cooper hoef te sien nie. Wat ek vir hom op hierdie oomblik sou wou sê mag dalk nie baie professioneel wees nie. Jy kan hom egter inlig dat hy hom nie daaroor hoef te bekommer nie. Ek het geen begeerte om aan hom te raak nie. Tot siens."

Melissa wag nie vir Michael se antwoord nie. Sy swaai summier om en vlug na die veiligheid van haar motor. Gelukkig loop sy niemand anders raak op pad na haar motor nie, veral nie Daniel nie. Sy gooi sommer haar sak op die agtersitplek en ry by die parkeerarea uit. Sy kom egter nie ver nie, en trek sommer net 'n entjie van die stadion van die pad en parkeer op die sypaadjie. Die trane vloei al reeds.

Hoekom het Daniel dit gedoen? Melissa kan dit nog nie verstaan nie. Het sy dan nie vir hom vertel dat dit haar droom was om hier te werk nie? Het sy hom nie vertel hoe hard sy gewerk het om hier te kom nie?

Sy sit skielik regop. Dis dalk hoekom hy dit gedoen het! Hy kan nie aanvaar dat sy haar beroep bo hom gekies het nie. Die arrogante skurk!

Sy is nou eers bly sy het nie toegegee en 'n verhouding met hom aangeknoop nie.

Sy was dus al daardie eerste dag reg. Daniel Cooper voorspel net moeilikheid. Maar sy sal hom wys. Hy gaan nie haar loopbaan sommer so in die wiele ry nie. Om dit te kan doen, beter sy hom nie vinnig raakloop nie.

Skurk, mompel sy sommer hardop maar trek dan haar skouers terug. Sy vee oor haar gesig en trek haar skouers terug voor sy die motor aanskakel. Sy is nog steeds kwaad vir Daniel toe sy by haar almal mater se sportgronde intrek, maar sy kan haar gevoelens opsy stoot en op haar werk fokus. Dis haar beste kans op wraak.

. . .

Hy het dit nie verwag nie. Hy het gevra dat sy hom nie behandel nie en miskien is hierdie die beste uitweg, maar hoe voel Melissa daaroor? Hy ignoreer al die vrae aan Michael en stap weg, nou dankbaar dat Jaylin wel Melissa se nommer ook vir hom gegee het en hy dit by sy kontaknommers gevoeg het.

Hy roep Melissa se nommer op en skakel dit maar sonder sukses. Dit maak nie saak hoeveel boodskappe hy stuur of hoeveel keer hy haar probeer skakel nie, Daniel kan haar net nie kontak nie.

Hoe gaan hy haar ooit om verskoning kan vra en verduidelik as sy nie eens sy boodskappe wil antwoord nie?

15

Na 'n kort gesprek met Jono, die terapeut in wie se voetspore sy gaan volg, los hy Melissa alleen met 'n span wat sy nog nooit vantevore in haar lewe gesien het nie. Melissa het darem 'n kans om met die afrigter, die spandokter en die finalejaarstudente wat haar gaan bystaan te konsulteer voor die bus vertrek.

Melissa gesels nie met die spelers op die bus nie, maar gaan deur die lêers op haar tablet om haar voor te berei.

Haar foon vibreer telkens in haar sak, maar Melissa ignoreer dit na sy die eerste boodskap gelees het. Sy weet nie waar hy haar nommer gekry het nie, maar sy het 'n spesmaas dit was by Jaylin. As Daniel egter dink dat sy met hom gaan praat, maak hy 'n baie groot fout. Die oproepe het dalk na 'n rukkie opgehou toe hy seker besef het sy gaan dit nie beantwoord nie, maar sy boodskappe het aangehou. Hoekom wil hy nou skielik met haar praat? Hy moes tog verwag het dat sy nie met hom sou gepraat nie.

Melissa voel egter sleg dat sy nie Chloe se boodskappe

beantwoord nie. Sy voel egter nog te emosioneel en weet in elk
geval nie wat om vir Chloe te sê nie.

Sy waardeer regtig hoe Michael die situasie hanteer het. Ten
minste gee die rit Potchefstroom toe haar 'n kans om rustiger
oor die situasie te besin. Al was dit bes moontlik nie sy
bedoeling nie, het Daniel haar eintlik 'n guns gedoen. Hierdie is
eintlik 'n bevordering en sy mag dit dalk meer geniet aangesien
sy weer op haar eie gaan werk.

Die res van die dag kry Melissa nie kans om aan Daniel en
die wending van sake te dink nie. Die oomblik toe hulle by die
Fanie du Toit Sportgronde in Potchefstroom arriveer, spring sy
aan die werk. Die spelers gaan sommer reguit gimnasium toe
om strekoefeninge te doen. Melissa konsulteer met die paar
spelers wat later verbind moet word. Na die opwarming sluit sy
by die spelers aan vir middagete waartydens sy die twee studente
beter leer ken en hulle meer op hul gemak stel.

Die spelers ontspan so 'n uur na ete voor hul na die stadion
vertrek.

Melissa glimlag vir die eerste keer daardie dag toe sy na die
studente se goedige geterg luister. Sy besef nou eers hoeveel sy
dit gemis het om met die jong spelers te werk. Party van hulle
het drome om professionele rugby te speel. Hulle is toegewyd
en werk hard op die veld. Dit was egter hulle manewales van die
veld af wat nooit ophou om haar te amuseer nie.

Daar is so paar spelers in hul laat twintigs, maar die meeste
van die spelers is nog jong seuns. Sy sal dalk weer in die toekoms
met hulle moet werk as hulle in die Buffels se Onder 21-span
ingesluit word.

Soos jong manne van daardie ouderdom maar is, is hulle nie
baie skaam nie. Kort voor lank peper hulle haar met vrae.
Sommige is nog meer oorlams en kort voor lank terg hulle haar
net soos hulle met hul spanmaats maak. Melissa laat dit haar
maar welgeval. Sy antwoord hul vrae ongesteurd.

Sy hou 'n oog oor die twee studente wat haar help om van die spelers te masseer voor Melissa hulle verbind. Toe sy klaar is, is daar net tyd om seker te maak die studente het die sakke gepak en waterbottels voorberei volgens Jono se instruksies voor sy veld toe stap om by die ander personeel aan te sluit.

Melissa gil en klap net so hard soos die ander soos sy die span ondersteun. Dit is 'n jong en belowende span. Party van hulle het al saam gespeel sedert hulle sestien was. Hulle ken mekaar dus goed. Die ouer spelers is daar om die jonges effens te kalmeer wanneer hulle oor-entoesiasties raak maar dis nie regtig nodig nie. Blykbaar is hulle ook die gunstelinge om die kompetisie vanjaar te wen en Melissa verstaan gou hoekom. Toe die sirene die einde van die wedstryd aankondig, het hulle vier drieë teenoor die opposisie se een aangeteken. Dit is dus 'n gelukkige span wat met hul 35-10 oorwinning in die bus klim daardie aand.

Alhoewel Melissa 'n paar keer moes hulp verleen, het hulle nie ernstige beserings behalwe 'n verstuite enkel nie. Die res was maar krampe en kneusings.

Vir die eerste uur loop die gees nog hoog maar een vir een raak die studente aan die slaap. Melissa haal haar foon uit om haar boodskappe te lees. Daar was nog 'n klomp van Daniel en ook 'n paar oproepe wat sy gemis het. Soos die voriges vee sy dit sommer uit sonder om te lees.

Sy stuur egter vir hom net een kort boodskap: *Los my uit.*

Volgens sy profiel is hy beskikbaar maar hy antwoord haar nie weer nie. Miskien het hy nou die boodskap gekry. Wat het hy verwag? Dink hy enige verskonings gaan help?

Sy weet nie sy redes nie en sy sal seker nooit weet as sy hom nie gaan konfronteer nie. Melissa weet egter nie of sy nou al gereed is daarvoor nie. Sy is bang as sy hom nou konfronteer gaan sy iets onverantwoordelik aanvang soos hom fisiek beseer. Sy weet sy sal hom een of ander tyd moet sien, en bes moontlik al volgende week, maar sy sal haar môre daaroor bekommer.

Die bus arriveer na een die oggend by die universiteit se sportgronde. Die strate is stil en dit neem Melissa dus nie lank om na haar woonstel te ry nie. Dit was baie na aan drie toe sy eindelik in die bed val.

D is eers na aandete toe Daniel terugkeer na die kamer wat hy met Mark deel wat hy Melissa se boodskap lees is egter nie die antwoord waarop Daniel gehoop het nie. Hy lees die kort boodskap oor en oor. *Los my uit.*

Wel, dis dan dit. Hy sal haar uitlos. Vir hoe lank weet hy nie, maar hy het seker nie 'n keuse nie. Melissa het mos al Maandag duidelik gemaak dat sy hom nie 'n kans gaan gee nie en die feit dat sy sommer die volgende aand op 'n spoedafspraak gegaan het, bewys dit.

Daniel is sommer vies vir homself dat hy nog enigsins gehoop het en probeer het. Hy moes tog geweet het. Teleurgesteld sit hy sy foon op die bedkassie.

Dit is tye soos dié wanneer dinge moeilik raak, dat Daniel sy broer se advies volg. Hy tel sy ou en getroue notaboekie wat sy bloudruk vir sy rol as kaptein is op en lees weer deur sy notas. Hy is bewus van Mark se nuuskierige kyke maar hy ignoreer dit eerder. Toe hy klaar deur sy notas gelees het, haal hy 'n nuwe notaboek uit sy sak.

Weer skryf hy sy gedagtes neer oor sy rol as kaptein. Hoekom wil hy ooit 'n kaptein wees? Hou hy daarvan? Ja, daaraan twyfel Daniel nie. Hy hou van sy rol. Hy hou daarvan om kaptein te wees, die invloed wat hy op die span het en hoe elke speler reageer op sy leierskap.

Die druk en verantwoordelikhede van kapteinskap help hom om nie op sy eie probleme en vrese te fokus nie. Dit help

hom om op die span te fokus. As hy volgens onlangse gebeure in
sy persoonlike lewe en in die span moet oordeel, gaan hy deeglik
moet fokus.

Met die pen en notaboek vergete op sy skoot, sit Daniel
terug en vryf sy hande oor sy gesig.

Daardie kort boodskap van Melissa het hom net herinner
oor wat hy moet doen. Van nou af gaan sy fokus op die span en
die kompetisie wees. En dit begin sommer nou.

Hy tel weer die pen op en maak nog 'n paar notas oor wat
hy oor die volgende paar dae wil bereik.

Fokus op jou taak.

Wees betrokke by die spel.

Wees kalm, duidelik en beslis.

Maak die bal skoon.

Steel die bal.

Verdediging.

Duik, duik, duik.

Lynstane is van uiterste belang.

Sy lys gaan aan en aan totdat Daniel tevrede is dat hy die
mees belangrike aspekte gedek het.

Toe hy die lig afsit, voel hy meer in beheer van sy taak –
meer as wat hy in die afgelope weke was. Fokus het hom nog
altyd gebaat in die verlede. Hy was goed daarmee en dit is wat hy
die span moet gee.

Vir die eerste keer in weke kan Melissa 'n bietjie later slaap.
Sy rol so half deur die mis om en tel haar foon van die
bedkassie op om te kyk hoe laat is dit. Haar oë rek toe sy sien dat
dit al na nege is, maar dan, as sy in ag neem die tyd wat sy in die
bed gekom het, is dit seker te verstane.

Met 'n groot gaap skuif sy terug teen die kussings en maak
haar boodskappe oop. Melissa weet nie of sy bly of verlig is dat

daar nie 'n nuwe boodskap van Daniel af is nie. Sy wil egter nie eens begin om haar gevoelens te analiseer nie.

Die enigste nuwe boodskap is van Michael, en Melissa maak dit eerste oop. Sy is bly sy het, want Michael lig haar kortliks in oor hoe hy Melissa se afwesigheid aan die span en die res van die personeel verduidelik het. Hy vra haar sommer dadelik of sy twee van die spelers wat op die langtermyn beseringslys is, te behandel. Melissa dink dis Michael se manier om aan haar te bewys dat sy nie in die buitenste duisternis gesmyt is en daar van haar vergeet gaan word nie. Sy is nog beslis deel van sy span, en dit beteken baie vir haar.

Sy beantwoord Michael se boodskap maar dan huiwer haar vinger oor Chloe s'n. Al weet Chloe nou hoekom Melissa nie saam gegaan het Bloemfontein toe nie, is Melissa bang dat sy weer gaan uitvaar oor Daniel teenoor Chloe en dis nie regverdig teenoor haar nie. Sy moet nog saam met Daniel werk, en buiten is hulle vriende.

Dit tref Melissa toe. Sy het nou wel 'n paar nuwe vriende gemaak sedert haar terugkeer Pretoria toe, maar almal van hulle is of betrokke by die Buffels of het een of ander skakeling met die span, soos Jaylin en Sarah. Almal van hulle, behalwe Riley is vriende met van die spelers. Hoe gaan sy haar vriendskap met hulle kan behou sonder om hulle by haar vete met Daniel in te sleep? Melissa weet nie of sy dit kan doen nie. Of wel nog nie nou al nie. Daarvoor is sy nog gans en al te kwaad vir Daniel Cooper.

Teen die tyd dat Melissa Vrydag klaarmaak by die stadion, voel sy so half verlore. Moet sy huis toe gaan na haar ouers toe? Of miskien dalk by Riley gaan kuier? Maar dan onthou sy haar ouers het 'n skool funksie en daarvoor is sy tog nie vanaand lus nie. Dis ook Riley se laaste naweek wat sy Jon die hele naweek vir haarself het. Volgende week begin die seisoen en dan gaan sy hom ten minste een aand nie sien nie. Nee, sy gun Riley en Jon die tydjie saam.

Sy sien ook nie kans om die hele dag in haar woonstel deur te bring nie. Op einde laaste ry sy Brooklyn Mall toe. Na 'n ruk se ronddrentel, stap sy verby een van die skoonheidsalonne en op die ingewing van die oomblik stap sy in. Sy is gelukkig om 'n kansellasie vir 'n manikuur en pedikuur te kry. 'n Uur of wat later stap sy uit, heel tevrede met haar blinknuwe rooi naels.

Aangesien dit nog vroeg is, debatteer Melissa of sy dalk moet gaan fliek. Sy kan nog betyds wees vir die vroeë middagsessie en dan kan sy sommer iets te ete kry voor sy huis toe gaan.

Sy bestudeer die ry plakkate in een van die sygange van die kompleks, toe iemand haar skielik op die skouer tik. Melissa ruk skoon van die skrik maar voor sy nog kan omswaai, hoor sy die bekende stem vra, "Lissa?"

Vir die eerste keer daardie dag glimlag Melissa van oor tot oor. Spontaan gooi sy haar arms om die man wat haar met 'n breë glimlag beskou, "Grant!

Toe sy terugtree, besef Melissa dat sy vergeet het dat Grant Willoughby haar net so goed ken soos haar broers. Hy en Pierre was boesemvriende van kleuterdae tot nou toe. Haar pa het gesê dat die twee 'n gedugte span vorm, al is dit dan ook net met kattekwaad. Grant het soveel tyd in hul huis spandeer dat Melissa gedink het die buurseun is regtig een van haar broers.

Grant frons toe hy haar beskou, "Wat is fout, Snip?"

Melissa sug gelate, "Jy ken my te goed."

"Ek behoort, ja. Jy is mos my klein sussie. Kom ek koop vir jou koffie dan vertel jy my."

Dit gaan nie help om met Grant te stry nie. Hy is net so hardkoppig soos Pierre. Dis egter eers 'n lang ruk later, na hulle al die nuus opgevang het, dat Grant weer die gesprek van vroeër ophaal. "Gaan jy my nou vertel wat is fout of moet ek dit uit jou trek? Moet net nie vir my sê dis weer daardie Roan nie. Ek sal hom persoonlik 'n les gaan leer."

"Was dit maar Roan," sug Melissa. "Ek weet al hoe om hom te hanteer en nee, hy sal my nie sommer weer pla nie. Ek het 'n beskermingsbevel teen hom gekry."

"Nou wat is dit dan?"

Sonder om Daniel se naam te noem, vertel Melissa hom wat die laaste paar dae gebeur het. Soos Grant se gewoonte, val hy haar nie een keer in die rede nie. Hulle sê mos dat dit gewoonlik help om met iemand te praat maar nie hierdie keer nie. Melissa word sommer van voor af weer kwaad.

"Ek is jammer, Lissa. Wat gaan jy nou doen?" vra Grant toe sy klaar is.

"Wat kan ek doen? Ten minste het die Buffels my nie afgedank nie. As daardie seksistiese chauvinis egter weet wat goed is vir hom, sal hy uit my pad bly."

Grant lag. "Ek voel amper jammer vir die ou."

"Hy verdien dit nie," kap Melissa terug.

D aniel druk sy kop onder die koue water kraan en spoel die sweet van sy gesig. Sy hare is nog nat toe hy sy wedstrydtrui oor sy kop aantrek. Dit is sy ritueel en mag dalk 'n bygeloof wees, maar hy voel altyd meer verfris en gereed as hy dit gedoen het. Ten minste het hy nie sulke mal rituele soos van die ander spelers nie.

Mark byvoorbeeld, glo vas hy moet eers sy regterkous en stewel aantrek en dan eers die linkerkous en stewel en hy durf nie waag dit omruil nie. Matthew glo weer vas dat sy onderklere by sy rugbybroek moet pas.

Daniel gaan deur al sy pligte soos die gesprek met die skeidsregters en die opskiet van die muntstuk voor hy terugkeer na die kleedkamer vir die laaste vyf minute. Meeste van die spelers is stil en is reeds gefokus op die spel wat voorlê.

Hulle was slegs 'n paar maande gelede presies hier in die einste kleedkamer voor hulle die finaal in die Interprovinsiale Kompetisie verloor het. Dinge het egter heelwat verander sedert daardie dag. Hulle speel nou anders, meer aanvallend. Hulle het veral in die afgelope paar weke baie hard gewerk om hul agterlynbewegings te vervolmaak.

Hulle skrums en lynstane was nog altyd hul sterk punt en dit is nog steeds. Vandag gaan egter bewys of hulle nuwe spelpatroon suksesvol is. Hulle gaan nog steeds die voorspelers gebruik om voor te kompeteer en hulle teenstanders moeg te maak, en dan die agterlyn loslaat. Daniel het egter die volste vertroue in sy span.

So twee minute voor die tyd hou hy nog een kort toesprakie voordat hy die teken gaan kry om op te draf. Daniel is egter seker dat nie een veel hoor nie aangesien hulle in hul eie sone is.

Toe hy die teken kry, trek hy sy asem in. Sonder 'n verdere woord draai hy om en lei sy span uit die kleedkamer en af met die trappies. Binne die tonnel wag 'n jong seun opgewonde vir Daniel. Daniel buk af en wissel 'n paar woorde met hom voor hy sy hand neem.

In die agtergrond hoor hy die stadion kommentator se aankondigings alhoewel hy nie juis hoor wat hy sê nie. Hy fokus op die teken dat hy op die veld kan draf. Toe hy dit kry draf hy stadig en gemaklik voor sodat die seun by hom kan hou.

Daar is genoeg ondersteuners vir die Buffels om ook geraas te maak. Die meeste geraas kom egter van hul teenstanders se ondersteuners af wat probeer om hulle uit te lok. Daniel wonder nog soms of hulle nou nog nie weet dat die spelers nie hoor wat hulle skree nie. Dit maak egter nie saak nie. Al die ondersteuners doen dit. As 'n toeskouer het hy dit al self gedoen.

Toe die seun terug draf na die kantlyn, kom die span op die vyf-en-twintig-meter lyn bymekaar. Nog 'n spanpraatjie? Nee wat, dit sal nie nodig wees nie. Daniel wag net dat almal die atmosfeer geabsorbeer het voor hy hulle herinner, "Dis dit, ouens. Hierdie oomblik is hoekom ons hierdie spel speel. Ons was net 'n paar maande gelede hier. Onthou wat gebeur het. En as julle nie nog 'n jaar sonder seks wil wees nie, beter ons hierdie een wen, ouens."

'n Paar van die spelers lag toe Mark byvoeg, "Gits, *Cappie.* Dit is nou nie 'n lekker herinnering nie. Dis nog net 'n maand in die nuwe seisoen en ek sweer dis die langste maand van my lewe. Maar kyk daardie ouens," voeg Mark by en wys na die motorfietsryers wat langs die veld op hul Harley Davidson's wag. Hy slaan sommer oor na Engels toe hy verder spot, "Those might be the only ride those guys ever get."

Dit veroorsaak natuurlik 'n groot gelag, voor Daniel laggend byvoeg, "Goed, ouens, geniet dit."

En hulle het. Vir die eerste paar minute maar toe is dit asof hulle oorgretig raak en onnodige foute maak. Die spanning loop hoog toe hulle halftyd in die tonnel hardloop. Tom praat op sy gewone besadigde manier rustig met die spelers. Toe hulle na halftyd op die veld draf, sou Daniel nie die teenstanders kwalik geneem het as hulle dink Tom het hulle goed die leviete voorgelees nie. Dit is egter nie Tom Brady se styl nie en net iemand wat ooit hom as afrigter gehad het sal dit weet. Die spelers is egter baie meer gedetermineerd as in die eerste helfte.

Dis asof dinge net in plek val. Jakes se ondervinding by die Sewes en Richie se internasionale ervaring dra baie daartoe by. Die spelers raak rustiger, maak minder foute en neem stadig beheer van die wedstryd wat tot drie onbeantwoorde drieë lei.

Daar is tog 'n paar keer wat Daniel met die span moet praat, veral toe die plaasvervangers op die veld draf en dieselfde foute maak as die res van die span aan die begin van die wedstryd.

Toe Henri le Roux, die plaasvervanger losskakel die bal uitskop toe die sirene die einde van die wedstryd aankondig, kan die Buffels tevrede glimlag. Hulle is oor die eerste hekkie en het daarmee wraak geneem vir die loesing in die vorige jaar se eindstryd.

Daniel buig vooroor met sy hande op sy knieë om sy asem terug te kry.

Hulle het dit gedoen. En die wraak was soet.

16

Hy kan dit nou maar erken. Selfs na 'n ysbad, is sy lyf seer en moeg en herinner dit Daniel dat hy nie meer jonk is en so vinnig herstel as wat hy gedoen het as 'n twintigjarige nie. Dis seker hoekom hy eerder saam met 'n paar van sy vriende by 'n seekos-restaurant gaan eet na al die amptelike funksies verby is as om saam met die jongeres te gan kuier. Hy het in elk geval nooit daarvan gehou om in nagklubs uit te hang nie.

Dit is egter nog vroeg toe hulle klaar geëet het en hulle besluit om 'n laaste drankie by die kroeg in hul hotel te geniet. Voor Daniel egter by sy vriende aansluit, stap hy sommer op die veranda uit om twee oproepe te maak. Dit is 'n ritueel om na elke wedstryd met sy pa en Damian te praat, en vanaand is dit nie juis anders nie.

Toe hy terugkeer, kyk Daniel af om sy foon in sy sak te sit. Hy waag dit nie weer om nie te kyk wat hy doen nie want hy het 'n foon al so in die proses verloor toe hy sy sak heeltemal gemis het.

Daniel sien dus nie die vroumens wat op hom afstorm en

onder luide toejuiging van haar vriende, haar arms om Daniel se nek gooi nie. Al waarvan hy bewus is, is die skerp soet reuk van haar parfuum en die flitse wat afgaan.

Daniel se pogings om die vroumens van hom los te maak is nie heeltemal suksesvol nie want sy klou soos 'n neet. Dit kos Mark en Christopher se hulp voordat hy eindelik daarin slaag. Matthew het blykbaar intussen sekuriteit gaan roep.

Gelukkig hét Matthew, want die groep vrouens se gedrag ruk hand uit. Die opmerkings wat hulle teenoor Daniel en sy vriende maak is iets wat Daniel nie eens sal oorvertel nie so vulgêr is dit. Arme Chloe en Angie wat alles moes aanhoor.

Toe die sekuriteitsbeamptes met die hotelbestuurder agterna daar arriveer, het hul nie veel oortuiging nodig om die vrouens uit te smyt nie.

Dit het egter 'n einde aan hul aand gebring. Jakes het alreeds saam met Angie kamer toe gestap en Matthew saam met Chloe, voor Daniel, Mark en Christopher ook besluit hulle het genoeg gehad.

Wat vanaand gebeur het, is weer eens 'n bevestiging vir Daniel dat hy gereed is om sy geliefde spel vaarwel toe te roep. Dit moes 'n ete en kuier saam met sy vriende wees om hul oorwinning te vier maar ongelukkig het dit op 'n lae noot geëindig.

Vies en heeltemal geïrriteerd gooi Melissa die foon op haar bed neer en storm badkamer toe.

Sy moes geweet het. Dinge gebeur gewoonlik vir 'n rede, en die meeste van die tyd is daar 'n vroumens wat daar agter is.

Hoekom sy nog die hele affêre volg, gaan haar verstand te bowe, maar dit is dalk goed sy doen. Nou weet sy tog wat aangaan.

Die stort het haar miskien effens afgekoel maar nie genoeg

om haar bui van haar ma af weg te steek nie. Melissa besef, kort na sy by haar ouerhuis gestop het, dat mens nie jou ma so maklik kan flous nie. Haar pa en jonger broer sit vasgenael voor die televisie soos gewoonlik Saterdagmiddae gebeur maar vandag is Melissa beslis nie lus om saam met hulle rugby te kyk nie. Sy het dus vinnig ingestem toe haar ma haar nooi om saam met haar kwekery toe te gaan met die belofte dat hulle kaaskoek kan gaan eet by die kwekery se teetuin. Sy sal enigiets doen solank sy net nie hoef te tob nie.

Die vars lug doen haar goed. Melissa voel sommer meer opgewek toe hulle na 'n lang redekaweling of hulle die rooi en of pienk pelargonium moet kies, en haar ma op die ou einde maar albei inlaai, dat hulle 'n pot tee en twee stukke kaaskoek bestel.

"Mamma gee nou glad nie om dat jy sommer inval nie, maar ek het dan gedog jy sou Bloemfontein toe gaan. Of het julle vroeër terug gekom?"

"Ek het nie gegaan nie."

Melissa besef dadelik dat haar kortaf antwoord dalk ongeskik klink, en sy vra vinnig om verskoning, "Ek is jammer, Mamma."

"Wil jy my nie vertel nie? Jy het dan so uitgesien daarna om uiteindelik saam met Michael te werk."

"Ek het, ja, maar danksy Daniel Cooper sal ek seker nooit daardie geleentheid kry nie."

"Wat bedoel jy? Wat het hy daarmee te doen?"

Melissa ken haar ma darem goed genoeg. Dit help nie sy vertel net hier en daar iets nie. Haar ma sal dit uit haar trek en nie rus voor Melissa haar die hele boksemdaais vertel soos haar ouma sê nie. Nie dat Melissa weet wat dit beteken nie. Al wat sy weet is dat sy alles gaan vertel wat daar te vertelle is en nog meer dus doen sy dit maar gelate. Haar ma val haar nie een keer in die rede nie waaroor Melissa nogal verlig is. Sy is ook verlig dat sy al hierdie verwarrende gevoelens met iemand anders kan deel.

"Ek kan dit net nie verstaan nie. En ek praat nou nie van die klagte wat hy teen my ingebring het nie."

"Nou wat dan?"

"Dat hy dit nog steeds regkry om al hierdie verwarrende gevoelens in my wakker te maak. Een oomblik is ek woedend vir hom en die volgende voel ek soos 'n bakvissie wat nie 'n intelligente gesprek kan voer nie. Maar, op die oomblik is ek meer kwaad. Ek het regtig nie gedink hy is so chauvinisties nie."

"Miskien is jy meer teleurgesteld omdat jou tienerheld voete van klei het."

"Mams! Hoe weet Mamma?"

Haar ma lag. "Jinne, Lissa, jy moes jouself gesien het. Jy het behoorlik gekwyl as jy hom gesien het. En dink ek het nie gesien hoe jy titteweit as jy gaan kyk het hoe Pierre speel nie? En dan praat ek nie eens van die kartondoos vol knipsels wat jy onder jou bed weggesteek het nie."

Melissa bloos verleë want haar ma is reg. Sy brom egter nog, "Dit was toe. Ek is lankal nie meer daardie verliefde tiener nie."

"As jy so sê," lag haar ma. "Ek ken jou egter beter."

Vir 'n rukkie is dit stil tussen hulle voor haar ma vra, "Het jy weer iets van Roan gehoor?"

"Nee, gelukkig nie. Dit lyk my hy het sy les geleer na Daniel en van die ander spelers hom uit die restaurant gegooi het en ek 'n beskermingsbevel teen hom gekry het."

"Jy moes dit lankal gedoen het," grom haar ma.

"Ek moes, maar dit voel so onsmaaklik, as ek dit so kan stel. Ek is nog steeds vies vir myself dat ek myself so om die bos kan laat lei het deur sy soet gesiggie. Lyk my ek moet eerder wegbly van mans af. Ek val altyd vir die verkeerde ou."

"Roan mag dalk die verkeerde ou gewees het, maar wie weet? Daniel Cooper is dalk tog die man ..."

"Nee! Na wat hy gedoen het? Ek sal hom nie maklik vergewe nie. Ek wens egter net dat ek geweet het hoekom. Wat het hy vir Michael vertel?"

"Het Michael nie gesê nie?"

"Nee, hy het net genoem dat Daniel hom gevra het dat ek hom nie moet behandel nie. Ek was so ontsteld dat ek nie eens gevra het hoekom nie en is nie lus om dit nou weer op te haal met Michael nie."

"Miskien het hy sy eie redes gehad?"

"Miskien, maar wat? Was hy kwaad omdat ek nie sommer van werk wil verander as hy net sy vingers klap nie? Gits, hy kan dit tog nie verwag nie? Hy mag dalk soos 'n droom soen, maar dis nie genoeg om ..."

Melissa bloos weer van voor af toe sy besef wat sy uitgeblaker het. Sy was baie versigtig om nie die soene te noem nie en nou het sy so wraggies.

Haar ma lag saggies, "Dis nou interessant. Jy het daardie brokkie inligting uitgelaat vroeër." Sy bly so 'n rukkie stil voor sy byvoeg, nou meer ernstig, "Miskien het Daniel sy eie redes gehad. Miskien is dit net 'n misverstand en dalk kan julle dinge eendag uitsorteer."

Melissa snork. "En eendag gaan die hemele val en almal dra blou kappies."

Haar ma lag. "Ten minste onthou jy Ouma se lessies."

D is nog donker toe hy die deur agter hom toetrek. Hy het geweet die laaste bier was miskien net een te veel gisteraand en vanoggend dra hy die gevolge. Hy het nie lekker geslaap nie en voel so siek soos 'n hond. Daar is net een ding wat help en dis oefening.

'n Uur later stop hy weer sopnat gesweet voor die huis, sy asem hortend. Die vroeë oggend draf het wel gehelp om van die gifstowwe in sy liggaam ontslae te raak. Dit het egter nie gehelp vir sy frustrasievlakke nie.

Hulle het nou wel Vrydagaand hul eerste wedstryd in die kompetisie gewen, maar die gebeure van die naweek het baie bygedra dat hy gisteraand meer gedrink het toe hy saam met sy twee vennote gekuier het. Daniel het egter gehoop om vandag bietjie te ontspan en die probleme opsy te skuif tot môre. Daardie geluk is egter hom nie beskore nie. Daniel het skaars klaar gestort en is nog besig om sy eerste koppie koffie te geniet, toe sy telefoon lui.

Hy loer eers na die skerm voor hy wel die foon optel en antwoord, "Jay?"

Jaylin groet nie eens nie eis sommer dadelik, "Wie is die vroumens?"

"Watter vroumens?" vra Daniel verward.

"Die een op Twitter. Jou nuwe meisie."

"Jay, ek het geen idee waarvan jy praat nie. Daar is geen vrou in my lewe nie, jy weet dit tog."

"Wat van Melissa?"

"Wat van Melissa? Ek het jou mos gesê daar is niks nie. Sy hou nie eens van my nie."

Jaylin bly so rukkie stil, "Ek dog jy het haar gaan sien."

"Ek het. Sy stel nie belang nie. Einde van storie."

Daniel moet erken. Dit maak nie saak wat Melissa gesê het of haar houding nou nie, hy is nog nuuskierig. "Het sy iemand Dinsdagaand ontmoet?"

Jaylin snork. "Sy het baie mense Dinsdagaand ontmoet. As jy wil weet of sy iemand spesiaals ontmoet het, is die antwoord nee, sover ek weet. Maar hoekom het jy haar nie self gevra nie? Was sy dan nie saam Bloemfontein toe nie?"

"Nee, sy werk nou met die universiteitspanne en het my baie duidelik laat verstaan dat ek haar nie weer moet kontak nie.

Sy hoef nie bekommerd te wees nie. Ek is klaar. Ek gaan nie weer probeer nie."

"Daniel ..."

"Dit help nie, Jay. Melissa het haar keuse gemaak. Los dit net. Stuur asseblief vir my daardie skakel dat ek kan uitvind wat aangaan."

Hy diskonnekteer sonder om te groet, skoon geïrriteerd met die gesprek. As hy egter gedink het hy is toe geïrriteerd, was dit maar net die tippie van die ysberg. Hy swets onderlangs toe die foon biep en hy die skakel wat Jaylin aangestuur het, oopmaak. Dit blyk dat hulle Vrydagaand nie gou genoeg van die vroumens ontslae geraak het nie. Altans, nie voor haar vriende 'n klomp foto's geneem het nie. Daar is meer as een foto's, maar een lyk asof Daniel en die vroumens in 'n liefdevolle omhelsing staan. Dis juis dié foto wat die rondte doen op Twitter met die hutsmerk #nuwekêrel en 'n spul ander soetsappige hutsmerke wat hom skoon naar maak.

Daniel druk die foon in sy sak en sluk die koue koffie af voor hy die beker hervul en na sy kantoor toe stap. Hy gaan vandag iets nodig hê om hom besig te hou, en al hoe hy dit gaan regkry is om op besigheid te fokus. Hy het nie vir James gejok nie, hy sien uit om die maatskappy wat hy saam met twee goeie vriende begin het, uit te brei.

Daniel het alreeds die opwinding ervaar toe hy na die gebou vir Mark gesoek het. Nie dat hy nodig gehad het om ver of hard te soek nie. Hy sweer dit was 'n rekord. Hy het net een dag nodig gehad om voelers uit te steek toe het hulle die perfekte gebou gekry. Die gebou het reeds 'n rukkie leeg gestaan aangesien die vorige eienaars 'n paar maande gelede dit ontruim het. Daar was 'n dispuut tussen die eienaars maar gelukkig het hulle eindelik ooreengekom om die gebou te verkoop.

Mark het nie eens geargumenteer oor die prys nie, en het sommer dadelik geteken. Mark het selfs aangebied om okkupasiehuur te betaal tot die registrasieproses afgehandel is.

Aangesien die gebou 'n ruk leeg gestaan het, is dit effens verwaarloos. Miskien moet hy weer inspeksie gaan doen vandag en 'n prioriteitslys opstel. Dit behoort sy vennoot nie lank te neem om die herstelwerk te doen nie. Die bouwerk by die stadion vorder fluks, maar Daniel is seker hulle kan 'n span afstaan om die herstelwerk in 'n japtrap af te handel. Solank daar net nie groter probleme is nie, maar hy twyfel.

Hy haal die planne uit die sluitkas en sprei dit op die tafel oop voor hy sy tablet aanskakel en die toepassing wat hy afgelaai het om sy eiendomme te bestuur, oopmaak. Hy het alreeds met die vorige inspeksie notas gemaak maar hy moet vandag 'n deegliker inspeksie doen. Hy lees vinnig deur sy notas en voeg 'n paar punte by.

Daniel weet sommer dat dit help nie om Mark te vra om saam te gaan nie, want dié gaan net sy skouers optrek. Sy ander vennoot is die beste opsie. Hy grawe in sy sak vir sy foon, en sonder om eens na die boodskappe te kyk, roep hy sy vennoot se nommer op. As hulle saam die inspeksie doen kan hulle sommer 'n tydskedule vir die restourasie optrek sonder om nog 'n keer te konsulteer.

"*Dude*? Hoe bel jy my so vroeg op 'n Sondagoggend?"

"Ag nee, man. Het jy weer gisteraand nog verder saam met Mark gekuier?" raas Daniel sommer.

"Jy weet mos," lag Grant. "Maar hoe kan ek help?"

"Is jy besig vandag? Ek weet dis Sondag, maar ek het gedink om weer inspeksie te gaan doen sodat ek 'n prioriteitslys vir jou kan opstel vir die herstelwerk. Ek het gewonder of jy nie sommer saam met my wil gaan nie? Ek koop vir jou middagete."

"Biefstuk?"

"Net wat jy wil hê, solank jy net saamgaan. Ons kan

sommer die tydskedule opstel en jy sal beter as ek weet hoe lank dit gaan neem. Die huurders raak haastig."

"Sê eerder *jy* raak haastig. Maar ja, ek ook. Ek is moeg daarvoor om my sekretaresse in my kombuis te kry nog voordat ek behoorlik wakker is. Hoekom sy so vroeg by die kantoor moet wees, weet nugter. En ek hou nie daarvan om haar by die konstruksiemaatskappy se perseel te los op haar eie nie."

"Ja, ja, ek ken al jou klagtes. Maar nou het ons kantore en kan ons dit inrig soos ons wil. En hoe gouer ons kan begin, hoe beter. Sien jou daar oor 'n uur?"

"Jip, sien jou netnou."

Daniel skud sy kop oor die slengwoord wanneer hy die oproep beëindig. Hy ken egter al Grant se gemor. Toe hulle begin het met die maatskappy was dit nie juis 'n probleem nie. Die projekte waaraan hulle gewerk het was baie kleiner, maar toe Grant die kontrak losslaan om 'n kompleks vir Nicholas te bou, het dinge vinnig verander. Die projekte word al hoe groter en hulle moes noodgedwonge 'n perseel kry om al die konstruksietoerusting en ekstra voorraad te stoor. Dis egter uit op die Lynnwood pad en nie geskik vir doeleindes van kantore soos Mark versoek het nie.

'n Uur later staan hy buite die gebou en beskou dit rustig terwyl hy vir Grant wag. Hulle is eintlik gelukkig om die gebou so vinnig te vind. Daniel twyfel of dit Grant en een van die spanne lank sal neem om die werk af te handel. Toe Grant 'n kort rukkie later by hom aansluit, sprei hulle sommer die planne op die kap van Grant se viertrek oop terwyl Daniel hom inlig oor wat hy reeds met die eerste inspeksie opgetel het.

Na 'n volledige inspeksie buite, gaan hulle vloer vir vloer deur die gebou om dieselfde volledige inspeksie binne af te handel.

Die hele tyd is Daniel egter bewus van Grant se ondersoekende kyke. Dalk het hy dit nie heeltemal reg gekry om sy slegte bui weg te steek nie. Grant ken hom darem ook nou nie van vandag af nie. Gewoonlik sal Grant nie sommer inmeng in sy privaatsake nie maar toe hulle later by die restaurant sit en klaar al die besigheid bespreek het, merk Grant nadenkend op, "Is daar nog iets wat pla, Dan? Is dit die besigheid?"

Daniel skud sy kop, "Was dit maar besigheid dan kon ek dit nog uitsorteer. Dit sou baie makliker gewees het."

"Dan moet dit 'n vrou wees," lag Grant.

Daniel snork verontwaardig. "'n Vrou? Nee, maak dit eerder vroumense. Hulle is 'n pyn."

"Hoe so?"

Na Daniel se kort relaas oor wat Vrydagaand gebeur het, skud Grant sy kop, "Ek weet nie hoe julle ouens dit hanteer nie. Dis nie die eerste keer nie. Ek is net bly dat ek nie daardeur hoef te gaan nie."

"Wag net tot die vroumense uitvind jy is nie net 'n bouer soos jy probeer afmaak nie. As hulle eers jou bankbalans sien dan gaan jy dieselfde probleem hê as hulle."

"Dis hoekom hulle nooit gaan uitvind nie. Ek is heel gemaklik met my leefstyl soos dit is. Ek het mos genoeg van julle ouens geleer."

Grant bestudeer Daniel aandagtig voordat hy dit waag, "Is jy seker dis al? Jy is al die laaste paar weke so afgetrokke. Dis ongewoon."

"Jy's reg."

"Nou wat is dit? Kan ek help?"

Daniel sug, en bestudeer die koeldrankglas in sy hand. Sonder om haar naam te noem, vertel hy dan kortliks van hoe hy Melissa ontmoet het. As Daniel wel opgekyk het, sou hy bes moontlik eers die verrassing, en toe die humor oor Grant se gesig sien flits het.

"Het jy nog nie probeer uitvind wat nou aangaan nie?"

"Ek het! Maar wat maak dit tog saak? Sy het dit duidelik

gemaak ek moet haar nie weer kontak nie. Wat sou dit tog help? Sy is reg. Daar kan niks wees tussen ons nie."

Toe hulle 'n ruk later groet, probeer Grant hom moed inpraat, "Miskien is daar redes hoekom sy nie met jou wil praat nie. Dalk voel sy seergemaak of ontsteld. Miskien moet jy met haar gesels, Dan. Moenie sommer net opgee nie. Wie weet wat kan gebeur?"

Daniel skud sy kop, "Nee wat. Ek dink nie dit gaan help nie."

M elissa is Maandagoggend heelwat vroeër by die stadion sodat sy 'n langer sessie in die gimnasium kan inwerk. Sy het gistermiddag na sy by die huis gekom het, behoorlik jammer vir haarself gevoel. Sy het sommer dadelik haar nagklere aangetrek en toe vir die res van die middag en aand weggelê aan Romany Cream beskuitjies en springmielies terwyl sy een na die ander tranedal op Netflix opgeslurp het.

Toe sy vanoggend egter opstaan het sy besluit dis nonsens. Sy is moeg om jammer te wees vir haarself. Sy is eintlik nog meer vies vir haarself dat sy haar gesonde leefstyl opsy geskuif het net omdat sy kwaad is dat nog 'n man haar in die steek gelaat het. Die sessie in die gimnasium het haar die wêreld se goed gedoen maar nou is sy gans en al te vroeg gereed vir werk.

Sy klim weer terug in die motor, en skakel die radio aan. Dit is ook net betyds want toe sy opkyk sien sy Daniel se motor in 'n oop parkeerplek intrek so entjie van hare. Melissa is te bang om te beweeg. Hoe sy ook al haarself gemotiveer het dat sy reg is om Daniel Cooper aan te vat, voel sy nie nou so nie.

Sy hou onbewus haar asem op toe hy uit die motor klim. Toe hy omdraai om om sy sak uit die kattebak te haal, kan Melissa sy gesig duidelik sien. Hy lyk moeg met donker kringe onder sy oë. Melissa wil-wil net vir hom jammer voel maar onderdruk dit vinnig. Dis seker sy nuwe meisie wat hom so uitgeput het.

Al is dit hoe 'n siniese gedagte, hou sy Daniel tog dop toe hy wegstap na die ingang. Sy tred is traag vanoggend en sy skouers geboë, so asof die hele wêreld se probleme op sy skouers rus.

Eers toe hy uit haar gesigsveld verdwyn, blaas sy haar asem uit.

Nou moet sy haarself weer voorberei om haar kollegas te sien en voor te gee dat sy gelukkig is met die oorplasing. Dis nie net Michael nie. Sy is 'n verduideliking aan Chloe verskuldig, en hoe gouer sy dit agter die rug kry, hoe beter.

Toe sy 'n kort rukkie later in Chloe se kantoor instap, kyk Chloe net stilweg op. Sy groet nie eens nie. Sy is duidelik nie gelukkig oor Melissa haar die naweek geïgnoreer het nie. Melissa sug en maak die deur agter haar toe.

Sy gaan staan voor Chloe se lessenaar en sê stil, "Ek is jammer ek het nie jou boodskappe geantwoord nie. Om die waarheid te sê het ek nie geweet wat om vir jou te sê nie. Ek was kwaad en seergemaak en ... Ek weet dis nie 'n verskoning nie, maar ek voel ek is jou 'n verduideliking verskuldig."

"Is dit iets wat ek gedoen het?"

"Nee!" verseker Melissa haar vinnig. "Nee, dis nie jy nie."

"Nou wat dan?"

Melissa sak op die stoel voor Chloe se lessenaar neer voor sy verduidelik, "Ek weet wat het Michael vir julle vertel oor my oorplasing na die studente-span toe maar ... Dis nie die volle waarheid nie, maar ek sal jou vertel as jy my belowe dat jy wat ek jou gaan vertel, net tussen ons bly. Jy mag vir niemand sê nie, nie eens Matthew nie. Veral nie Matthew nie."

"Wat is dit, Melissa?"

"Ek weet jy gaan weer vir hom opkom, maar hierdie keer gaan ek hom nie weer so maklik vergewe nie. Ek kan nie."

"Wie? Daniel?"

"Ja."

"Nou wat het hy nou weer gedoen?"

"Hy het 'n klagte gelê by Michael met die versoek dat ek hom nie weer moet behandel nie."

"Wat?!" roep Chloe geskok uit.

"Jy het reg gehoor."

"Maar hoekom?"

"Dis wat ek ook graag sal wil weet. Ek het so uitgesien om saam met julle Bloemfontein toe te gaan en saam met Michael te werk en toe ... Ek is seker gelukkig dat Michael my nie afgedank het nie en net oorgeplaas het na die studente toe. Hy kon dit maklik gedoen het, jy weet? Ek bedoel, afgedank het."

"En nou?"

"En nou werk ek met die studente. As die Universiteitsbeker afgehandel is ... Ek weet nie. Ek wil nie nou eens daaraan dink nie. Maar gelukkig beteken dit dat ek nie veel met Daniel Cooper te doen gaan kry nie. Ek gaan dalk Saterdae nog met die Braves uithelp, maar ek sal sien."

"Ek hoop nie dit beteken dat jy nie meer saam met ons gaan kuier nie?"

"Wel, seker nie so gereeld nie. Dit hang af van ons skedule. Ek sal in elk geval nie in die week kan kuier nie, want die studente oefen laatmiddag of in die aande na klasse en speel hul wedstryde op 'n weeksaand."

"Melissa? Belowe my dit sal nie ons vriendskap affekteer nie?" pleit Chloe amper.

"Ek belowe. Solank jy net nie weer vir Daniel in die bres tree nie, dan sal alles reg wees."

"Ek sal nie, ek belowe."

Toe Melissa 'n rukkie later uit Chloe se kantoor stap op pad om haar kollegas te ontmoet vir hul weeklikse vergadering, voel haar gemoed ligter.

17

Die Italianers praat net so hard op die veld as wat hulle speel. Daniel ken egter al hul taktieke maar ongelukkig werk dit vandag. Miskien is die span al klaar gefrustreerd en die Italianers se aanhoudende gebabbel is besig om almal te irriteer. Dis nie net sy frustrasies wat breekpunt bereik het nie en dit lei tot 'n paar strafskoppe wat die opposisie uitbuit. Toe halftyd aanbreek, is die Buffels met vier punte agter.

Daniel probeer om tydens die breuk die spanning te absorbeer terwyl hy na Tom Brady se rustige praatjie luister. Hy moet 'n voorbeeld stel en kalm bly sodat sy span op die wedstryd kan fokus.

Daniel ken 'n paar Italiaanse woorde wat hy by 'n ou skoolvriend geleer het. Na die rustyd, gebruik hy van die terme om sy teenstanders te koggel. Dit werk, maar ongelukkig ken hy nie genoeg om dit vir die hele wedstryd vol te hou nie. Hy kry egter onverwagte hulp in die vorm van Ulrich Fölscher. Toe die Duitser, soos die ou vinnig herdoop is, opkom, verras hy nie net sy eie spanmaats nie maar ook die Italianers toe hy in vlot

Italiaans die teenstanders terug koggel. Die Italianers is sommer tjoepstil daarna toe hulle besef het dat Ulrich al hul roepe en opmerkings verstaan.

Dit, en seker ook die hoogte bo seespieël begin in die middel van die tweede helfte sy tol eis. Vir die eerste keer in die wedstryd kry die Buffels die oorhand. Dit is asof hul nuwe lewe kry en met nuwe energie speel en toe die eindfluitjie blaas, is die telling 50-32 in die guns van die Buffels.

Ten spyte van die sege lig dit egter nie Daniel se gemoed genoeg om te wil feesvier nie. Hy het Melissa skrams gesien voor die wedstryd toe hulle opgewarm het. Hy weet sy is daar en gaan moontlik by die Final Whistle wees. Daniel oorweeg dit vir 'n skrale sekonde of hy nie sommer reguit huis toe moet gaan nie, maar besef dadelik dat hy dit nie kan doen nie. As sy hom nie wil sien nie is dit haar saak. Sy kan mos op 'n ander plek gaan kuier as sy wil. Die stadion, sy span en sy vriende, en die Final Whistle is daarby ingesluit, was nog altyd se huis en sy toevlug. Hy gaan nie dat die wete dat sy daar is hom van sy gewoontes gaan laat afsien nie.

D is nou goed en wel sy het haar voorberei om haar aartsvyand te sien. Dis egter heeltemal anders om hom van aangesig tot aangesig te sien. Melissa besef dit dadelik toe sy stop om met Christopher te praat waar hy Riley en Daniel se onderhoud dophou. Melissa moet al haar wilskrag gebruik om op haar gesprek met Christopher te konsentreer en nie na Daniel te loer nie.

Miskien is sy bietjie voortvarend gewees. Dis seker Chloe se invloed dat sy probeer het om Cupido te speel en vir Christopher en Riley genooi het om saam met hulle te kuier vanaand.

Of miskien was sy bietjie lafhartig. Sy het gehoop dat as sy haar vriende om haar het, sy dit so half as 'n skild gebruik om haar teen Daniel te beskerm. Of dalk eerder hom te beskerm. Gelukkig vir hom is sy nie nou meer so kwaad soos sy daardie eerste dag was toe sy uitgevind het van sy klagte nie. Sy het maklik by die studente aangepas en haar kollegas, veral Michael, hanteer haar nog net soos vantevore.

Melissa besef egter dadelik dat haar plan dalk nie heeltemal so uitgewerk het toe sy by die restaurant aankom en die opset aanskou nie. Daar is nog 'n paar sitplekke oop by die lang tafel in die hoek waar hulle die vorige keer gesit het. Dis egter nie net haar vriendinne wat daar sit nie. Matthew sit ewe breed langs Chloe met twee leë sitplekke tussen hom en Richie. Langs Richie is nog 'n sitplek tussen hom en Jaylin oop. Jakes en André sit soos gewoonlik in die hoek. Grant sit langs André en die sitplek langs hom is oop. Melissa haas haar na daardie sitplek voor iemand haar kan voorspring.

Melissa is dankbaar vir Grant se teenwoordigheid. Sedert hulle mekaar verlede Vrydag raakgeloop het, het Grant in kontak gebly. Hy het haar verseker dat hy gereeld by die Final Whistle kuier na wedstryde en dat dit nie vir hom vreemd is om saam met die spelers te kuier nie. Hy was saam met van hulle, soos André en Jakes, op universiteit.

Melissa moes lag toe Grant haar verseker dat hy die ou wat haar moeilikheid gee by die Buffels, sal aanvat. Grant is nie klein nie, maar hy is beslis nie so groot soos Daniel nie.

Melissa maak asof sy Daniel nie raaksien toe hy 'n rukkie later by hulle aansluit nie maar gelukkig is Riley en Christopher kort op sy hakke. Christopher en Riley se nuus oorheers die gesprek vir 'n rukkie voor Chloe vir Melissa vra, "Kort jy 'n saamry geleentheid môre?"

"Vir wat?"

"Die braaivleis op Nyathi," verduidelik Chloe, effens verward. Melissa het al van hierdie uitnodiging gehoor kort na sy by die Buffels aangesluit het. Dit is blykbaar tradisie dat die groep senior spelers, die bestuur en hul families op die Coopers se wildsplaas naby Cullinan gaan braai vroeg in die seisoen. Dis egter juis omdat dit die Coopers se plaas is, dat Melissa huiwerig is om te gaan en nou nog des te meer.

"Ek gaan nie."

"Hoekom nie?" eis Chloe.

"Omdat ek nie meer deel is van die groep nie," mompel Melissa.

Matthew skud dadelik sy kop, "Maar jy is nog steeds deel van ons en jy is 'n vriendin. Hierdie jaar is die uitnodiging nie net vir die senior spanlede en bestuur nie. Ons het die Braves se spelers en ons vriende ook genooi."

"Dis waar, Snip. Ek gaan ook," wys Grant rustig uit.

"Jy gaan?" vra Melissa, verras.

"Dis reg. Ek sal jou sommer oplaai."

Melissa besef vinnig sy gaan nie die stryd wen nie. Aangesien daar egter baie mense gaan wees, sal sy sekerlik Daniel Cooper en sy familie kan vermy. Sy stry dus nie eens verder nie en konsentreer eerder daarop om Riley te oortuig om ook te gaan. "Asseblief, Riley. Ons wil graag vir Jon ontmoet en ons sal kans kan kry om op te vang met mekaar se nuus. Ek mis ons koffiekuiers aangesien ek nie meer by die stadion werk nie."

Melissa is sommer van voor af vies en gee Daniel 'n vuil kyk. Hierdie keer ontvang sy egter een terug voordat hy sy bierbottel hard op die tafel neerplak en wegstorm.

Gelukkig vra Riley waar die badkamer is. Melissa bied ywerig aan om haar te gaan wys. Enigiets, solank sy net van die ongemaklike atmosfeer kan ontsnap.

. . .

T wee treë vorentoe en drie treë terug. Is dit nie maar hoe dit altyd werk nie? Gisteraand het hy gedink dat twee van die probleme waarmee sy vriende gesukkel het, opgelos is, maar nou weet hy nie meer so lekker nie. Hy het Christopher se nuus verwag maar beslis nie hoe gemaklik Riley en Chris met mekaar was gisteraand en nou weer nie. Daar is 'n definitiewe band tussen die twee en Daniel sal nie verbaas wees as die twee nie binnekort hul verhouding gaan hervat nie.

Daniel moet erken dat hy veral beïndruk was met Jakes en die manier wat hy sy eks hanteer het. Moira het duidelik nie verwag dat Jakes teen haar sou opstaan nie. Daar was ook geen teken van 'n paniekaanval nie. André het hom 'n kort rukkie gelede verseker dat Jakes na die voorval met die span se sielkundige gesels het en dat dok Matthews baie tevrede is met sy vordering. Hy het sommer nuwe hoop as hy sien hoe Jakes en Angie op die trappies sit en ginnegaap. Dit is so lekker om Jakes se lag te hoor aangesien dit iets is wat Daniel bitter lank laas gehoor het.

Hy draai weer terug om die res van die gaste te beskou. Dit lyk asof hulle die dag geniet.

Sy oog val op Grant en Melissa en hy frons skerp toe hy opmerk dat Grant Melissa aan sy ma voorstel. 'n Pyn skiet deur hom as hy sien hoe gemaklik sy vennoot en Melissa met mekaar is.

Hy het homself probeer voorberei daarop om die twee vandag, soos gisteraand, saam te sien. Hy was kwaad vir Grant maar het vinnig besef dat hy eintlik belaglik is. Grant weet nie dat die vrou van wie Daniel gepraat het Melissa is nie. Daniel kan Grant dus nie kwalik neem nie maar tog. Hy is ongelukkig en vies en kwaad, sommer alles tegelyk. Hy moes egter geweet het dat die realiteit heelwat verskil van hoe hy hom voorgestel het. Hy het dit mos al jare lank met rugby ervaar.

Hierdie is egter nie 'n spel nie.

Dit is sy lewe en sy emosies wat betrokke is. Anders as met rugby besluite, kan hy nie die situasie beheer nie. En al het hy ook hoeveel keer probeer, hy kan nie help om die twee raak te sien nie.

Vies draai hy om om weg te stap, maar hy vorder nie ver voor Damian sy pad versper nie. "Wat gaan aan? Jou gesig lyk soos 'n donderstorm."

Daniel gluur weer in Grant en Melissa se rigting wat nog steeds met sy ma gesels. Die emosies borrel weer van voor af op, met jaloesie wat die voortou neem. Daniel klem sy hande so styf vas dat sy naels in sy palms byt maar hy durf nie beheer verloor nie. Dit mag dalk baie meer gevolge inhou as hy toelaat dat sy jaloesie die oorhand kry.

Damian neem Daniel se arm en beveel, "Kom laat ons 'n stil hoekie soek dan kan jy my vertel wat jou pla."

Miskien is dit nie so 'n slegte idee om met Damian te praat nie. Sy broer het hom nog altyd net goeie advies gegee.

Daniel moes geweet het dat Damian eerder verkies om buite te gesels as binne die huis aangesien hy aanstap na die kamp waar hy die nuwe buffel-aankomelinge aanhou. Damian leun oor die heining en beskou die ma en jong kalfie wat rustig in die een hoek wy sonder om iets te sê. Daniel ken hom al. Hy sal niks sê voor Daniel nie self praat nie.

Daniel sit sy arms op die heining en laat sak sy kop op sy arms. Vir 'n ruk staan hy net so terwyl hy sy gedagtes probeer orden. Uiteindelik lig hy sy kop en snork. "Ek weet nou presies hoe het jy gevoel toe jy destyds Lynne ontmoet het en daar niks was wat jy kon doen nie."

Damian lag rustig, "Ek het gedink dis 'n vrou wat vir jou toestand verantwoordelik was. Jy het regtig nie nodig om so swaar te kry soos ek nie. As jy in so bui is beteken dit sy nie te ver is nie."

Weer eens snork Daniel, "Jy kan so sê, ja. Laaste wat ek haar gesien het, het sy met Ma gesels."

"Nou wat is die probleem?"

"Daar is soveel dat eintlik te veel is om te noem in een asem. Dis baie kompleks maar die belangrikste is dat ons nie 'n verhouding kan hê terwyl ons beide aan die Buffels verbonde is nie. Sy is onderhewig aan 'n gedragskode. Ek het probeer om 'n manier te vind maar sy stel nie belang nie. Gits, sy is dan hier saam met Grant! Vertel dit jou nie sy is nie geïnteresseerd nie?"

"Sjoe, ja. Dis nogal 'n dilemma. Grant is tog jou vriend en vennoot. Wat gaan jy doen?"

"Niks. Ek het gedoen wat ek kon. Ek moet dit nou maar net aanvaar."

Daniel trek sy asem in toe die wete hom tref. "Ja, dis al wat ek kan doen. Ek moet dit net aanvaar. Miskien sal ek een of ander tyd daaroor kom. Dankie."

Damian knik maar hy lewer nie kommentaar nie. Hulle draai terug om weer by hul gaste aan te sluit. Net toe hulle by die een hoek van die gastehuis kom, gryp Damian egter Daniel se arm. Altwee merk die paartjie op wat op die trappies sit. Die twee is egter so verlore in mekaar en in hul soen, dat hulle nie eens vir Daniel en Damian opmerk nie.

Damian sleep behoorlik vir Daniel weg. Toe hulle so 'n entjie weg is, ruk Daniel sy arm uit Damian se greep en snou hom toe, "Wat de hel was dit nou voor nodig?"

"Ek het net probeer keer dat jy iets simpel sê of aanvang," mor Damian.

"Soos wat nogal?"

"Het jy nie 'n probleem daarmee nie?" kom Damian se teen vraag half verbaas.

"Hoekom sou ek? Dis nie my saak nie en ek kan niks daaromtrent doen nie."

"Miskien moet jy dit dalk vir die ou ook sê."

Miskien was Damian reg.

D aniel kyk op toe Nathan sy naam roep. Toe Nathan Daniel se foon omhoog hou, draf hy vinnig nader sonder om eens verskoning te vra dat hy nie meer by die spel betrokke is nie. Toe hy die foon by Nathan neem en Christopher se naam sien, is Daniel bly hy het voorsorg getref en sy foon vir Nathan te gee in geval vir Christopher bel. Na sy gesprek na die perskonferensie, het Daniel 'n slegte voorgevoel gehad. Dit blyk dat hy nie verkeerd was nie.

"Chris, waar is jy? Ek het jou vroeër probeer bel."

"Ek is jammer, Daniel. Ek is by die hospitaal. Ek was te laat."

Skok spoel deur hom. Daniel weet nie wat om te sê nie. Hoe moet hy vriend nou ondersteun? Gits, dit het dan nou net gelyk asof Christopher weer geluk gevind het met sy ou skoolliefde. Toe hy egter te lank stil bly, besef Christopher seker hoe dit mag geklink het want hy stel Daniel vinnig gerus, "Nee, nee, ek's jammer. Ek bedoel ek was te laat om te keer dat Layla Riley seermaak maar Riley gaan okei wees. Sy het ses of sewe steke in haar kop waar Layla haar met 'n klip geslaan het maar sy is okei. Sy is okei ..."

Daniel blaas sy asem verlig uit maar voel tog half skuldig omdat hy vanoggend nie vir Christopher wou glo toe hy bekommerd was dat Layla Simons Riley sou leed aandoen nie. Die vrou het Christopher twee jaar gelede bekruip, en het duidelik nog nie haar streke laat staan nie.

"Jislaaik, Chris. Ek het gedink ... Ek is nou so verlig. In elk geval, het jy iets nodig? Waarmee kan ek help? Wat van Jon?"

"Ja, jammer. Is dit moontlik dat jy dalk vir my 'n skoon hemp kan bring? Myne is vol bloed en ek wil nie hê Jon moet dit sien nie. Ek het 'n skoon hemp in die kantoor. Jy kan dit by

Janey gaan haal. In elk geval, Jon is by Jenna. Ek sal hom later gaan haal sodat hy Riley kan kom sien en dan sal ek vanaand by hom bly."

"Dis geen probleem nie. Het jy enigiets anders nodig?"

Christopher se volgende versoek laat Daniel se moed sommer in sy skoene sak. "Ja, asseblief. Kan jy asseblief vir Melissa laat weet? Ek is seker sy sal wil weet en dan kan sy hul ander vriendinne laat weet. Ek het net nie die energie om als weer te verduidelik nie. En sal jy asseblief ook vir Rick laat weet?"

Daniel bly 'n rukkie stil dan mompel hy, "Moet ek? Jy weet hoe Melissa oor my voel. Ek is seker die laaste persoon met wie sy wil praat."

"Asseblief? Ek moet nog Riley se baas laat weet dat sy nie môre sal kan gaan werk nie en my foon se battery is amper pap."

Daniel besef hy het nie 'n keuse nie en stem halfhartig in, "Nou goed, ek sal dit doen. Ek sal vir jou 'n boodskap stuur sodra ek by die hospitaal kom om uit te vind waar jy is."

Daniel beëindig die oproep en loer na die veld waar al die spelers nou om die afrigters vergader het. Dis 'n duidelike teken dat die oefensessie einde se kant toe staan. Daniel verduidelik vinnig die situasie vir Nathan wat op sy beurt belowe om Tom, Rick en Mark in te lig.

Daniel draf vinnig kleedkamer toe. Na 'n vinnige stort en skoon klere, haas hy na Christopher se kantoor om die skoon hemp te kry.

Hy wik en weeg nog of hy Melissa moet bel maar besluit daarteen. Sy sal tien teen een nie die oproep beantwoord nie. Hy gaan dus nie eens probeer nie. Sy enigste opsie is om haar by die universiteit te gaan soek of by haar woonstel. Hy het belowe.

. . .

Melissa glimlag toe die jong student opstaan, sy arm 'n paar keer swaai en dan haar met 'n breë glimlag bedank, "Dankie, Melissa. Hy voel nou so reg soos 'n roer."

Die jong man gee haar nie eens kans om te antwoord nie want met 'n vaart vlie hy om die hoek, haastig om weer by die oefening aan te sluit.

Haar oë rek toe 'n ander imposante figuur in die deuropening verskyn waardeur die jong man so pas verdwyn het. Haar glimlag verdwyn sommer. "Wat maak jy hier?"

Hy antwoord haar nie tot hy voor haar stop nie. "Ek is slegs hier om 'n boodskap oor te dra. Ek is baie seker dat as jy gesien het dit is ek, jy nie my oproep sou beantwoord het nie."

"Jy is nie verkeerd nie."

"Ek kan jou verseker dit is nie my idee nie."

Melissa is skoon onkant gevang deur sy openlike vyandigheid maar sy moes dit seker te wagte gewees het. Sy weet mos nou al dat Daniel Cooper sy mes vir haar in het maar dit is egter die eerste keer dat hy so kortaf met haar praat. Sy kan egter nie toelaat dat hy sien hoe dit haar affekteer nie. Sy vou haar arms oor haar bors en lig haar wenkbrou, "Nou, wat is dit?"

Sy stem klink skielik nie so stroef toe hy om verskoning vra, "Ek is jammer, maar ek het slegte nuus. Christopher het my gevra om jou te laat weet dat Riley in die hospitaal is."

Melissa se bene voel skielik lam. "Wat het gebeur? Is dit ernstig? Is sy ...?

Melissa kan nie eens die woorde uitspreek nie want skielik tref die skok haar. Die volgende waarvan sy bewus is, is Daniel se arms wat styf om haar span en dat haar kop teen sy bors lê. Sy een hand streel oor haar hare en sy stem klink sag, byna teer, toe hy teen haar hare fluister, "Dis als reg. Sy gaan okei wees. Dis als reg."

Vir 'n oomblik veroorloof Melissa haar die beskermde

gevoel van sy omhelsing maar dan besef sy weer wie dit is. Sy trek haar asem in en stoot teen sy bors. Sy hande val weg en hy tree terug toe Melissa haar vraag van vroeër herhaal, "Wat het gebeur?"

"Dit is 'n lang storie maar dit kom kortliks daarop neer dat daar 'n vrou was wat Christopher so twee jaar gelede bekruip het. Hy het toe 'n beskermingsbevel teen haar gekry en vir twee jaar het sy van die toneel af verdwyn. Sy moes vir Christopher en Riley saam gesien het, want sy het Riley van die stadion af gevolg vandag toe sy vanoggend prokureur toe is. Toe Riley uit die prokureur se kantoor kom het sy Riley met 'n baksteen teen die kop geslaan. Christopher is nou by Riley. Sy het ligte harsingskudding en moes 'n paar steke kry. Hulle gaan haar oornag hou."

Met sy hele relaas het Daniel haar nie een keer in die oë gekyk nie. Hy het nog verder terug getree asof daardie paar teer oomblikke nie bestaan nie.

Die oomblik toe hy klaar gepraat het, draai hy om en stap deur toe. Hy stop egter daar en draai weer na Melissa. "Ek is op pad na die Katolieke Hospitaal waar Riley opgeneem is om vir Christopher 'n skoon hemp te vat. Ek sal vir jou 'n boodskap stuur sodra ek weet in watter kamer Riley is. Doen asseblief die moeite om dit te lees."

Met daardie laaste kortaf boodskap draai hy om en verdwyn.

Melissa blaas haar asem uit en sak sommer net daar op die grond neer. Sy weet nie wat haar die ergste tref nie. Die skok van die aanval op Riley of Daniel se omhelsing?

Sy het 'n vae spesmaas dis die tweede een is.

18

Notaboek nommer vyf volg dieselfde paadjie as die ander vier voor hom wat Daniel al tot barstens toe vol geskryf het met motiverende notas. Hy moet homself gereeld herinner aan sy take en dis die enigste manier wat Daniel dit kan regkry.

Vyf notaboeke en dis nou maar eers die derde amptelike wedstryd in die seisoen. Soos hy nou aangaan sal hy dalk daaraan moet dink om by Makro 'n groot voorraad te gaan aankoop.

Dit lyk darem of drie van Daniel se grootste probleme opgelos is.

Die 'krampe' waaroor Mark met Christopher gespot het, is nou permanent op Christopher se gesig te bespeur.

Sarah het Richie vergewe en is terug by die Buffels om Richie se opleiding voort te sit en volgens Christopher het Richie se onderhoude baie verbeter.

En dan is daar Jakes. Dis nie meer snaaks om Jakes en Angie saam te sien nie. Jakes het selfs 'n verrassingspartytjie vir Angie en Jesse gereël vir na die wedstryd teen die Franse klubspan,

Pays de la Loire. Dit is die tweeling se vyf-en-twintigste verjaarsdag vandag en Daniel is dus nie verbaas dat die feesvieringe langer aanhou daardie aand as gewoonlik nie. Hy is ook nie eens verbaas dat Jakes Angie oop en bloot soen toe hulle by die restaurant aankom nie. Hierdie keer gaan hy egter niks sê nie.

Dis al laat die aand wat Daniel gemakliker skuif, sy kop teen die stoel se leuning laat sak en sy oë toemaak. Hy haal diep asem en blaas dit uit terwyl die geselskap oor hom laat vloei. Hy is so seer en styf dat hy skaars kan beweeg. Die ysbad en massering het vroeër verligting gebring, maar noudat hy 'n ruk lank stil gesit het, weet hy sommer dat hy môreoggend maar gaan sukkel om uit die bed te klim.

Christopher se lag onderbreek sy gedagtegang, enkele sekondes voor hy van iets anders bewus word. Hy hoef nie eens sy oë oop te maak om te weet dat Melissa naby is nie, want haar sagte parfuum vul sy neusgate.

Daar is lankal nie meer 'n orde wat die sitplekke aanbetref nie. Elkeen trek sommer 'n stoel nader en die tafels is ook rond en bont geskuif soos almal van groep tot groep beweeg. Melissa moes by Christopher aangesluit het, want hy hoor hoe sy Christopher terg.

Daniel is nie eens skaam dat hy openlik hul gesprek afluister nie. Hy sukkel om sy glimlag te onderdruk toe hy besef waaroor hulle praat. Nou wie sou dit nou kon dink? Die vrou wat hom sulke vuil kyke gee, is eintlik 'n geheime romantikus. Maar eintlik het hy dit al vermoed. Hy het mos haar uitdrukking gesien daardie aand toe Angie in Suid-Afrika aangekom het. En wat van toe sy Riley bygestaan het?

Hy is dus nie verbaas dat sy en Christopher 'n plan beraam hoe Christopher Riley die hof kan maak nie.

Melissa Roux het 'n klein hartjie maar sy steek dit goed weg. Of miskien steek sy dit net van hom af weg.

Daniel se hart klop skielik vinniger. Dis nie 'miskien' net hy nie. Dit *is* net hy.

Daniel is nie dom nie. Melissa het hom nog elke keer terug gesoen. Hy het mos gesien dat dit haar net so geaffekteer het as vir hom. Sy staan dus nie onverskillig teenoor hom nie. Ja, hy verstaan dat sy versigtig is en besorg is oor haar werk, maar hy sal niks doen om haar werk in gevaar te stel nie.

Miskien moet hy nog een keer probeer om haar te oortuig om hom 'n kans te gee. Hy moet om verskoning vra omdat hy so chauvinisties was as wat sy hom beskuldig het. Hy kan dan ook verduidelik wat sy plan was voor sy hom weg gestuur het.

Daardie plannetjies wat sy met Christopher smee, klink al hoe meer aanloklik. Miskien is dit nie so 'n slegte idee om af te luister nie. Hoe anders sou hy nou onthou het dat dit Maandag Valentynsdag is?

Hy gaan nog een keer probeer. Al moet hy nou ook 'n outydse liefdesbrief skryf en sy gevoelens verklaar, dan sal hy dit doen.

Daniel maak sy oë oop en soek in die vertrek tot hy die regte persoon kry. As daar iemand is wat sal kan help, is dit sy.

Melissa is Maandagoggend vroeg reeds by die stadion vir hul weeklikse vergadering. Sy is alleen in die kantoor toe daar 'n klop aan die deur is. Hanko Grobler, een van die studente spelers, loer om die deur en vra huiwer, "Melissa?"

"Ja, Hanko? Wat is dit? Het jy 'n probleem?"

Eers toe Hanko instap, sien Melissa die groot bos blou-pers blommetjies in sy een hand en 'n koevert in die ander vasgeklem.

O nee, toggie. Het die kind 'n ogie op haar? Melissa hoop nie so nie. Sy het nog nie baie met die jong student gewerk nie, maar sy hanteer hom net soos die ander.

Hanko moes egter Melissa se skeptiese uitdrukking gesien het, want hy verduidelik gou, sy gesig bloedrooi, "Dis nie van my nie, Melissa. Ek lewer dit net af."

"Van wie af is dit dan?"

"Jy moet die kaart ... die brief lees," antwoord hy en hou dit na haar uit. Melissa wil dit nie vat nie. Wat as dit Roan is? Sy skud haar kop vinnig, "Vertel my wie dit is."

Die jong man bloos sommer weer van voor af en mompel, "Dis *Cappie*," en druk die bos blomme in Melissa se hand voor sy nog kan keer.

Melissa het al vinnig geleer dat slegs Daniel *Cappie* genoem word. Pierre Basson, die Braves se kaptein word kaptein of 'captain' genoem en so ook die studentespan se kaptein.

Haar eerste instink is om haar kop in die blomme te druk en dit nie laat gaan nie maar gelukkig doen sy dit nie. Sy kan nie dat enigiemand sien dat sy blomme van Daniel Cooper of enige ander speler ontvang nie. Dit is wat sy drie weke gelede vir Daniel probeer verduidelik het en hierdie is presies die tipe situasie wat sy probeer vermy het.

Mense is mos nie dom nie. As Daniel vir haar blomme stuur op Valentynsdag, gaan almal mos weet wat die boodskap daar agter is, dan nie? Al wil sy bitter graag sy geskenk hou en die boodskap lees, kan sy dit nie waag nie.

Haar hart pleit nog by haar om dit te neem, maar Melissa kan dit nie waag nie. Sy sluk die onverwagse emosies af en beveel Hanko, "Gee vir my maar wag voor jy loop."

Met die koevert en blomme in haar hand draai sy haar rug na Hanko. Haar hande bewe toe sy 'n pen uit die pennehouer op haar lessenaar trek en op die koevert skryf, "Jy weet wat jy hiermee kan doen."

Voor sy omdraai, trek Melissa twee van die stingels uit die bos en sit dit op haar tafel. Sy draai terug na Hanko en hou die koevert en blomme na Hanko uit met die opdrag, "Ek kan dit

nie aanvaar nie. Ek weet jy is net die boodskapper maar kan jy
asseblief dit terug gee aan die persoon wat dit gestuur het?"

"Melissa?"

"Jy het reg gehoor."

Die jong man is nou nog meer huiwerig om die opdrag uit
te voer maar toe Melissa nie bes gee nie, neem hy tog dit by haar.
Melissa pleit stilweg dat hy net moet loop voor sy ingee en tog
die blomme neem. Toe hy wegstap, stap sy om haar lessenaar toe
haar bene haar nie meer wil hou nie. Toe sy gaan sit, trek sy die
twee stingeltjies koringblommetjies nader en druk dit teen haar
neus. Melissa maak haar oë toe en sien dus nie dat Hanko by die
deur weer hoopvol omgedraai het en die gebaar gesien het nie.

D aniel kyk op toe die jong student vir wie hy gevra het om
die blomme af te lewer, om die hoek loer. Toe hy hom
nader wink, merk hy die student se senuweeagtige uitdrukking
op en dan die koevert en blomme in sy hand.

"Kon jy haar nie kry nie?"

Die student skud sy kop. Hy lyk duidelik ongemaklik toe hy
die koevert aan Daniel oorhandig.

Daniel frons maar toe sien hy die boodskap wat Melissa
daarop geskryf het. "Jy weet wat jy daarmee kan doen." Jip, sy
het nie nodig om dit uit te spel nie. Haar boodskap is duidelik.
Emosies spoel deur hom. Woede. Verleentheid. Teleurstelling.
Hulle is almal daar en hy sal hulle moet verwerk, maar nou weet
hy waar hy met Melissa staan. Sy het nie eens die moeite gedoen
om die brief te lees waarin hy soos 'n dwaas sy gevoelens
uitgespel het nie.

'n Dwaas. Dis presies wat hy is.

Sonder om na Hanko te kyk, gooi hy die koevert in sy
sluitkas en klap die deur toe. Hy gaan dit net daar los. Dit sal die
res van die seisoen hom daaraan herinner dat hy op sy rugby en

loopbaan moet fokus. "Jy kan met die blomme maak wat jy wil."

Melissa het besluit. Hy het alles gedoen wat hy kon.

Hy pluk sy sweetpak broek uit, en trek sy stewels aan. Dit maak nie saak of hy eerste op die veld gaan wees nie. Hy weet nou wat om dit te doen.

Toe Daniel omdraai sien hy egter die jong student nog by die deur huiwer en hy frons. Voor hy egter iets kan sê, waag Hanko, "*Cappie*, ek wil net sê ... Melissa het dalk die bos blomme terug gestuur, maar sy het twee blommetjies gehou."

Met dié swaai Hanko om en is weg voor Daniel behoorlik die nuus verwerk het.

Wat beteken dit?

M elissa weet sy is 'n sterker persoon as wat sy ooit gedink het. En sy is nog gaaf ook.

Hoekom anders sou sy week na week deur dieselfde foltering gaan? Sy sosialiseer met haar vriende maar die hele tyd is dit asof sy op hete kole is. En sy weet op wie sy dit kan blameer.

Sy kan nou maar ophou voorgee dat sy nie van Daniel Cooper hou nie.

Gits, hou van is dit nogal sagkens gestel. Melissa besef dit weer eens toe sy hom Saterdagoggend by die dieretuin opmerk. Dit is nie eens meer snaaks nie. Al probeer sy hom ook hoe ignoreer, is sy so bewus van hom dat sy presies weet wat hy doen en wat hy sê. En al is sy nog hoe kwaad vir hom, kan Melissa nie meer wat hy gedoen het met die man wat sy oor die weke leer ken het, vereenselwig nie. Hoe is dit moontlik?

Daardie skooldogter-verliefdheid van haar hoërskooldae kan nie vergelyk word met die gevoelens wat hy nou in haar wakker maak nie. Die ergste is dat haar verbeelding destyds oortyd gewerk het. Nou is dit erger want sy hoef haar nie meer te verbeel hoe dit sou voel as hy haar soen nie. Sy weet hoe dit voel en nou, weke na daardie laaste soen, kan sy nog elke detail oproep. Die warmte en intensiteit in sy oë. Die heesheid van sy stem. Die sagte streling van sy hande.

Kyk nou net daar. Wie kan nou nie daardie uitsig bewonder nie?

Daniel sit op sy hurke en praat met 'n klein seuntjie in 'n rolstoel. Melissa is seker dat as sy die geleentheid gehad het, sy net soos daardie seuntjie gelyk het. Sy sou in bewondering na hom gestaar het en behoorlik aan sy lippe gehang het. En as hy vir haar sou glimlag soos hy nou vir daardie seuntjie glimlag? Poele en poele kwyl.

Ag gits. Hy hoef nie eens te glimlag nie. Hy hoef net daar te staan en al sy majestueuse manlikheid en sy kwyl al klaar.

Daniel staan op, wuif vir die seuntjie en sy ouers voor hy omdraai. Hy strek sy arms en buk dan vooroor om sy bene te strek. Melissa het nogal 'n goeie uitsig aangesien hy net 'n tenktop en kortbroek dra. Die spiere speel onder sy vel.

Hy staan regop en wissel 'n paar woorde met Mark. Toe Mark wegstap, hou Daniel hom met 'n ondeunde glimlag dop. Ai, haar hart gaan sommer op galop en daardie glimlag is nie eens vir haar nie!

'n Stamp aan haar arm en die stem wat in haar oor fluister, maak dat Melissa bloedrooi bloos, "Kom aan, Snip. Jy kan maar ophou kwyl. Het jy dit nog nie ontgroei nie?"

Melissa pomp haar elmboog in Grant se sy en sis, "Ek kwyl nie. Moenie laf wees nie."

"Jy kan dit maar erken. Jy kwyl. Maar ons kan later stry of jy nog steeds soos 'n bakvissie verlief is op my vennoot."

Melissa staar geskok na hom, "Jou vennoot?"

Grant glimlag breed, "Ja, Daniel Cooper. En Mark ook maar ek praat van Daniel."

"Ek het nie geweet nie. Wel, ek het geweet jy het vennote maar ek het nie geweet dis Daniel ... Maar dit maak nie saak nie. Ek is nie verlief op hom nie. Hy is dan die een wat ..."

"Veroorsaak het dat jy na die studente oorgeplaas word," maak Grant haar sin klaar. "Ek weet."

"Hoe het jy geweet dis hy? En niks gesê nie?" beskuldig Melissa.

"Dit maak nie saak hoe nie. Dis iets wat jy en Daniel tussen julle self moet opklaar. Dit het niks met my te doen nie."

Melissa frons, maar voor sy verder kan argumenteer, beveel Grant, "En as jy nou klaar gekwyl het, kan ons gaan ontbyt eet. Ek is dood van die honger."

Melissa snork maar sy antwoord nie. Sy is ook honger en as sy nog langer gaan draal, gaan Grant haar dalk net hier los. Sy wil eerder nie daardie kans vat nie. Sy lig haar ken en swaai om, wat maak dat Grant haar uitlag. Sy kyk nie eens na hom toe sy wegstorm na die uitgang nie.

Die uitnodiging na die Pannekoekplek was 'n algemene een. Melissa het egter nie besef dat Nicholas Carter die hele plek bespreek het nie. Toe sy en Grant daar aankom, is die plek vol van Buffels spelers, personeel en 'n paar ondersteuners. En natuurlik sal Melissa en Grant aan dieselfde tafel sit as Daniel Cooper en hul ander vriende. Noudat sy weet dat Grant Daniel se en Mark se vennoot is, verstaan sy hoekom Grant gereeld by hulle aansluit. Sy het dus twee ure of so wat sy nog in Daniel se geselskap moet deurbring. Sy hoop net sy gaan dit maak en nie toegee en haar aan hom verkyk nie.

Haar hart sak sommer in haar skoene toe die uitnodiging haar bereik – 'n uitnodiging na 'n braaivleis by Daniel se huis. Melissa twyfel egter of Daniel haar sou insluit en antwoord eerder nie en maak haar so klein as moontlik agter Grant waar hulle op die punt van die tafel sit.

Sy het egter nie rekening gehou met Chloe nie. Die klein

terriër vind haar agter Grant en vra, "Sal jy 'n mengelslaai maak, Melissa?"

Melissa gluur sommer na haar omdat sy haar so onkant vang maar mompel dan, "Ek kan nie gaan nie."

"Hoekom nie?" vra Chloe en Grant gelyk. "Jy het dan nog vanoggend voor ons gestap het gesê jy het nie planne nie en ons moet iets doen want jy wil nie by die huis sit nie," argumenteer Chloe verder.

"Is jy 'n bangbroek, snip?" fluister Grant.

"Ek is nie!"

"Jy is. Bang om die leeu in sy kuil te ontmoet," lag Grant.

"Ek is nie 'n bangbroek nie!" sis Melissa. "En hy is nie 'n leeu nie. Miskien 'n slang," en pomp hom vererg in die ribbes.

Dekselse broers. Al is hulle nie eens jou regte broer nie, is hulle nog steeds 'n pyn.

"As jy nie bang is nie, dan sal jy gaan," dring Grant aan.

"Kom asseblief, Melissa," sluit Jaylin by Grant en Chloe se pleidooie aan. Melissa wil nog steeds weier maar dan vang sy Riley se pleitende blik. Riley sit styf teen Christopher. Aangesien almal na Melissa kyk, sien niemand anders Riley se klein gebaar toe sy haar linkerhand wys en haar palm omdraai in Melissa se rigting. Dit was so klein gebaar maar Melissa besef dadelik wat dit beteken. Sy vergeet skoon om te stry toe dit tot haar deurdring dat as daar 'n ring aan Riley se linkerhand is, dit bes moontlik net 'n verloofring kan wees. Haar oë rek toe Riley duidelik "Asseblief?" vra. Hoe kan sy dan nou weier?

Met 'n oordrewe sug gee sy in, "Nou goed. Hou net op karring."

Heel tevrede glimlag Chloe breed, "Dis wonderlik. Ons kan die slaai sommer by Daniel se huis maak. As jy wil kan jy my net jou bydrae gee dan sal ek die inkopies gaan doen."

Melissa hoop niemand kan sien hoe verlig sy is oor Chloe se voorstel nie. Sy was al klaar bekommerd oor hoeveel en wat sy moet koop. As Chloe die inkopies doen gaan sy dit nie kan opmors nie. Sy ken haarself mos.

"Daniel?"

Daniel draai om na Christopher. Sy vriend lyk nogal ernstig en Daniel se moed sak in sy skoene. Hy hoop nie daar is weer probleme nie.

"Wat is dit, Chris?"

"Ek wil jou 'n guns vra. Wel, twee gunste, eintlik," begin Christopher, nou meer verleë as ernstig.

"Vra maar. As ek kan help doen ek dit met graagte, jy weet mos."

"Ek weet dis jou reëling hierdie maar sal jy omgee as ek en Riley ons verlowing vanaand bekend maak?"

Daniel se mond val behoorlik oop. Gits, hy het dit geweet. As een van sy vriende gaan swik voor die versoeking, gaan die res soos dominoes val. Jakes en Angie is die naweek in Kaapstad. Daniel weet nie wat om met daardie verwikkeling te maak nie, maar hy gaan nie inmeng nie. Hy het genoeg van sy eie probleme.

Hy het egter nie hierdie verwikkeling so gou verwag nie. Hy wil egter seker maak dat Christopher nie oorhaastig optree nie en vra, "Het julle dinge uitgesorteer? Weet julle wat verkeerd geloop het?"

Christopher knik, "Ons het. Dis 'n lang storie maar dit kom daarop neer dat Riley se pa agter alles sit." Hy vertel kortliks wat gebeur het en hoe hy en Riley vrede gemaak het voor hy eindig, "Daar was nog altyd net een vrou vir my en dis Riley en sy voel dieselfde. Ons het eintlik gisteraand verloof geraak maar wil dit so gou as moontlik aankondig. Ons wil ook so gou as moontlik trou."

"Is jy seker hiervan?"

"Ek was nog nooit so seker van iets in my lewe nie, Daniel. As ek kon sou ek sewe jaar gelede al met haar getrou het. Riley en Jon is my alles."

"Dan moet ek seker geluk sê, of hoe?" glimlag Daniel. "En ons kan die aankondiging doen net voor ons eet as dit reg is met julle? Maar wat is die ander guns?"

"Wanneer ons trou, sal jy my getuie wees?"

"Sjoe, dis vinnig maar ja, dit sal vir my 'n eer wees."

Toe Christopher wegstap en by Riley aansluit, moet Daniel erken dat hy sy vriend beny. Hy sou wat wou gee om dieselfde te kon doen.

Gits, hy bly maar die grootste dwaas wat hy ken. Hy het mos geweet Melissa gaan ook hier wees vanaand. Hy het ook geweet sy gaan saam met Grant kom, maar tog het Daniel meer moeite gedoen om alles perfek te kry vir vanaand. Gewoonlik as dit net hulle vriende is, is daar geen fieterjasies nie, maar hy het Jaylin gevra om seker te maak die tafels is netjies gedek met bypassende servette en blomme ook! Hoekom? Net omdat hy Melissa wou beïndruk.

Mark en Jaylin moenie dink hy het nie gesien hoe geamuseerd hulle was nie. Hulle moes telkens hulle lag onderdruk as Daniel alles so eksie-perfeksie wou hê. Hulle het ook presies geweet hoekom.

Het dit gewerk? Daniel dink so maar nou is hy nie meer so seker nie. Melissa het bewonderend rondgekyk maar miskien was dit net sy verbeelding. Die hele aand het sy nog nie eens in sy rigting gekyk nie.

Hy sug en laat sak sy kop sodat hy nie kan sien hoe Melissa lag en gesels met hul ander vriende nie. Daniel kan egter nie help om vies te wees vir sy vriend omdat hy weer vir Melissa vergesel het nie.

Hy kyk eers op toe 'n hand swaar op sy skouer neersak maar toe hy sien wie dit is, gluur hy na Grant. Dit lyk behoorlik asof Grant genot put daaruit om met Melissa voor hom te pronk.

"Wat is fout?"

"Jy vra nog!" bits Daniel terug. "Gits, Grant, ek dog ons is vriende! Vennote! En nou ..."

"Waarvan praat jy?"

Grant probeer duidelik sy lag onderdruk wat Daniel net nog meer vies maak en hy gryp hom sommer voor die bors, "Ek het jou vertel hoe ek voel oor Melissa en nou ..."

"Praat jy van Snip?"

"Snip?"

Grant lag nou openlik, "Ja, Snip. Melissa. Pierre se suster en ons bure vandat ek kan onthou?"

Daniel staar verdwaas na hom. Gits, hoe kon hy vergeet het dat Grant en Pierre boesemvriende is? Met Pierre wat so lank al weg is, het dit hom ontgaan maar die twee het tydens hul universiteitsjare gereeld staaltjies opgehaal van hul jeug.

Sy verligting is egter van korter duur. Dit maak nie saak of hulle saam groot geword het nie, dinge kon verander het. Grant kon dalk besef het dat sy gevoelens vir Melissa verander het noudat sy 'n pragtige volwasse vrou is. Dit het al vantevore gebeur.

Daniel sweer al sy gedagtes is op sy gesig geskryf aangesien Grant hom gerus stel, "Melissa is soos 'n jonger suster vir my en dit sal nie verander nie. Ons is goeie vriende en as haar vriend ondersteun ek haar net soos vir jou."

Daniel weet nie wat om te sê nie. Grant gaan rustig voort, "Nie dat jy ooit Melissa se naam genoem het nie maar ek het albei kante van die storie gehoor. Hoekom wend jy nie weer 'n poging aan om met haar te praat nie? Miskien kan julle die misverstand – en volgens my is dit net 'n misverstand – uit die weg ruim."

Daniel skud sy kop, "Ek het al hoeveel keer probeer. Sy

weier om met my te praat. Ek het selfs sover gegaan om vir haar blomme te stuur op Valentynsdag maar sy het nie eens die moeite gedoen om my boodskap te lees nie en het sommer die blomme terug gestuur."

Grant skud sy kop maar gelukkig karring hy nie verder nie en los Daniel alleen met sy deurmekaar gedagtes.

19

Daniel gaan staan botstil in die deuropening. Hy het gedink al die vrouens kuier buite op die patio en dat dit veilig is om nou kombuis toe te kom om die speserye te kom kry maar hier is sy nou, op haar eie.

Hy het dit nogal goed reg gekry om haar te vermy maar dan is dit seker nie moeilik nie aangesien sy dieselfde gedoen het.

Sonder dat hy eens bewus is, leun hy met sy skouer teen die deurkosyn en hou haar dop. Hy weet sommer klaar dat hy hierdie beeld nie maklik uit sy kop gaan kry nie. Hy sien swarigheid lê vir hom voor want hy weet sommer sy gaan nou gereeld opduik in sy drome en fantasieë, net soos sy nou lyk.

Sy hou van rooi. Die besef tref hom skielik en hy bêre dit in sy geheuekas saam met al die ander feite wat hy al oor haar geleer het. Vanaand dra sy 'n kort, rooi sonrok sodat Daniel genoeg geleentheid gee om haar lang, sonbruin bene te bewonder. Sy blik gly telkens oor haar: van die lang, goudblonde hare wat vanaand oor haar skouers tuimel, oor die bruingebrande skouers en dan oor die lang bruin bene tot by haar kaal voete met die knalrooi toonnaels en dan weer terug tot by haar gesig.

Hy kry dit nog reg om sy glimlag te onderdruk toe haar kop ritmies saam met die musiek beweeg wat in die agtergrond speel, en dan begin haar lyf ook die ritme volg. Toe sy egter die laaste paar note, bietjie vals as hy moet oordeel, lustig saamsing, kan Daniel dit nie help nie en hy lag sommer hardop.

Melissa se kop ruk op. 'n Blos sprei oor haar wange toe haar oë Daniel s'n ontmoet. Vir 'n oomblik voel dit asof tyd tussen hulle stilstaan terwyl hulle na mekaar staar maar dan kyk sy verskrik af en mompel, "O, deksels."

Sy laat val sommer die komkommer en die mes in haar hand op die toonbank en gryp haar ander hand vas.

Daniel sou nog gelag het vir haar konsternasie maar toe sien hy die bloed. Hy swets onderlangs terwyl hy hom na haar haas.

Hy dink nie eens twee keer nie en gryp haar hand. Hy sleep haar summier na die wasbak en druk haar hand onder die kraan sodat hy die skade kan sien. Melissa probeer haar hand uit syne trek maar Daniel los nie. Hy hou dit eerder stewiger vas en buk af.

Melissa mompel, "Daniel, los dit. Dis net 'n skrapie."

Sy is reg. Hy verminder die druk maar hy los nie haar hand nie. Hy gryp 'n skoon vadoek uit die laai en druk dit op die wond.

En toe maak hy die fout om na haar te kyk.

Miskien was dit adrenalien wat sy sinne verdoof het. Hy besef eers toe hoe naby hulle aan mekaar staan. So naby dat Daniel die donkerblou sirkel rondom haar irisse duidelik kan sien. So naby dat hy die ligte bewing van haar neusvleuels kan waarneem. So naby dat hy net sy kop effens hoef te beweeg voor sy mond hare opeis.

Dis glad nie soos die vorige soen nie. Daardie een was baie meer passievol as nou.

Hierdie een is sag. Teer. Byna liefdevol as hy moet oordeel. Dit was die tipe soen wat sy hart laat saamtrek en sy siel aanraak.

En 'n soen wat nooit moes gebeur het nie. Al wat dit nou veroorsaak is om die wonde wat deur haar verwerping veroorsaak is oop te vlek nog voor dit 'n behoorlike roof gevorm het.

Toe daardie besef tot hom deurdring kry Daniel dit reg om sy mond van hare weg te trek. Hy tree sommer terug sodat hy afstand tussen hulle kan kry.

Dit neem hom etlike sekondes om sy brein tot orde te roep sodat hy iets anders doen.

Die wyse, rasionele ding en nie dit wat sy hart en liggaam smeek om hom te doen nie.

Hy trek sy asem in en maak die laai oop waar hy sy noodhulpkassie hou. Hy haal soos 'n outomaat pleisters uit en sit dit voor haar neer.

Sonder om weer na haar te kyk, gryp hy die speserye en vlug uit die kombuis uit.

Dis egter later, net voor hulle begin opskep, dat Daniel uitvind dat sy pogings om Melissa te vermy, hom nie veel gaan help die volgende week nie. Toe hy ingestem het om Christopher se getuie te wees, het hy nie geweet dat Riley vir Melissa gevra het om dieselfde te doen nie.

Melissa het net soos hy op die nuus gereageer maar dit is tog vreemd. Toe Christopher aankondig dat hulle sommer by Binnelandse Sake gaan trou, kyk hy na Melissa en sy na hom en sonder om daaroor te praat, skud hul beide hul koppe. Hulle kan nie toelaat dat hul vriende dit doen nie. Matthew bevestig Daniel en Melissa se gedagtes toe hy teleurgesteld vra, "Gaan julle nie eens behoorlik trou nie?"

Daniel lig sy wenkbrou en Melissa skud weer haar kop. Dit is Daniel se teken. Hy het nie 'n keuse nie.

· · ·

Melissa moes nee gesê het toe sy uitgevind het Daniel is die ander getuie maar sy kon dit net nie aan Christopher en Riley doen nie. Die twee straal behoorlik. Veral nie na hulle die storie van die ring vertel het nie. Melissa het soos die meeste ander vrouens ook die trane weggepink.

Dit is egter vreemd dat sy en Daniel oor iets kon saamstem. En dit sonder dat hulle eens daaroor gepraat het.

Matthew se vraag het dit bevestig wat albei gedink het. Daniel se vraende wenkbrou maak dat Melissa haar kop skud. Hulle kan dit nie toelaat nie. Miskien is dit nog die effek van daardie soen of dalk is dit bloedverlies dat maak dat sy nie so vinnig reageer nie. Of dalk is dit die kyk in Daniel se oë toe hy sy kop ook skud en met sy oë nog op Melissa gevestig, aankondig, "As jul getuies kan ons kan nie toelaat dat julle by Binnelandse Sake trou nie. Julle moet behoorlik trou."

"Maar ...," probeer Christopher en Riley nog stry maar Daniel skud sy kop. Eers dan breek hy oogkontak met Melissa om na Riley en Christopher te kyk voor hy ferm sê, "Los dit aan ons oor."

Hy gee 'n skril fluit wat die dowes kan laat ontwaak maar tog het dit die gewenste uitwerking. 'n Stilte sak oor die veranda neer as almal na hom draai.

Melissa verstaan eindelik waarom Daniel so 'n goeie kaptein is en hoekom die spelers soveel bewondering vir hom het. Hy het 'n skerp sin vir humor maar is ook 'n man wat verantwoordelikheid en leiding kan neem. "Soos ek reeds gesê het, as jul vriende kan ons nie toesien dat julle by Binnelandse Sake trou nie. Julle het jare vir hierdie geleentheid gewag. Enige mens kan sien dat jul gevoelens vir mekaar nog so sterk is soos ek vermoed dit jare gelede was. Dit beteken dat julle gevoelens nie sommer weer gaan verander nie en dus voorspel ek dat hierdie julle enigste troue gaan wees. As julle ons sal toelaat, gee ons die kans om vir julle 'n troue te reël soos julle sou wou gehad het as julle meer tyd gehad het. Is ek reg, Melissa?"

Melissa knik want sy stem tog saam met hom. Vir eens.

Melissa besef skielik dat haar pligte nou so effens anders gaan wees as om net as getuie te teken. Sy is nou blykbaar die strooimeisie. Aangesien dit die eerste keer is wat sy daardie posisie gaan beklee, het sy geen idee wat om te verwag nie. Moet sy nou alles reël? Saam met Daniel?

Benoud kyk sy rond maar Daniel het blykbaar meer ervaring as sy en weet wat om te doen. En hy ken mense. Hulle sê mos dit help en dit blyk dat daardie 'hulle' nie verkeerd is nie.

'n Uur later het hulle 'n troue gereël. Of Melissa moet eerder sê Rachel, Chloe en Daniel het troue gereël. Al wat sy bygedra het is om haar kop te knik, mooi te glimlag en haar ma se dienste aan te bied het om die troukoek te bak.

Rachel het toestemming gekry van Nicholas Carter om die onthaal en seremonie in twee van die konferensielokale by die stadion te hou. Chloe is in beheer van kos, Rachel die dekor en Mark die drank. Daniel se ouer broer is 'n huweliksbevestiger en hy sal die takie verrig. Richie gaan die foto's neem. Nathan Sinclair se verloofde is 'n modeontwerper en sal sommer die volgende dag 'n besending rokke stuur waaruit Riley en Melissa kan kies. Hannah se suster is 'n bloemiste en sy sal die blomme verskaf. Rick is die seremoniemeester en Matthew en Mark sal die gaste ontvang en die plekaanwysing doen.

Al waarna Melissa nie uitsien nie is dat hulle die volgende dag Nyathi toe gaan saam met Riley, Christopher en Mark sodat hulle die finale reëlings met Damian Cooper kan tref. Gelukkig is Riley en Jaylin daar en hoef sy seker nie te veel met Daniel te doen te hê nie.

En sy kan ook slim wees. Chloe gaan maar net haar bondgenoot moet wees en as daar enigsins 'n kans is dat sy en Daniel iets moet bespreek, gaan Chloe maar net moet saamgaan. Dan, al wat sy hoef te doen is om 'n pamperlang sessie te reël vir haar en Riley en Riley help aantrek. Dit behoort seker nie te moeilik te wees nie, of hoe?

D aniel wag vir Melissa om by hom aan te sluit sodat hulle saam met die bruidspaar die register kan teken. Dinge het beter gegaan as wat hy verwag het.

Dit was nogal vreemd. Hulle het dit nie een keer bespreek nie, maar op daardie oomblik toe hulle besef het dat Riley en Christopher sommer by Binnelandse Sake wil trou, het hulle dadelik saamgestem dat hulle dit nie kon toelaat nie. En dis asof hulle sommer ook 'n vredesooreenkoms gesluit het want hulle het nie eens een keer baklei nie. Miskien is dit ook maar net omdat elke keer wat hulle die reëlings moes bespreek, hul ander vriende ook by hulle aangesluit het. Miskien was hulle bang dat Melissa hom sou iets aandoen want Daniel twyfel nie dat al sy vriende daardie vuil kyke gesien het nie.

Die week was besig maar gelukkig is die einde in sig. Daniel is eintlik verlig daaroor, veral na die laaste week. Om so nou saam met haar te werk en baie tyd saam met haar deur te bring het ekstra spanning veroorsaak. Hy het dit beslis nie nou nog nodig nie.

Hierdie week het ook tot gevolg gehad dat Daniel 'n ander sy van Melissa leer ken het. Dit het net weer vir Daniel gewys dat as hy die kans gehad het, Melissa die een vrou sou wees wat sal maak dat hy sy enkelloper-status prys sal gee.

Teen Donderdag het hy haar gesigsuitdrukkings so geken dat hy geweet het wanneer sy gespanne of ontsteld of gelukkig was. Hy het al gewag vir daardie oomblikke wanneer sy uit haar maag uit gelag het. En sy het dit eintlik nogal gereeld gedoen, al was dit nie oor iets wat hy gesê of gedoen het nie.

Vandag het hy ook 'n ander sy van haar gesien. Sy was

duidelik besorg en beskermd teenoor Riley wanneer sy haar vriendin gekalmeer het en gerus gestel het. Sy het soos 'n gesoute strooimeisie opgetree. Ja, Daniel het gehoor toe sy teenoor Rachel erken het dat sy geen idee het van wat haar pligte behels nie. Dit het egter nie so gelyk nie.

Daar is egter nog een van sy pligte wat soos 'n berg voor hom lê. Daniel weet nie hoe hy sy strooijonker pligte gaan nakom deur met die strooimeisie te dans sonder om nie toe te gee aan sy eie behoeftes nie.

Dis al wat hy vra. Dat hy net nie gaan toegee gedurende die dans nie.

M elissa sou wat wou gee om sy hand te ignoreer maar sy het nie 'n keuse nie. Dit is haar plig as die strooimeisie.

Nog net een plig, dis al maar dis die een wat sy die meeste na toe opsien. Sy weet mos wat gebeur as Daniel net aan haar raak. As daar nou een man is wie se sjarme sy moeilik weerstaan, gaan dit Daniel Cooper s'n wees. Hy het na daardie soen verlede Saterdagaand in sy kombuis behoorlik haar wilskrag getoets. Sy is al baie naby daaraan om in te gee.

Al wat sy vra is dat hy nie vir haar moet glimlag nie. Hy moet ook nie in haar oë kyk nie. Of haar vashou nie. Of lekker dans nie.

Daniel se hand is nog steeds voor haar. Melissa trek haar asem in en berei haarself voor vir die nou bekende hitte wat deur haar gaan spoel.

Dit maak egter nie saak hoe hard sy probeer om nie te reageer nie, sy doen dit tog. En die oomblik toe dit gebeur, vlie haar oë op na sy gesig. Melissa merk vlugtig op dat sy kakebeen verstyf maar dan draai hy weg en lei haar na die dansvloer. Die oomblik wat hy haar in sy arms trek is dit egter verby.

Nog nooit was sy so bewus van 'n man se reuk, en

aanraking soos nou nie. Haar vel is skoon oorsensitief want dit voel dat die dele waar hulle liggame aan mekaar raak, aan die brand is. Sy is deeglik bewus toe sy hand om haar middel gly tot op haar rug en hy haar effens stywer teen hom trek. Sy is nog meer bewus van sy groot hand wat hare behoorlik verswelg.

Hy trek sy asem sidderend in en Melissa kyk op, verbaas oor die reaksie. Dit is egter 'n fout want die oomblik toe sy in sy oë kyk, voel dit asof alles rondom hul verdwyn. Miskien is dit die romantiese atmosfeer of die verleidelike stem van Ronan Keating se *In Your Arms* wat haar meesleur maar vir een dans gee Melissa toe en laat Daniel die leiding neem.

'n Handeklap wat aandui dat die dans tot 'n einde gekom het, breek die amper hipnotiese kontak tussen hulle, maar Daniel laat haar nie dadelik gaan nie. Hy trek sy asem diep in en fluister, "Lissa," maar gelukkig is daardie trans verbreek en kan sy weer helder dink. Sy kan nie toegee aan begeertes en aan die pleitende stemtoon nie.

Sy trek haar hand uit syne en draai vervaard om om na die badkamer te vlug. Toe sy 'n rukkie later uitkom is sy net betyds om Riley te groet voor sy en Christopher stil-stil verdwyn. Dit is Melissa se teken dat sy ook kan ontsnap.

Alhoewel sy nie waag om weer na Daniel te kyk nie, is sy tog bewus van sy blik wat in haar rug brand toe sy saam met Grant na sy motor toe stap.

Toe hy die deur toeklap, blaas Melissa haar asem verlig uit.

Nog een dag, dan kan sy vir 'n ruk ontspan terwyl Daniel saam met die span op toer is.

Die oomblik toe hy in die bus klim, besef Daniel dat dit nie 'n maklike toer gaan wees nie. Sy blik gly oor die groep spelers wat reeds in die bus is, en die een lyk meer stroef as die ander. Daniel blameer dit alles op die eed. Sedert hulle dit onderteken het, het die helfte al verlief geraak maar nie almal is so gelukkig soos Christopher nie. Of eerder soos Christopher die naweek gelyk het nie. Vandag is hy ook nie te gelukkig nie maar dis te verstane. Geen bruidegom sal daarvan hou om sy bruid so gou al alleen te los nie.

Daar is geen teken van die gewone uitbundigheid van die eerste dag op toer nie. Niemand praat met mekaar nie. Hulle staar of in die verte of speel met hul fone.

Hy frons toe hy agter toe stap en opmerk dat Mark langs Thom Jenkins sit. Hy maak nie eens oogkontak met Daniel nie en hou hom besig met sy foon. Alhoewel hulle nie soos gewoonlik gepraat het die laaste twee dae nie, is Mark se optrede so openlik dat Daniel dit nie kan miskyk nie.

Hy moes dit seker sien kom het en homself voorberei het, maar was so vasgevang in sy eie dinge dat hy vergeet het om uit te kyk vir sy vriende. Dis tyd dat hy sy kop uit die sand trek en daarop konsentreer om die gees in die span te herstel.

André het Daniel reeds vroeg vanoggend gewaarsku dat iets verkeerd gegaan het tussen Jakes en Angie en dat sy reeds die vorige dag terug is Amerika toe. Jakes weier egter, soos gewoonlik, om te praat. Volgens André blyk wat ook al gebeur het te traumaties vir Jakes te wees en hy sukkel om dit te verwerk.

Alleen in sy sitplek haal Daniel sy tablet uit. Miskien is dit tyd dat hy dit gebruik in plaas van al die notaboeke wat hy so vol maak. Die tablet is baie meer geduldig. As hy dalk kan fokus op wat hulle op toer wil bereik, gaan hy dalk 'n manier kan vind om sy spelers te help. Dit is tog sy prioriteit: sy span en die franchise. Dis hoekom hy kaptein is. Hy moet dit net onthou en sy eie frustrasies opsy stoot en daarop fokus.

· · ·

Hul aankoms in Glasgow verloop sonder voorval. Richie ontmoet hulle by die lughawe en gelukkig lyk dit asof die Skot in 'n goeie bui is. Hy verbaas almal toe hy soos 'n wafferse toergids die span vermaak tydens die rit van die lughawe tot by die hotel. Dit het die gewenste uitwerking want die bui in die bus is aansienlik beter, wat Daniel gemakliker laat asemhaal. Daar is 'n sprankie hoop dat hulle dinge nog kan omkeer.

Die spanbestuur mors nie tyd nie. Twee ure nadat hulle aangekom het, is hulle al klaar op die oefenveld, besig om voor te berei vir die eerste wedstryd op toer teen die Royal Blues.

Teen Vrydagaand is die atmosfeer nog nie wat dit behoort is om te wees nie. Daarom is Daniel so dankbaar vir Dan MacKay, die Skotse kaptein, se onverwagse besoek. Hulle was kamermaats op skool in die koshuis en Daniel het sy vriend gemis toe hy terug gekeer het Skotland toe om vir die nasionale span te speel. Vir die eerste keer daardie week is Daniel ook dankbaar dat Mark nie 'n kamer met hom deel tydens hierdie toer nie. Alhoewel hy Mark se geselskap mis, gee dit hom nou die geleentheid om alleen in die privaatheid van sy kamer met Dan te gesels. En hulle *het* gepraat met Dan wat eerste gebieg het, "Ek weet nie van jou nie, maar ek gaan my stewels ophang na die Wêreldbeker."

"En dan? Wat gaan jy doen? Nee wag, jy hoef nie te sê nie. Jy gaan seker afrig. Maar het jy al enige planne?"

Dan skud sy kop maar die veraf uitdrukking in sy oë toe hy antwoord, laat Daniel wonder of Dan nog nie sy eksvrou vergeet het nie, "Ek het nog nie vaste planne nie. Miskien sal my besoek later vanjaar aan Pretoria antwoorde bring. Ek sou egter nie omgee om terug te keer Pretoria toe nie. Dit hang alles af ..."

Toe dit lyk asof Dan nie verder gaan praat nie, los Daniel eerder die onderwerp en bevestig, "Ek het nog 'n kontrak tot die einde van ons provinsiale seisoen volgende jaar maar ja, dan is ek ook klaar. Ek is lus vir 'n nuwe uitdaging."

"En gelukkig is jy voorbereid daarvoor. Hoe gaan dit met die besigheid?"

"Eintlik baie goed," erken Daniel. "Dis waaroor ek so opgewonde is. Ons gaan sommer nou ons eie spoggerige kantore hê. En juis met die aankoop van die kantoorgebou het dit my soveel nuwe opsies en idees gegee dat ek nie kan wag om te begin nie."

Dan lag. "Ek sal jou glo. Jy het nog altyd daarvan gehou om winskopies uit te snuffel. Ek wil nie eens weet hoeveel woonstelle jy nou al het nie. Tien?"

"Jy's bietjie agter. Ek het nou agtien maar ek dink nou dis genoeg. Vir eers," lag hy, want Daniel ken homself mos. As hy 'n winskopie raakloop, gaan hy dalk swig. "Maar ek is bly jy is hier. Ek het jou raad nodig."

"Praat maar. Ek luister."

Vir die eerste keer sedert hulle die eed onderteken het, vertel Daniel vir iemand buite hul kring daarvan. "Die ouens swig een na die ander en aangesien hulle niks daaraan kan doen nie, is almal beduiweld of ongelukkig."

"En jy ook?"

"Ek ook, maar dis 'n ander storie. Ek weet nie meer hoe om die ouens te motiveer nie. Dit werk net vir 'n kort rukkie en dan val alles net weer plat. Ek is bekommerd."

"Ek sal jou glo. Om die waarheid te sê het ek nie regtig vir jou 'n antwoord nie. Jy weet wat die probleem is en wat die oplossing kan wees. Al raad wat ek nou vir jou het is om voort te bou op daardie kort rukkies wat jy wel hulle kan motiveer. En dan sal julle dalk 'n besluit moet maak."

Daniel weet Dan is reg, maar dit gaan nie so maklik wees om daardie besluit ongedaan te maak nie. Dit het alreeds soveel reperkussies gehad. Maar Dan is nie verkeerd nie. Hy moet net voortbou op daardie paar ligpunte. Dit is dus met nuutgevonde energie en motivering dat hy later die aand en die volgende oggend voorberei vir hul eerste wedstryd op toer.

Dit is egter nie 'n maklike wedstryd wat later die middag op Scotstoun afspeel nie. Die veld is heelwat sagter as waaraan hulle gewoond is en veral in die eerste helfte sukkel hulle. Boonop het *Coach* besluit om Jakes nie te laat speel nie. Dis duidelik dat Jakes se kop en bes moontlik sy hart, nie in die spel is nie.

Gelukkig vir hulle geniet Richie die uitdaging om teen van sy vorige spanmaats te speel. Hy na-aap die Italianers en koggel die Skotte ongenadig. Dit het die gewenste uitwerking want dit is juis dit wat aanleiding gee tot verskeie strafskoppe wat op punte op die bord sit of hulle gebiedsvoordeel gee sodat hulle na genoeg aan die doellyn kan kom om drieë te druk.

Alhoewel hulle die wedstryd met 28-15 wen, is Tom ongelukkig oor die aantal strafskoppe wat hulle afgestaan het om die Skotte in die wedstryd te hou, asook die feit dat hulle nie 'n vierde drie kon aanteken vir 'n bonuspunt nie.

20

"Wat maak jy?"

Melissa loer nuuskierig oor Hannah se skouer. Daar is 'n klomp papiere voor Hannah op die tafel uitgesprei en haar skootrekenaar en tablet is beide oop. Vir Melissa lyk dit nogal ingewikkeld met tabelle en grafieke en weet nie wat nog als nie.

"Ek is besig om die vrouespan se oefenprogram op te stel."

"Is dit dan nie dieselfde as die mans s'n nie?" vra Melissa fronsend.

"Oor die algemeen, ja, maar daar is dinge wat mens in ag moet neem met vrouens wat maak dat hul programme verskil," verduidelik Hannah rustig.

"Soos wat?"

"Behalwe die fisieke verskille? Menstruele siklus speel nogal 'n groot rol want dit het 'n invloed op hulle gemoedstoestand, energievlakke en fisieke deelname op verskillende tye in hul siklus. En dan moet jy ook in ag neem, die vrouespan is semi-professioneel. Meeste werk nog in voltydse beroepe of studeer en dan het van hulle nog boonop huishoudelike verpligtinge."

Melissa se oë rek, "Sjoe, ek het nie daaraan gedink nie. Ek het nog nie met die vroue spelers gewerk nie. Hoe beïnvloed dit hul beserings, onder andere?"

Hannah trek een van die papiere nader en beduie, "Hierdie is 'n studie wat onlangs gedoen is. Dit wys dat vrouens oor die algemeen minder ondervinding in gimnasium-gebaseerde oefenprogramme het as die manlike spelers. Die parameters en norms in hulle krag, byvoorbeeld, is laer as mans s'n. Vrouens se knieë is ook meer geneig om lateraal afwaarts en konkaaf na buite gerig te wees. Dit kan 'n groot faktor wees in beserings."

"Het die menstruele siklus ook 'n invloed op hul beserings?" vra Melissa, nou nog meer geïnteresseerd.

"Ek glo so. Daar is egter nog min studies daaroor gedoen. Met die program wat Nicholas en sy span nou geskryf het wat spesifiek op elke speler betrekking het, hoop ek om meer data te bekom. Ons moet egter nog 'n paar aanpassings maak wat spesifiek op die vrouens gemik is."

"Dink jy daar is nog ander aspekte waar die vrouens en die mans verskil?"

"Wel, ek is oortuig daarvan. Die studie het beslis bewys dat benewens die fisiese verskille, psigo-sosiale aspekte 'n groot rol speel in hoe verskillend die manlike en vroulike spelers hanteer moet word."

"Mag ek ..." Melissa huiwer 'n oomblik, "Wanneer jy met die vroulike spelers werk, mag ek dalk julle oefensessies bywoon?"

"Jy is meer as welkom. Om die waarheid te sê, sal ek bly wees om ondersteuning te hê, veral in die volgende paar weke wanneer ek hul voorseisoen-assessering moet doen. Maar hoekom vra jy?"

"Jy het my nou nuuskierig gemaak oor die verskil in beserings tussen die mans en vrouens en hoe hulle behandel word."

"As ons daardie data kan bekom, gaan dit baie help om te weet waarop ons moet konsentreer," beaam Hannah. "Ek sal vir Nicholas vra om jou toegang te gee tot die vrouespan se statistieke, dan kan jy dit solank bestudeer. Ek moet jou egter waarsku. Soos ek genoem het werk die meeste van die vrouespan se spelers voltyds of hulle studeer nog, dus oefen hulle óf in die aand óf Saterdagoggende."

"Ek gee nie om nie."

Hannah glimlag. "Nou goed, sien jou môreaand half sewe?"

Teen die tyd dat hulle in Limerick aankom, het Daniel geen twyfel meer nie. Mark vermy hom. Dit is subtiel, maar Daniel is nie dom nie. Dit maak nogal seer. Dis juis nou die tyd dat hy sy vriend die nodigste het. Hy moet met iemand praat, maar hy kan Mark nie dwing om met hom te praat as hy nie wil nie.

Gelukkig verg toere meer van die kaptein as om net op die veld leiding te gee, en dit hou Daniel besig. Hulle werk hard maar ongelukkig het hulle nie die gewenste resultate op die veld teen die Iere in Limerick nie. Gemoedere loop hoog en net soos die vorige week gee hulle te veel strafskoppe af. Dis boonop koud en nat en die veld so modderig dat jy skaars kan hardloop sonder om te gly wat alles nog meer bemoeilik. Beserings bemoeilik ook nog hul taak en kan hulle net nie daarin slaag om die wedstryd in hul guns te beslis nie.

Die gees in die span is op sy allerlaagste toe hulle in Worcester aankom vir hul wedstryd teen die Engelse Bulldogs. Miskien was die feit dat hulle die eerste keer in die kompetisie verloor het, nie so sleg nie aangesien dit hulle terug gebring het aarde toe. Die span werk nog harder daardie week en vir die eerste keer op toer kon hulle 'n bonuspunt-oorwinning behaal.

Vir die eerste keer hoef Daniel nie eens sy span te motiveer nie en daardie aand vier hulle behoorlik fees in hul hotel. Almal behalwe Daniel en Jakes, natuurlik. Jakes het nie eens gespeel nie want hy het verkoue en het vroeg om verskoning gevra om kamer toe te gaan. Daniel was net nie in die gemoedstoestand om fees te vier nie en het Matthew in beheer gelaat en ook vroeg kamer toe verkas. Dit was dalk nie so goeie idee nie, want dit het hom te veel tyd gelaat om te tob.

Vir hul laaste wedstryd van die toer moet hulle oor die Engelse kanaal reis vir hul tweede kragmeting teen die Franse Pays de la Loire in Nantes. Daniel is onbewus daarvan dat Tom Brady bekommerd is oor hom. Hy kom sy pligte na tydens die reis na Nantes en ook die week daarna. Hy neem soos gewoonlik aan die spanpraatjies deel, motiveer die span en ondersteun die spelers. Dit is dalk nie genoeg nie want Saterdagmiddag, kort voor die afskop, roep Tom hom eenkant, "Wat is fout, *Cappie*?" eis Tom onmiddellik toe hy en Daniel alleen is.

Daniel leun teen die muur en sug moedeloos, "Ek weet nie, *Coach*. Dis asof my kop net nie in vandag se wedstryd kan kom nie."

Tom lyk geskok. Nog net een keer vantevore, vyf jaar gelede, het Daniel so gevoel. Daardie jaar was hul hele seisoen 'n fiasko en dit lyk nie asof hierdie jaar veel beter gaan wees nie, al hul oorwinnings sover ten spyt. Daniel het 'n vae spesmaas as hy homself nie kan regruk nie, hierdie seisoen dieselfde gaan eindig as vyf jaar gelede.

Hy kan dit nie eens net op Melissa en die manier wat sy hom behandel, blameer nie. Dit was soveel meer as sy misrabele liefdeslewe. Dit voel asof sy pligte is om hom te verswelg. Bo en behalwe dit lyk dit ook asof hy sy beste vriend en vertroueling verloor het. Mark, sy bondgenoot vir soveel jare, lyk asof hy nie gou genoeg van Daniel af kan wegkom nie. Daniel is baie seker dit gaan nie oor hom nie, maar dit maak seer dat Mark hom nie in vertroue wil neem nie.

Daniel weet dat sy woorde en sy houding 'n bron van bekommernis vir Tom moet wees. Gits, as sy kop nie in die spel is nie, kan hy nie sy pligte as kaptein en speler nakom nie. Hy weet mos wat is sy taak op die veld. Dit is nogal baie spesifiek. Dis sy taak om die afbreekpunte te beheer, die bal stadiger te maak en waar elke sekonde die verskil tussen sukses en mislukking beteken. Dis sy taak om die skeidsregter te lees en in die opposisie se koppe te klim. Daniel is mal daaroor en hy is goed daarmee. Dit is hoekom hy hierdie spel speel en daarvoor leef.

Vandag weet hy egter nie. Hy het al sy beproefde metodes gebruik om op die spel te fokus, maar net wanneer hy dink hy is in beheer, glip dit weer deur sy vingers. Hy kan egter nie bekostig om nou al paniekerig te raak nie.

Hy trek sy asem diep in en staan regop, "Ek sal harder probeer, *Coach*," en stap weg, onbewus dat Tom hom nadenkend agterna kyk.

M elissa het lankal opgehou tel hoeveel bladsye se notas sy gemaak het in die drie weke sedert sy saam met Hannah die vrouens se sessies bygewoon het. Aangesien dit nog voorseisoen is vir die vrouespan, was hulle besig om die grondslagtellings vir die gerekenariseerde neurokognitiewe toetse te doen, asook die siftingstoetse vir kardiale en muskuloskeletale protokolle af te handel.

Melissa het al soveel idees wat sy met Michael wil bespreek wanneer hy volgende week saam met die toergroep terugkeer.

Na die aand se sessie, het dit al 'n gewoonte geword dat Melissa en Hannah sommer iets gaan eet voor hul huiswaarts keer. Hannah is 'n ongelooflike bron van inligting en Melissa waardeer dit dat sy so geduldig al haar vrae antwoord.

"Hoekom vra jy sulke baie vrae?" vra Hannah, laggend. "Beoog jy iets?"

"Wel, ja, en ek het alles aan jou te danke," lag Melissa saam. "Jy is my inspirasie."

Melissa sweer Hannah bloos, "Wat bedoel jy?"

"Jy is so entoesiasties oor jou werk en jou verdere studies, dat jy my geïnspireer het om my meestersgraad te doen."

"Ek is bly ek kon help. Is daar nog iets wat ek kan doen?"

"Ek sal skree, maar baie dankie vir jou aanbod. My grootste uitdaging gaan nou wees om Michael te oortuig."

"Wel, een ding wat ek geleer het as dat as jy nie waag nie, jy nie wen nie. En Michael is een van die mees oopkop fisio's waarmee ek nog gewerk het. Ek twyfel nie dat jy gaan sukkel om hom te oortuig nie."

"Ek hoop jy is reg," mompel Melissa.

P aniek dreig om hom te oorweldig. Dis halftyd en dinge wil net nie reg loop vir hulle nie. Hy is egter nie die enigste een nie. Die hele span lyk asof hulle al klaar aanvaar het hulle het verloor. Alhoewel Tom se laaste woorde in die kleedkamer nog bemoedigend is, wens Daniel hy kan die span meer motiveer. "Moet nie vir 'n sekonde glo dat julle nie kan wen nie, ouens. Ek weet ons is agter, maar glo vas dat dit nog nie verby is nie."

Daniel herhaal Tom se woorde op die veld, maar selfs in sy eie ore klink dit nie of hy self dit glo nie. Hulle het almal geknik toe Tom dit gesê het, maar Daniel het geen entoesiasme bespeur nie. Gits, hy glo dit self nie al het hy homself honderd maal probeer oortuig. Glo. Vertrou. Dit werk egter nie vandag nie.

Daniel se hoop vlam op toe Jakes die bal in die hand kry en

begin hardloop. Sekondes later word daardie hoop geblus toe Jakes geduik word. Selfs uit sy posisie, so meter of tree agter Jakes, kan hy die harde plofgeluid hoor. Gelukkig het die Fransman wat Jakes plat geduik het sy verstand gebruik en vir die skeidsregter geskree om die wedstryd te stop voor die res van die voorspelers op Jakes toegesak het. Die skeidsregter se fluitjie was skril en hard en 'n skielike stilte daal oor die veld neer. Selfs die klein maar luidrugtige groepie toeskouers besef iets is fout. Dit voel half onwerklik om toe te kyk hoe die skeidsregters die noodspan nader roep.

Daniel is huiwerig om nader aan Jakes te stap. Hy het 'n vae spesmaas dat Jakes se wedstryd, en dalk nog erger, sy seisoen, tot 'n einde gekom het. Hy wil nie die teleurstelling in die groot man se oë sien nie. Daniel kan hom net indink wat nou deur Jakes se gedagtes gegaan. Hy mag dalk kwaad weer vir homself dat hy Angie opgegee het en nou is dit dalk verniet.

Daniel hoef niks te sê nie. Toe die noodspan Jakes op die draagbaar vasgegespe het, druk Daniel sy hand bemoedigend op Jakes se skouer. Wat kan hy eintlik sê? Dit is 'n katastrofie en hy dink nie hulle gaan nou meer kan terugkom om die wedstryd te wen nie.

Sy pessimisme was nie verkeerd nie. Hulle kon net nie hul ritme vind nie en vir die tweede keer op toer verloor hulle 'n wedstryd.

In die kleedkamer is die atmosfeer somber. Alhoewel hulle deur die gewone rituele van ysbaddens, masserings en herstel gaan, is almal se gedagtes by Jakes. Dit kon enige een van hulle gewees het. Dit is hoe rugby werk, maar dis nog steeds nie lekker wanneer 'n speler van Jakes se gehalte beseer word nie.

Tom se teleurstelling is opvallend. Daniel weet egter dat dit net is omdat hulle verloor het nie. Dit gaan ook omdat hulle Jakes dalk vir die res van die seisoen verloor het. Vandag was een van daardie dae in 'n kompeterende spel soos rugby. Party wen jy en party verloor jy en vandag het hulle verloor.

Daniel lig sy moeë en seer lyf uit die ysbad en gaan stort. Dit help nie hy tob verder daaroor nie. Hulle het verloor en klaar. Volgende week is hulle terug by die huis en hy hoop teen daardie tyd het hy sy kop skoon gekry.

Vanaand het hy egter nog werk om te doen. Hulle het 'n beseerde speler wat hulle ondersteuning nodig het.

Toe hy klaar verklee het, ontmoet hy Tom buite die stadion. Sonder 'n woord klim hulle in die huurmotor wat hulle na die hospitaal neem.

Jakes weet egter nie dat Tom en Daniel langs sy bed sit nie, aangesien hy soos 'n klip slaap as gevolg van die pynmedikasie wat hulle hom toegedien het. Toe die verpleegpersoneel hulle alleen los, vra Tom, "Wil jy my vertel wat vandag aangegaan het, *Cappie*?"

Daniel leun met sy elmboë op sy knieë en skud sy kop, "Ek wens ek weet, *Coach*. Ek kon net nie 'n houvas kry nie."

"Jy en die hele span," grom Tom. "Ek het egter nodig dat *jy* dinge bymekaar hou, *Cappie*. Jy sal my 'n hartaanval gee as jy ooit weer vir my so iets sê."

"Ek is jammer, *Coach*," mompel Daniel met sy oë op Jakes gevestig. Dit is nou die laaste speler wat 'n besering nodig het. Jakes het rugby nodig om uit sy eie kop te klim. Daniel het mos gesien wat voorheen met Jakes gebeur het.

Daniel bloos toe Tom weer vra, "Gaan jy my vertel waaroor dit gaan, *Cappie*? En moenie probeer om kaf te praat nie. Dit is nie die eerste keer hierdie seisoen wat ek merk dat iets jou pla nie. Iets is nie reg nie en ek wil weet wat."

Daniel weet nie wat om te sê nie. Wat hom pla? Alles! Alles is 'n gemors en hy weet nie meer wat om te doen nie. Hy het mos al weke gelede besef wat fout is. Die afgelope toer en die gemoedstoestand in die kamp het dit net weer bewys.

Tom vra rustig, "Daniel, ek en jy ken mekaar mos nou nie van gister af nie. Jy weet dat jy my kan vertrou, dan nie?"

Daniel leun terug en druk sy hande deur sy hare. Hy sug, "Ek weet, *Coach*, maar hierdie ... Dit raak nie slegs vir my nie."

Hy beduie met sy hand na Jakes, "Ek is nie die enigste een wat swaarkry as gevolg van die span se besluit verlede jaar nie. Ons almal doen. Ons het elkeen ons eie storie, maar dit het alles te doen met daardie besluit. Ek wens nou ons het dit nooit gedoen nie."

Tom frons, "Jy beter my die hele storie vertel, *Cappie*. As dit my span raak, behoort ek te weet. Dink jy nie so nie?"

Daniel knik "Ja, *Coach*. En, as ek moet eerlik wees, *Coach*? Ek weet nie meer hoe om dit te hanteer nie."

"Nou vertel my dan," beveel Tom.

"Ek weet nie waar om te begin nie, *Coach*."

Tom beveel kortaf, "Die begin is gewoonlik 'n goeie plek."

"Ek weet maar dis gekompliseerd."

Hy sug toe hy besef dat dit nie gaan help om dit uit te stel nie. Hy vertel Tom dus van die spelers se gesprek na Nicholas se ultimatum die vorige jaar en die eed wat hulle daarna geneem het. Tom onderbreek Daniel nie een keer nie maar toe Daniel klaar is, skud hy sy kop sonder om dadelik te antwoord. Daniel weet dat Tom besig is om Daniel se erkenning te verwerk. Na 'n lang ruk sê hy rustig, "Dit was 'n eerbare gedagte, *Cappie*, maar ek dink dit is twak. Ander afrigters sal dalk nie met my saamstem nie, maar ek is 'n gesinsman. Ek glo nie dit is goed vir iemand om homself te weerhou van liefde of seks nie. Dit maak jou nie 'n beter speler nie. Dit maak jou 'n gefrustreerde speler. Dit maak jou 'n ongelukkige speler. En as ek volgens die gemoedstoestand in die span moet oordeel, het ons nou 'n klomp ongelukkige spelers. Is ek reg?

Daniel knik, en beduie weer na Jakes, "Meer as een speler as ek moet oordeel, *Coach*. Jakes is egter die beste voorbeeld."

"Hm," mymer Tom. Hy draai na Daniel en vra reguit, "En jy, *Cappie*?"

Daniel bloos sommer bloedrooi. "Ek ook, *Coach*, maar my storie is nie so eenvoudig nie."

"So, jy het ook voor die liefde geswig?" vra Tom beterweterig.

"Ja, *Coach*."

"En is die eed die enigste rede hoekom jy terughou?"

Daniel skud sy kop.. "Nee, *Coach*, maar dis ingewikkeld."

"Hoe so? Is sy getroud?"

"Nee, *Coach*, niks van daardie aard nie," protesteer Daniel.

Tom is sommer geïrriteerd toe hy blaf, "Goeie genade, Kaptein. Moet ek alles uit jou trek? Vertel my wie dit is of wat de hel die probleem is sodat ek kyk of ek kan help."

Daniel vee weer sy hand deur sy alreeds deurmekaar hare en sug. Hy weet as Tom hom Kaptein noem in plaas van *Cappie*, dan is dit ernstige sake. "Dis Melissa Roux, *Coach*."

"Nou wat is dan die probleem?" Tom lyk heeltemal verward.

"Melissa het dit duidelik gemaak dat sy nie 'n verhouding met my sal aanknoop terwyl ons beide by die Buffels betrokke is nie. Dit het iets te doen met 'n etiese kode en ek het gaan navorsing doen. Sy jok dus nie. So ja, dis dan dit."

"Gaan jy dit sommer net so laat gaan? Hoekom praat jy nie met Michael nie?"

Daniel bloos weer van voor af, "Ek het, *Coach*. Ek het hom gevra dat Melissa my nie weer moet behandel nie maar nou is sy weer van voor af kwaad vir my en weier om met my te praat. Ek het dus nie 'n keuse nie maar al het ek, sou dit nie help nie. Ek dink nie Melissa voel dieselfde oor my nie. Sy behandel my so ... So asof ek iets vreeslik gedoen het. En die ergste is dat ons dieselfde groep vriende het. Sy en Jay het selfs vriende geword. Ek kan haar dus nie vermy nie."

"Wil jy vir my vertel dat behalwe jy, daar nog meer spelers is wat voor die liefde geswig het maar julle voel almal verbonde aan die eed? Is dit wat die atmosfeer in die kamp veroorsaak?

"Ja, *Coach*. Daar lê 'n man wat Angie opgegee het ter wille van die eed en nou is dit vir niks. Hy kan in elk geval dalk nie weer speel hierdie seisoen nie. Dit is sommer 'n groot gemors."

"Kanselleer dit dan, my magtig!"

Daniel staar verstom na Tom. Kan hulle dit doen?

Of, miskien moet hy dit eerder so stel: *moet* hulle dit doen?

21

Daniel, is alreeds by hul tafel in die hoek saam met Matthew, Richie, André en Rick toe Mark by hulle aansluit. Daniel is nogal verbaas. Mark het hom op toer meestal vermy. Hy gaan egter nie nou sy vriend daarmee konfronteer nie. Mark lyk darem meer ontspanne as wat hy was tydens die toer, amper soos die Mark wat Daniel ken.

Toe Michael verby stap, roep Daniel hom nader, "Enige nuus oor Jakes?"

Hulle almal luister na Michael se relaas oor Jakes se operasie en sy prognose. Toe Michael wegstap, vra Mark in gedagte, "Dink julle nie dis 'n jammerte nie?"

Toe almal verward in sy rigting frons, trek Mark sy skouers op, "Ek bedoel nou Jakes. Hy het nie 'n verhouding aangeknoop met Angie nie as gevolg van die eed. Nou is hy beseer en mag dalk in elk geval die einde van die kompetisie misloop en dan is hy nog so ongelukkig sonder Angie."

Daniel lag. "Moenie vir my vertel jy raak soetsappig nie." Daniel probeer die somber gees breek met sy opmerking, maar

Mark bevestig net Daniel se opinie. Hy ignoreer Mark se vies kyk toe André sug, "Ek wens daar is 'n manier hoe ons Jakes kan help."

Rick knik, "Ek dink egter die enigste manier hoe ons Jakes kan help is om hom en Angie bymekaar te kry. Al wat Jakes hoef te doen is om aan Angie te verduidelik hoekom hy gesê het hy nie 'n verhouding kan aanknoop nie. Ek is baie seker Angie sal verstaan. Sy voel dieselfde oor Jakes as hy oor haar. As hulle net 'n kans kan kry om dinge uit te praat, kan enigiets nog gebeur."

Daniel glo hulle almal probeer 'n oplossing soek vir Jakes se probleem. Hulle is almal diep in gedagte tot Mark opmerk, "Hoekom doen ons dit nie?"

Daniel blaas sy asem uit. "Mark, sal jy ophou om al die vrae te los en dit dan in die lug laat hang? Jy gee ons nie 'n aanduiding wat in jou kop aangaan nie. Ons is nie gedagtelesers nie. Moet nou nie dat ons dit uit jou trek nie, my maggies."

Mark rol sy oë en sug oordrewe, "Het jy te min geslaap gisteraand dat jy so 'n grompot is? Al wat ek vra is, hoekom help ons Jakes nie?"

"Hoe? Wat moet ons doen?"

Hy is sommer vies. Ja, Mark is reg. Hy het nie baie geslaap nie. Al sy verantwoordelikhede is besig om sy tol te eis. Dit is die eerste keer sedert hy die kapteinskap by Damian oorgeneem het dat hy so voel. Hy blameer dit egter op Saterdagaand se gesprek met Tom Brady.

Hy knipper sy oë toe hy besef dat hy weer in sy eie gedagtewêreld was toe Mark saggies lag. "Kry Jakes in Denver. As hy eers daar is, is dit sy probleem. Maar ek dink ons moet eers dat hy dit ook insien want Jakes is een ernstige *dude*."

Daniel, André, Richie en André staar woordeloos na Mark. André is die eerste om te reageer. "Ek dink dit kan werk."

Daniel is bly André stem saam met die idee. Hy weet dalk die meeste van hulle wat tussen Jakes en Angie aangaan en as André dink dis 'n goeie idee, is daar hoop.

Daniel stem dus ook saam, "Ek dink ook dit kan werk, maar hoe gaan ons dit bewerkstellig?"

Mark lag. "Die meeste van die ouens in die span is nou al moeg vir Jakes wat so treur. Ek sal bydra tot 'n vliegtuigkaartjie. Ek kan dalk met Emma praat. Miskien kan die klub ook help."

Matthew is die volgende om in te stem, "Ek sal ook bydra."

"Ek ook," stem Richie in. Rick spot nog met Richie toe hy tong in die kies voorstel, "Ons kan altyd die geld in die strafbottels gebruik. Richie het al 'n reuse bydrae gemaak die laaste paar weke. Vanoggend seker nog die meeste."

Richie se enigste reaksie is om nog 'n paar donasies net daar by te voeg. Rick ignoreer hom en stem ook in waarna André en Daniel hul bydrae toevoeg.

Hulle het skaars klaar geëet toe Mark al aanstaltes maak om op te staan, "Laat ek gou met Emma gaan praat en kyk of die klub kan help."

Daniel keer hom egter, "Voor jy gaan ..."

Mark sak weer terug in sy sitplek en kyk vraend na Daniel. "*Coach* het my Saterdagaand in 'n hoek gedryf oor die atmosfeer in die span. Ek het geen keuse gehad as om hom te vertel van die eed nie, want in my opinie is dit die grootste rede vir die ongelukkige atmosfeer wat tans heers. Ek weet regtig nie meer hoe om dit aan te spreek nie."

"En? Wat sê hy?" por Mark hom aan.

"Dat ons die eed moet kanselleer. Of dalk nie heeltemal nie, maar wel die deel oor verhoudings en ons sekslewens. Wat dink julle?"

André stem saam, "Ek het ook daaroor gedink en jy en *Coach* is reg."

"Dis egter nie net my besluit nie. Ek dink ons moet so gou 'n spanvergadering hou met die afrigters. Hoe voel julle daaroor?"

As die situasie nie so ernstig was nie, sou Daniel eintlik gelag het oor hoe vinnig sy spanmaats saamstem want soos een man knik hulle amper nog voor Daniel klaar gepraat het.

"Nou goed, ek sal 'n vergadering vanmiddag reël vir net na die oefening vanmiddag sommer net hier."

Sommer op pad na Rachel se kantoor tik Daniel die boodskap in die span se geselsgroep om die res van die spelers in te lig.

M elissa is nie seker of sy bly moet voel of spyt dat die span terug is in Pretoria nie. Sy het Chloe gemis maar dit is 'n maand wat sy nie nodig gehad het om om hoekies weg te kruip sodat sy nie in Daniel moet vasloop nie.

Dit was egter ook 'n maand waar Melissa 'n duideliker idee het waar sy wil heen gaan met haar loopbaan. Daniel het haar tog 'n guns gedoen.

Dinsdag wag sy angstig vir Michael en die geleentheid om met hom te praat. Sy kry egter eers haar kans later die middag na die oefensessie. Sy wag tot almal weg is voordat sy hom nader, "Michael, mag ek asseblief met jou praat?"

Melissa weet sommer sy lyk so senuweeagtig as wat sy voel aangesien Michael haar intens bestudeer voordat hy knik, "As jy nie omgee dat ons dit sommer by die Final Whistle doen nie. Ek is dood van die honger. Ons kan praat terwyl ek eet want ek het nog 'n vergadering 'n bietjie later.

"Ek gee glad nie om nie." As dit van Melissa afhang kan dit in die middel van die veld ook wees vir al wat sy omgee.

Michael begin sommer dadelik aanstryk na die restaurant en

Melissa moet draf om by te hou. Op pad restaurant gesels hulle oppervlakkig oor Jakes se prognose en die paar ligte beserings wat hulle op toer opgedoen het.

Na die kelner vir hulle vrugtesap gebring het, sug Michael, "Moet asseblief net nie vir my sê jy wil bedank nie."

Melissa skud haar kop laggend, "Nee, ek wil nie bedank nie, maar ek het 'n ander voorstel. Jy kan nee sê ..."

Hy frons, "Wat is dit?"

"Terwyl julle weg was, het ek baie gedink oor ons vorige gesprek en my rol by die franchise. My droom was altyd om by die Buffels te werk en meer van jou te leer en dis hoekom ek nie omgegee het om die junior posisie te aanvaar nie. Die laaste drie maande het ek baie geleer en veral in die laaste twee maande saam met die studente en die vrouespan, wonder ek of ek nie 'n ander rol kan speel nie."

"Wat bedoel jy?"

"Ek besef nou eers hoeveel ek dit geniet om saam met die studente te werk. Hulle breine is soos sponse en vra soveel vrae oor hul beserings, die behandeling en hoe hulle kan verbeter. Ek geniet dit ook om die studente terapeute te mentor. Ek het nooit gedink ek sou dit soveel geniet nie."

"Jy wil dus aanbly by die studente?"

"Ja. Nee."

"Wat is dit, Melissa?"

"Die studente gaan my nie die volle tyd besig hou nie. Ek besef dit. Ek het egter die afgelope maand dit baie geniet om met die vrouespan te werk. Ek het baie opgelees en Hannah het my baie inligting gegee maar ... Ek besef nou eers hoe verskillende ons die vrouespan en die mans moet hanteer want daar is heelwat faktore wat dit anders maak. Ek weet dis dalk onkonvensioneel, maar ek het gewonder of dit moontlik is om my toe te spits op die studente- en vrouespanne?"

"Hoekom?"

"Ek wil volgende jaar my meestersgraad doen." Melissa skuif die lêer wat sy nog die heeltyd in haar hand vasgeklem het oor die tafel na Michael. "Hier is my voorlegging vir die tema van my tesis. Sal jy asseblief daarna kyk? Ek het die voorlegging so volledig moontlik probeer maak, maar die basis van my tesis sal wees om die voorkoms en voorkoming van beserings in vrouespelers te korreleer."

Michael tel die lêer op en blaai vinnig daardeur. Tot Melissa se verligting knik hy elke nou en dan. Toe hy opkyk, glimlag hy, "Ek hou baie van jou idee, Melissa. As 'n vrou gaan jy die vroulike liggaam beter verstaan as ons mans. En jy behoort my teen die tyd ook al te ken. Ek huiwer nie om dinge anders te doen as ek dink dit kan ons beroep en ons spelers baat nie. Dis maar die tweede jaar dat ons die vrouespan het, en alhoewel Cole Darwin al heelwat ervaring agter die rug het met die afrigting van vroue, het ons nog nie genoeg data nie."

"Dis wat Hannah ook sê. So, dink jy ek sal op die vrouespan en die junior spanne kan konsentreer? Hulle oefen nie op dieselfde tye nie en hulle wedstrydskedule verskil ook. Die studente se seisoen is amper verby teen die tyd wat die vrouespan begin voorberei. Ek kan nog met die Braves help ook. Ek gee nie om nie."

Melissa sien sommer hoe Michael se brein oortyd werk. Hy is egter versigtig om hom te verbind toe hy antwoord, "Laat ek kyk wat ek kan doen. Ek het 'n paar idees en opsies, maar ek sal dit natuurlik eers met Nicholas en die bestuur moet bespreek, en ook 'n paar ander mense. Dit hang nie net van my af nie. Gee my so 'n paar dae?"

Melissa glimlag, verlig dat hy nie haar voorstel summier net afgeskiet het nie. "Baie dankie. Ek het geweet dis nie sommer 'n uitgemaakte saak nie maar ek moes 'n kans waag."

Toe die kelner Michael se kos bring, vra hy nuuskierig, "So, wat het jou op hierdie onderwerp laat besluit?"

"Soos jy weet was dit maar stil veral daardie week toe julle weg is op toer. Die studente is op vakansie en ek het nie veel gehad om te doen nie. Tot ek op Hannah afgekom het toe sy die voorbereiding gedoen het vir die vrouespan. Ons het begin gesels oor die verskillende benaderinge tussen die mans- en vrouespanne ten opsigte van fiksheid en beserings. Dit het so interessant geklink dat ek Hannah soos 'n stertjie gevolg het en seker haar mal gemaak het met al my vrae. Maar ja, dis waar dit begin het."

"Wie gaan jou modereer?"

"Nee gits, ek weet nog nie. Jy is die eerste persoon met wie ek dit bespreek, behalwe Hannah nou. Ek het bietjie kontak verloor met wie nou hier by die universiteit is."

"Miskien kan ek jou daar help. Professor Langtree is verlede jaar van Wits af hierheen verplaas. Hy is 'n goeie vriend en ondersteuner van die Buffels en ek is feitlik seker dat hy sou belangstel om jou moderator te wees. Hy is in elk geval een van die persone met wie ek dit wou bespreek."

"Dit sal wonderlik wees, baie dankie. Ek het al artikels gelees wat professor Langtree geskryf het."

Melissa kan haar opgewondenheid nie beteuel nie. Nie eens die feit dat die span stadig na die restaurant toe drentel, kan 'n demper daarop plaas nie. Toe Michael sien dat die spelers en die afrigtingspan besig is om die veranda vol te pak, maak hy verskoning, "Ek is jammer. Ek sou graag jou idees verder wou bespreek maar ek het ongelukkig 'n vergadering met die spelers en die res van die bestuurspan."

Melissa skud haar kop en spring vinnig op, "Nee, glad nie. Baie dankie dat jy na my geluister het en my voorstel oorweeg."

Melissa kom egter nie ver voor sy tot stilstand kom nie. 'n

Paar spelers versper die paadjie en sy moet wag dat hulle 'n sitplekke inneem. Sy het gehoop om nie in Daniel vas te loop nie, maar net toe haar pad oop is, sien sy hom by die trappies opstap. Sy moes egter twee keer kyk om te sien dat dit wel Daniel is. En hét sy gekyk!

Daar is geen teken van die lang, krulhare of die skoon gesig nie. Sy hare is kort, amper skoolseun kort en hy het nou 'n stoppelbaard en snor. Vir 'n oomblik is sy teleurgesteld omdat hy sy hare gesny het want sy weet hoeveel keer sy gefantaseer het om haar vingers daardeur te streel. Maar met haar tweede en deegliker kyk, moet sy erken. As sy gedink het Daniel Cooper was voorheen aantreklik, was sy nie verkeerd nie. Hierdie nuwe voorkoms pas hom egter nog beter. Hy is gevaarlik aantreklik.

En toe kyk hy op, reguit in haar oë. Melissa se hart mis 'n slag of twee want in daardie sekonde of twee sien sy iets wat sy nooit gedink het sy in Daniel se oë sou sien nie. Verslaentheid. Of was dit dalk desperaatheid?

Wat dit ook al was, maar sy uitdrukking en die moeë lyne om sy mond en oë, het Melissa die hele nag uit die slaap gehou.

D aniel gee nie om oor die ekstra vergadering daardie week nie. Dit is ten minste iets wat hy vir die span en spesifiek vir een van sy spelers kan doen. Vir die eerste keer die seisoen voel dit vir Daniel asof daar samehorigheid in die span is. Hy het nogal daardie band gemis maar na die vergadering waarop hulle soos een man besluit het om dele van die eed te kanselleer, is daar sommer nuwe optimisme in die span.

Dit was nou nie asof daardie vergadering nie ernstig was of dat hulle die eed heeltemal gaan ignoreer nie. Hulle gaan nog, tot Richie se spyt, die strafbottels in die kleedkamer hou en moet nog Chloe se bevele gehoorsaam. Hulle gaan nog steeds hard werk daaraan om die beeld van rugby en die franchise te verbeter. Al wat regtig verander het is die verbanning van verhoudings. Dit blyk die grootste rede vir ongelukkigheid in die span te wees want slegs daardie klein verandering het die grootste verbetering bewerkstellig.

Dit was al sigbaar op die oefenveld. Selfs die kort oefenweek het hulle nie gepla nie en die ouens het net harder gewerk. Die resultaat is bewys in die eerste wedstryd na toer teen die Royal Blues. Alles wat die vorige week verkeerd gegaan het, gaan hierdie week reg. Die arme Skotte het nie geweet waar om te verdedig nie en het teen die einde geen antwoord gehad vir die Buffels se aanvalle nie.

Patrick Dunn het sonder probleme in Jakes se posisie ingesleutel wat nogal 'n groot verligting is. Daniel hou al sedert die vorige seisoen die jong losvoorspeler dop. Hy speel al heeltyd met die idee dat Patrick 'n toekomstige kaptein kan wees. Hy wil dit egter met Pierre Basson, die huidige kaptein van die Braves vir wie Patrick tot nou toe gespeel het, bespreek en hoor wat dink hy. Dis tyd dat hulle die volgende groep leiers begin voorberei. Die huidige groep staan aan die einde van hul loopbane.

D aniel se blik gly na Jakes waar hy op sy gewone plek in die hoek sit. Jakes lyk verslae en moedeloos en Daniel blameer hom nie. Dis tyd om die ou uit sy ellende te verlos. André se taak is om Jakes daar te hou tot hulle almal bymekaar kan kry. Daniel vang André se oog en knik vir hom as teken dat hulle die groep bymekaar gaan kry. Hy wink vir Mark en Matthew. Almal het net daarvoor gewag en 'n kort rukkie later is die klein eetkamer wat die spelers die vergadersaal gedoop het, stampvol.

Terug in die restaurant gaan staan Daniel langs Jakes en sit sy hand op Jakes se skouer. Daniel waag eerder nie om oogkontak te maak met Melissa toe hy om verskoning vra, "Dames, sal julle ons asseblief verskoon?" voor hy vir Jakes beveel, "Kom saam met my."

Jakes huiwer nog in die deuropening toe hy sien dat die hele span daar vergader het. Daniel moet hom aanpor tot by die stoel aan die een punt van die tafel voor hy sy sitplek aan die ander punt gaan inneem. Hul vriende is die enigstes wat ook by die tafel sit. Die res staan in 'n halwe sirkel agter hulle.

Jakes lyk effens verward toe Daniel sê, "Broer, ons wil net vir jou sê hoe jammer ons is oor jou besering. Ons het jou vandag op die veld gemis. Ons hoop regtig jy herstel vinnig."

Daniel weet dat Jakes nie daarvan hou om al die aandag op hom te hê nie want hy bloos ongemaklik. Daniel lag. "Hierdie is egter nie oor die span of jou rugby nie. Ons is lief vir jou, Broer, maar ons kan nie meer jou gekekkel hanteer nie. Die laaste paar weke het jy ons ore van ons kop af gepraat."

Jakes frons en wys Daniel 'n middelvinger wat 'n lagbui van die ander spelers ontlok. Dit sterf egter weg toe Daniel ernstig sê, "Jakes, jy is ons spanmaat, ons broer, ons vriend. Ons is besorg oor jou. Ons kan nie toesien dat jy langer so treur nie. Praat met ons."

Jakes bloos ongemaklik wat Daniel laat wonder of Jakes wel gaan praat. Tot sy verbasing, antwoord Jakes tog, "Ouens, ek is jammer. Ek moet om verskoning vra."

Daniel frons. Hy lyk seker net so verward soos die res van die span maar Jakes sien dit nie aangesien hy stip na sy hande staar toe hy mompel, "Ek het opgemors en amper die span gekos. Ek het probeer, maar..."

Jakes haal diep asem en erken, "Ouens, ek is jammer. Ek het ons eed verbreek."

Daniel en die res van die span gee Jakes 'n rondte applous. Almal is geamuseerd, behalwe Jakes aangesien hy nou, nog meer verward, vra, "Is julle dan nie kwaad nie? Ek bedoel... Ons kon verloor het."

Mark glimlag. "My ou, jy is die enigste een wat verloor het."

Daniel dink as Melissa nie 'n einde gebring het aan dinge nie, was hy bes moontlik in dieselfde posisie as Jakes. Hy sou ook nie die enigste gewees het nie as hy net terugdink aan Dinsdagaand se gesprek. Hy kyk beurtelings na die ander spelers voor hy, vir Jakes se onthalwe, Rick beskuldig, "Ek is seker jy is nie die enigste een nie, of hoe, Rick?"

Rick lag net maar hy antwoord nie. Almal het immers verwag hy sou die eerste wees om die eed te verbreek. Daniel draai terug na Jakes en sê ernstig, "Jakes, ons ken jou. Jy kry swaar sedert Angie weg is. Ons wil jou graag iets gee as 'n bewys van ons ondersteuning."

Ryan, wat agter Jakes gestaan het, plaas 'n standaard A4-grote koevert voor Jakes. Jakes kyk eers na die ander en dan neem hy huiwerig die koevert en haal die papiere uit. Heel bo op is sy eed, maar oor dit het Daniel in duidelike letters geskryf, "Gekanselleer."

Daniel gee Jakes 'n kans om die inligting te absorbeer en sy emosies onder beheer te kry toe hy die res van die inhoud van die koevert bestudeer. Hy lyk skoon verdwaas toe Daniel sy hand swaai om die hele span in te sluit en verduidelik, "Die hele span het bygedra om die kaartjies te koop. Richie het miskien die grootste deel bygedra aangesien van die geld van die straf bottels gekom het." Almal lag maar voordat Jakes hulle kan bedank, sê Daniel streng, "Jy kan nou die res van die span bedank en dan kan hulle ons los om dinge uit te sorteer."

Jakes glimlag flou en dan doen hy wat Daniel beveel het. Hy bedank elkeen met die hand wanneer hulle die vertrek verlaat.

Toe net sy groep vriende en Michael oor is, neem Jakes weer sy sitplek in.

"Nou goed, kom ons kyk wat om te doen. Jy moet jou spesialis oor 'n week sien en daarna behoort jy fiks genoeg te wees om te reis. Jy hoef jou nie oor jou oefenprogram of rehabilitasie te bekommer nie. Michael het gereël dat jy by die rehabilitasiesentrum in Denver inval en dokter Summers sal jou deurentyd monitor. André sal solank in jou huis bly om dit op te pas. Is daar enigiets anders?"

Jakes sug, "Die grootste probleem."

Daniel lig sy wenkbrou. Hy hoef niks te sê nie want Jakes weet wat hy wil vra, "Angie praat nie met my nie."

"Wat het jy gedoen? Hoekom is sy weg?" vra Daniel reguit.

Jakes bloos ongemaklik. "Ek weet dit mag sleg klink. Dis nie wat ek wou gesê het nie. Dit het heeltemal verkeerd uitgekom. Julle weet ek dink goed voordat ek praat. Ek het nie toe nie. Ek het net 'n paar minute alleen nodig gehad... Ek sou haar dan vertel het... Sy het nie uit gekom nie... en toe ... Toe is sy weg," rammel Jakes af.

"Jakes," sê André rustig. "Vertel ons wat gebeur het. Vat jou tyd. Ons is nie hier om jou te veroordeel nie. Ons wil jou help."

Jakes se vingers gly oor die rubberbandjie wat hy nog steeds dra. Hy hakkel eers 'n paar keer tot André hom gerusstel en toe begin hy praat. Hulle sukkel eers om sin te maak uit alles maar later kry hulle meer 'n idee wat verkeerd gegaan het. Die hele tyd vryf Jakes die bandjie maar tog lyk hy nie so gespanne soos verlede jaar nie. Jakes vroetel skielik in sy sak en mompel, "Ek het selfs die ring gehad," en haal 'n juweledosie uit.

Daniel weet toe dat hulle die regte besluit geneem het, veral toe Matthew vra, "Nou hoekom het jy haar nie later gevra nie?" en Jakes verduidelik, "Ek het tyd nodig gehad om uit te werk hoe om dinge reg te maak. 'n Ruk later het ek eers besef dat sy nog nie uit gekom het nie. Ek het oral gesoek maar sy was weg en het nie my oproepe of boodskappe beantwoord nie. Ek het ten einde laaste vir Jesse gebel wat my beveel het om haar uit te los. Ek kon dit nie verstaan nie. Dis eers heelwat later wat ek besef het hoe Angie my woorde moes geïnterpreteer het. Teen daardie tyd het Angie my egter op haar sosiale media geblok."

Dit was lank stil voordat Christopher, wat nog steeds kontak het met Jesse, opmerk, "Goed, ek het 'n idee."

22

Melissa proes en die groot sluk koffie wat sy geneem het, spat in alle rigtings. Toe sy uiteindelik ophou hoes, draai sy na Chloe, "Wag eers. Herhaal asseblief ..."

Chloe lag. "Ek het omtrent dieselfde reaksie gehad toe Matt my vertel het. Myne was net rooi wyn, reg bo-oor sy spierwit hemp. En toe moes hy sy hemp uittrek sodat ek dit kon skoonmaak," eindig sy droomverlore.

"Chloe, kry klaar met jou gekwyl en vertel my wat Matt gesê het."

Gits, sy het gedink hulle gaan bietjie ontspan met hul koffie en die kans gebruik om bietjie in die vroeë wintersonnetjie te bak. Hulle het sommer met hul bekers hier op die hoofpawiljoen kom sit. Dit is stil en dis net sy en Chloe en die enkele terreinbestuurder wat daar onder besig is om die veld voor te berei vir Saterdag se wedstryd.

Chloe se nuus het egter die vrede wat Melissa so bitter nodig het, versteur. Sy is behoorlik al op hete kole sedert sy met Michael gepraat het en sy moet wag vir sy terugvoering.

Nou weet sy ten minste waaroor daardie vergadering was wat Michael na verwys het. Dit verduidelik ook hoekom die spelers verlede Saterdagaand soos een man verdwyn het. Of dit sal dit verduidelik as sy sin kan maak uit Chloe se nuus.

"Komaan, Chloe. Vertel my nou. Wat het Matt gesê?"

"Jy weet mos Hannah en gespekuleer oor hoekom die ouens almal alleen na die borge se dinee toe gegaan het?"

Toe Melissa knik, vra Chloe weer, "En jy onthou dat Angie genoem het dat Jakes 'n belofte gemaak het en dit die rede is hoekom hulle nie 'n verhouding kan hê nie?"

Melissa sug maar knik tog, "Kom nou, Chloe. Moet my nie nog langer in spanning laat wag nie."

"Ek sal, as jy ophou om my in die rede te val," antwoord Chloe en rol haar oë. "In elk geval, volgens Matt, het die hele span verlede jaar 'n eed onderteken na hulle in die finaal van die Interprovinsiale Kompetisie verloor het. Daar is blykbaar 'n hele paar goed ingesluit, maar die een rede vir die ongelukkigheid in die span is die feit dat hulle nie 'n verhouding mag aanknoop tot na die Internasionale Klubkompetisie se finaal nie. Dit is hoekom Jakes nie vir Angie kon vertel het hoe hy voel nie."

"Maar jy sê dan Jakes vlieg binnekort Denver toe?" vra Melissa, nog steeds verward.

"Dis reg. Die span het verlede Dinsdag 'n vergadering gehad, natuurlik sonder Jakes omdat hy nog in die hospitaal was. Hulle het toe ooreengekom om daardie punt uit die eed te verwyder. Jakes is dus nou vry om vir Angie vertel dat hy haar liefhet. En die span het genoeg geld bymekaar gemaak om vir Jakes 'n vliegtuigkaartjie na Denver te koop. Hulle het gereël dat Jakes Angie se familie ontmoet om aan hulle te verduidelik wat gebeur het. Hulle het selfs akkommodasie en Jakes se fisio en als gereël."

Chloe is skoon uitasem toe sy klaar verduidelik het. Melissa voel sommer ook uitasem vir haar part maar voordat sy nog 'n kans kry om te reageer, gaan Chloe voort, "O, en Matt sê dat Jakes die eed wou ignoreer en Angie vra om te trou. Hy het selfs die ring gehad. Jakes het egter so ontsteld geraak toe hy nie dinge doen soos hy beplan het nie, en toe is alles een groot gemors en Angie is weg sonder dat hy dinge kon regmaak."

"Ag jinne," koer Melissa. "Is dit nou nie te oulik nie? Ek het geweet dat daar 'n rede moet wees hoekom Jakes en Angie nie bymekaar is nie, maar nie eens in my wildste drome sou ek hierdie scenario kon uitdink nie."

Melissa frons, "Angie het nooit aan my vertel wat gebeur het nie. Sy was baie ontsteld en ek wou haar nie druk nie. Ek het gedink dat sy my sou vertel het as sy wou, maar sy het tot nou toe nog nie. Ek het die naweek met haar gepraat."

"Hoe gaan dit met haar?"

"Hartseer. En tog was sy nog steeds bekommerd oor Jakes en wou weet hoe dit met hom gaan. Ek is vas oortuig dat Angie nog steeds lief is vir hom. Ek hoop regtig Jakes gaan nie dinge weer opmors nie. Hulle sal so 'n mooi paartjie maak."

"Ek stem saam."

Vir 'n rukkie sit hulle in stilte tot Chloe vra, "Dink jy dis hoekom party van die ouens nog niks gedoen het nie? Jy weet …"

Melissa het oor dieselfde gewonder. "Dit is moontlik," is al wat sy egter opmerk. Sy wil nie Chloe vals hoop gee nie.

Melissa kies die sitplek tussen Jaylin en Grant. Sy luister na hul gekorswil terwyl hulle vir die res van hulle vriende wag. Melissa neem egter nie deel aan die gesprek nie. Sy is te hard besig om haarself voor te berei vir Daniel se aankoms.

Soos gewoonlik is sy bewus van Daniel se teenwoordigheid

nog voor sy hom sien. Vir 'n oomblik veroorloof sy haarself om na hom te kyk maar kyk eerder weg voordat sy soos 'n dolverliefde tiener na hom staar. Toe Grant en Jaylin oor iets lag, lag Melissa saam al het sy nie 'n idee wat hulle oor gepraat het nie.

Toe sy weer wegkyk vang haar oog Daniel s'n. Melissa is skoon geskok toe sy Daniel se uitdrukking sien. Daniel is woedend. Sy oë blits en sy kakebeen span spierwit so styf klem hy dit vas.

Pyn skiet deur haar want sy voel instinktief aan dat dit iets met haar te doen het.

Sy kyk weg, en hou haar oë stip op haar glas gevestig.

En dis toe Melissa besef. Sy weet nie hoe dit kon gebeur het nie, maar daardie skooldogter verliefdheid het op een of ander manier verander in liefde. En nie 'n liefde soos wat sy gedink het sy vir Roan gevoel het nie. Hierdie voel anders, meer intens.

En saam met daardie wete kom die ander wete. Sy is nie meer so kwaad vir hom soos sy was nie. Miskien het tyd tog daardie wonde geheel, maar Melissa het al die laaste maand of wat besef dat Daniel haar eintlik 'n guns gedoen het. Sy het nou 'n beter begrip van wat sy met haar loopbaan wil bereik. Voorheen het sy so gefikseer om by Michael te leer dat sy haarself daarteen blind gestaar het. As hy haar nou weer sou vra om van beroep te verander om hulle 'n kans te gee, wat sou haar antwoord wees?

Melissa wil nie eens daaraan dink nie, maar sy het tog 'n vae spesmaas dat sy dalk anders sou besluit het.

Hoe? Wat is anders? En hoe kan jy lief word vir iemand met wie jy nie veel gepraat het nie? Moet mens nie eens baie tyd saam met iemand spandeer om hulle beter te leer ken nie? Moet jy nie weet waarvan hulle hou of nie hou nie?

'n Klein stemmetjie in haar agterkop koggel haar, "Maar jy doen."

Ja, miskien het hulle nie baie met mekaar gepraat nie, maar Melissa het genoeg tyd in sy geselskap deurgebring om te weet dat die man wat sy altyd van ver af bewonder het, nie soveel verskil van die man wat sy in haar kop opgebou het nie. Sy het hom genoeg dopgehou, of oor hom gekwyl, soos Grant sê. Sy het hom nog nooit kwaad gesien nie, behalwe met haar, bygesê.

Voor sy hom nog leer ken het, het sy geval vir sy aantreklike gesig en sterkgeboude lyf. Nou weet sy ook dat hy 'n skerp humorsin het, 'n mooi glimlag en 'n vonkeling in sy oë wat haar bene lam maak. Hy is beleefd teenoor jonk en oud en verdien die respek wat almal vir hom het. Hy is 'n goeie vriend en bondgenoot en as sy van Grant moet aflei, het hy 'n skerp besigheidsbrein en is 'n waardevolle vennoot in hul jong maatskappy.

Om eerlik te wees. Daniel Cooper was haar droomman toe sy 'n tiener was. Hy is nog steeds.

"Hoekom praat jy nie met hom nie, Snip? Hoekom vra jy hom nie hoekom hy gedoen het wat jy hom van beskuldig nie."

Grant het al hoeveel keer probeer om Melissa te oortuig om die strydbyl te begrawe. Sy kan egter nog nie daardie kans waag nie. En sy het dinge mos nou al lankal uitgewerk. Sy weet hoekom hy dit gedoen het. "Nee wat, ek weet mos hoekom."

Grant frons, "Hoekom?"

"Hy het seker nie daarvan gehou dat ek vir hom vertel het ons kan nie 'n verhouding hê nie en dit was sy wraak. Ek het nie gedink hy sou so kleinlik of wraaksugtig wees nie. Hy was egter glad nie hartgebroke nie. 'n Paar dae later het hy alreeds 'n ander meisie gehad. Of miskien het hy haar al voor die tyd gehad. Dalk was dit sy manier om my uit Bloemfontein te hou sodat sy nie van my uitvind nie?"

"Hoe seker is jy daarvan, Snip?"

"Ek het mos die foto van hulle saam gesien, Grant. Hoe kan jy dit anders verduidelik?"

Haar emosies wil-wil haar oorweldig en sy skud haar kop, "Ek is moeg. Ek gaan nou huis toe."

Grant keer haar vinnig toe sy opstaan, "Jy kan nie op jou eie gaan nie. Ek sal jou neem. Wag net dat ek die rekening uitsorteer."

Melissa buk af en tel haar handsak van die grond af op. Sy sien dus nie die gebare tussen Mark en Grant nie. Toe Grant opstaan, staan sy ook op en mompel 'n groet in Jaylin en Chloe se rigting. Sy lig nie eens haar kop toe sy haar weg deur die tafels baan na die uitgang nie. Sy kom egter nie ver nie voordat iemand haar pad versper en sy nie 'n keuse het as om op te kyk nie, reguit in Daniel se donker oë.

Sy woede is nog steeds tasbaar.

Melissa het egter nie krag om nou te baklei nie. Al wat sy uitkry is, "Kan ek asseblief verbykom?"

D ie hemel weet maar hy het probeer. Hárd probeer, maar nou, maande wat sy nie met hom wil praat nie, het sy gevoelens nog niks verander nie. Hoeveel keer het hy nie al terug gedink aan daardie dans by Chris en Riley se troue om te weet dat om haar te vergeet of om op te hou om haar lief te hê, nie maklik gaan kom nie. Daarvoor is hy gans en al te bewus van enigiets wat sy sê en doen.

Kyk nou byvoorbeeld nou weer. Toe hy so rukkie gelede hier aangekom het, het sy nog heerlik gelag en gesels. Dit het egter verdwyn toe hul oë so pas ontmoet het. Vanaand is daar egter 'n ander uitdrukking in haar oë as die gewone woede waarmee sy na hom kyk. Vanaand is daar 'n hartseer in haar oë en in die trekkie om haar mond wat sy hart skoon week maak. Hy moet die drang onderdruk om op te staan en haar in sy arms te hou totdat daardie uitdrukking verdwyn het.

Hoe kan jy iemand met wie jy skaars praat so goed leer ken?

Daniel snork. Deur hulle dop te hou want soos gewoonlik rus sy oë weer op die blonde vrou reg oorkant hom. Sy kyk vinnig af na haar wynglas maar Daniel besef met skielik insig dat dit net toneelspel is.

Gits, hy het nog nooit 'n ander vrou geken soos vir Melissa nie. Behalwe nou dat hy nie weet wat in haar kop aangaan nie.

Hy weet wat is haar gunsteling wyn, van watter kos sy hou en nie hou nie. Hy weet selfs wat haar gunsteling kleur en musiek is. Hy weet wanneer sy senuweeagtig is. Sy druk gewoonlik haar hare agter haar ore soos sy nou doen.

Hy weet wat haar amuseer en dat sy daarvan hou om haar vriende te terg. En sy hou daarvan om Kupido te speel. Hy het haar mos in aksie gesien met Chris en Riley. Gits, hy is mal oor hoe lojaal sy teenoor haar vriende is, al ken sy hulle slegs 'n paar maande.

Daniel weet dis sommer simpelheid, maar hy moet erken, hy is jaloers op daardie glimlag wat sy vir almal gee, behalwe vir hom. Hoe veel langer kan hy so aangaan? Hy is op breekpunt.

Die vraag of hoe lank hy so kan aangaan? Hy beantwoord dit sommer self. Nie veel langer nie. Hy besef dit die oomblik toe sy opstaan om saam met Grant te vertrek.

Die enigste rede hoekom hy wegkyk van Melissa is Mark se fluistering in sy oor, "Gaan praat nou met haar, Daniel. Vat hierdie kans. Ek smeek jou."

Daniel is nie so seker nie, juis omdat dit Mark is. Hulle het skaars tien woorde gepraat die afgelope maand, maar sy hart smeek hom om Mark se raad te volg. Dit het lank genoeg aan gegaan.

Hy moes dit seker oordink het maar sy brein funksioneer nie soos normaalweg nie want hy staan sommer op. Sy brein kry dit egter reg om sy ledemate te laat beweeg sodat hy voor Melissa te staan kom en haar pad blokkeer.

Irritasie flits oor haar gesig en toe kyk sy op. Vir 'n oomblik staar sy net na hom en mompel, "Kan ek asseblief verbykom?"

Toe Daniel sy kop skud, tree sy na links maar hy doen dieselfde. Die geïrriteerde trek om haar mond is terug toe sy na hom gluur. Daniel het egter genoeg gehad. Voor sy hom weer kan beveel om uit die pad te kom, vou hy sy arms oor sy bors en eis, "Hierdie vyandigheid het nou lank genoeg aangehou. Wat gaan aan?"

Sy frons en gee hom so 'n skewe kyk asof hy iets vreemds gesê het maar dan ruk sy haar reg. Die woede is onmiddellik terug in haar oë toe sy kil vra, "Jy vra dit nog vir my?"

Sy is kwaad, maar Daniel sien soveel meer. Spanning, frustrasie, woede. Al daardie emosies is daar maar Daniel is feitlik seker dat die trane nie ver agter is nie. Hy besef skielik: Melissa blameer hom vir iets en hy het geen idee wat dit kan wees nie. Het hulle dan nie die misverstand uit die weg geruim nie? Hy weet hy klink net so gefrustreerd toe hy vra, "Ek moet vra want ek het geen idee wat aangaan nie. Ek weet ek het 'n simpel opmerking gemaak en jy was reg dat ek selfsugtig was. Ek het probeer om verskoning vra maar jy weier om met my te praat en die laaste drie maande hanteer jy my asof ek 'n stuk gemors is. Jy kan ten minste verduidelik wat ek gedoen het wat jou so kwaad gemaak het of my 'n kans gee om te verduidelik."

"Moenie nou maak asof jy onskuldig is nie, Daniel Cooper. Jy weet presies wat jy gedoen het. Is jy so egoïsties dat jy nie 'n afjak kan aanvaar nie? Ek het gedink ... Nee wag, los dit eerder. Ek kan net nie glo dat jy so kleinlik is nie. Na ek jou vertel het dat dit my droom was om by die Buffels te werk, en ek baie hard gewerk het daarvoor, het jy dit nog steeds gedoen. Ek kan jou nie daarvoor vergewe nie."

Daniel gooi sy hande in die lug, nou nog meer verward as vantevore, "Wat? Wat het ek gedoen? Ek verstaan nie."

Dieselfde emosies as vroeër flits weer oor haar gesig, maar

hierdie keer kom die hartseer ook by. Woede vervang dit egter so vinnig dat Daniel dink hy het hom verbeel. Ten einde laaste sis sy, "Laat ek dan jou geheue verfris, jou selfsugtige buffel! Jy het by Michael gaan kla oor my werk. Ek is gelukkig dat hy my nie afgedank het nie, maar hy het geen keuse gehad om my na die studentespan te skuif nie. Al wat ek wil weet is hoekom? Was jy so bang dat jou meisie sou uitvind waarmee jy besig is?"

Daniel frons, "Meisie?"

Dan eers vang sy brein die res van haar beskuldiging op, "By Michael gekla?"

Hy verskuif sy blik van Melissa na Michael en dan weer terug na Melissa. "Ek het nie oor jou werk gekla nie. Ek het net vir Michael gevra ..." Daniel bloos bloedrooi toe die besef tot hom deurdring.

Melissa lig haar wenkbroue. Sy wag duidelik vir Daniel om voort te gaan. Daniel antwoord die maklikste een dus eerste, "As jy praat van die vroumens in Bloemfontein? Sy is nie my meisie nie. As jy die persberigte daarna gelees het sou jy geweet het. Jy kan maar vir Chloe, Matthew, Mark en Christopher vra. Hulle was almal daar."

"Ek gee nie om of jy 'n meisie het of nie. Al waaroor ek omgee is hoekom jy dit gedoen het? Hoekom het jy by Michael gekla? Weet jy wat jy aan my loopbaan en my reputasie gedoen het?"

"Lissa, luister. Ek kan verduidelik."

"Net my naaste vriende en familie kan my Lissa noem. Jy is nie een van die twee nie," grom sy sommer.

Daniel maak sy oë toe en trek sy asem diep in. Hoe kan hy dit verduidelik en dinge regmaak? Hy weet sommer dat dit nie maklik gaan wees nie. Hy blaas sy asem hard uit voor hy weer sy oë oopmaak en reguit na haar kyk. "Melissa, ek belowe ek het nie gekla nie. Ek besef nou dat dit dalk so mag voorkom dat wat ek vir Michael gevra het dalk soos 'n klagte mag klink."

Melissa vou haar arms oor haar bors en wag. Sy het nog nie afgekoel nie. Daniel besef dat hy nie 'n keuse het nie. Hy sal haar moet vertel wat hy Michael gevra het. Hy loer na Michael wat intussen opgestaan het en hom met dieselfde houding en uitdrukking as Melissa beskou. Hy weet egter hoe dit gaan klink en pleit by Melissa, "Kan ons dit nie privaat doen nie?"

Sy moed sak sommer in sy skoene toe sy haar kop stadig skud. "Jy wou my voor almal konfronteer. Jy kan nou voor almal verduidelik."

Daniel loer om hom. Die uitdrukkings wat hulle dophou wissel van nuuskierigheid en amusantheid. Sommige is selfs beskuldigend. Hy weet mos hoe ontsteld die spelers was omdat Melissa nie meer hulle behandel het nie. Hy weet hoe gewild sy was.

Hy het dus nie 'n keuse nie. Hy is die een wat droog gemaak het en hy is dus die een wat dit moet regmaak. "Ek het Michael gevra dat jy my nie meer moet behandel nie."

"Ekskuus?"

"Jy het my gehoor," mompel Daniel.

Melissa is egter nie tevrede met sy antwoord nie. Inteendeel, sy lyk nog kwater as wat sy was voor hy sy versoek erken het. Sy gaan dit duidelik nie laat gaan nie, want sy eis, "Hoekom? Het ek jou seergemaak? Het ek jou ongemaklik laat voel?"

Desperaat kyk Daniel om hom rond. Dis baie duidelik dat Mark, Richie, Matthew en Grant sy ongemak geniet aangesien hulle sukkel om hul lag te bedwing. Hulle weet presies hoekom Daniel daardie versoek aan Michael gerig het en hulle dink dis baie snaaks. Miskien sou Daniel ook gedink het dis snaaks as hy nie die onderwerp van al die grappe wat in die stadion gaan rondvlieg, gaan wees nie. Maar, as hy volgens Melissa se houding moet oordeel, het hy nie 'n keuse nie.

"Melissa ..."

"Ek wag, Daniel. Wat het ek verkeerd gedoen?"

Daniel sug, "Nou goed, nou goed. Ek sal jou vertel maar as iemand durf lag ..."

En natuurlik lag sy vriende heel eerste. Daniel bloos toe hy begin, "Ek het Michael gevra omdat ..." Hy sluk en probeer weer, "Ek het Michael gevra dat jy my nie weer behandel nie oor die manier wat jy my laat voel wanneer jy aan my raak en ek dit nie kon wegsteek nie."

Melissa frons, "Wat?"

"Na wat daardie aand in jou woonstel gebeur het en elke keer wat ek net naby genoeg is om aan jou te raak ...? Moet ek dit uitspel?" Toe sy nie antwoord nie, vra hy gefrustreerd, "Weet jy watter effek jy op my het elke keer as jy aan my raak of ons soen? Gits, dit is moeilik genoeg wanneer ons alleen is, maar hoe kan ek dit wegsteek ..."

Melissa se oë rek skielik toe sy besef wat Daniel insinueer. 'n Blos kruip teen haar wange op en sy sit haar hand oor haar mond. Daniel kan skaars haar mompeling hoor, "Aarde, Daniel."

Daniel ignoreer die gelag wat uitgebars het. Hy hou sy blik gefokus op Melissa, "Ek is jammer dat ek jou in die verleentheid gestel het."

Sy lyk verleë maar nie so geskok as wat Daniel gedink het sy sou wees nie. Dit neem haar egter tog 'n rukkie voor sy vra, "Hoekom het jy dit nie aan my of Michael verduidelik nie, Daniel?"

"Want ek was verleë?"

Melissa skud haar kop en mompel, "Ek weet nie wat om te sê nie."

Gits, as hy enige breinselle oorgehad het sou hy haar nooit as te nimmer voor almal gekonfronteer het nie. Ongelukkig, wanneer Melissa net in die omgewing is, smelt al daardie breinselle. Daniel weet egter, dat as hy enigsins 'n kans met Melissa wil hê moet hy nou, hier, sy gevoelens aan haar verklaar.

Dit is nou nie asof hy homself in 'n groter verleentheid kan stel as wat hy reeds gedoen het nie.

Sy gesig versag toe hy die blos wat nog steeds oor haar wange versprei is, opmerk. Hy trek sy asem in. Dit was nou of nooit.

"Melissa?"

23

Toe Melissa opkyk, snak sy byna na haar asem toe sy Daniel se uitdrukking sien. Rondom hulle is die stilte byna oordonderend. Dit is asof almal teenwoordig besef dat dit nie die einde is van Daniel se bekentenis nie.

Daniel is duidelik op sy senuwees, wat nogal vreemd is. Hy lek eers oor sy lippe en dan kug hy so half ongemaklik. Toe hy wel praat, klink sy stem hees, "Ek is baie jammer ek het dinge vir jou opgemors, Melissa. Ek belowe jou, ek het goed bedoel en nou het alles verkeerd geloop. Kan jy my asseblief vergewe?"

Melissa kry dalk haar stem terug, maar dit klink maar bra pieperig toe sy uitkry, "Hoekom?

Miskien was dit nou nie die antwoord wat hy verwag het nie. Niks maak egter meer sin nie en haar kop is nou so deurmekaar, veral oor die manier wat hy na haar kyk. Dit is dus al wat sy kan uitkry, al is dit ook hoe simpel.

Daniel hou haar oë gevange toe hy verklaar, "Want dan kan ek dalk 'n kans kry om vir jou te vertel wat ek al daardie eerste dag toe ons ontmoet het, wou sê."

Melissa kry skaars die woorde gefluister, "En wat is dit?"

"Dat ek jou liefhet."

Sy het so wraggies nie daardie antwoord verwag nie. Gits, sy het miskien nog gehoop dat hy sal erken dat daar 'n aantrekkingskrag is maar dat hy haar lief het? Nie in haar wildste drome nie. Maar, sy ernstige uitdrukking en die warmte in sy oë maak dat Melissa se skeptiese gedagtes verdwyn. Daniel jok nie. Beslis nie oor so iets nie want dis nie die tipe man wat hy is nie.

Hy tree effens nader aan haar voor hy voortgaan, "Ek weet dis gou. Gits, ons het nog skaars gepraat maar ek kan dit nie help nie. Ek het al daardie heel eerste dag op jou verlief geraak, nog voor ek jou eens gesien het."

"Huh?" Sy klink soos 'n moroon, maar Melissa is so verward soos 'n verkleurmannetjie in 'n Smartieboks. Hoe kan hy op haar verlief raak sonder dat hy haar gesien het?

Sy is seker haar gesig weerspieël een groot vraagteken want Daniel lag saggies, "Ek het eerste jou lag gehoor, en dit was asof daardie geluid al die leë plekkies in my hart gevul het."

Melissa se hart klop vinniger as 'n resiesperd. Haar oë bly vasgenael op hom. Daniel gee nog 'n tree nader voor hy voortgaan, "Ek dink ek het toe verlief geraak op jou reuk. Of miskien was dit die klank van jou stem of dalk selfs die aanraking van jou hand. Ek was nog nooit vantevore so bewus van 'n vrou soos ek daardie oggend was nie."

Daniel skuifel nog nader. Hy is nou so naby dat Melissa die muskusgeur van sy naskeermiddel kan ruik en die hitte van sy liggaam teen hare kan voel. Hy lig sy hand en vee die trane waarvan Melissa salig onbewus was, van haar wang. Wanneer het sy begin huil? Dit maak egter nie saak nie want Daniel lig sy ander hand en omvou haar gesig, "Dit was eers later daardie middag toe ek jou in die supermark gesien het, dat ek jou gesien het en toe was dit verby. Ek was toe reeds hopeloos verlief op jou. Ek het daardie dag al geweet dat jy die een is vir wie ek my hele lewe al wag. Ek het jou so bitter baie lief, Lissa. Asseblief, gee my 'n kans?" pleit hy byna.

Melissa wonder wat Daniel sou doen as sy vir hom sê dat dit nie nodig is om te pleit nie. Sy het hom al vergewe met die eerste "ek het jou lief."

Onsekerheid flits deur sy oë. Miskien is dit tyd dat sy hom uit sy ellende help. Dis nou nie asof sy veel langer wil wag nie. Sy lig haar hande en sit dit bo-oor syne. Haar stem is slegs 'n fluistering toe sy uitkry, "Ek het jou ook lief, Daniel."

Melissa is heeltemal onbewus dat die res van die teenwoordiges saam met Daniel asem opgehou het maar met haar erkenning sug almal sommer hardop en 'n spontane applous breek uit. Vir die eerste keer sedert daardie aand in die kombuis, soen Daniel haar. Dit is nie lank of een van daardie tipe soene wat dreig om meer as net soen te word nie. Dit is 'n soen so vol liefde en teerheid, asof dit die seël op hul liefde plaas.

Toe Daniel sy kop lig en vir haar glimlag, bevestig dit Melissa se vroeëre vraag: hoe kan jy lief wees vir iemand sonder dat jy skaars twee ure alleen met hom spandeer het? Hoe kan sy haar hart en hom so geredelik vertrou?

Melissa het dit tog altyd geweet. Daniel Cooper is 'n baie spesiale man en so anders as die mans wat sy voorheen mee uitgegaan het. Hy het selfs sy spanmaats en vreemdelinge se gespot op die hals gehaal om haar om verskoning te vra en voor almal te vertel hoe hy oor haar voel. Hy kon dit nie eens ingeoefen het nie want sy het hom onkant gevang.

Melissa herken Grant se laggie agter haar. Sy loer oor haar skouer na hom waar hy langs Mark staan. Die twee pomp hul vuiste toe Grant aankondig, "Ek dink ons taak is afgehandel."

"Wat?" Melissa draai geskok na hom. "Het julle dit alles beplan?"

Sy het nou net gedink Daniel het uit sy hart gepraat en nou dit. Grant snork. "Kom nou, Snip. Jy kan maar ontspan. Daniel het niks geweet nie. Ek en Mark het net gehoop dat ons julle twee kan kry om net met mekaar te praat. Dit het eintlik baie beter uitgewerk as wat ons selfs gehoop het."

Melissa sug verlig. Sy weet immers dat Grant, soos haar broers, baie beskermend is. Sy glimlag verlig voor sy terugdraai na die man wat sy liefhet.

Daniel gee haar egter nie eens 'n kans om iets te sê nie aangesien hy summier haar mond opeis in 'n baie intenser soen as die een van flussies. Melissa se oë gaan toe en vir 'n oomblik of twee gee sy haarself oor aan die soen, aan Daniel en geniet die oomblik.

'N Flits en dan nog een en nog een, maak dat Melissa se oë oopvlieg. En dis toe dat die realiteit intree. Sy trek terug en toe sien sy dit. Almal se oë en selfs 'n paar selfone, is op haar en Daniel gevestig. Die nuus, met die bewyse, is tien teen een alreeds iewers in die kuberruimte. As dit het, kan sy maar net sowel vir haar 'n nuwe werk soek.

Wat gaan nou gebeur? Ja, hulle is lief vir mekaar en dit is alles wonderlik, maar wat nou van haar werk? Gaan dieselfde dinge wat voorheen in hul pad gestaan het, nie nog steeds 'n probleem wees nie?

Die ergste is dat hulle in die openbaar hul gevoelens vir mekaar verklaar het. Wat gaan gebeur as iemand haar aan die Suid-Afrikaanse Raad vir Gesondheidsberoepe gaan aankla? Sover sy weet kan sy nog steeds nie 'n verhouding met 'n pasiënt aanknoop nie.

Daniel moes gevoel het toe sy terugtrek, want hy klink skielik gespanne toe hy haar bestudeer, "Wat is nou fout?"

Melissa tree terug en loer benoud na waar sy laas vir Michael gesien het. Hy is egter nie meer daar nie en sy kyk verslae terug na Daniel. Waar sy 'n paar oomblikke nog op die wolke gesweef het, kom sy met 'n harde slag terug aarde toe.

"Lissa? Praat met my. Wat is verkeerd?"

Hy is bekommerd maar tog mis sy nie die teer uitdrukking in sy oë nie. Dit is so vol liefde, vir haar, dat haar oë weer vol trane skiet.

Is dit selfsugtig van haar om hierdie man en haar werk te wil hê? Na Roan het sy haarself belowe dat in enige toekomstige verhoudings sy sal seker maak dat as dinge verkeerd gaan, sy haar werk het om op terug te val.

Maar wat van as sy haar werk kies, en Daniel verloor? Gaan sy dit kan hanteer?

Melissa se kop is skoon deurmekaar. Sy kan glad nie nou reguit dink nie. Haar hart vertel haar om Daniel te kies, maar haar verstand maan haar om nie iets simpel aan te vang nie. Sy het so hard gewerk vir hierdie geleentheid. Juis nou dat sy uitgevind het waar haar toekoms lê, is sy gereed om dit alles net op te gee? Sy moet erken, sy is net so lief vir haar werk as wat sy vir Daniel is. Dis miskien 'n ander tipe liefde, maar sy is nie seker sy is gereed om enige van die twee op te gee nie.

Tog, die laaste drie maande was pure hel. Dit was alreeds moeilik om Daniel gereeld by die stadion te sien en nie toe gee aan die aantrekkingskrag tussen hulle nie. Noudat sy weet dat hy dieselfde voel, gaan dit nog erger wees. Sy is nie seker of sy dit sal kan hanteer nie.

Dis egter nie nou die plek om daaraan te dink nie. Daar is nog te veel pare oë wat hulle dophou en wag vir die volgende toneeltjie om af te speel.

Sy skud haar kop. Sy kan dit nie nou doen nie. Sy neem nog 'n tree weg van Daniel sodat sy hande langs sy sye val. Skok en verwarring flits oor sy gesig. Hy verdien 'n verduideliking, en al is dit ook hoe moeilik, moet sy dit doen. Nou. Hier, in die openbaar.

"Ek het jou lief, Daniel en ek weet jy het my ook lief, maar ek kan nie 'n verhouding met jou aanknoop nie."

Daar is nog, behalwe Daniel, wat geskok hul asems intrek. Voor Daniel egter iets kan sê, skud Melissa haar kop. Dit is tjoepstil rondom hulle wat maak dat Melissa se woorde dalk harder en meer ongenaakbaar klink as wat sy bedoel het. "Verstaan jy nie? Ek is nog steeds verbonde aan die etieke kode wat my verhinder om 'n verhouding met 'n pasiënt aan te knoop. Ek kan my registrasie verloor en as ek my registrasie verloor, verloor ek my werk en my hele loopbaan."

Al verblind die trane haar, kry Melissa dit tog reg om haar weg tussen die tafels te vind. Sy is bewus hoe stil dit is, maar die oomblik toe sy by die deur uit is, tel die stemme weer op. Melissa is oortuig daarvan dat sy en Daniel die onderwerp van bespreking is vanaand, en dit ook vir die volgende paar weke gaan bly. Al haar pogings om Daniel te vermy is dus nou pure verniet. Sy moet nou die gevolge dra.

Sy hardloop by die trappies af en oor die oefenveld na die parkeerarea. Te laat besef sy dat sy saam met Grant gery het en dus nie haar motor hier het nie. Traag stop sy. Sy sien nie nou kans om weer terug te keer na die restaurant toe nie.

"Lissa, wag."

Voor sy kon omdraai, gly sy arms van agter af om haar. Melissa trek haar asem diep in en daarmee saam die muskusgeur wat sy nou al met hom vereenselwig. Hy draai haar stadig om, en sonder 'n woord trek hy haar styf in sy arms en hou haar vas.

Dit voel dan so reg. Hoe kan dit dan verkeerd wees? Tog, dit maak haar bang. Sy moet dalk 'n besluit neem en sy weet nie of sy nou al reg is daarvoor nie. Vir nou egter gee Melissa toe aan Daniel se vertroostende omhelsing. Sy diep stem klink so gerusstellend dat sy hom amper glo, "Ons sal iets uitwerk, my Lief. Dit voel net te reg om sonder baklei net op te gee."

Melissa maak haar oë toe en gly haar arms styf om sy lyf asof sy aan 'n reddingsboei vasklou. Sy hoop hy is reg, want ja, dit voel so reg en sy kan nie dink om hom weer te laat gaan nie, veral nie nou dat sy weet hoe hy voel nie.

Na 'n rukkie verslap sy arms om haar. Hy stoot haar effens terug sodat hy in haar oë kan kyk. Sy groot hande omvou haar gesig en sy lang vingers vee die druppels wat nog aan haar wimpers kleef, weg. "Ek kan jou nie weer laat gaan nie, Lissa. Hierdie laaste paar maande was hel en ek sien nie kans om weer daardeur te gaan nie. Moet my asseblief nie wegstuur nie. Nie vanaand nie. Asseblief?"

Hoe kan sy nou nee sê vir die pleittoon in sy stem en die uitdrukking in sy oë nie? Môre gaan sy eie probleme bring. As vanaand die enigste kans wat sy gaan hê om die geluk te ervaar wat hierdie man aan haar kan bied, hoe kan sy nee sê. "Nie vanaand nie," is dus die enigste antwoord wat sy hom kan gee.

Al het dalk die feit dat sy die vanaand benadruk het nie gemis nie, reageer hy nie daarop nie. Sy kop sak af en dan eis sy mond hare op. Melissa sug en maak haar oë toe die oomblik toe sy lippe eers sag, en dan met meer dringendheid hare opeis. Na 'n lang ruk lig hy sy kop. Sy stem klink hees en sy asemhaling net so hortend soos hare toe hy fluister, "Laat ek jou huis toe neem."

Melissa knik. Sy wil nie verder dink nie. Al wat sy wil hê is vanaand.

Daniel blaas sy asem uit en laat Melissa gaan. Hy kan egter nie verduur om nie aan haar te raak nie. Vir die eerste keer strengel hy sy vingers deur hare en lei haar na sy motor en weer besef hy hoe reg dit voel want haar hand pas perfek in syne.

Hy skakel die motor aan maar hy trek nie onmiddellik weg nie. Vir 'n oomblik sit hy net en staar na paneelbord voor hy na Melissa draai. Met die sagte musiek in die agtergrond, bestudeer hy Melissa. Sy lyk nog steeds gespanne, want haar vingers strengel styf ineen in haar skoot. Daniel sit sy hand oor hare en druk dit saggies, "Ek is seker ons kan dinge uitwerk, Lissa. Vanaand wil ek net graag by jou wees, met jou praat en jou vashou. Môre kan ons planne maak."

Toe Melissa knik, is Daniel nog nie heeltemal oortuig dat sy geneë is met die nuwe verwikkelinge nie, aangesien hy, selfs in die lig wat van die stadion af in sy motor skyn, kan sien dat sy bloos, "En nou?" vra hy. "Hoekom die skielike blos? Voel jy ongemaklik? Ek belowe ek sal niks doen wat jy nie wil nie. Behalwe soen. Ek is mal daaroor om jou te soen."

Melissa skud haar kop maar die glimlag wat sy in sy rigting stuur, lyk baie verleë, "Dis nie dit nie. Dit tref my nou eers. Ek het nooit kon droom dat jy my liefhet nie. Gits, ek het nie eens gedink jy sou ooit met my wou uitgaan nie."

"Hoekom sou ek nie met jou wou uitgaan nie?" vra Daniel, verward.

Melissa bloos weer, "Belowe jy sal nie lag nie?"

"Hoekom sal ek lag? Tensy dit natuurlik snaaks is," voeg hy met 'n glimlag by.

Melissa glimlag skielik ondeund, "Miskien moet ek jou nie sê nie. Aangesien jy alreeds so verwaande buffel is met 'n groot ego."

Daniel lag. "O ja, die arrogante chauvinis." Sy glimlag verdwyn, "Maar dit verduidelik nog nie hoekom ek nie kan glo dat met jou sou wou uitgaan nie. Ek dog ek het dit elke keer duidelik gemaak elke keer as ek naby jou is hoe mal ek oor jou is."

Melissa lag. "Nou goed, ek moet bieg. Ek was doodverlief op jou op hoërskool. Ek het na elke wedstryd gegaan wanneer jy en Pierre saam gespeel het net sodat ek jou kon sien. Ek het selfs 'n kartondoos vol koerantknipsels oor jou gehad!"

Daniel staar verstom na haar, "Ek wens ek het geweet." Hy

korrigeer homself dadelik, "Nee gits, miskien is dit beter ek het nie. Kan jy jou indink in hoeveel moeilikheid ek dan sou wees? As ek moet oordeel oor hoe mal ek nou oor jou is, sou ek jou nie kon weerstaan nie."

Melissa skud haar kop, "Jy sou. Ek was 'n tipiese tienermeisie met draadjies en poniesterte. En ek was skaam. Ek sou gebloos het as jy net in my rigting gekyk het."

Daniel lig sy hand van hare en vou dit om haar wang. Dit is sy beurt om sy kop te skud toe hy fluister, "Ek twyfel. Ek is seker ek sou jou selfs toe herken het as die vrou vir my, draadjies of nie," voeg hy by voordat hy sy kop buig om haar te soen.

Dit was veronderstel om 'n ligte soentjie te wees om haar gerus te stel. Binne sekondes weet Daniel egter dat dit nie so gaan bly nie. Haar reuk bedwelm hom en hy kan nie genoeg kry nie. Sy arm gly om haar middel en hy trek haar nader. Daar is geen manier wat hy by sy voorneme gaan bly om die soen lig te hou nie. Hy het egter hierdie soen nodig. Een soen.

Een soen? Dit gaan nie gebeur nie. Die oomblik toe sy lippe oor hare streel, verloor Daniel tred met realiteit en vlieg sy goeie voornemens by die venster uit. Gelukkig is Melissa se reaksie alles wat hy oor gedroom en fantaseer het die laaste paar maande.

Toe hy terugtrek, moet hy 'n paar keer diep asemhaal om weer suurstof in sy longe en na sy brein te kry. Maar dit lyk of Melissa dieselfde probleem het, so dis dan alles reg. Hy lag saggies, "Dit is dan ook nou 'n eerste vir ons."

"Wat is?"

"Om in my motor te vry," lag hy weer. Hy hoop beslis nie dis die laaste keer nie.

. . .

"Haal asseblief die melk uit," versoek Melissa, meer om Daniel besig te hou sodat hy nie kan sien hoe senuweeagtig sy is nie.

"Waarvan leef jy?" vra hy verbaas toe hy die yskas beskou. Daar is seker net tamaties, kaas, botter en melk in. Of dit is wat hy kan sien. Haar vrieskas is egter vol maar dis meer te danke aan haar Ma en Chloe. Miskien was dit nie so 'n goeie idee dat hy haar yskas se inhoud sien nie. Aan die ander kant, hy gaan tog een of ander tyd uitvind.

Hy sit die melk op die toonbank en bestudeer die kaste met 'n frons voor hy weer opmerk, "Ek wens ek weet wie het hierdie kombuis geïnstalleer. Hoe kom jy by daardie hoë kaste uit? Maar gelukkig is jy nie so kort soos Chloe nie. Sy sal nooit as te nimmer daar uitkom nie."

Melissa snork. Sy systap egter Daniel se opmerking deur op te merk, "Dis nie my lengte wat die probleem is nie, Daniel. Dis my kook vermoë."

"Wat bedoel jy? Daardie aartappelgebak wat vir die braai by Sandy en Carl gemaak was baie lekker as ek reg onthou."

Melissa skud haar kop, "Ek het dit nie gemaak nie. Nee wag, ek het, maar Chloe het toesig gehou. Ek haar instruksies stap vir stap gevolg. As Chloe nie daar was om toesig te hou nie, sou dit dalk 'n groot fiasko gewees het."

"Ek verstaan nie. Jou ma is dan 'n huishoudkunde onderwyseres. Het sy jou nie leer kook nie?

Melissa trek haar gesig, "My ma is en ja, sy is 'n briljante kok en dit is die probleem. Sy is mal oor kook so ek het nooit geleer nie. Aangesien ek nie veel belangstelling getoon het nie, het ons net nooit daarmee gebodder nie."

Teen daardie tyd het Melissa klaar die koffie geskink en Daniel het vir hom melk en suiker ingegooi. Daniel tel beide bekers op toe Melissa klaar is en stap daarmee na die sitkamer.

Hulle het skaars langs mekaar op die bank gaan sit, toe Melissa se foon, en kort daarna Daniel s'n aandui dat hulle 'n boodskap het. En toe kom die boodskappe, een na die ander.

Melissa het skielik 'n slegte voorgevoel toe sy opstaan om haar foon te gaan haal waar sy dit op die kombuistoonbank gelos het. Agter haar hoor sy Daniel skielik swets.

Haar hande bewe toe sy haar foon optel en al die boodskappe sien. Haar voorgevoel was nie verkeerd nie. Die boodskappe bevestig haar ergste vrees.

Melissa se vingers gly oor die boodskappe, een na die ander. Party het skakels na sosiale media inskrywings op Twitter en Facebook. Party het ook 'n foto aangeheg. Melissa het nie nodig om dit eens oop te maak nie. Sy weet dit is foto's is van haar en Daniel in die Final Whistle.

Daar is egter een boodskap wat maak dat sy nie verder kyk nie. Dit is van 'n onbekende nommer maar daar is genoeg inligting in die eerste reël wat haar maak dit oopmaak. Kortaf en op die man af.

Haar hande verstyf om die foon en sy maak haar oë toe. Dit is dan dit. Sy het geweet dat dit gaan gebeur as sy Daniel na aan haar toelaat. Dis waaroor sy maande ongelukkig was sodat dit nie moes gebeur nie. En nou, net een misstap en haar wêreld stort ineen.

"Ek is jammer, Lissa. Ek wou jou nooit in hierdie posisie plaas nie. Ek moes my mond gehou het vanaand. Ek is so jammer ..."

Melissa hou haar hand op dat Daniel net moet ophou praat. Sy is te ontsteld oor Nicholas Carter se bevel om enigsins te luister na sy verskonings of simpatie.

Sonder om eens na hom te kyk, stap sy na die voordeur en maak dit oop. "Lissa, wag. Praat asseblief met my," pleit hy toe hy haar bereik en sy hand op haar arm sit. Sy kan hom nie in die oë kyk nie want sy is bang sy gaan in trane uitbars, en mompel kortaf, "Los my net alleen, Daniel. Dink jy nie jy het genoeg skade aangerig nie?"

"Asseblief ..."

"Gaan net. Asseblief."

Sy hoor sy sug. Vir een oomblik streel sy hand oor haar arm en dan val dit weg. Die oomblik toe hy uit is, maak sy die deur toe, en gee haar oor aan die trane wat al dreig sedert sy die eerste boodskap gekry het.

24

Die nag was lank en uitmergelend. Toe sy die Sondagoggend by Nicholas se kantoor instap, weet Melissa sommer dat sy nie haar beste lyk nie.

Vir 'n oomblik voel Melissa skuldig toe sy sien dat Nicholas nie alleen is nie en dat Tom Brady, Carl Becker, Michael en Christopher ook teenwoordig is. Hulle moes almal op hierdie Sondagoggend hul kosbare tyd saam met hul gesinne ontbeer om haar gemors op te los. Daar is nog twee ander mans met baie suur gesigte, maar niemand doen eens die moeite om haar aan hulle voor te stel nie.

Michael beduie vir Melissa om op die ander punt van die tafel, regoor die voorsitter.

Melissa klem haar hande in haar skoot saam en byt op haar onderlip sodat dit nie nog meer bewe nie. Deksels. Sy het genoeg in die nag gehuil. Nou sal sy moet sterk wees en baklei vir haar loopbaan.

Sy kyk op toe Nicholas begin praat. Melissa ken die man nie baie goed nie alhoewel hulle al 'n paar keer vlugtig ontmoet het. Sy weet dus nie of Nicholas se houding normaal is of nie.

"Juffrou Roux, ek neem aan dat u die inskrywings en foto's op sosiale media gesien het. Die aantyging wat teen jou gemaak word, is ernstig.

"Ek weet, maar ..."

Sy moet weer haar lip vasbyt toe Nicholas haar in die rede val, "Ek het jou nog nie toestemming gegee om te praat nie. Dit maak egter nie saak nie. Wat jy ook al te sê het, gaan niks verander nie. Ek het geen ander keuse as om u te skors tot ons die saak ondersoek het nie. Tydens u skorsing mag u geen kontak hê met enigiemand wat betrokke is by die Buffels nie, en veral nie Daniel Cooper nie."

Melissa het nie eens 'n spieël nodig om te weet dat sy geskok lyk nie. Ten minste keer die skok, wat vinnig deur woede vervang word, dat sy in trane uitbars. Teen die tyd dat Nicholas sy relaas afsluit met, "Ek is nie seker hoe ver die saak gaan vorder nie. Ek stel voor dat jy 'n prokureur kry. Dit sal al wees." Nicholas is duidelik woedend.

Verslae kyk Melissa van Nicholas na Michael. Dit is so onregverdig. Sy kry dan nie eens 'n kans om haar saak te stel nie. Toe Michael haar nie verdedig nie, sluk Melissa haar woorde. Sy sal nie pleit nie. Sy staan op en sonder om te groet, stap sy na die deur met haar kop omhoog.

Sy hoor 'n stoel agter haar skraap toe iemand opstaan, maar Melissa ignoreer dit en vlug by deur uit, net om reguit in Daniel vas te loop waar hy in die gang vir sy beurt wag.

Hy lyk net so moeg asof hy ook 'n slapelose nag gehad het. Melissa voel egter nou nog minder jammer vir hom as gisteraand. Sy weet sy was dalk net so skuldig, of eerder onskuldig, as Daniel maar op hierdie oomblik is sy so kwaad dat sy al die blaam op hom blaas. Dit is nie regverdig nie. In haar hart weet sy dit, maar regverdigheid is nie 'n woord wat nou in haar woordeskat bestaan nie.

Hy steek sy hand uit maar Melissa ruk terug voor hy aan haar kan raak. "Lissa, ek is so jammer. Hoe gaan ..."

Sy gee hom nie eens 'n kans om klaar te praat nie. Sy gluur vir Michael wat langs haar kom staan het, "Ek stel voor jy antwoord hom aangesien ek nie met hom mag praat nie. Terwyl jy dit doen, kan jy hom vertel om baie ver van my af weg te bly. En sê sommer vir hom dat as ek hom nooit weer sien nie, dit te gou sal wees."

Sy hoor hoe Daniel sy asem geskok intrek. Sy ignoreer egter vir hom en Michael, en los die twee mans in die gang toe sy na die trappe storm.

D is asof sy hart nie weet hoe om dit te verwerk nie. Een oomblik trek dit saam in angs en die volgende oomblik bons dit wild terwyl hy kyk hoe Melissa uit sy lewe verdwyn. Terselfdertyd pleit sy hart dat hy haar moet volg en haar smeek om hom nie te los nie. Sy brein weier egter om saam te werk en gee nie die instruksie deur na sy ledemate nie. Daniel staan vasgenael op die plek tot Michael sy arm stamp en mompel, "Kom, hulle wag vir jou."

Daniel het nie verwag dat die Buffels se prokureurs ook teenwoordig gaan wees nie. Hierdie is dus nie 'n vriendelike geselsie nie maar dis tog duidelik want daar is nie een vriendelike gesig te bespeur nie. Daar is nie baie dinge wat Daniel intimideer nie, maar die ernstige uitdrukkings maak hom ongemaklik. Hy kan hom net indink hoe Melissa moes gevoel het en dan moes sy hulle nog boonop eerste trotseer. Sy hart kramp sommer weer saam.

"Jy weet hoekom jy hier is?" vra Nicholas kortaf.

Daniel knik, "Ek kan raai, ja."

"Wel, dan moet jy verstaan dat dit 'n ernstige aantyging teen juffrou Roux is. Ons het geen keuse gehad om haar te skors nie."

Daniel staar vir 'n oomblik geskok na Nicholas voordat hy sy asem terugkry en sis, "Dis belaglik. Sy het niks verkeerd gedoen nie."

Daniel het nie eens besef hy het opgespring totdat Nicholas beveel, "Bly stil en sit. Jy sal jou beurt kry om te praat."

Daniel gaan sit maar die woede oor hoe onregverdig Melissa behandel word, borrel nog onder die oppervlakte. Dit word net erger toe Nicholas beskuldig, "Is jy onnosel, kaptein? Jy moes tog van beter geweet het as om jou intensies in die openbaar te verkondig. Kyk net watse gemors het jy nou veroorsaak!"

Daniel gluur na hom maar hy antwoord nie. Hy het ook nie juis 'n kans nie, want Nicholas sug, "Wel, dit gaan nie help om beskuldigings rond te slinger nie. Tydens juffrou Roux se skorsing en die ondersoek aan die gang is, mag jy haar onder geen omstandighede kontak nie. Is dit duidelik?"

Daniel knik maar nog steeds antwoord hy nie. Hy is gans en al te kwaad daarvoor. Nicholas tier voort, "Daar gaan 'n ondersoek wees. Ons moet vasstel of juffrou Roux onprofessioneel opgetree het en dat julle 'n onvanpaste verhouding gehad het. Kan jy ons jou weergawe gee?"

Daniel vra stilweg, "Het julle Melissa ... juffrou Roux dieselfde geleentheid gegee?"

Nicholas se onverwagte blos bevestig Daniel se vermoede. Die franchise het Melissa geskors sonder om haar 'n geleentheid te gee om haarself te verdedig. Dit verbaas hom want dis nie hoe hy Nicholas ken nie. Toe Nicholas sy kop skud en erken, "Nee, maar ..."

Daniel staar na Nicholas. Gedagtes flits met 'n weghol spoed keur sy kop. Hy het baie tyd gehad om te dink deur die nag. 'n Paar maande gelede het hy die biografie gelees van een van die grootste All Black kapteins ooit. Een frase het sy aandag getrek en nog heeltyd in sy kop vasgesteek. Dit was blykbaar iets wat die All Blacks se sielkundige vir hulle gesê het na hulle in die vorige Wêreldbeker in die kwarteindrondte verloor het. "Rugby is wat jy doen. Dit is nie wie jy is nie."

Daniel het die hele nag oor daardie frase getob. Hy weet dit is die waarheid en wat hy moet doen. Hy kan iets anders doen behalwe rugby. Hy het 'n suksesvolle besigheid. Hy het in die vroeë oggendure aanvaar dat nie die man sal wees wat hy graag wil wees, as hy Melissa net so laat gaan of vir haar drome baklei nie. Hy het daardie fout een keer gemaak en het die laaste drie maande daarvoor betaal.

Hy kyk Nicholas reguit in die oë en skud toe sy kop, "Geen maar's nie, meneer Carter. Wat sê jy altyd? Dis alkant selfkant."

"Maar sy is geskors en jy nie," wys Nicholas uit.

"Hoekom nie? Hoekom is ek nie ook geskors nie en juffrou Roux is?"

"Jinne, Daniel, ons kan nie bekostig om jou te skors op die tydstip van die kompetisie oor 'n belaglikheid nie," roep Tom geskok uit.

Daniel skud sy kop, nou nog meer vasbeslote. "Iets belaglik. *Coach* is reg. Juis daarom weier ek om te speel tot juffrou Roux se skorsing opgehef word. Ek sê weer. Sy het niks verkeerd gedoen nie. Indien julle haar nie gaan toelaat om haarself te verdedig nie, dan onttrek ek my van die span."

Hy staan op en sê stil, "Julle almal weet dis onregverdig. Ek en Melissa het niks verkeerd gedoen behalwe om lief te wees vir mekaar nie. Ons het nie daarvoor gevra nie, maar dit het gebeur. Ek wil voorstel dat as julle iemand wil straf, straf my. Sy het my die hele tyd weg gestoot en het van die begin af vir my gesê sy kan nie verhouding met my terwyl sy my behandel nie. Julle het seker gisteraand die een rede gehoor hoekom ek vir Michael gevra het dat Melissa my nie meer behandel nie?"

Toe hulle, behalwe die prokureurs, bevestigend knik, gaan

Daniel voort, "Daar was nog 'n rede. Ek het gedink as sy my nie behandel nie, daar nie 'n terapeut/pasiënt verhouding bestaan nie en dan kan ons mos 'n verhouding hê. Sy het my nie een keer die afgelope drie maande behandel nie. Ons het, behalwe met die reëlings vir Chris en Riley se troue, skaars met mekaar gepraat in die tyd. Dit was nie maklik nie. Ons het dieselfde groep vriende. As ek egter geweet het iets soos hierdie gaan gebeur, sou ek gisteraand my mond gehou het."

Daniel weet hy skok hulle maar hy gee nie meer om nie. Hy gluur na Michael, "Hoekom het jy nie vir Melissa opgestaan nie, Michael? Jy was daar toe Melissa my behandel het. Jy weet sy was nie een keer onprofessioneel nie."

Hy gee Michael egter nie 'n kans om te reageer voordat hy sy blik na Christopher verskuif. "Jy weet hoe dinge was tussen my en Melissa, Chris. Jy weet sy het skaars met my gepraat. Jy is my vriend, ja, maar jy ken Melissa tog ook. Sy was daar vir jou en jou vrou en dis hoe jy haar vriendskap beloon? Jy weet sy het niks verkeerd gedoen nie."

Van Chris kyk hy na Carl en Tom Brady. "Ek hoef julle nie te vertel hoe teleurgesteld ek is nie. Jy kan ook iets gesê het, Carl. Jy het genoeg tyd in my en Melissa spandeer om te weet hoe dinge tussen ons was. En *Coach*," voeg hy by met sy blik op Tom gevestig. "Het *Coach* vergeet van ons gesprek in Nantes? Het *Coach* vergeet dat ek vir *Coach* vertel het hoe ek oor haar voel en my presiese woorde toe?"

Daniel skud sy kop voor hy na Nicholas kyk wat hom bekommerd beskou, "As julle so onregverdig wil wees deur my en Melissa verskillend te hanteer, en haar te blameer vir iets waaraan ek skuldig is, dan wil ek nie meer deel wees van hierdie franchise nie. Ek bedank."

Daniel wag nie eers vir hul reaksie nie. Nie dat daar enige is nie. Hy vermoed dat hulle te geskok is om te reageer toe hy summier uit die vertrek storm.

In sy motor haal hy sy foon uit om Melissa te bel. Soos hy verwag het antwoord sy nie. Hy blameer haar nie. Hy is egter desperaat om haar te sien. Hy wil haar verseker dat dinge gaan uitwerk, dus ry hy na haar woonstel. Hy hoef nie eens op te gaan om te weet dat dit nie gaan help nie aangesien Melissa se motor nie daar is nie.

Miskien is dit beter dat hy haar nie sien nie. Hy het alreeds so 'n gemors aangevang, en hy moet dinge regmaak, vir haar.

Hy haal weer sy foon uit sy sak en merk eers toe die aantal boodskappe op. Hy gaan vinnig deur die boodskappe maar nie een is van Melissa nie. Hy ignoreer dus al die boodskappe en tik een vir Melissa. Hy weet hy moet haar nie kontak nie, maar hy belowe dat dit die laaste een sal wees. Hy lees eers weer die boodskap oor voor hy met 'n sug die knoppie druk om dit te stuur.

Hy staar nog na die foon in sy hand toe dit weer vibreer met 'n inkomende boodskap. Hy is sommer teleurgesteld toe hy sien dit is Mark. Dit is ongelukkig een persoon met wie hy nie nou wil praat nie. Vir weke het Mark hom soos die pes vermy en toe het hy gisteraand vir Daniel aangemoedig om met Melissa te praat. Kyk nou die gevolge. Nee, hy is beslis nie nou lus om met Mark te praat nie.

Daar is egter iemand anders wie se raad hy nou bitter nodig het. Veertig minute na hy by die stadion weg is, stop hy voor Damian se huis. Lynn maak die deur vir Daniel oop. Sy vra nie eens hoe dit gaan nie. Bes moontlik het sy en Damian die boodskappe wat in die kuberruimte rondvlieg gesien. "Hy wag vir jou by die boma. Sê vir hom ek neem die kinders saam. Sien julle later by ma-hulle."

Daniel knik en stap sommer weer af met die trappies en volg dan die paadjie deur die tyd na die agterkant van die huis. Damian kyk op toe Daniel se voetstappe op die gruis knars. Sonder 'n woord staan hy op en gee Daniel 'n stewige drukkie.

Daniels se emosies ry al van gister van wipplank en so byna verloor hy beheer. Hy het Damian se krag nou so bitter nodig want dit voel asof hy syne verloor het in daardie konferensiekamer vanoggend.

Met 'n suggie tree hy uit Damian se omhelsing en sak op die bank neer met sy hande in sy hare. Damian hoef net te sê, "Praat met my, kleinboet," toe ryg Daniel sommer derms uit. Dit is eintlik 'n verligting om nou, nadat hy vir soveel maande sy gevoelens moes opkrop, eindelik dit met iemand kan deel. As Mark nog met hom gepraat het sou hy seker dit met hom kon bespreek aangesien Mark een van die min persone is wie hy kan vertrou.

Toe hy eindig met hoe hy uit die konferensiekamer gestap het, is dit stil. Daniel druk Damian nie. Hy is besig om alles wat Daniel hom vertel het, te verwerk. Eindelik sê hy, "Ek is trots op jou, kleinboet. Ek is trots op jou dat jy vir haar opgestaan het want ek stem saam met jou dat dit onregverdig is. Die etiese kode het niks daarmee te doen nie. Nicholas en sy bestuur moes die saak eers ondersoek het voordat hulle haar geskors het. Of ten minste moes hulle julle op dieselfde manier hanteer het."

Hy bly vir 'n oomblik stil en vra dan, "Wat gaan nou gebeur?"

Daniel skud sy kop, "Ek weet nie. Ek mag nie met Melissa praat nie. Ek wil dit ook nie nog moeiliker maak vir haar nie maar daar moet 'n manier wees wat ek haar kan help. Sy het niks verkeerd gedoen nie, Damian. Selfs gisteraand, na ek my gevoelens in die openbaar aan haar verklaar het, het sy my voor dieselfde groep mense vertel dat dit nie saak maak dat sy dieselfde voel nie. Die etiese kode verbind haar nog steeds. Hoekom het niemand daardie video ook gedeel nie? Ek was die een wat agterna gestorm het en haar belowe het dat ons dinge sal uitwerk. Kyk nou net watse gemors het ek aangevang. Ek moet dit regmaak. Ek moet Melissa help want sy verdien dit nie."

"En as die enigste manier om haar te help beteken jy moet rugby opgee?" vra Damian stil.

"Dan gee ek dit op," verklaar Daniel sonder om daaroor te dink.

Damian lig sy wenkbrou op dieselfde manier wat Daniel soms doen toe hy vra, "Selfs al beteken dit dat jy die finaal van hierdie kompetisie gaan misloop of die Wêreldbeker?"

"Selfs dan," erken Daniel en herhaal met 'n sug, "Selfs dan."

"Hoekom?"

"Want om Melissa te verloor gaan baie erger wees as om 'n trofee of 'n geleentheid te mis. Daar is altyd 'n kans dat 'n besering my loopbaan voor dan kan beëindig. Ek het lankal aanvaar dat dit deel is van die werksbeskrywing. Ek sal egter nie kan aanvaar dat ek Melissa kan verloor nie."

Damian knik glimlaggend, "Sy is dus die een?"

Daniel glimlag vir die eerste keer daardie oggend. Hy onthou daardie eerste dag wat hy Melissa ontmoet het. "Sy is. Ek het dit geweet nog voor ek 'n woord met haar gepraat het."

"Maar hoe kan jy so seker wees as julle nog nie eens een keer op 'n afspraak was of jy haar gesoen het nie?" vra Damian, hoogs geamuseerd.

Daniel lag. "Die Cooper-kruis," en voeg dan by, "En ja, ons was dalk nog nie op 'n afspraak nie, maar dit beteken nou nie dat ek haar nie gesoen het nie."

"Ha, jy vat 'n kans wanneer daar net 'n halwe gaping is."

"Presies," erken Daniel.

Damian raak skielik ernstig, "Kom ons gaan huis toe vir middagete. Ma-hulle wag al. Sal jy omgee as ek ons gesprek met Lynne bespreek?"

"Nee, glad nie. Ek en Melissa het al die hulp nodig wat ons kan kry."

Damian staan op, "Ek weet dit gaan nie maklik wees nie, maar moenie Melissa kontak voor jy nie hierdie probleem opgelos het nie."

Daniel snork. "Na die manier wat sy vroeër met my gepraat het? Ek wonder of sy ooit weer met my sal praat."

Melissa is seker dat die enigste rede hoekom sy Pretoria toe getrek het was sodat sy naby haar familie kan wees toe alles verkeerd gaan. Sy weet nie of sy deur alles sou kom op haar eie nie.

Haar ouers is nie op sosiale media nie maar teen die tyd dat Melissa by haar ouerhuis aankom, het haar broer hulle reeds ingelig. Hoekom sy nog bekommerd was dat hul haar weergawe sou glo, weet sy nie. Al wat hulle gedoen het is om haar vas te hou toe die trane weer loop.

Toe sy later aan die slaap raak in haar ou kamer, het haar ma en broer gery en vir haar 'n tas gaan pak. Toe sy by die stadion weggery het, het sy nie eens daaraan gedink aan klere of toiletware nie. Al wat sy wou gedoen het was om by haar ouerhuis te kom.

Dis eers laat die Sondagmiddag wat sy wakker word, maar sy het nie energie om op te staan nie. Sy lê en luister na die ou bekende klanke van haar kinderjare. Voëltjies kwetter in die boom voor haar venster, en so paar huise van hulle af, baljaar kinders en dra die laatmiddagwindjie die klanke na haar toe. Alles bring herinneringe terug van haar tienerjare. Hoeveel dae het sy nie op hierdie einste bed gelê en fantaseer oor Daniel Cooper nie? Alhoewel haar gedagtes weer na hom dwaal, is dit nie met dieselfde grootoog onskuld van destyds nie. Hierdie keer is haar gevoelens meer intens. Die wete dat Daniel dieselfde voel, maak dit net moeiliker.

Haar hart kramp sommer saam as sy onthou hoe moeg en

verslae hy vanoggend gelyk het. Sy kon egter nie haar reaksie help nie. Die herinneringe aan wat in Nicholas Carter se konferensiekamer gebeur het, krap haar net weer om.

Dit het haar ook laat besef: sy het nooit 'n plan B nie. Al die jare was haar fokus om by die Buffels te werk, dat sy geen ander planne gemaak het nie. Dit is al wat sy wou doen. Selfs haar nuwe fokus is aan die Buffels gekoppel.

En nou, net dat sy haar droom kan vervul, was sy so simpel om weer verlief te raak op Daniel Cooper. Al haar pogings om van hom weg te bly het nie eens gehelp nie. Hy het eers onder haar vel en toe in haar hart gekruip.

Sy tel haar foon van die bedkassie af op en sien al die boodskappe. Daar is baie boodskappe, van al haar vriende by die Buffels, Grant en selfs sommige wat sy nie eens ken nie. En nou kan sy nie eens enige van hierdie boodskappe antwoord of dit eens lees nie.

Een boodskap maak sy egter oop. Toe sy lees, vloei die trane weer van voor af. Uit die boodskap kan sy aflei dat Daniel desperaat is om met haar te praat. Hy voel duidelik ontsteld oor wat gebeur het. *"Ek is so jammer, Lissa. Ek weet ek is nie veronderstel om jou te kontak nie. Ek belowe ek sal dit nie weer doen tot ek jou naam in ere herstel het nie. Ek wil net vir jou sê dat ek jou liefhet en aan jou dink. Ek is so jammer vir my aandeel in die gemors. Moet my nie verkeerd verstaan nie. Ek is nie jammer dat ek lief is vir jou nie, maar ek besef nou dat ek dinge anders moes hanteer het. Ek hoop dat wanneer alles verby is, jy my nog 'n kans sal gee. Ek wens ek kon jou nou 'n stywe drukkie gee. Sterk wees, my lief. Onthou dat ek jou liefhet.* ♥ *Daniel. xxx."*

Melissa maak haar oë met die foon nog styf in haar hand vasgeklem.

25

"L issa?"

Melissa kyk op toe haar ma in die deur verskyn met 'n skinkbord en twee koppies. Melissa glimlag flou. Haar ma glo nog vas daaraan dat 'n koppie tee die wêreld se probleme kan oplos. Melissa weet egter nie of selfs die beste en duurste tee opgewasse gaan wees om hierdie dilemma te oorkom nie.

Sy skuif regop teen die kussings toe haar ma nader stap en die skinkbord op die bedkassie neersit en haar sommer langs Melissa op die bed tuismaak. Sy tel een van die koppies op en hou dit na Melissa uit. Melissa sit haar foon op die bedkassie met Daniel se boodskap nog oop voor sy die koppie by haar ma neem.

"Daniel?" vra haar ma en beduie met haar kop na die foon.

Melissa knik stil.

"Is jy nog kwaad vir hom?"

"Kwaad?" Melissa dink so oomblik oor die vraag. "Ek is kwaad, maar ek weet dit is onregverdig om kwaad te wees net vir hom. Ek is ongelukkig, ja."

"Nou wat sê hy?" vis haar Ma uit.

"Mamma kan maar lees," gee Melissa toe. Haar ma laat haar nie twee keer nooi nie, en tel summier die foon op en lees die boodskap. Toe sy die foon terugsit op die kassie voor sy haar eie koppie optel, lyk sy diep in gedagte. Sy neem 'n slukkie tee en vra dan, "En sal jy hom vergewe?"

Melissa sug, "Ek wens ek weet, Mams. My hart smeek om hom te vergewe maar dit lyk nie of Daniel dit verstaan nie. Dit maak nie saak of hy nou my naam in ere herstel nie, ons gaan nog steeds nie 'n verhouding kan aanknoop tot een van ons die franchise verlaat nie. Ek kan nie sien dat Daniel dit gou sal doen nie. Dit gaan ek moet wees en ek weet nie of ek al gereed is om daardie besluit te neem nie."

Sy volg haar ma se voorbeeld en vat 'n slukkie van die tee, maar dis meer om tyd te wen om haar eie gedagtes te orden voor sy erken, "Miskien is dit nie eens nodig om so 'n besluit te maak nie. As ek volgens daardie ernstige gesigte in die raadsaal moet oordeel, gaan die Buffels my dalk nie eens terug wil hê nie. As dit net oor die video's of plasings op sosiale media is, kan ek nie verstaan hoekom meneer Carter so drastiese besluit geneem het nie. Die enigste gevolgtrekking wat ek kan maak is dat iemand 'n klag gelê het by die Suid-Afrikaanse Raad vir Gesondheidsberoepe."

"En as iemand het?"

"Dan kan ek net sowel my loopbaan totsiens sê. Dit vat party maal maande, indien nie jare nie, voordat hulle 'n saak aanhoor. My proeftydperk is nou wel verby maar wie sê die Buffels sal my wil aanhou tot die saak afgehandel is?"

"Wat gaan jy doen?"

"Miskien is meneer Carter reg. Ek gaan dalk 'n prokureur nodig hê."

En in stilte voeg sy by: "En 'n nuwe loopbaan."

· · ·

T om Brady bestudeer die gesigte rondom hom en sug. Dit gaan nie maklik wees nie. Hy hoop dat die besluit wat Nicholas gister geneem het, nie ernstige gevolge gaan hê nie.

Hy loer na Carl en Michael, maar beide lyk so ongemaklik soos hy. Tom ken mos die spelers. Hulle is baie lojaal aan hulle kaptein.

Dat Daniel nie hier is nie, is 'n bewys dat hy ernstig is oor sy dreigement. Tom het egter gehoop dat hy die aankondiging kon uitstel tot later in die week maar besef nou dat dit nie gaan gebeur nie. Toe hy die opdrag gee, "Kom laat ons begin," beweeg nie een van hulle nie.

Matthew, sagte, stil Matthew, praat eerste, "Ons kan nie begin nie, *Coach*. *Cappie* is nog nie hier nie."

Daar was 'n besliste uitdaging in Matthew se stemtoon, wat Tom nogal verbaas. Sy blik gly oor die onderkaptein. Matthew kyk Tom vierkant in die oë, sy bene effens van mekaar geplant en sy arms oor sy bors gevou. Matthew daag Tom uit om met die waarheid vorendag te kom. Tom het 'n spesmaas dat die span weet wat gisteroggend gebeur het.

Sy blik gly van Matthew na Mark Bailey, dan Ryan Foster en die res van die senior span. Hulle het almal dieselfde uitdagende houding as Matthew. Tom het nie 'n keuse nie. Op een of ander manier het die span uitgevind maar dit verbaas hom nie. Nuus soos hierdie lek baie vinnig.

Sy blik keer terug na Matthew toe hy aankondig, "*Cappie* het hom uit die span onttrek. Jy sal hierdie week die kapteinskap oorneem."

Matthew erken nie sy nuwe rol nie. Hy eis fronsend, "Hoekom het *Cappie* onttrek? Het iets gebeur? Is hy beseer?"

Tom skud sy kop, "Nee, hy is nie beseer nie."

"Hoekom dan, *Coach*? *Cappie* sal mos nooit so 'n belangrike wedstryd sonder 'n goeie rede misloop nie."

Tom loer na Carl en Michael, maar hulle beide staar strak voor hulle uit en hy besef dat hy nie 'n keuse het nie. Hy sal hulle moet vertel. "Daniel weier om te speel tot hulle mejuffrou Roux weer haar pos kan inneem."

Sy aankondiging veroorsaak 'n gemor onder die res van die span. Een na die ander volg hulle die senior groepie spelers se voorbeeld en staar hulle na Tom met dieselfde houding en uitdrukkings.

"Wat bedoel *Coach* dan nou? Is juffrou Roux afgedank?"

Tom moet seker dankbaar wees dat die hele span hul aggressie nou na Michael verskuif het, maar dit sal nie regverdig wees as sy seun die blaam moet dra nie. Michael probeer alles in sy vermoë om Nicholas te oortuig om sy besluit te verander. Michael verduidelik egter vinnig, "Hulle het haar nie afgedank nie. Hulle het haar net geskors tot ons die ondersoek voltooi het."

"Watse ondersoek?" kom dit van 'n paar spelers tegelyk.

"Fisio's, soos al die lede van die mediese professie, is verbonde aan 'n etiese kode. Iemand het geïnsinueer dat juffrou Roux onprofessioneel opgetree het deur 'n verhouding met 'n pasiënt aangeknoop het."

Mark frons, "Dis nonsens en julle weet dit."

Michael trek sy skouers op, "Ek is jammer, maar dit is die geval. Ek gaan die saak na die Portuurbeoordelingskomitee van die Suid-Afrikaanse Raad van Fisioterapeute verwys . Hulle sal die beskuldigings wat in sosiale media oor die naweek gemaak is, ondersoek. Dit is die enigste manier hoe ons haar naam gaan in here kan herstel voor 'n klag by die Raad van Gesondheidsberoepe gelê word. As dit gaan gebeur, is haar loopbaan verby."

"Moes sy oor 'n blote gerug in sosiale media geskors word? Is dit nie bietjie die dam onder die eend uit ruk nie?" dring Mark aan.

Michael skud sy kop, "Nee, volgens my was dit nie nodig nie, maar op regsadvies het Nicholas besluit dis die beste roete om te volg."

Michael is duidelik nie gelukkig met Nicholas en die regspan se besluit nie.

Matthew is weer aan die beurt. "Nou wat is die gerugte?"

"Dat sy verhoudings met pasiënte aanknoop."

Daar is 'n gemor onder die spelers wat duidelik nie met daardie gerug saamstem nie. Mark dring weer aan, "Weet julle wie het die gerug begin?"

Michael frons en loer na sy foon. "Dit was 'n twiet wat Saterdagaand begin het na iemand foto's versprei het van Melissa en Daniel wat soen. Al wat ons weet is dat die persoon wat die gerugte begin is deur iemand wat op Twitter bekend staan as '@Ro-Dent'."

"Klink vir my na iets wat rottegif nodig het," snork Mark onderlangs, wat vir 'n oomblik die gespanne atmosfeer verlig. Mark eis egter so vinnig, "Hoe lank neem die proses?" dat niemand eens die ligte oomblik waardeer nie.

"Dit hang af hoe lank dit ons neem om die bewyse in te samel?"

Mark is nou goed op dreef want voor iemand anders 'n kans kry om 'n woordjie in te kry, peper hy Michael al met die volgende vraag, "Watse tipe bewyse?"

"Beëdigde verklarings van almal wat nou en ook in die verlede saam met juffrou Roux gewerk het. Ook enigiemand wat bewus is van 'n verhouding tussen haar en die kaptein, onder andere. Ek weet nie. Ek sal hulle moet kontak om meer inligting te kry. Ek dink egter hoe meer bewysstukke ons kan versamel, hoe makliker gaan dit hul taak maak."

André frons, "Niemand het dus 'n formele klagte gelê nie?"

Michael skud sy kop, "Nie sover ons weet nie."

"Ek kan nie glo dat julle so 'n drastiese besluit op grond van 'n gerug gemaak het nie. Wat staan in juffrou Roux se verklaring?"

Michael lyk nou eers ongemaklik toe hy moet erken, "Sy het nie 'n verklaring afgelê nie."

"Hoekom nie?" Dis weer Mark aan die beurt.

Michael se gesig verstrak. "Want sy is nie die geleentheid gegee nie."

Mark is nou eers omgekrap. "En *Cappie*? Het hy die geleentheid gekry?"

Tom is nou oortuig daarvan dat veral Mark wel deeglik bewus is van wat gister gebeur het. Sy vrae is gans en al te akkuraat om net bespiegelings te wees. Arme Michael is nog steeds in die verspuur en skud moedeloos sy kop toe hy erken, "Toe Daniel hoor dat juffrou Roux nie die geleentheid gekry het om haarself te verdedig nie, het hy geweier om 'n verklaring te gee aangesien dit volgens hom onregverdig is. Hy het summier uitgestap."

"En met regte!" klink 'n klomp stemme op.

Tom besluit dat dit nou lank genoeg aangegaan het en tree tussenbeide, "Ons gaan nie nou die probleem oplos nie. Kry julle basse op die veld."

Tom wens hy het eerder sy mond gehou. Dinge rafel vinnig uit en daar is absoluut niks wat hy daaraan kan doen nie. Hy het Nicholas gewaarsku. Michael het Nicholas gewaarsku maar Nicholas was oorversigtig, wat nogal vreemd is vir die jong biljoenêr, en het eerder die raad van die twee regsgeleerdes gevolg.

Tom ken mos sy spelers. Hulle is lojaal teenoor hulle kaptein en sal oor warm kole vir hom loop. Wat die volgende paar minute gebeur bevestig dat sy vermoedens reg was.

Mark tree eerste vorentoe en neem weer daardie uitdagende houding as vroeër in. "Ek onttrek van die span tot die bestuur juffrou Roux se skorsing opgehef het."

Tot Tom se ontsteltenis doen Matthew dieselfde en gaan staan langs Mark, "Ek onttrek van die span tot die bestuur juffrou Roux se skorsing opgehef het."

Rick Walters en Ryan Foster doen dieselfde, dan André en Richie en volg die res van die span hulle voorbeeld.

Tom sug moedeloos, "Komaan ouens. Julle kan dit nie aan my doen nie."

"Jammer, *Coach*. Dis regtig nie teen *Coach* gemik nie, maar soos *Cappie* voel ons dat juffrou Roux onregverdig behandel word. Sy het niks verkeerd gedoen nie. Nie waar nie, Michael?"

Michael skud sy kop, "Nie sover ek weet nie."

"Ons stel voor dat *Coach* met meneer Carter gesels. Ons sal vir julle in die Final Whistle wag indien julle met ons wil gesels."

M ark wag totdat die afrigtingspan uit die kleedkamer stap voordat hy omdraai en die span toespreek, "Goed ouens. Ons kry mekaar oor twintig minute by die Final Whistle. Dit sal baie gaaf wees as julle elk 'n verklaring sal aflê oor juffrou Roux se professionele gedrag. Indien julle enigsins bewus is van 'n verhouding tussen *Cappie* en juffrou Roux voor Saterdagaand, voeg dit gerus by. Dit moet egter vrywilliglik wees en in jul eie woorde, andersins gaan dit nie haar saak help nie. Tik dit op jou foon of tablet of skootrekenaar en stuur dit vir Rachel. Of skryf dit op 'n stuk papier as dit nodig is. Ek sal vir Rachel vra om dit te tik en uit te druk vir almal se handtekeninge."

Daar is 'n geskarrel soos almal hul terug na hul sluithokkies haas om hul fone, tablette en skootrekenaars te kry. Toe James Dube wou wegstap, wink Mark hom nader. Eenkant, waar die ander hulle nie kan hoor nie, fluister hy vir James, "Smiley, kan jy dalk vir Ray in die hande kry?"

James knik, "As ek nie, kan ek vir Pa vra. Hoekom? Wat wil jy weet?"

"Ek wil weet wie het daardie gerug begin. Wie is Ro-Dent?"

James knik en nog voor Mark wegstap, hoor hy hoe James met een van sy broers praat. Ray is 'n sekuriteits- en internetspesialis. Om inligting soos dié op te spoor sal vir hom kinderspeletjies wees. Voor twaalf, behoort hulle al die inligting te hê: tot wat die persoon vir ontbyt geëet het.

Mark wissel vlugtig 'n paar woorde met Matthew, wat die leiding by die Final Whistle sal neem terwyl hy Rachel van die toestand van sake gaan inlig. Soos Mark vermoed het, is Rachel aan Daniel en Melissa se kant. Soos Mark kan aflei, het sy nie baie ooghare vir die nuwe regspan wat Nicholas onlangs aangestel het nie, maar sy is ook nie die enigste nie.

Mark sit sommer in Rachel se kantoor en tik sy verklaring op sy tablet. Sy druk dit dadelik uit, saam met haar eie verklaring, en so saam-saam onderteken hulle dit. Teen die tyd dat Mark haar kantoor verlaat, het Rachel Chloe ook opgekommandeer wat weer op haar beurt vir Hannah, Sandy en die ander fisioterapeute genader het. Op pad na die Final Whistle kontak hy sy neef, Nathan, wat op die lughawe wag vir sy vlug vanaf Kaapstad en konfereer hulle vlugtig voor hy Damian en Grant kontak.

Die Final Whistle is stampvol en party spelers het hulle sommer op die gras langs die restaurant tuisgemaak toe Mark daar aankom. Die hele ondersteuningspan is daar maar hulle is nie die enigstes nie. Die twee fisioterapie-studente wat Melissa bygestaan het by die studentespan is daar asook 'n paar verdwaalde studente. Die Braves, die onder 21's en die lede van die vrouespan wat beskikbaar is, is almal teenwoordig.

Mark stuur twee van die jonger manne om Rachel te help om haar skootrekenaar en drukker en 'n stapel lêers restaurant toe te bring. Terwyl hulle weg is, konfereer hulle weer en voeg nog idees by. Teen die tyd dat Rachel by hulle aansluit, arriveer die ander hulp wat Mark ingeroep het, onder andere Grant en hul prokureur asook James Doubell, Daniel se agent. Die prokureur en Rachel trek 'n verklaring op en druk 'n paar kopieë uit. Van die studente en die vrouespelers vertrek om die res van hul span se handtekeninge te versamel.

Darius Lategan, die ander fisio, was druk besig. Hy en Simon se hulp was van onskatbare waarde maar dit was Darius wat in kontak gebly het met 'n vriend wat aan die Raad van Fisioterapeute verbonde is en hulle meer inligting kon gee. Gepantser met Melissa se CV, kon die twee fisio's en Sandy Melissa so oud-kollegas kontak en reëlings tref.

Rachel het met Chloe en Hannah se hulp die spelers georganiseer sodat elkeen sy verklaring onder die wakende oog van Peter Johnson en James Doubell die verklarings onderteken het. Hannah en Chloe help Rachel om al die verklarings alfabeties in die lêers te liasseer.

Dit is laatmiddag toe een van die jonger spelers hul aandag vestig op die trio wat oor die oefenveld aangestap kom. Tom en Michael lyk moeg en uitgeput en Christopher omgekrap. 'n Stilte sak oor die groep neer.

Uit Tom se gesigsuitdrukking kan hulle aflei dat hy nie goeie nuus het nie. Hy bevestig dit deur sommer met die deur in die huis te val, "Die prokureurs is nog steeds vasbeslote dat ons die regte prosedure moet volg."

"En dit is?" vra Mark, die onbetwisbare leier van die rebellie.

"Om so gou moontlik die verklarings by die Portuurbeoordelingskomitee te kry. Ek weet nie hoe lank dit gaan neem nie," mompel Michael.

Mark grinnik maar voor hy Michael kan antwoord, lui Smiley se foon. Weer eens sak 'n stilte oor die groep toe. James sit sommer sy foon se luidspreker aan sodat almal kan hoor,

"Jammer ek kom nou eers terug na jou toe. Het een krisis na die ander gehad. Maar jou voëltjie is ene Roan Denton, 'n fisioterapeut van Stellenbosch."

Chloe trek haar asem skerp in sodat almal verbaas na haar kyk. Sy verduidelik vinnig, "Dit is Melissa se eks-verloofde. Ek moes saam met Melissa gaan om 'n beskermingsbevel teen hom te kry."

Ryan grom, "Ek weet wie hy is. Ons moes hom een aand hier uitgooi toe hy Melissa lastig geval het en *Cappie* tot haar redding gekom het."

"Ek onthou die aand," beaam sy agent. "Ek is bereid om 'n verklaring daaroor af te lê."

Ryan en die ander spelers wat daardie aand daar was, stem ook dadelik in. Terwyl hulle om die prokureurs vergader, draai Mark na Tom, "En as *Coach* wil hê ons moet Saterdag speel, stel ek voor dat julle jul verklarings ook aflê. As ek reg het, is dit nog net julle verklarings wat uitstaande is," voeg hy by en beduie na die stapel lêers agter hom op een van die tafels opgestapel.

Daar is 'n glinstering van hoop in die afrigter se oë maar Michael lyk nog nie oortuig nie, "Ons moet nog steeds Melissa se vorige kollegas en die universiteitspan nader."

Rachel, wat sy opmerking gehoor het, staan op en wys hom die lêers "Eerste lêer is die verklarings van die senior span. Die tweede een is die Braves groep. Die derde een is 'n petisie wat deur elke speler by die studente-, onder 21, en vrouespan onderteken is. Die vierde een is Melissa se huidige kollegas. Die vyfde een is vriende en hul verklarings oor Melissa se interaksie met die kaptein, insluitende jou vrou, Christopher. Die sesde een sal verklarings bevat van Melissa se kollegas en van die spelers toe sy by die Sportinstituut was, en die sewende een dié van haar professors en toesighouers en selfs 'n paar pasiënte toe sy haar gemeenskapsdiens verrig het. Die laaste een sal algemene verklarings soos die waarmee ons tans besig is, bevat."

Michael se mond hang teen die tyd oop, "Hoe het julle dit reg gekry?"

Mark lag. "Dit mag dalk nie so lyk nie, maar ons wil graag Saterdag speel. Hoe gouer ons die probleem kan oplos, hoe beter."

"Ons moet dit so gou moontlik by die Portuurbeoordelingskomitee kry."

"Dis nie 'n probleem nie," kondig Darius aan. "Ek het alreeds die Gauteng-tak gekontak. Die verklarings sal môreoggend per koerier hier afgelewer word en meneer Johnson sal dit sommer dadelik gaan aflewer."

"Maar wat van Melissa se verklaring?"

"Dis nie 'n probleem nie. Grant en Peter, wat ook Daniel se prokureur is, sal nou hulle verklarings gaan afneem."

Tom Brady begin lag en vir die eerste keer daardie dag lyk hy nie so gespanne nie. "Ons het miskien 'n dag se oefening gemis, maar julle ouens het wondere verrig. Ek is trots op julle. Almal van julle. As ons nou ons verklarings gaan aflê en Darius bevestig dat hy die dokumente ingehandig het, sal julle by môre se oefening wees?"

Mark loer na die senior spelers. Hulle het dit vroeër bespreek en toe hulle almal knik, draai Mark terug na Tom. "Ons sal, onder twee voorwaardes."

"En wat is dit?" sug Tom.

"Ons was almal daar Saterdagaand toe Daniel en Melissa hul liefde aan mekaar verklaar het. Ons wil weet dat dit nie 'n probleem sal wees dat hulle 'n verhouding kan hê nie. Ons soek 'n skriftelike verklaring van jou, Michael, dat Melissa nie weer Daniel sal behandel nie. Ons wil nie hê dat daar enigsins 'n vermoede kan wees van 'n ongeoorloofde verhouding nie."

Michael glimlag. "Dis nie 'n probleem nie. Ek en Melissa het dit reeds verlede week bespreek. Sy het versoek om oorgeskakel te word na die junior en vrouespanne. Ek het

Vrydag die versoek na Nicholas deurgestuur maar hy het dit nog nie bestudeer nie. As hy het, sou hy dalk nie so oorreageer het nie. Ek het dit nou aan hom genoem en hy belowe hy sal vanaand nog deur Melissa se versoek en my aanbeveling werk en ja, ek het aanbeveel dat sy oorskakel want haar voorstel gaan net tot voordeel van die franchise wees."

Mark knik tevrede. "Dis dan goed. Ons wil egter ook versoek dat bestuur ons die versekering gee dat Melissa so gou moontlik kan terugkeer werk toe."

Nathan, wat nog nie veel gepraat het sedert hy vroeër by hul aangesluit het nie, beskou die spulletjie so voor hy vir Mark beveel, "Aangesien jy die aanhitser van die rebellie is, stel ek voor dat ek en jy bietjie met Nicholas gaan gesels. Ek dink Tom en Michael het genoeg vir een dag deur gemaak."

Mark onderdruk sy glimlag en knik sedig, "Ek sien baie daarna uit."

Hy draai na die span en beveel, "Sorg dat julle môreoggend gewone tyd aanmeld, of ons nou suksesvol is of nie." Hy draai na Grant en Peter en vra, "Sal julle net wag voor julle na Danie en Melissa gaan. Miskien het ons nog goeie nuus na ons klaar met Nicholas gepraat het."

Sonder om vir hul antwoord te wag, volg hy Nathan by die trappies af.

26

"What?!" Daniel spring op en staar geskok na Grant. Grant trek met 'n breë glimlag sy skouers op, "Stadig, broer. Ek is net die boodskapper."

"Hoe de hel kan hulle dit doen?"

Grant steur hom nie aan Daniel nie en antwoord rustig, "Hoekom is jy so verbaas dat hulle so lojaal aan jou ? Dis jou span, Dan. Hulle staan bankvas agter jou en Melissa."

Daniel skud sy kop, heeltemal stomgeslaan. "Gits, ek is nie onvervangbaar nie."

"Hulle weet dit. Al wat hulle wou doen is om julle te ondersteun aangesien dit die regte ding is om te doen. Mark sê hulle het die laaste maande genoeg swaargekry omdat jy so ongelukkig was. Aanvaar dit, my vriend. Jy het jou span se lojaliteit. Dis nou nie dat jy dit nie verdien nie."

Daniel bloos, "Dankie, maar ek kan sommer hulle agterente skop. Dis malligheid. Wat van Saterdag se wedstryd?"

Grant snork. "Hulle het geweet jy gaan dit sê. Ek kan dit nou nie so lekker vir jou in Afrikaans sê nie maar hulle sê daar is nie 'n "I in team" nie. Of so iets."

"Presies. Daar is vyftien spelers in 'n span. Dis nie net ek nie!" Daniel skud sy kop. "Ek kan nie glo dat hulle dit gedoen het nie. Wat as dit boemerang?"

"Dan sou hulle dit ook hanteer het. Nog 'n boodskap wat hulle stuur is dat jy moet weet dat dit nie regverdig is om hierdie op jou agterent te lê en niks doen terwyl hulle deur oefening moet worstel nie. Hulle sal terugkeer oefenveld toe wanneer jy dit doen."

"Ek gaan nié terug op my ultimatum nie, Grant. As die franchise nie Melissa se skorsing ophef nie, gaan ek nie terug nie. Punt en klaar."

Grant grinnik vir Peter voor hy terugdraai na Daniel. "Ek kan jou maar vertel. Die span het nie heeldag op hul duime gesit en niks doen nie. Hulle het baie hard gewerk om Melissa se naam skoon te kry. Hulle het verskeie lêers volgemaak en verklarings kry van al die spelers in al die spanne, vorige kollegas van Melissa en wie weet nog wie almal. Al die verklarings gaan môre by die Fisioterapievereniging van Suid-Afrika ingehandig word. Al wat ons nog kort is jou en Melissa se verklarings. Dit is hoekom Peter saam met my hier is. Hy sal julle verklarings afneem."

Daniel vryf sy hand oor sy oë. Hy voel skielik so emosioneel. Hy trek sy asem diep in, dan laat val hy sy hande langs sy sye voor hy vir Peter sê, "Ek is al die hele dag besig om 'n brief te skryf. Ek het nie geweet vir wie ek dit gaan gee nie, maar miskien kan ons van dit gebruik vir my verklaring?"

"Laat ek daarna kyk."

Daniel maak sy skootrekenaar oop wat hy sommer net toegedruk het toe Peter en Grant daar aangekom het. Hy het dit gedink hulle wou besigheid gesels. Hy het beslis nie hierdie verwikkeling verwag nie.

Daniel maak die brief oop waarin hy sy hart uitgestort het in 'n poging om vir Melissa se loopbaan te veg.

Hy en Grant sit in stilte terwyl Peter die brief lees. Toe hy klaar is, knik Peter tevrede, "Ek sal niks verander nie. Druk twee kopieë uit en teken dit dan sal ek en Grant as getuies dit ook onderteken. Ek sal dit môreoggend saam met die ander dokumente na die Vereniging se kantore in Johannesburg neem."

Daniel trek sy skootrekenaar nader en gee die opdrag om die brief uit te druk. Hy stap sommer dadelik na sy pa se studeerkamer om die dokumente op te tel en is binne 'n minuut weer terug. Terwyl Grant die brief deurlees, teken Daniel die een kopie en gee dit vir Peter. Toe Grant klaar gelees het, gee hy die ander kopie vir Daniel om te onderteken voor hy en Peter ook dit bevestig.

"Jy is regtig lief vir Snip, is jy nie?"

Toe Daniel knik, glimlag Grant, "Ek het nooit in my wildste drome gedink ek sal die dag beleef dat jy 'n vrou bo rugby kies nie. En ek het so wraggies nie gedink dat daardie vrou Melissa sal wees nie."

"Ek hoop nie ek word geforseer om te kies nie, maar as ek moet, sal ek Melissa kies. Dit is as sy my nog sal wil hê na hierdie fiasko."

"Gee haar 'n kans. Jy moet onthou dat hierdie 'n groot skok is vir haar."

"Ek weet. Ek wens net ek weet wie is daardie persoon wat die gerug begin het."

"O, ek het vergeet om jou te sê. Dit was Roan, Melissa se eks."

"Die vark!" grom Daniel. "As ek hom in die hande kry gaan ek sy nek omdraai."

Peter lag. "Ek dink nie jy hoef jou veel te bekommer oor hom nie. Hy het sy eie graf gegrawe met hierdie truuk. Al Melissa se vorige kollegas het verklarings afgelê oor hoe hy haar lewe hel gemaak het. Pierre, James en die spelers wat Roan uit die Final Whistle gegooi het, asook Chloe wat saam met Melissa was toe sy 'n beskermingsbevel gekry het, het ook verklarings afgelê. Ek is seker die Portuurbeoordelingskomitee gaan hom nou bietjie nader ondersoek as wat hy van gaan hou."

"Solank hy net wegbly van Melissa!" grom Daniel.

Peter begin die dokumente bymekaar maak en terwyl hy besig is, vra Daniel vir Grant, "Hoe gaan dit met Melissa? Is daar iemand by haar?"

"Sy is by haar familie. Sy is sterk en sal nie sommer gaan lê nie."

"Is sy kwaad vir my?"

"Dit wissel. Sy is ontsteld, natuurlik, maar een oomblik is sy kwaad vir jou en dan is sy weer bekommerd oor jou."

Daniel sug, "Dit voel byna asof die heelal saamsweer om ons uit mekaar te hou."

"Byt vas, my vriend. Dinge sal uitwerk," praat Grant hom moed in en klap Daniel op die skouer. "Ek is seker dat wanneer Melissa uitvind dat Nicholas haar skorsing opgehef het, en boonop haar permanente verplasing na die vroue- en jeugspanne goedgekeur het, alles sommer gaan regkom."

"Wat bedoel jy?" frons Daniel verward.

"Melissa het al verlede week 'n voorlegging aan Michael gedoen. Sy wil volgende jaar haar Meestersgraad doen en haar tesis gaan handel oor beserings en behandeling in vrouerugby. Sy het versoek om permanent by die vrouespan betrokke te wees en Nicholas het dit goedgekeur. Ek glo nie hy sou haar skorsing goedgekeur het as hy die verslag voor die tyd onder oë gehad het nie.

"Dit beteken daar is nie 'n kans dat sy my weer gaan behandel nie?"

Grant knik, "Net so."

"Die voorlegging en Nicholas en Michael se verklarings dat sy jou nie weer sal behandel nie, behoort die deurslag te gee," voeg Peter gerusstellend by. "En daar is in elk geval geen amptelike klag gelê nie."

"So wat gaan nou gebeur?"

"Die Portuurbeoordelingskomitee sal die ondersoek lei wat ons aangevra het. Dit is vinniger as om deur die Gesondheidsraad te gaan. Hulle het belowe as ons môre die dokumente inhandig, hulle dalk nog voor die naweek vir ons 'n antwoord kan gee. Hulle aanbevelings is glo deurslaggewend en daar was nog nooit 'n geval gewees waar die Gesondheidsraad nie hul aanbeveling aanvaar het nie."

"Ek hoop jy is reg."

Melissa sit regop toe Grant en 'n vreemdeling met 'n pak vol lêers by die sitkamer instap. Sy weet sy lyk vreeslik. Dis seker die eerste keer in haar lewe dat Melissa nie genoeg energie het om iets aan haar voorkoms te doen nie. Sy kan nie onthou of sy eens haar hare of tande geborsel het nie. As sy nie het nie, lyk sy seker soos die Wilde Vrou van Borneo.

Gister was sy kwaad vir almal en reg om te baklei. Toe sy vanoggend opstaan was dit asof al die veglus oornag verdwyn het.

Dit maak nie saak of sy onskuldig is nie, die hele fiasko het een ding duidelik gemaak. Dit maak nie saak wat gaan gebeur nie, sy sal 'n keuse moet maak. Dit gaan nie baie maklik wees om 'n keuse te maak tussen 'n loopbaan en haar droom werk, waaroor sy baie hard gewerk het, of die man wat sy liefhet nie. Sy kan nie beide hê nie. Om net daaraan te dink dat sy een kan verloor, maak haar sommer depressief.

Gister was sy nog vol energie en reg om 'n prokureur te kontak om vir haar loopbaan te veg. Die besef dat sy Daniel dan kan verloor, het al die veglus laat verdwyn. Is dit regtig die moeite werd?

Sy is so deurmekaar en het die hele dag hier op die bank lê en haarself jammer gekry.

Die ander man bestudeer haar geïnteresseerd. Miskien is haar gesig vuil want hy lyk baie geamuseerd. Vies vee sy haar hare van haar gesig en hoop weer dat sy ten minste haar hare geborsel het. Sy gluur na Grant, "Wat maak jy hier?"

"Maak seker dat jy nie jouself verdrink in jou selfbejammering nie."

Melissa frons, "Wat sal jy nou ook weet? Jy is nie die een wat jou loopbaan in die drein sien afspoel nie."

"Jy gaan nie jou loopbaan verloor nie maar jy sal as jy nie jou bas lig en daarvoor baklei nie," wys Grant rustig uit.

Melissa is duidelik nie so kalm soos Grant nie want sy skree amper vir hom, "Kan jy dit dan nie insien nie? As ek my werk kies, verloor ek Daniel!"

Daar! Sy het dit hardop gesê!

Verslae, voeg sy by, "Ek is nie seker ek is al gereed om nou te kies nie."

Grant gaan sit langs Melissa en vou sy arm om haar skouers en trek haar styf teen hom. Hy vryf haar arm en paai, net soos hy hoeveel keer gedoen het toe sy kleiner was, "Jy hoef nie te kies nie, Snip. Jy weet dat jy albei kan hê?"

Melissa skud haar kop, "Nee, nie terwyl daar 'n kans is dat ek Daniel weer moet behandel nie. Ek sal of my werk by die Buffels moet opgee of hom wegstuur. Nie dat ek hom juis gehad het nie maar na Saterdagaand ..."

"Lissa?" Grant se stem is so teer dat Melissa opkyk. Hy bestudeer haar vir 'n oomblik voor hy sê, "Jy hoef nie te kies nie. Daniel het gister bedank."

Melissa se mond val oop van skok. Toe sy woorde insink, spring sy op, "Is hy gek?"

Sy kyk van een man na die ander voor sy vir Grant vra, "Hoekom? Hoekom het hy dit gedoen?"

Grant glimlag. "Omdat hy jou liefhet."

Melissa skud haar kop, "Nee, hy is gek. Hy kan dit nie doen nie. Ek wil nie hê hy moet bedank ter wille van my nie. Ek sal eerder bedank."

Grant glimlag vir die ander man, "Wat het ek jou gesê?"

Die vreemdeling lag ook, "Nou goed. Jy is reg. Alweer."

Hy draai na Melissa, "Grant het ons nog nie aan mekaar voorgestel nie. Ek is Peter Johnson, Grant en Daniel se prokureur."

Melissa frons. Wat maak hy hier? Sy neem tog die hand wat hy uithou en mompel, "Aangename kennis."

Peter kug, voor hy voortgaan, "Daniel is vasbeslote om nie terug te keer totdat jou skorsing nie opgehef is nie."

Melissa se bene voel sommer lam en sy val terug op die bank. Sy skud haar kop, "Weet hy hoe lank hierdie tipe sake neem? Dit kan tot drie jaar neem voor hulle dit finaliseer."

Peter skud sy kop, "Nee, dit mag dalk die geval gewees het as daar 'n amptelike klagte gelê is maar dit het nie gebeur nie. Die Buffels se prokureurs het oorreageer. Een persoon het slegs 'n gerug op sosiale media versprei en hulle het daarop gereageer."

"Wie sou so 'n gerug versprei?"

"Jou eks," brom Grant.

Melissa vererg haar sommer weer van voor af. Voor sy egter daarop kan reageer, merk Peter op, "Daniel was nie die enigste wat geweier het om te speel tot die Buffels jou skorsing opgehef het nie."

"Wat bedoel jy?" vra Melissa verward.

Grant lag. "Die hele span — en ek bedoel die héle span het geweier om te speel. Hulle voel dat jy onregverdig behandel is. Toe *Coach* die senior span ingelig het dat Daniel uit die vergadering uitgestap het en weier om te speel, het hulle sy voorbeeld gevolg. Hulle was voorbereid want Damian het vir Mark gekontak het en hom vertel wat gebeur het. Mark het die hele span bymekaar gekry voor Tom Brady en die ander afrigters opgedaag het. Hulle het die hele dag in die Final Whistle gesit en planne gemaak. Die junior en senior spanne, asook al jou kollegas was daar."

Melissa skud haar kop, te geskok om dadelik te reageer. Na 'n rukkie kry sy tog uit, "Hoekom sou hulle dit doen?"

"Jy weet teen die tyd dat die span baie lojaal is aan Daniel. Hulle sal enigiets vir hom doen, en dit geld nou vir jou ook." Hy lag. "Hulle sê hulle sien nie kans dat Daniel nog 'n maand so ongelukkig gaan wees sonder jou nie en sal enigiets in hul vermoë doen om dit te bewerkstellig."

Hy word gou weer ernstig, "Dit is egter nie net hulle lojaliteit aan Daniel wat tot hul besluit gelei het nie. Hulle is dit eens dat jy en Daniel niks verkeerd gedoen het nie, behalwe om verlief te raak nie. Hulle is bereid om te veg om jul name in ere te herstel."

Grant wys na die stapel lêers wat Peter neergesit het. "Hulle was besig vandag. Al daardie lêers bevat verklarings van elke speler by die franchise. Almal het getuig dat jy uiters professioneel is. Daar is ook verklarings van jou vorige en huidige kollegas, jou professore en vriende. 'n Handjievol van ons het geweet hoe jy oor Daniel voel en hy oor jou, maar nie een persoon behalwe Daniel se agent het julle ooit sien soen nie. Dit was die aand toe Daniel jou teen Roan beskerm het."

Melissa skud haar kop, "Dit is ongelooflik. Hoekom sou hulle dit doen as niemand 'n klag gelê het nie?"

"Omdat hulle voorkomend wou optree. Die franchise voel die enigste manier om jou naam in ere te herstel is deur die regte prosedures te volg. Darius het die Fisioterapie Vereniging geskakel en aan hulle verduidelik wat gebeur het. Hulle het voorskrifte gegee oor hoe om die saak te hanteer. Ons wou 'n ope proses hê sodat niemand daarna kan vinger wys nie. Sodra die koerier môreoggend arriveer met die oorspronklike

verklarings van Kaapstad, sal Peter dit na die Portuurbeoorde-
lingskomitee van die Vereniging neem. Hulle sal dit oorweeg en
hul aanbeveling teen Donderdag of Vrydag deurstuur."

"Maar wat van Saterdag se wedstryd?" vra Melissa nog
steeds bekommerd. "Hulle kan nie sommer ophou oefen nie."

Grant lag toe Peter een van die lêers aan Melissa oorhandig
met die woorde, "Hierdie is vir jou. Soos Grant gesê het, het
hulle voorkomend opgetree. In die lêer is 'n brief van Nicholas
Carter. Hy het jou skorsing opgehef en jy kan môreoggend weer
by die werk rapporteer. Daar is ook 'n verklaring van Michael by
rakende jou versoek om met die vroue- en junior spanne te
werk. Nicholas het jou versoek goedgekeur maar jy sal blykbaar
nog met die Braves moet help tot hulle iemand permanent kan
aanstel. Michael het egter bevestig dat jy nie weer vir Daniel sal
behandel nie. Dit was die twee voorwaardes wat die span gehad
het voordat hulle weer sal oefen. Aangesien die direksie hul eise
nagekom het, sal hulle môre aanmeld vir oefening."

Melissa se brein sukkel om al die inligting te verwerk. Voor
sy egter nog sin daaruit maak, lag Grant, "O ja, hulle het ook
versekering gevra dat jy en Daniel nou 'n verhouding kan
aanknoop sonder enige probleme, en dit is toegestaan."

Melissa skud net haar kop. Dit klink te goed om waar te wees.

"Ek kort nog net jou verklaring, Melissa."

Grant staan sommer op, "Ek neem aan jy gaan jou pa se
studeerkamer gebruik. Ek gaan solank koffie maak. Roep ons as
jy klaar is."

D ie spanning is voelbaar. Die afrigters en spelers hou hul
oë stip op die deur gevestig terwyl hulle wag. Niemand
sê 'n woord nie en nie een maak aanstaltes om gereed te maak
vir hul eerste oefensessie van die dag nie.

Daar is 'n hoorbare slaak van verligting gevolg deur 'n applous toe Daniel instap. Dit sterf egter weg toe hy in die deur bly staan en almal aangluur.

"Wat is fout, Broer? Dat jy hier is beteken dat die bestuur Melissa se skorsing opgehef het. Hoekom lyk jy dan nie gelukkig nie?" vra Mark effens onseker.

Daniel staar na sy vriend. Of was dit sy voormalige vriend? Gits, hy weet nie meer nie. Hy grom, "Sy is terug."

"Maar is dit nie wat jy wou gehad het nie?" vra Matthew verbaas.

"Ja, maar sy wil nog nie met my praat tot die Vereniging nie haar onskuldig bevind nie," erken Daniel stuurs. "Nie dat dit juis iets met julle te doen het nie."

Hy gluur beurtelings van een speler na die ander, "As julle ooit durf waag om weer so 'n truuk uit te voer soos gister gaan daar moeilikheid wees. Julle het my 'n boodskap gestuur dat ek moet onthou dat daar nie 'n "I in Team" is nie. Hierdie is 'n span. Julle speel vir die span. Die klub. Die spel. Nie vir my nie. Verstaan julle my?"

Almal lyk ongemaklik en hier en daar knik een.

Daniel lag skielik, "Nou goed, dis nou genoeg van dit. Ek wil graag julle een en elkeen bedank omdat julle opgestaan het vir my en Melissa en ons ondersteun. Dankie vir julle inisiatief om haar naam skoon te kry. Ek kan nie vir julle sê hoe baie ek dit waardeer nie."

"Solank jy net nie meer so knorrig is nie sal ons enigiets doen," lag Matthew verlig.

Tom klap sy hande, "Nou goed, ouens. Genoeg van die emosionele snert. Ons het gister 'n waardevolle oefening misgeloop. Kry julle basse op die veld sodat ons kan begin. Ons gaan vandag ekstra hard werk," glimlag hy. Daniel weet sommer by voorbaat dat dit nie 'n ydele dreigement is nie, maar vandag gee hy nie om nie. Vandag besef hy net hoeveel die spel en sy span weer vir hom beteken.

Die groep spat bymekaar om so vinnig moontlik by die veld te kom sodat hulle net nie in Tom se slegte boekies kom nie. Daniel stap oor na Mark wat diep in gedagte voor sy sluitkassie staan. Toe Daniel hom bereik, kyk Mark op. Daar is iets in Mark se uitdrukking wat hom bekommerd maak. Dit is iets tussen hartseer, pyn en nog iets wat Daniel nie kan beskryf nie.

Met skielike insig besef Daniel dat hy die een gaan moet wees wat die krake in hul vriendskapsband moet herstel. Hy hou sy hand uit na Mark, "Ek verstaan dat jy 'n belangrike rol gespeel het om Melissa se naam skoon te kry. Baie dankie."

Mark vat sy hand maar hy lyk so half ongemaklik. Daniel trek hom nader, "Dink jy nie dit het lank genoeg aangegaan nie, Mark? Ek weet jy het my die laaste paar weke vermy. Ek het dit dalk nie dadelik besef nie aangesien ek so vasgevang was in my eie misrabele liefdeslewe maar jy het dit baie duidelik gemaak op toer. Dink jy nie dis tyd dat ons gesels nie?"

Mark sug. Vir 'n oomblik staar hy net na Daniel maar mens kan sommer sien hoe sy brein oortyd werk. "Jy is reg. Dis tyd," antwoord hy stug.

"Ek sal vanaand oorkom," besluit Daniel onmiddellik voor hy wegdraai na sy eie sluitkassie.

Mark antwoord nie. Daniel trek sy sweetpak uit en sy stewels aan. Toe hy omdraai, wag Mark vir die eerste keer in weke vir hom.

27

Wedstryddae op toer is gewoonlik rof. Dis eintlik ook goed want Melissa het minder tyd om haar te bekommer oor die uitslag van die Portuurbeoordelingskomitee as in die paar dae voor hulle op toer vertrek het. Sy konsentreer hard op haar pligte aangesien sy niemand meer skietgoed wil gee as sy dit kan help nie. Toe sy na die wedstryd Vrydagaand doodmoeg in haar bed val, het sy nie eens energie om haar epos oop te maak nie.

Na 'n rustelose nag verslaap sy hopeloos die volgende oggend. Sy moet haar haas om betyds te wees om die bus lughawe toe te haal. Wat alles nog erger maak is dat sy vergeet het om haar foon se battery te herlaai en dis nou so pap dat sy niks met dit kan doen nie. Sy gooi sommer vies die ding in haar handsak. Miskien kan sy bietjie lewe in dit blaas by die lughawe.

Dit gebeur egter nie. Al die haas om by die lughawe te kom en aan te meld vir hul vlug, is pure verniet. Hulle huurvlug na Johannesburg is vertraag as gevolg van tegniese probleme. Nie met 'n halfuur nie. Twee gefrustreerde ure later sit hulle nog in die vertreksaal! Daar is nie eers een punt waar Melissa haar foon kan herlaai nie en die ding bly nutteloos in haar sak lê.

Uiteindelik kan hulle aan boord gaan, maar dis nog 'n uur van frustrasie voor hulle uiteindelik opstyg.

En skaars 'n halfuur in die lug toe moes hulle terugdraai toe 'n joernalis so twee rye skuins voor Melissa 'n hartaanval kry en hulle moet terugkeer Windhoek toe. Gelukkig was die jong spandokter saam en kon hy noodhulp verleen tot hulle in Windhoek aankom waar die ambulans op hulle wag. Toe moes hulle maar weer hul beurt afwag voor hulle uiteindelik kon vertrek.

Melissa het al aanvaar dat sy nie die Buffels se wedstryd gaan kan bywoon nie. Soos sy in elk geval nou voel, is sy nie eens meer lus om haar vriende by die Final Whistle te ontmoet nie. Sy is moeg, geïrriteerd en beslis nie goeie geselskap nie. Dit is in elk geval beter dat sy nie met Daniel sosialiseer totdat sy die beslissing van die Vereniging gekry het nie.

Melissa sug moedeloos toe hulle uiteindelik in Johannesburg aankom. Sy begin al dink dat hulle deel is van daardie flieks met versteekte kameras want alles wat verkeerd met hul vlug kon gaan, het of gaan verkeerd. Asof die vertraging in Windhoek en die feit dat hulle moes terugkeer nie genoeg was nie, moes hulle vir 'n hele ruk bo Johannesburg sirkel omdat dit een van die besigste tye is. Omtrent al die noordwaartse internasionale vlugte vertrek in die tydgleuf waarin hulle eindelik, ure laat, daar aankom. Toe is daar nie 'n landingsbrug beskikbaar nie en moes hulle wag vir trappe voordat hulle uiteindelik die vliegtuig kon verlaat.

Melissa is al lus gewees en vra vir die lugwaardin of hulle nie sommer die nooduitgang kan gebruik nie, maar die arme vrou lyk al so moeg en gespanne, dat Melissa nie dink sy gaan haar grappie waardeer nie.

Dit was nader aan agtuur toe sy eindelik haar tas optel. Sy is verbaas dat dit nie verdwyn het nie, want dit sou die laaste strooi gewees het. Sy volg die spelers, wat almal net so gelate lyk soos sy voel, deur die vertreksaal na waar die bus op hulle wag.

Melissa wip skoon sy skrik toe iemand haar arm gryp. Toe sy opkyk, vas in Grant se gesig, spoel vrees skielik oor haar. "Wat is verkeerd? Hoekom is jy hier? Het iets gebeur? Daniel?"

Grant lag en skud sy kop, "Niks is verkeerd behalwe dat jy nie jou boodskappe antwoord nie. Ja, iets het gebeur, en ja, dit het met Daniel te doen, maar komaan, ons moet wikkel. Jy kan jou boodskappe in die motor lees."

Melissa frons maar Grant gee haar nie 'n kans om eens te antwoord nie. Hy gryp haar tas en sleep haar behoorlik na die uitgang. Hy storm af op 'n motor wat in die wag sone geparkeer is. Hy maak haastig die agterdeur vir Melissa oop voor hy omstorm en haar sak in die bagasieruim slinger.

Melissa het skaars tyd om Christopher te groet voor Grant in die voorste sitplek spring en die deur toeklap. "Jy kan ry. Het jy al jou boodskappe gelees, Snip?"

Melissa is skoon verstom oor die spoed waarmee Grant dinge doen maar kry tog uit, "Nee, ek het vergeet om die battery gisteraand te herlaai."

Grant sug en loer na Christopher. Christopher het dit seker verwag want hy beduie na sy foon in die konsole en sê, "Riley het die skakel gestuur."

Grant pluk Christopher se foon uit, maak die skakel oop en oorhandig dit aan Melissa met die bevel, "Kyk hierso, dan sal jy verstaan."

Melissa se hart trek sommer saam toe sy Daniel sien. Hy het 'n sny reg bokant sy oog en rondom dit is dit alreeds blou van 'n stamp wat hy blykbaar gekry het. Dit lyk asof Daniel reguit na haar kyk toe hy in 'n sterk, helder stem aankondig, "Baie dankie dat ek die geleentheid het om 'n paar woorde te sê. Dit is nie maklik nie, so wees asseblief geduldig."

Melissa voel asof sy nie kan asemhaal nie. Beteken dit ...? Nee, sy wil eerder nie spekuleer nie. Gelukkig ruk Daniel se stem haar terug na die opname. "Daar het iets gebeur na verlede Saterdagaand se wedstryd. Ek moes 'n baie belangrike besluit neem – 'n besluit wat ek nooit as te nimmer gedink het ek ooit sou moes neem nie en dit is om te kies tussen rugby en die vrou wat ek liefhet. Daardie oomblik toe ek egter die keuse moes maak, was dit nie so moeilik as wat ek gedink het nie. Dit my verbaas, en selfs geskok, om die waarheid te sê. As ek dit weer moet doen, my Lief, sal ek presies dieselfde keuse maak. Onthou dit," voeg hy by met 'n knipoog en 'n glimlag wat om sy mondhoeke krul."

Vir 'n oomblik kyk hy weg van die kamera en laat sy oë gly oor wat Melissa vermoed is die skare wat gewoonlik na die wedstryd saamdrom, voor hy voortgaan, "Voor julle te ontsteld raak, kan ek julle inlig dat ek toe op die einde nie nodig gehad het om daardie besluit te neem nie. Die saak was opgelos maar nie voordat ek aan 'n paar belangrike dinge herinner is nie. Die eerste daarvan is die Engelse spreekwoord, 'There is no I in Team'".

Melissa hoor hoe sy spanmaats agter hom lag. Hy kyk agtertoe na waar hulle staan en lag saam voordat hy weer reguit na die kamera kyk. "Dit het my egter herinner hoekom ek so gek oor rugby is en hoekom ek soveel jaar van my lewe aan rugby toegewy het. Deur rugby het ek waardevolle vriendskappe opgebou," en kyk weg na sy regterkant en knik vir een of vir 'n paar persone.

Hy lag skielik, "Selfs toe ek my deurmekaar liefdeslewe moes uitsorteer, was die span altyd bereidwillig om te help en by te staan, al is hul raad nou nie die beste in die wêreld nie," wat nog 'n lagbui agter hom veroorsaak. Hy loer weer na die span agter hom voor hy hulle bedank, "Dankie, ouens. Dankie vir alles wat julle hierdie week vir my gedoen het. En dankie dat julle my herinner het aan waaroor die spel regtig gaan."

Terwyl die klein skare entoesiasties hande klap, trek Daniel sy diep in en kyk weer reguit vir die kamera. "Lissa-Lief, ek weet nie waar jy is en of jy ooit hier in die stadion is nie. Al wat ek vra, of eerder smeek, moet my asseblief nie uitsluit nie. Gee ons 'n kans, asseblief? Ek het jou lief. Ek wil met jou trou en kinders saam met jou hê en oud word saam met jou. Gee ons 'n kans, asseblief?"

Sy oë gly weer oor die skare, so asof hy na haar soek. Vir 'n rukkie wag hy maar toe Melissa nie gou genoeg na sy sin reageer nie, sug hy teleurgesteld. Sy skouers sak sommer toe hy omdraai, die mikrofoon vir iemand gee en wegdraai. Die kamera volg hom toe sy verslae figuur in die tonnel verdwyn. Toe die res van die span hom volg, eindig die beeld net daar.

Soos gewoonlik gebeur wanneer iets met Daniel te doen het, is Melissa in twee geskeur. Sy huil want dit is seker een van die mooiste en openlikste liefdesverklarings waarvan 'n vrou kan droom. Maar dan ...

"Red hom tog uit sy verdriet, Snip."

Melissa kyk op na Grant en skud haar kop, "Maar ek het hom gevra ... Nie voor ons die resultate van die ondersoek gekry het nie. Nou het hy dit weer gedoen."

Grant leun terug en staar verbaas na Melissa, "Het jy dan nie die uitslae gekry nie?"

Melissa skud haar kop, "Daar was niks voor ons stadion toe vertrek het vir die wedstryd nie."

Christopher sug eers maar dan lag hy skielik, "Om 'n lang storie kort te hou: die resultate het laat gistermiddag ingekom. Jy is in 'n eenparige stemming onskuldig bevind, Melissa."

Melissa voel verligting deur haar spoel. Sy maak haar oë en laat die nuus insink.

"Lissa?" Grant se stem is so dringend dat Melissa haar oë

oopmaak om na hom te kyk, "Asseblief? Wil jy nie asseblief vir Daniel uit sy ellende verlos nie? Ons kan nie meer die ou se ongelukkigheid hanteer nie."

Melissa is egter nog huiwerig, "Is julle seker dat daar nie reperkussies sal wees nie?"

Christopher skud sy kop. Hy vang vlugtig haar oë in die truspieëltjie, "Nee, ek het bevestiging gekry. Jy het bes moontlik ook nie die persverklaring gesien wat ek vanoggend uitgereik het nie. Die Portuurbeoordelingskomitee is tevrede dat die Buffels die nodige stappe geneem het om te verseker dat jy nie Daniel weer gaan behandel nie. Dit gaan egter nie saak maak indien julle in 'n vaste verhouding is nie.

"Is dit hoekom julle ouens my so te sê ontvoer het?" lag Melissa bewerig.

Grant lag. "Ja, toe Daniel so mooi vra en jy nie na vore kom nie, besef ons eers dat die bus nog nie terug is by die stadion nie. Niemand het eers daaraan gedink om te kyk of jul vlug geland het nie. Daniel het 'n brawe front voorgehou maar toe daar geen teken is van jou nie, het Mark my gevra om uit te vind waar jy is. Daniel het gesê dat as jy negeuur nog nie daar is nie, hy sal aanvaar dat jy jou besluit geneem het."

Melissa trek haar asem diep in toe sy besef dat dit vyftien minute voor nege is en hulle nog nie by die stadion is nie. Sal hulle dit ooit maak?

"Het jy 'n besluit gemaak, Snip?" vra Grant dringend.

Melissa knik beslis, "Ja. Ja, ek het."

D aniel wil nie meer na sy horlosie kyk nie. Dit gaan hom net daaraan herinner dat dit te vergeefs is. Hy het sy hart en sy kaarte voor haar oop gelê, maar dit is te laat.

Hy het lankal al opgehou voorgee dat hy geïnteresseerd is in die gesprekke om hom. Vir die laaste uur het hy al die simpatieke kyke in sy rigting gesien.

Hy loer tog vinnig na sy horlosie en sug. Met sy hande op sy knieë, swaai hy die feitlik vol bierbottel tussen sy vingers. Die bier is warm maar hy is nie eens lus om 'n ander een te gaan haal nie.

Die skielike stilte in die restaurant is oorverdowend maar Daniel is totaal en al onbewus daarvan. Hy het al die laaste uur nie met iemand oogkontak gemaak nie. Dit is egter tyd dat hy aanvaar dat sy nie gaan kom nie. Hy sit die bottel op die tafel en staan op.

En gaan staan botstil met sy hart wat amper uit sy keel klim. Sy oë bly gevestig op die vrou wat na hom aangestap kom, nog steeds in die Buffels se reis-uniform.

Haar oë het nog nooit so blou gelyk soos nou nie. Daniel kan nie wegkyk nie, al wou hy ook. Sy stop reg voor hom, maar nie so naby dat hy haar hitte kan voel nie, alhoewel dit na genoeg is dat hy haar woorde duidelik kan hoor, "Ek sal nie. Ek wil. Ek het jou ook lief. En ja, en ja, en ja. As ek nie te laat is nie?"

Daniel frons verward en al wat hy kry is so verdwaasde, "Huh?"

Sy lag, wat daardie nou bekende rimpeling gevolg deur die vlaag hitte deur sy liggaam vloei. Haar oë, wat sekondes gelede nog effens tranerig gelyk het, dans nou met vreugde. Haar woorde is ernstig, en is die mooiste wat Daniel nog ooit gehoor het.

"Ek is jammer dat ek jou uitgesluit het. Ek het nie die uitslae gekry voor nou nie maar ek belowe ek sal dit nooit weer doen nie. Ek wil ons graag 'n kans gee want ek het jou ook lief, Daniel. En ja, ek sal graag met jou wil trou wanneer jy my ordentlik vra, en kinders saam met jou hê en saam met jou oud word. As jy nog wil."

Daniel dink nie eens twee keer nie. Hy raap haar sommer in sy arms op. Hulle oë is op dieselfde vlak toe hy fluister, "Jy hoef nie daaraan te twyfel nie, my Lief," en toe soen hy haar.

Toe dit voel asof die aarde draai, besef Daniel dat hy lug moet kry in sy smekende longe. Eers toe word hy bewus van die applous en die tergende aanmerkings toe hy Melissa weer laat afgly teen sy lyf. Met sy een hand beduie hy vir sy getuies wat hy van hul reaksie dink, wat natuurlik net meer gelag veroorsaak.

Melissa se hande is steeds om sy nek gesirkel en sy trek sy kop af na hare. Sy kyk reguit in sy oë toe sy fluister, "Neem my huis toe, Daniel."

Jislaaik, hy is mal oor hierdie baasspelerige houding. Dit doen dinge aan sy lyf wat hy nie eens gedink het dis moontlik nie.

Gaan hy stry?

Hel nee!

IE EINDE

ERKENNING

Dit sal verkeerd van my wees om nie my familie en vriende te bedank vir hul ondersteuning.

C A Els vir sy proeflees

Stephan de Wet;
    The Glendale Raptors; en
    The Scottish Rugby Union
    vir hul geduldige beantwoording van al my vrae

German Creative vir die voorblad-ontwerp

Meer oor die skrywer

Vir jare het die Suid-Afrikaans-gebore romanskrywer, Francine Beaton, liefdesverhale verslind voordat sy self die pen opgeneem het. Sy het haar debuut roman in Engels, Eye on the Ball, asook die eerste boek in die Taste for Love-reeks in 2018 gepubliseer. Sedert 2019 publiseer sy ook in Afrikaans, onder andere die *Pad na Glorie-*, *Blouberg-*, *Groenbosbaai-* en *Op die Kantlyn-*reekse.

Francine is mal oor reis en is ook 'n kranige fotograaf. Tot haar arme man se frustrasie neem sy foto's van alles wat sy eet en drink. Sy is 'n vurige rugby ondersteuner wat selfs (een keer) die spel probeer speel het. Deesdae verkies sy egter om raad en kommentaar te lewer vanaf die kantlyn of voor die televisie terwyl sy 'n glasie van haar gunsteling wyn geniet.

Teken op Francine se nuusbrief en kry 'n gratis bonus-hoofstuk van *Kolwyntjies vir die Liefde*

Volg Francine Beaton op Sosiale Media

KARAKTERS IN DIE PAD NA GLORIE-REEKS

DIE SPAN

RICHIE CAMPBELL • GARITH LUCAS • NICK WALTERS • BRETT ADAMS • BRIAN ALEXANDER • MATTHEW KEMP (VICE-CAPTAIN) • JOHN BENADE • ANDRE BOTHA • JAMES DU PLESSIS • DANIEL COOPER (CAPTAIN) • THOM JEAKINS • MARK BAILEY • RYAN FOSTER • ADRIAN MALHERBE • JAMES DUBE

RESERWES

BESTUUR EN ONDERSTEUNINGSPAN

NICHOLAS CARTER
BESTURENDE DIREKTEUR

ADMIN	AFRIGTING	MEDIES	FISIOTERAPIE
EMMA COLE-CARTER DIREKTEUR: FINANSIES	**PETER MATTHEWS** DIREKTEUR VAN RUGBY	**DR JAMES MONTGOMERY** SPANDOKTER	**MICHAEL BRADY** HOOF-FISIOTERAPIE
CHRISTOPHER BROOKS DIREKTEUR: MEDIA EN KOMMUNIKASIE	**TOM BRADY** HOOFAFRIGTER	**DR PETER SINCLAIR** JUNIOR SPANDOKTER	**SIMON KELLER** SENIOR FISIOTERAPEUT
LISBETH (BETH) MEYERS PUBLIEKE BETREKKINGE	**CARL BECKER** ASSISTENT-AFRIGTER	**DR PETER MARSHALL** SPORTSIELKUNDIGE	**DARIUS LATEGAN** FISIOTERAPEUT
RACHEL DUNN SPELERS-SE-ASSISTENT	**NATHAN SINCLAIR** HOËRPRESTASIE-STUDENT	**CHLOE MARSHALL** DIEETKUNDIGE	**MELISSA ROUX** FISIOTERAPEUT
	HANNAH BLAKE SPORTWETENSKAPLIKE		**SANDY BECKER** MASSEUSE

ANDER KARAKTERS IN DIE REEKS

Angie Summers	- Kunstenares	*Jakes se Geheim*
Cara-Mia Frescoe	- Sangeres	
Damian Cooper	- Voormalige kaptein van die Buffels	*Laaste Kans (Verspeelde Kanse, 3)*
Dan Mackay	- Sarah MacKay se broer/Kaptein: Skotland	*Keuses van Gister (Op die Kantlyn, 1)*
Elizabeth Blake, Dr	- Trauma dokter	*Die Raaisel Rondom Ryan*
Jaylin Cooper	- Taalkundige	*Gesoek: 'n Meisie vir Mark*
Jesse Summers	- Angie se tweelingbroer	*Keuses van Gister (Op die Kantlyn, 1)*
Jessica (Jess) Mackay	- Onderwyseres	*Kans op die Liefde (Op die Kantlyn, 2)*
Jon Brooks	-Christopher en Riley se seun	*'n Kans vir Christopher*
Landie Schoeman	- Ballerina	*'n Man soos Pierre*
Lia Moorcroft	- Funksiekoördineerder	*Kans op die Liefde (Op die Kantlyn, 2)*
Lynn Brown-Cooper	- Omgewingsprokureur	*Laaste Kans (Verspeelde Kanse, 3)*
Riley Adams	- Joernalis	*'n Kans vir Christopher*
Samantha Brady	- Netbalspeelster	*'n Ultimatum vir Ulrich*
Sarah Mackay	- Spraakterapeut	*Richie en die Rooikop*

Nog boeke deur Francine Beaton

PAD NA GLORIE-REEKS

Jakes se Geheim

'n Kans vir Christopher

Daniel se Dilemma

'n Man soos Pierre

'n Ultimatum vir Ulrich

BLOUBERG-REEKS

Blou Somer

Stukkie Blou Hemel

Klein Bietjie Blou

GROENBOSBAAI-REEKS

Kolwyntjies vir die Liefde

Somerson Kersfees

Kinkels en Koffie

Soeter as Wyn

VERSPEELDE KANSE TRILOGIE

Net Een Kans

OP DIE KANTLYN-REEKS

Keuses van Gister

Kans vir Liefde

Pad na Glorie